三六六・日日賞讀之三

古典詩詞有情人間

唐至清代

夏玉露・編注

目次

（＊編號與頁碼相同。）

唐

杜審言——1 和晉陵陸丞早春遊望
孟浩然——2 武陵泛舟
——3 夏日浮舟過張逸人別業
——4 夏日辨玉法師茅齋
——5 除夜有懷
——6 除夜樂城逢張少府作
——7 宿桐盧江寄廣陵舊遊
王　維——8 酌酒與裴迪
——9 賦得秋日懸清光
李　白——10 九日
——11 山中問答
——12 古風（莊周夢蝴蝶）
——13 古風（黃河走東溟）
——14 長相思
——15 前有樽酒行
——16 春日醉起言志
——17 書情寄從弟邠州長史昭
——18 餞校書叔雲
——19 擬古

劉長卿——20 江州重別薛六柳八二員外
杜　甫——21 九日藍田會飲
——22 江亭
——23 城西陂泛舟
司空曙——24 雲陽館與韓紳宿別
韋應物——25 初發揚子寄元大校書
——26 賦得暮雨送李冑
盧　綸——27 晚次鄂州
白居易——28 早興
——29 江樓夕望招客
——30 西湖晚歸，迴望孤山寺，贈諸客
——31 杭州春望
——32 客中月
——33 渡淮
——34 湖亭望水
——35 題元八溪居
劉禹錫——36 始聞秋風
——37 柳絮
柳宗元——38 南中榮橘柚
——39 南澗中題

40 梅雨
41 過衡山見新花開卻寄弟
42 禪堂
李賀
43 七夕
44 古悠悠行
45 高平縣東私路
46 感諷
杜牧
47 初春有感寄歙州邢員外
李商隱
48 七月二十九日崇讓宅讌作
49 小園獨酌
50 北樓
51 春日寄懷
52 秋日晚思
53 晚晴
54 涼思
55 無題
56 搖落
57 寫意
溫庭筠
58 玉蝴蝶（秋風淒切傷離）
59 西江貽釣叟騫生

60 初秋寄友人
61 河傳（同伴）
62 南湖
63 春日偶作
64 宿友人池
65 宿城南亡友別墅
66 曉仙謠
羅隱
67 自遣
韋莊
68 木蘭花（獨上小樓春欲暮）
69 浣溪沙（惆悵夢餘山月斜）
70 清平樂（野花芳草）
71 應天長（綠槐陰裏黃鶯語）
72 應天長（別來半歲音書絕）
73 歸國遙（春欲晚）
牛嶠
74 更漏子（星漸稀）
朱放
75 送溫臺
馬戴
76 灞上秋居
薛昭蘊
77 浣溪沙（粉上依稀有淚痕）
78 浣溪沙（握手河橋柳似金）
79 喜遷鶯（殘蟾落）

五代十國

孫光憲
80 浣溪沙（花漸凋疏不耐風）
81 菩薩蠻（月華如水籠香砌）
82 菩薩蠻（青巖碧洞經朝雨）
83 虞美人（紅窗寂寂無人語）

馮延巳
84 上行杯（落梅著雨消殘粉）
85 更漏子（風帶寒）
86 拋球樂（梅落新春入後庭）
87 芳草渡（梧桐落）
88 長相思（紅滿枝）
89 浣溪沙（醉憶春衫獨倚樓）
90 採桑子（櫻桃謝了梨花發）
91 菩薩蠻（西風嫋嫋凌歌扇）
92 鵲踏枝（霜落小園瑤草短）

李璟
93 應天長（一鉤初月臨妝鏡）

李煜
94 子夜歌（尋春須是先春早）
95 浪淘沙（往事只堪哀）
96 烏夜啼（昨夜風兼雨）
97 蝶戀花（遙夜亭皋閒信步）

尹鶚
98 臨江仙（深秋寒夜銀河靜）

毛文錫
99 更漏子（春夜闌）
100 醉花間（深相憶）

毛熙震
101 女冠子（碧桃紅杏）
102 更漏子（秋色清）
103 河滿子（寂寞芳菲暗度）
104 菩薩蠻（天含殘碧融春色）

牛希濟
105 中興樂（池塘暖碧浸晴暉）
106 酒泉子（枕轉簟涼）
107 臨江仙（峭碧參差十二峰）

張泌
108 鵲河傳（渺莽雲水）
109 思越人（燕雙飛）
110 浣溪沙（獨立寒階望月華）

鹿虔扆
111 臨江仙（金鎖重門荒苑靜）
112 臨江仙（無賴曉鶯驚夢斷）

閻選
113 浣溪沙（寂寞流蘇冷繡茵）

魏承班
114 木蘭花（小芙蓉）
115 生查子（煙雨晚晴天）
116 黃鍾樂（池塘煙暖草萋萋）

顧夐
117 浣溪沙（雲澹風高葉亂飛）
118 浣溪沙（惆悵經年別謝娘）

北宋

119 酒泉子（楊柳舞風）
120 酒泉子（小檻日斜）
121 漁歌子（曉風清）
122 醉公子（漠漠秋雲澹）
123 臨江仙（碧染長空池似鏡）

寇準
124 陽關引（塞草煙光闊）

林逋
125 孤山寺端上人房寫望

柳永
126 木蘭花慢（拆桐花爛漫）
127 黃鶯兒（園林晴晝春誰主）

張先
128 南歌子（蟬抱高高柳）
129 剪牡丹・舟中聞雙琵琶
130 惜瓊花（汀蘋白）
131 漢宮春・蠟梅

晏殊
132 浣溪沙（小閣重簾有燕過）
133 採桑子（時光只解催人老）
134 清平樂（春來秋去）
135 殢人嬌（二月春風）
136 踏莎行（綠樹歸鶯）

137 謁金門（秋露墜）

歐陽脩
138 玉樓春（洛陽正值芳菲節）
139 望江南（江南蝶）
140 瑞鷓鴣（楚王臺上一神仙）
141 蝶戀花（畫閣歸來春又晚）

王安石
142 示長安君
143 寄友人

晏幾道
144 六么令（雪殘風信）
145 泛清波摘遍（催花雨小）
146 南鄉子（新月又如眉）
147 浣溪沙（浦口蓮香夜不收）
148 清平樂（沉思暗記）
149 清平樂（幺絃寫意）
150 菩薩蠻（來時楊柳東橋路）
151 蝶戀花（笑豔秋蓮生綠浦）
152 鷓鴣天（守得蓮開結伴遊）

蘇軾
153 一叢花・初春病起
154 木蘭花令（梧桐葉上三更雨）
155 西江月（世事一場大夢）
156 西江月・重九

157 和子由澠池懷舊
158 無愁可解（光景百年）
159 虞美人（持杯遙勸天邊月）
160 漁家傲・七夕
161 醉蓬萊・重九上君猷
162 臨江仙（九十日春都過了）
黃庭堅——163 夏日夢伯兄寄江南
164 滿庭芳（修水濃青）
秦觀——165 鷓鴣天（枝上流鶯和淚聞）
賀鑄——166 減字浣溪沙（鼓動城頭啼暮鴉）
晁補之——167 梁州令疊韻（田野閒來慣）
168 黃鶯兒（南園佳致偏宜暑）
周邦彥——169 一落索（杜宇思歸聲苦）
170 夜遊宮（葉下斜陽照水）
171 南鄉子（秋氣遶城闉）
172 隔浦蓮近拍・中山縣圃姑射亭避暑作
173 蝶戀花（魚尾霞生明遠樹）
174 浣蝶戀花・秋思

北宋之交

蘇庠——175 菩薩蠻・宜興作
葉夢得——176 賀新郎（睡起流鶯語）
趙佶（宋徽宗）——177 燕山亭・北行見杏花
李清照——178 攤破浣溪沙（揉破黃金萬點輕）
179 清平樂（年年雪裏）
180 訴衷情・枕畔聞梅香
181 滿庭芳・殘梅
182 慶清朝（禁幄低張）
183 憶秦娥（臨高閣）
蔡伸——184 蘇武慢（雁落平沙）
陳與義——185 臨江仙・夜登小閣憶洛中舊遊

南宋／金

陸游——186 鵲橋仙・夜聞杜鵑
范成大——187 二月三日登樓有懷金陵宣城諸友
188 代聖集贈別
王寂——189 採桑子（十年塵土湖州夢）
張孝祥——190 雨中花慢（一葉凌波）
朱淑真——191 菩薩蠻（山亭水榭秋方半）

192 膏雨

辛棄疾

193 蝶戀花（樓外垂楊千萬縷）

194 沁園春・再到期思卜築

195 定風波・暮春漫興

196 賀新郎（柳暗清波路）

197 滿江紅・中秋寄遠

198 臨江仙・再用韻送祐之弟歸浮梁

199 鷓鴣天（晚日寒鴉一片愁）

姜夔

200 水調歌頭・富覽亭永嘉作

201 江梅引（人間離別易多時）

202 鬲溪梅令（好花不與殢香人）

203 淒涼犯（綠楊巷陌秋風起）

204 齊天樂（庾郎先自吟愁賦）

205 慶宮春（雙槳蓴波）

史達祖

206 玉蝴蝶（晚雨未摧宮樹）

完顏璹

207 青草碧（幾番風雨西城陌）

盧祖皋

208 宴清都（春訊飛瓊管）

元好問

209 水龍吟（素丸何處飛來）

210 江城子・觀別

211 摸魚兒（問蓮根有絲多少）

段成己

212 臨江仙（走遍人間無一事）

吳文英

213 三姝媚・過都城舊居有感

214 夜遊宮（人去西樓雁杳）

215 花犯・郭希道送水仙索賦

216 思佳客（迷蝶無蹤曉夢沉）

217 惜秋華・重九

218 解連環（暮簷涼薄）

219 隔浦蓮近・泊長橋過重午

220 齊天樂（煙波桃葉西陵路）

221 醜奴兒慢・雙清樓

222 霜葉飛・重九

劉辰翁

223 水龍吟（征衫春雨縱橫）

224 摸魚兒・酒邊留同年徐雲屋

蔣捷

225 賀新郎・兵後寓吳

張炎

226 八聲甘州（記玉關踏雪事清遊）

227 風入松・春遊

228 淒涼犯・北遊道中寄懷

229 清平樂（候蛩淒斷）

230 壺中天・夜渡古黃河與沈堯道、曾子敬同賦

目次

張炎——231 朝中措（清明時節雨聲嘩）
——232 滿江紅・己酉春日

宋

王沂孫——233 長亭怨慢・重過中庵故園
——234 高陽臺（殘萼梅酸）
——235 無悶・雪意
吳淑姬——236 長相思令（煙霏霏）
呂渭老——237 薄倖（青樓春晚）
查荎——238 透碧霄（艤蘭舟）
時彥——239 青門飲（胡馬嘶風）
袁去華——240 劍器近（夜來雨）
高觀國——241 少年遊・草
万俟詠——242 木蘭花慢（恨鶯花漸老）
僧揮——243 夏雲峰・傷春
潘閬——244 憶餘杭（長憶錢塘）

元

許衡——245 滿江紅・別大名親舊
盧摯——246 節節高・題洞庭鹿角廟壁
——247 沉醉東風・閒居
——248 湘妃怨・西湖
姚燧——249 滿庭芳（帆收釣浦）
張可久——250 折桂令・別懷
——251 紅繡鞋・湖上
——252 落梅風・碧雲峰畫堂
張養浩——253 水仙子・詠江南
揭傒斯——254 夢武昌
喬吉——255 山坡羊・冬日寫懷
——256 折桂令・客窗清明
——257 雁兒落帶得勝令・憶別
許有壬——258 水龍吟・遊三臺
王仲元——259 普天樂・旅況
呂止庵——260 後庭花（西風黃葉疏）
倪瓚——261 人月圓（驚回一枕當年夢）
——262 太常引・傷逝
——263 殿前歡（揾啼紅）
張昱——264 感事
張埜——265 水龍吟・酹辛稼軒墓，在分水領下
無名氏——266 醉中天（淚濺端溪硯）

鄧玉賓子—267 雁兒落帶得勝令・閒適

明

高啟—268 梅花（縞袂相逢半是仙）
269 梅花（翠羽驚飛別樹頭）
沈周—270 折花仕女
祝允明—271 春日醉臥戲效太白
文徵明—272 青玉案（庭下石榴花亂吐）
楊慎—273 柳
皇甫汸—274 舟中對月書情
李贄—275 獨坐
徐㶿—276 望江南（城上角）
沈宜修—277 蝶戀花・感懷
278 踏莎行（粉籜初成）
王彥泓—279 無題
林鴻—280 挽紅橋

明末清初

李雯—281 浪淘沙・楊花
陳子龍—282 念奴嬌・春雪詠蘭

清

曹溶—283 採桑子・雲塞秋夜
今釋澹歸—284 小重山・得程周量民部詩，卻寄
尤侗—285 行香子・春暮
宋徵輿—286 玉樓春・燕
柳如是—287 春日我聞室作呈牧翁
徐燦—288 虞美人・有感
王夫之—289 綺羅香（流水平橋）
朱彝尊—290 瑤花・午夢
梁佩蘭—291 舟發閶水至饒陽道中作
夏完淳—292 婆羅門引・春盡夜
293 魚游春水・春暮
彭孫遹—294 生查子・旅夜
王士禛—295 浣溪沙（白鳥朱荷引畫橈）
296 浣溪沙（綠樹橫塘第幾家）
高士奇—297 蝶戀花・春思
納蘭性德—298 太常引（晚來風起撼花鈴）
299 水調歌頭・題岳陽樓圖
300 水龍吟・再送蓀友南還

納蘭性德——301 如夢令（木葉紛紛歸路）
——302 沁園春（瞬息浮生）
——303 念奴嬌（人生能幾）
——304 念奴嬌（綠楊飛絮）
——305 風流子・秋郊即事
——306 虞美人（春情只到梨花薄）
——307 鷓鴣天（獨背殘陽上小樓）
趙執信——308 題家弟稼民所畫花草便面
王　策——309 念奴嬌・金陵秋思
——310 琵琶仙・秋日遊金陵黃氏廢園
厲　鶚——311 八歸・隱几山樓賦夕陽
——312 百字令・丁酉清明
賀雙卿——313 惜黃花慢・孤雁
江　昉——314 清平樂（新陰滿徑）
吳翌鳳——315 桂枝香（蘋風吹晚）
吳錫麒——316 臺城路・富春道中
——317 月華清（鴉影偎煙）
黃景仁——318 春日客感
——319 秋夕
——320 晚眺
——321 短歌別華峯
楊芳燦——322 木蘭花慢（指雷塘舊路）
——323 摸魚兒（據胡床深林獨坐）
——324 燭影搖紅（孤棹邅回）
張惠言——325 玉樓春（一春長放秋千靜）
——326 水調歌頭・春日賦示楊生子掞（百年復幾許）
——327 水調歌頭・春日賦示楊生子掞（今日非昨日）
——328 水調歌頭・春日賦示楊生子掞（長鑱白木柄）
張問陶——329 七月十四日夜京師望月
張　琦——330 南浦（驚回殘夢）
嚴元照——331 念奴嬌（紅樓珠箔）
趙慶熺——332 陌上花（西風畫角）
龔自珍——333 浪淘沙・寫夢
——334 減字木蘭花（人天無據）
項廷紀——335 綺羅香・感舊
張景祁——336 小重山（幾點疏雅眷柳條）
莊　棫——337 蝶戀花（綠樹陰陰晴晝午）

譚獻——338 一萼紅・吳山
——339 洞仙歌・初秋
黃遵憲——340 即事
——341 夜泊
——342 重九日雨獨遊醉中作
——343 送秋月古香歸隱日向故封
文廷式——344 祝英臺近・剪鮫綃
——345 齊天樂・秋荷
朱祖謀——346 摸魚子・龍華看桃花
——347 燭影搖紅（春暝鉤簾）
況周頤——348 定風波（未問蘭因已惘然）
梁鼎芬——349 臺城路（片雲吹墜游仙景）
梁啟超——350 歸舟見月
陳去病——351 中元節自黃浦出吳淞泛海
王國維——352 水龍吟・楊花用章質夫蘇子瞻唱和均
——353 虞美人（犀比六博消長晝）
——354 蝶戀花（滿地霜華濃似雪）
——355 蝶戀花（窗外綠陰添幾許）
——356 點絳唇（屏卻相思）
——357 蝶戀花（誰道人間秋已盡）
——358 滿庭芳（水抱孤城）
——359 蝶戀花（誰道江南春事了）
——360 臨江仙（過眼韶華何處也）
陳曾壽——361 揚州慢・憶煙霞洞梅
——362 臨江仙（修得南屏山下住）
呂碧城——363 踏莎行（水繞孤村）
吳梅——364 翠樓吟・秦淮遇京華故人
黃侃——365 西子妝（汀草綠齊）
邊浴禮——366 點絳唇・題畫
◎參考書目 368
◎參考網站 371

編輯說明

- **排　序**　本書介紹之詩詞順序，係以朝代為先，再按作者的出生年排序，出生年不詳的作者之作品，則排在該朝代的最後面。但同一作者的詩詞排序，並非依創作順序排列。

- **詩詞版本**　古典詩詞流傳久遠，部分用字會有兩、三種版本；在字意注釋上，各家亦有不同看法。因考據訓詁非本書用意，僅擇一解釋。

- **注　釋**　力求簡要精準。為了避免注釋編號影響賞讀，詩詞裡不加注釋編號，而是在注釋處註明詞彙所在行列，供讀者對照閱讀。此外，為了方便讀者閱讀，不需前後翻查注釋，每首詩詞皆附有完整注釋，因此相同詞語的注釋會重複出現。不過，相同詞語在不同詩詞中所用之意不見得相同，敬請注意。

- **賞讀譯文**　以字面解讀為主，力求逐字翻譯，在顧及語意完整性之外，皆不多添加其他字詞。不談言外之意及背景故事，亦不做過多揣測。因詩詞的曖昧性，各家解讀多有差異，字面解讀亦難完全精準，僅供讀者參考。關於詩詞中是否有延伸意涵，敬請各位讀者發揮想像力與感受力來解讀及詮釋。

以上種種，尚祈讀者見諒。

1 和晉陵陸丞早春遊望

杜審言

獨有宦遊人，偏驚物候新。
雲霞出海曙，梅柳渡江春。
淑氣催黃鳥，晴光轉綠蘋。
忽聞歌古調，歸思欲霑巾。

杜審言（約645～708年）

字必簡。登進士第後，曾任隰城尉、洛陽丞等職，累官修文館直學士。曾因與發動神龍政變的張易之兄弟交往，被流放到峰州（今越南）。之後被召回，任國子監主簿、修文館直學士等職。杜甫的祖父。唐代近體詩的奠基人之一。

注釋

題－**和**：指唱和，用詩應答。／**晉陵**：今江蘇常州。／**陸丞**：作者的友人。

一行－**獨有**：只有。／**宦遊**：到外地做官。／**偏**：表示出乎意料之外或與意願相反。／**物候**：動植物隨季節氣候變化的現象，泛指時令。

二行－**曙**：破曉、天剛亮。

三行－**淑氣**：溫和的天氣。／**黃鳥**：即黃鶯。／**晴光**：晴朗的日光。／**蘋**：白蘋、水蘋，為水中浮草。蘋，音同「頻」。

四行－**古調**：指陸丞寫的詩，即題目中的〈早春遊望〉。／**歸思**：想回家的心思。／**霑**：沾溼。

題旨：春景抒懷

賞讀譯文

只有到外地做官的人，特別會驚訝於季節景色的更新變化。
雲霞從海面上露出，此刻天亮了；梅花和柳葉渡過江流，此時春天到來了。
溫和的天氣催促著黃鶯啼叫，晴朗的日光讓水蘋顯得鮮綠。
忽然聽到高歌古調的聲音，引起我想回家的心思，眼淚就快要沾溼手巾了。

2 武陵泛舟

孟浩然

武陵川路狹，前棹入花林。
莫測幽源裏，仙家信幾深。
水回青嶂合，雲渡綠溪陰。
坐聽閑猿嘯，彌清塵外心。

孟浩然（689～740）
襄陽人，世稱孟襄陽。曾隱居，也曾遊歷各地。四十歲時應進士不第，曾短暫擔任張九齡的幕僚。終生為布衣，無正式官職。

題旨：春日溪遊記景

注釋

題—**武陵**：在今湖南省，陶淵明筆下的桃花源所在地。

一行—**川路**：水路。／**前**：向前走。／**棹**：船槳，代指船。／**花林**：桃花林。

二行—**莫測**：難以預料。／**幽源**：深遠的溪流源頭。／**仙家**：仙人所住之處，在此指桃花源裡的人家。／**信**：知曉、知道。

三行—**回**：此處通「迴」，指曲折。／**嶂**：形如屏風的山。／**合**：環繞。

四行—**閑猿**：空閒的猿。閑，通「閒」。／**彌**：更加。／**清**：清淨。／**塵外**：塵世之外。

賞讀譯文

武陵溪的水路十分狹窄，向前航行的船隻進入桃花林。在難以預料的深遠溪流源頭裡，不知道當地人家居住在多深的地方。水流曲折，青山如屏風環繞；雲朵飛渡，綠色溪水顯得陰暗。我坐著聽空閒的猿隻長嘯，更加清淨了想到塵世之外的心。

3 夏日浮舟過張逸人別業

孟浩然

水亭涼氣多，閑棹晚來過。
澗影見松竹，潭香聞芰荷。
野童扶醉舞，山鳥笑酣歌。
幽賞未云遍，煙光奈夕何。

賞讀譯文

臨水的亭子非常清涼，傍晚時我悠閒地划船過來拜訪。

在澗流中看見松竹的倒影，在水潭邊聞到芰荷的香氣。

村野的兒童扶著喝醉的人跳舞，山鳥對著正在盡興高歌的人嬉笑。

我們還沒賞遍清雅的景色，卻已雲靄霧氣籠罩，讓人對傍晚無可奈何。

題旨：夏日訪友記事

一注釋一

題—**浮舟**：行船。／**過**：拜訪。／**別業**：別墅。

一行—**水亭**：臨水的亭子。／**涼氣**：清涼之氣。／**多**：豐富。／**閑棹**：悠閒地划船。閑，通「閒」。棹，指划船、泛舟。／**晚來**：傍晚，入夜之際。／**過**：拜訪。

二行—**澗**：山間的流水。／**芰荷**：菱葉與荷葉。此處應指荷花。

三行—**野童**：村野的兒童。／**酣歌**：盡興高歌。

四行—**幽**：清雅。／**云**：用於句中，無義。／**煙光**：雲靄霧氣。／**奈〇何**：對〇無可奈何。／**夕**：傍晚。

4 夏日辨玉法師茅齋

孟浩然

夏日茅齋裡，無風坐亦涼。
竹林深筍穊，藤架引梢長。
燕覓巢窠處，蜂來造蜜房。
物華皆可玩，花蕊四時芳。

題旨：夏日生活

一注釋一

題一**辨玉法師**：法師名，事蹟不詳。／**茅齋**：茅蓋的屋舍。

二行一**深**：茂盛。／**穊**：密集。音同「既」。／**藤架**：有藤蔓攀爬的棚架。／**引**：伸長、延長。／**梢**：樹枝的末端。

三行一**巢**：築巢。／**窠**：動物的巢穴。／**蜜房**：蜜蜂的巢，蜂窩。

四行一**物華**：自然景物。／**玩**：欣賞、觀賞。／**花蕊**：花的雄蕊和雌蕊的統稱。／**四時**：四季。

賞讀譯文

夏日待在茅屋裡，沒有風，坐著也很涼爽。
竹林裡茂盛的竹筍密集生長，藤架上藤蔓伸長的末端又更長了。
燕子尋覓築巢的地方，蜜蜂來打造蜂窩。
自然景物都可以賞玩，花蕊四季都散發芳香。

5 除夜有懷

孟浩然

五更鐘漏欲相催，四氣推遷往復回。
帳裡殘燈纔去焰，爐中香氣盡成灰。
漸看春逼芙蓉枕，頓覺寒消竹葉杯。
守歲家家應未臥，相思那得夢魂來。

題旨：除夕抒懷

注釋

題—**除夜**：除夕。

一行—**五更**：舊時把一夜分為五更，第五更為天將明時。／**鐘漏**：計時用的漏壺。以底部有孔洞的銅壺盛水，隨著水逐漸滴漏，裡面的刻度就會逐漸顯示時間。／**欲**：將要。／**相**：由交互的意義演變為單方面的意義，指一方對另一方的行為。通常用於動詞前。／**四氣**：指春、夏、秋、冬四時的溫、熱、冷、寒之氣。／**推遷**：推移變遷。／**往復**：往而復來，循環不息。

二行—**纔**：通「才」。／**盡**：全部。

三行—**芙蓉枕**：有芙蓉圖案或用芙蓉花做成的枕頭。／**竹葉**：指竹葉酒，是對淺綠色酒的統稱。

四行—**守歲**：在舊年的最後一天不睡覺，熬夜迎接新年的到來。／**臥**：躺下睡覺。／**相思**：在此指所思念的人。／**那得**：怎會，怎能。／**夢魂**：古人認為人的靈魂能在睡夢中離開肉體。

賞讀譯文

計時滴漏的聲音將要催促五更的到來，四季冷暖之氣推移變遷，往復循環。帳幕裡殘餘燈火的火焰才剛熄滅，爐中的香散發香氣後全部變成灰燼。我躺在芙蓉枕上看著春天逐漸逼近，拿著盛裝竹葉酒的杯子，頓時覺得寒意消散了。家家戶戶的人為了守歲，應該都還沒躺下睡覺，思念之人的夢魂怎會過來呢？

6 除夜樂城逢張少府作

孟浩然

雲海泛甌閩，風潮泊島濱。
何知歲除夜，得見故鄉親。
予是乘槎客，君為失路人。
平生復能幾，一別十餘春。

題旨：除夕抒懷

注釋

題—**除夜**：除夕。／**樂城**：今浙江省樂清市。／**張少府**：張子容，孟浩然的同鄉好友，當時為樂城丞。

一行—**雲海**：廣闊無垠的大海。／**泛**：泛舟，原指船漂浮在水上，後多指划船。／**甌閩**：指浙江溫州及福建一帶。／**風潮**：狂風怒潮。／**泊**：停靠。／**濱**：水邊。

二行—**何知**：怎知。／**歲除**：一年的最後一天，除夕。／**親**：好友。

三行—**予**：我。通「余」。／**槎**：木筏。音同「查」／**客**：旅客。／**失路**：迷失道路，比喻不得志。

四行—**平生**：一生。／**復**：無義。有調整音節的作用。／**餘**：整數、大數目或度量單位等的零數。

賞讀譯文

我在廣闊無垠的大海上，泛舟於浙江溫州及福建一帶，因為狂風怒潮而停靠在島的水邊。
我怎麼知道在除夕夜裡，能夠見到故鄉的好友。
我是乘竹筏的旅客，你是不得志的人。
一生能有多少歲月？我們一分別就是十多個春天。

7 宿桐廬江寄廣陵舊遊

孟浩然

山暝聞猿愁，蒼江急夜流。
風鳴兩岸葉，月照一孤舟。
建德非吾土，維揚憶舊遊。
還將兩行淚，遙寄海西頭。

題旨：江景懷友

注釋

題—**桐廬江**：在今浙江省桐廬縣境內。／**廣陵**：今江蘇省揚州市。／**舊遊**：昔日交遊的友人。

一行—**暝**：昏暗。／**蒼江**：指江流，因江水呈蒼色而有此稱。

二行—**鳴**：泛指一切發聲。

三行—**建德**：唐代時的郡名，在今浙江省建德市一帶。／**吾土**：我的鄉土。／**維揚**：揚州的別稱。／**憶**：記得；想念。

四行—**遙寄**：向遠處寄送。／**海西頭**：指揚州。出自隋煬帝的〈泛龍舟歌〉：「借問揚州在何處，淮南江北海西頭。」

賞讀譯文

山色昏暗間，我聽到猿啼聲而心中發愁；江水在夜裡仍急速奔流著。
晚風吹得兩岸的樹葉發出聲響，明月照著這一艘孤舟。
建德不是我的故鄉，我想念昔日在揚州交遊的友人。
我將兩行淚寄向遠方的揚州。

8 酌酒與裴迪

王維

酌酒與君君自寬，人情翻覆似波瀾。
白首相知猶按劍，朱門先達笑彈冠。
草色全經細雨濕，花枝欲動春風寒。
世事浮雲何足問，不如高臥且加餐。

賞讀譯文

我倒酒給你，讓你安慰自己；人心的反覆變化就跟波浪一樣。那些白髮的知心好友仍然會按劍相對；先發達的富貴人家常譏笑想受提拔當官的人。青草全都經過細雨的濕潤，花枝想要動作卻遭受寒冷春風的吹襲。世間的事如浮雲變化不定，哪裡值得干涉，不如隱居且多進飲食。

題旨：會友抒懷

王維（約701～761）

字摩詰，號摩詰居士。登進士第後，曾任右拾遺、監察御史、河西節度使、尚書右丞等職。曾被安祿山俘虜任官，著詩〈凝碧〉明志。晚期過著半官半隱的生活，先後隱居終南山和輞川等地。精通詩、書、畫、音樂等，有「詩佛」之稱。與孟浩然合稱「王孟」。

注釋

題—**裴迪**：曾任蜀州刺史及尚書省郎，為山水田園詩人，王維的好友。

一行—**酌酒**：倒酒。／**與**：給。／**自寬**：自我寬慰；自己安慰自己。／**人情**：人心。／**翻覆**：反覆無常，變化不定。／**波瀾**：大波浪。

二行—**白首**：頭髮變白，借指老人。／**相知**：互相知心的朋友。／**猶**：仍然。／**按劍**：以手撫劍，準備要拔劍。／**朱門**：紅色大門，指貴族豪富之家。／**先達**：先發達的前輩。／**彈冠**：彈去帽子上的塵土，表示慶賀。指好友當官後，自己也將得到提拔而慶幸。出自《漢書．王吉傳》：「王陽在位，貢公彈冠。」

三行—**草色**：在此指小人。／**細雨**：在此指朝廷的恩澤。／**花枝**：在此指正人君子。／**春風寒**：在此指邪惡的勢力。

四行—**何足**：哪裡值得；表示不值得。／**問**：干預、干涉。／**高臥**：悠閒地躺著，指隱居不仕。／**加餐**：多進飲食，保重身體。

9 賦得秋日懸清光

王維

寥廓涼天靜，晶明白日秋。
圓光含萬象，碎影入閒流。
迥與青冥合，遙同江甸浮。
晝陰殊眾木，斜影下危樓。
宋玉登高怨，張衡望遠愁。
餘輝如可託，雲路豈悠悠。

賞讀譯文

天空深遠空曠且幽靜，秋日的太陽明亮耀眼。
陽光下容納了宇宙萬物，細碎的光影落入安靜的水流中。
秋光與遙遠的青天相合，在遠處與江邊一同浮沉。
白晝裡陰氣遠離眾樹木，夕陽的斜影從高樓往下移。
宋玉登高怨秋氣，張衡遠望四方而生愁。
夕陽餘暉般的天子恩澤如果可以寄託，仕途怎麼會遙遠呢？

題旨：秋景抒懷

注釋

題—**賦得**：分到的題目，為王維應試之作。／**秋日懸清光**：出自南朝江淹的〈望荊山〉：「寒郊無留影，秋日懸清光。」

一行—**寥廓**：空曠深遠。／**涼天**：秋天，亦指秋天的天空。／**晶明**：明亮耀眼的樣子。／**白日**：太陽。

二行—**圓光**：指陽光。／**含**：容納。／**萬象**：宇宙間一切事物或景象。／**碎影**：細碎的光影。／**閒**：安靜悠閒。

三行—**迥**：遠。／**青冥**：形容青蒼幽遠，指青天。／**江甸**：江邊。

四行—**陰**：陰氣。／**殊**：遠離。／**危樓**：高樓。

五行—**宋玉登高**：戰國時代楚國辭賦作家宋玉，在〈九辯〉裡寫了「悲哉！秋之為氣也。……登山臨水兮，送將歸。」／**張衡**：漢代科學家，在〈四愁詩〉中提到側身望向東、南、西、北而流淚。

六行—**餘輝**：即夕陽餘暉，比喻天子的恩澤。／**雲路**：上天之路，比喻仕途。／**豈**：難道、怎麼。／**悠悠**：遙遠。

⑩ 九日

李白

今日雲景好，水綠秋山明。
攜壺酌流霞，搴菊汎寒榮。
地遠松石古，風揚絃管清。
窺觴照歡顏，獨笑還自傾。
落帽醉山月，空歌懷友生。

李白（701～762）

字太白，號青蓮居士，有詩仙、詩俠之稱，與杜甫合稱李杜。曾供奉翰林，後漫遊各地，安史之亂時欲報效國家，做了許多嘗試，卻未能如願。

一注釋一

題一**九日**：指農曆九月九日重陽節。古人將九視為陽數（奇數）之極，故稱九月九日為「重陽」。自魏晉之後，人們習慣在這一天登高遊宴。

二行一**酌**：飲酒。／**流霞**：傳說中神仙的飲料，泛指美酒。／**搴**：摘取，音同「牽」。／**汎**：漂浮。通「泛」。／**寒榮**：寒天的花，指菊花。

三行一**古**：質樸，古樸。／**絃管**：弦樂器和管樂器。泛指樂器。絃，同「弦」。

四行一**窺**：泛指觀看、探看。／**觴**：酒杯。／**歡顏**：歡樂的容顏，笑臉。／**自傾**：自己傾倒酒。

五行一**落帽**：指晉代孟嘉的逸事，《晉書．孟嘉傳》記載，他在九月九日登龍山，帽子被風吹落卻沒發覺。常被用來比喻文人不拘小節，風度瀟灑。／**空**：只、僅僅。／**友生**：朋友。

題旨：重陽記事

賞讀譯文

今天的雲影和風景都很美好；水色青綠，秋季的山景很明亮。
我帶著酒壺過來喝美酒，摘取菊花讓它漂浮在酒裡。
此地偏遠，松樹和岩石姿態質樸；秋風吹拂，管絃樂聲清亮。
我看到酒杯裡倒映著歡樂的容顏，獨自笑著還自己倒酒。
我像被吹落帽子還沒發覺的孟嘉，醉倒在山月之間，只能高歌懷念朋友。

11 山中問答

李白

問余何事棲碧山，
笑而不答心自閑。
桃花流水窅然去，
別有天地非人間。

賞讀譯文

你問我為什麼居住在青山裡？
我笑而不答，內心依然悠閒。
桃花隨著流水往深遠之處流去，
這裡別有一番境界，不同於塵世。

題旨：生活抒懷

注釋

一行—**余**：我，表第一人稱。／**何事**：為何。／**棲**：本指禽鳥宿於巢，之後泛指居住、停留。／**碧山**：青山。

二行—**自**：本來；自然；依然。／**閑**：通「閒」，指悠閒。

三行—**窅然**：深遠的樣子。窅，音同「咬」。

四行—**天地**：境界，境地。／**人間**：指塵世。

12 古風

莊周夢蝴蝶

李白

莊周夢蝴蝶，蝴蝶為莊周。
一體更變易，萬事良悠悠。
乃知蓬萊水，復作清淺流。
青門種瓜人，舊日東陵侯。
富貴固如此，營營何所求。

注釋

一行—指莊周夢蝶的故事，出自《莊子．齊物論》：「昔者莊周夢為胡蝶，栩栩然胡蝶也，自喻適志與！不知周也。……不知周之夢為胡蝶與，胡蝶之夢為周與？周與胡蝶，則必有分矣。」胡蝶即蝴蝶。

二行—**一體**：整個身體。／**更變**：變更，改變。／**良**：確實、果然。／**悠悠**：眾多。

三行—**乃**：於是，然後。／**蓬萊**：古代傳說中的海中仙山。／**復**：再、又。／**清淺**：清澈不深。

四行—**青門**：漢代長安城東南的霸城門，因城門為青色，俗稱為「青門」。／**舊日**：從前，往日。／**東陵侯**：本名「召平」，原本是秦朝的東陵侯。在秦亡後變成布衣，在長安城東種瓜，因瓜美，世俗謂之「東陵瓜」。出自《史記．蕭相國世家》。

五行—**固**：原來、一向。／**營營**：追求奔逐。

題旨：世事抒懷

賞讀譯文

莊周在夢中以為自己是蝴蝶，醒來後，蝴蝶又變成莊周。
一個人的身體很容易就有所改變，萬事的變化確實非常多。
於是我知道蓬萊仙山的水又會變成清淺的水流。
在長安東門外種瓜的召平，從前是秦代的東陵侯。
富貴一向如此變化不定，奔波追逐是要求什麼呢？

13 古風

黃河走東溟

李白

黃河走東溟，白日落西海。
逝川與流光，飄忽不相待。
春容捨我去，秋髮已衰改。
人生非寒松，年貌豈長在。
吾當乘雲螭，吸景駐光彩。

題旨：世事抒懷

注釋

一行—**東溟**：東海。／**西海**：在此泛指西方。

二行—**逝川**：一去不返的江河之水。／**流光**：如流水般逝去的時光。／**飄忽**：迅疾、輕快的樣子。／**相待**：等待。

三行—**春容**：青春的容貌。／**秋髮**：指白髮。

四行—**寒松**：寒冬不凋的松樹。／**年貌**：年齡和容貌。／**豈**：難道、怎麼。

五行—**吾**：我。／**當**：應該。／**螭**：中國古代傳說中的動物，外形似龍而無角。音同「吃」。／**景**：日光。／**駐**：保持。／**光彩**：光亮而華麗。在此指青春的容顏。

賞讀譯文

黃河流入東海，太陽落下西山。
流逝的江水與逝去的時光，速度飛快且從不等待。
青春的容貌捨我而去，白髮已經衰老改變。
人生並非經寒冬不凋的松樹，年齡和容貌怎麼可能長存？
我應該乘坐雲中螭，吸取日光以保持我的美麗光彩。

14 長相思

李白

長相思，在長安。
絡緯秋啼金井欄，微霜淒淒簟色寒。
孤燈不明思欲絕，卷帷望月空長歎。
美人如花隔雲端，
上有青冥之高天，下有淥水之波瀾。
天長路遠魂飛苦，夢魂不到關山難。
長相思，摧心肝。

賞讀譯文

我長期相思的對象在長安。

入秋後，絡緯在金井的圍欄旁鳴叫，薄霜讓竹席的樣子看起來淒涼寒冷。

孤燈暗淡不明，我的思念之情非常強烈；我捲起帳幕，看著月亮徒然長歎著。

如花般的美人相隔在雲的另一端，

上面有青蒼幽遠的高空，下面有清澈流水的波浪。

我們相隔天長路遠，讓我的靈魂飛得好苦，夢魂也被關隘與山峰困住而到不了。

長期的相思，傷害了我真摯的情意。

題旨：相思感懷

注釋

二行—**絡緯**：一種類似蚱蜢、蟋蟀的昆蟲，常在夏季的夜晚振翅作聲，聲音近似紡絲聲，又稱為「絡絲娘」、「莎雞」。／**金井**：因月光照射而呈金色的水井；或是有銅製邊欄的水井、邊欄上有雕飾的水井。一般用以指宮庭園林裡的井。／**井欄**：水井的圍欄。／**微霜**：薄霜。／**淒淒**：淒涼寒冷的樣子。／**簟**：竹席。／**色**：景象。

三行—**不明**：不明亮。「明」另有版本為「寐」、「眠」。／**欲絕**：形容感情非常強烈的狀態。／**帷**：帳幕。／**空**：徒然。

四行—**隔**：距離、相間。／**雲端**：雲中、雲內、雲際。

五行—**青冥**：形容青蒼幽遠，指青天。／**高天**：高空。另有版本為「長天」。／**淥水**：清澈的水。／**波瀾**：大波浪。

六行—**夢魂**：夢。古人認為人的靈魂能在睡夢中離開肉體，故稱之「夢魂」。／**關山**：關隘與山峰。比喻路途遙遠或行路的困難。／**難**：阻梗、困住。

七行—**摧**：傷害。／**心肝**：情思，心思，真摯的情意。

15 前有樽酒行

李白

春風東來忽相過，金樽淥酒生微波。
落花紛紛稍覺多，美人欲醉朱顏酡。
青軒桃李能幾何，流光欺人忽蹉跎。
君起舞，日西夕。
當年意氣不肯傾，白髮如絲歎何益。

題旨：暮春抒懷

注釋

一行——**相過**：接連而過。／**金樽**：金屬做的酒杯，或酒杯的美稱。／**淥酒**：美酒，清酒。

二行——**紛紛**：接連不斷的樣子。／**欲**：將要。／**朱顏**：青春紅潤的容顏。／**酡**：因飲酒而臉色泛紅。

三行——**青軒**：指豪華的車子。／**桃李**：桃花和李花。／**幾何**：多少。／**流光**：指如流水般逝去的時光。／**忽**：突然。／**蹉跎**：虛度光陰。

四行——**西夕**：太陽西下。

五行——**當年**：正值有為之年，指少年或壯年。／**意氣**：志向與氣概。／**傾**：完全倒出。／**何益**：有什麼幫助。

賞讀譯文

春風忽然從東邊吹過來，讓酒杯裡的清酒泛起微波。
我稍微覺得紛紛落花多了起來；美人快要喝醉了，青春的容顏因酒而泛紅。
豪華車子旁的桃花和李花能綻放多久？流逝的時光欺負人，讓人突然間就蹉跎虛度了。
你快起來跳舞吧，太陽就要西下了。
少壯年的志向與氣概不肯完全倒出，到了白髮如絲的時候再歎息，又有什麼幫助呢？

16 春日醉起言志

李白

處世若大夢，胡為勞其生。
所以終日醉，頹然臥前楹。
覺來眄庭前，一鳥花間鳴。
借問此何時，春風語流鶯。
感之欲歎息，對酒還自傾。
浩歌待明月，曲盡已忘情。

題旨：春日抒懷

注釋

一行 **處世**：處在人世間。／**胡為**：為什麼。／**勞**：辛勞。

二行 **終日**：一整天。／**頹然**：乏力欲倒的樣子。／**前楹**：廳堂前的直柱子。

三行 **覺來**：醒來。／**眄**：斜視，泛指望、看。音同「緬」。

四行 **借問**：請問。／**語**：蟲鳥的鳴叫聲。／**流鶯**：四處飛翔的黃鶯鳥。

五行 **自傾**：自己傾倒酒。

六行 **浩歌**：放聲高歌，大聲歌唱。／**忘情**：沒有喜怒哀樂之情。

賞讀譯文

處在人世間宛如一場大夢，為什麼要辛勞地生活呢？
所以我一整天都喝醉，無力地倒臥在廳堂前的直柱子上。
醒來後，我斜眼看向庭院前方，有一隻鳥在花叢間鳴叫。
請問現在是什麼時候？四處飛翔的黃鶯鳥在春風裡啼鳴。
我對此有所感觸而想要歎息，但還是對著酒自己倒酒來喝。
我大聲高歌等待明月升起，唱完曲子後，我已經沒有喜怒哀樂之情。

17 書情寄從弟邠州長史昭

李白

自笑客行久，我行定幾時。
綠楊已可折，攀取最長枝。
翩翩弄春色，延佇寄相思。
誰言貴此物，意願重瓊蕤。
昨夢見惠連，朝吟謝公詩。
東風引碧草，不覺生華池。
臨翫忽云夕，杜鵑夜鳴悲。
懷君芳歲歇，庭樹落紅滋。

賞讀譯文

我笑自己離家遠行很久了，到底要行旅到什麼時候呢？綠楊樹的枝條已經可以摘折，我要攀到高處摘取最長的枝條給你。枝條輕盈地在春色中戲耍，我在此佇立許久，想要寄送相思。誰說我注重這個枝條，它所含的心願比玉花更貴重。昨天我夢見謝惠連，早上就吟頌謝靈運的詩。春風引發青草生長，不知不覺就長滿了景色佳麗的池沼。我在池邊賞玩，忽然間就傍晚了，杜鵑鳥在夜間鳴悲著。我懷念你的同時，芳春也竭盡了，庭園裡的樹下落花繁多。

題旨：春景懷人

注釋

題—**從弟**：堂弟。／**邠州**：在今陝西省境內。／**長史**：官職名，相當於今天的祕書長。／**昭**：李昭。

一行—**客行**：離家遠行，在外奔波。／**定**：究竟、到底。表示疑問。

二行—**攀取**：爬到高處摘取下來。

三行—**翩翩**：動作輕快的樣子。／**弄**：把玩、戲耍。／**春色**：春天的景色。／**延佇**：佇立許久。

四行—**貴**：注重、重視。／**意願**：心願、希望。／**瓊蕤**：玉花。蕤，音為「ㄖㄨㄟˊ」。

五行—**惠連**：指南朝宋的文學家謝惠連，為謝靈運的族弟。／**謝公**：謝靈運，其因襲封康樂公，被稱為謝公。／此處以謝惠連代指李昭，以謝公代指李白自己。

六行—**東風**：春風。／**引**：引發。／**碧草**：青草。／**不覺**：不知不覺。／**華池**：景色佳麗的池沼。

七行—**翫**：觀賞、玩。／**云**：用於句中，無義。／**夕**：傍晚、日落時分。／**杜鵑**：指杜鵑鳥。初夏時常晝夜不停啼叫，叫聲類似「不如歸去」。相傳為商周至春秋時代之間的古蜀君主杜宇之魂所化。

八行—**芳歲**：芳春，春天。／**歇**：竭盡、凋零、衰敗。／**落紅**：落花。／**滋**：繁多。

18 餞校書叔雲

李白

少年費白日，歌笑矜朱顏。
不知忽已老，喜見春風還。
惜別且為懽，徘徊桃李間。
看花飲美酒，聽鳥臨晴山。
向晚竹林寂，無人空閉關。

題旨：餞別抒懷

一注釋一

題一**餞**：用酒食為人送行。／**校書**：秘書省校書郎。／**叔雲**：李白的族叔李雲。有資料顯示，此人可能不同於〈宣州謝朓樓餞別校書叔雲〉詩中所指的人。

一行一**少年**：指年少時。／**費**：消耗。／**白日**：泛指時光。／**歌笑**：歌唱笑樂。／**矜**：驕傲自大、自負。／**朱顏**：青春年少的容顏。

二行一**不知**：不自覺。／**春風**：在此指族叔李雲。

三行一**惜別**：捨不得分別。／**且**：副詞。有暫時的意思。／**為懽**：找樂趣。懽，同「歡」。／**徘徊**：流連。／**桃李**：桃花和李花。

四行一**臨**：靠著、依傍。

四行一**向晚**：傍晚。／**閉關**：封閉關口，比喻不與外界交往。

賞讀譯文

年少時消耗光陰，總是歌唱笑樂，自傲於青春的容顏。

在不自覺間，我忽然已經老了，很高興看到如春風的你回來。

捨不得分別，暫且尋找樂趣，一起流連在桃花和李花之間。

我們一邊賞花、一邊喝美酒，在晴空下的山邊聆聽鳥鳴聲。

傍晚時分，竹林一片寂靜，我在無人來往的地方閉關。

19 擬古

李白

去去復去去，辭君還憶君。
漢水既殊流，楚山亦此分。
人生難稱意，豈得長為群。
越燕喜海日，燕鴻思朔雲。
別久容華晚，琅玕不能飯。
日落知天昏，夢長覺道遠。
望夫登高山，化石竟不返。

賞讀譯文

遠去又遠去，我與你道別，還是著思念你。
漢水已經有不同的支流，楚山也在這裡分嶺。
人生難以合乎心意，怎能長久相聚為群呢？
越燕喜歡海上的太陽，燕鴻思念北方的雲氣。
別離久後，我的容貌已經衰老，琅玕不能當作飯。
日落之後就知道天色將要昏暗，夢境漫長讓人更覺得路途遙遠。
我為了望夫而登上高山，化成岩石後竟沒有返回。

注釋

一行─**去去**：遠去。／**復**：再、又。／**辭**：告別，道別。
二行─**既**：已經。／**殊**：不同的。
三行─**稱意**：合乎心意。／**豈得**：怎能，怎可。／**群**：相聚，聚集。
四行─**越燕**：燕的一種。漢代趙曄《吳越春秋・闔閭內傳》曾提到「越燕向日而熙」。／**海日**：海上的太陽。／**燕鴻**：燕地的鴻雁，泛指北方的鴻雁。燕地是河北省北部一帶的別稱。鴻雁又稱大雁，是一種候鳥，於春季返回北方，秋季飛到南方越冬。／**朔雲**：北方的雲氣。
五行─**容華**：容貌；美麗的容顏。／**晚**：在此指衰老。／**琅玕**：似玉的美石。
六行─**昏**：暗。／**道**：路途。
七行─引自望夫石傳說，多地皆有這類傳說，指婦人佇立望夫，日久後化為岩石。

題旨：相思情懷

20 江州重別薛六柳八二員外

劉長卿

生涯豈料承優詔，世事空知學醉歌。
江上月明胡雁過，淮南木落楚山多。
寄身且喜滄洲近，顧影無如白髮何。
今日龍鍾人共棄，媿君猶遣慎風波。

賞讀譯文

在作官生涯中，怎麼想得到還會接到優厚的詔書；對於世事，我只知道要學會醉飲歌唱。

江上月光明亮，有胡雁飛過；淮南楚山一帶已有許多落葉。

我寄身在外，喜歡待在鄰近濱水之處，看著自己的形影，對於白髮無可奈何。

我現在已經老態龍鍾，人人一起嫌棄，難為你們還叮嚀我要小心風波。

劉長卿（約 709 ～ 786）

字文房。登進士第後，曾任監察御史、長洲縣尉、轉運使判官、隨州刺史等職，多次遭貶至華南一帶，亦曾因被人誣陷而入獄。

注釋

題—**江州**：今江西省九江市。／**薛六**、柳八：名不詳。六、八是他們的排行。／**員外**：員外郎的簡稱。原指正額成員以外的郎官，為中央各司的次官。

一行—**生涯**：賴以謀生的事業。／**豈料**：怎麼想得到。／**承**：蒙受、接受。／**優詔**：優厚待遇的詔書。在此具有反諷之意。／**空**：只、僅僅。／**醉歌**：醉飲歌唱。

二行—**胡雁**：雁。雁來自北方胡地，故有此稱。／**淮南**：指淮河以南、長江以北的地區。江州在此地區內。／**木落**：指樹木的落葉。／**楚山**：楚地之山。楚地為春秋戰國時期楚國所在的長江中下游一帶。

三行—**滄洲**：濱水的地方。／**顧影**：看著自己的形影。／**無如**：無奈。常與「何」配搭，表示無法對付或處置。

四行—**龍鍾**：年老體衰行動不便的樣子。／**共**：一起。／**棄**：另有版本為「老」。／**媿**：「愧」的異體字，指難為情，羞慚。／**猶**：仍舊、還。／**遣**：使、令。在此為叮嚀之意。／**慎**：小心。／**風波**：風浪。

題旨：離別抒懷

21 九日藍田會飲

杜甫

老去悲秋強自寬，興來今日盡君歡。
羞將短髮還吹帽，笑倩旁人為正冠。
藍水遠從千澗落，玉山高並兩峰寒。
明年此會知誰健，醉把茱萸仔細看。

賞讀譯文

人逐漸衰老，總是為蕭瑟秋景而傷感，還要勉強自我寬慰，今天興致一來，要使你盡歡。

我害臊於頭髮因年老而稀少，還被風吹落帽子，笑著請旁人幫忙整理帽子。

藍溪遠遠地從千條山澗往下流，藍田山高高地併合了兩座山峰的寒氣。

明年此時相會時，知道誰還會健在？在醉眼中把茱萸仔細看一看。

杜甫（712～770）

字子美，自稱少陵野老、杜陵野客，世稱詩聖。早年漫遊各地，後因進士不第而困居長安。安史之亂後，曾任左拾遺、華州司功參軍、檢校工部員外郎，最後棄官漂泊各地。

一注釋一

題一**九日**：指農曆九月九日重陽節。古人將九視為陽數（奇數）之極，故稱九月九日為「重陽」。自魏晉之後，人們習慣在這一天登高遊宴。／**藍田**：在今陝西省境內。／另有題名為「九日藍田崔氏莊」。

一行一**老去**：指人逐漸衰老。／**悲秋**：對蕭瑟秋景而傷感。／**強**：勉強。／**自寬**：自我寬慰；自己安慰自己。／**興來**：興致一來。／**盡君歡**：讓你盡歡。

二行一**羞**：害臊、難為情。／**將**：將要。／**短髮**：稀少的頭髮。指老年。／**吹帽**：化用孟嘉落帽一事，《晉書．孟嘉傳》記載孟嘉於九月九日登龍山，帽子被風吹落而不自覺。／**倩**：請人代為做事。／**為**：替、幫。／**正**：整理。／**冠**：帽子。

三行一**藍水**：即藍溪，在藍田山下。／**澗**：山間的流水。／**玉山**：即藍田山，藍田以產玉出名。／**並**：併合。

四行一**健**：健康，健在。／**茱萸**：為吳茱萸、食茱萸、山茱萸三種植物的通稱，具有殺蟲消毒、逐寒祛風的功能。古人在重陽節會佩戴茱萸以祛病驅邪。

題旨：重陽抒懷

22 江亭

杜甫

坦腹江亭暖，長吟野望時。
水流心不競，雲在意俱遲。
寂寂春將晚，欣欣物自私。
故林歸未得，排悶強裁詩。

題旨：生活抒懷

【注釋】

一行【**坦腹**：坦露胸腹，化用自王羲之坦腹東床一事。／**長吟**：長聲吟詠。／**野望**：在野外遠望。

二行【**競**：爭強求勝的心態。／**意**：心思。／**俱**：同、一起。／**遲**：緩、慢。

三行【**寂寂**：悄悄。／**晚**：將盡的。／**欣欣**：草木茂盛的樣子。／**自私**：在此指隨自己的本性。

四行【**故林**：昔日居住的山林。／**排悶**：排遣煩悶。／**強**：勉強。／**裁詩**：作詩。

賞讀譯文

天氣溫暖，我在江亭裡坦露胸腹，在野外遠望時長聲吟詠。
江水流動，但我沒有競逐的心態；雲在天上，我的心思跟它一樣緩慢。
春天悄悄地將要結束，萬物茂盛地依隨各自的本性。
我無法回去昔日居住的山林，為了排遣煩悶，只好勉強作詩。

23 城西陂泛舟

杜甫

青蛾皓齒在樓船，橫笛短簫悲遠天。
春風自信牙檣動，遲日徐看錦纜牽。
魚吹細浪搖歌扇，燕蹴飛花落舞筵。
不有小舟能盪槳，百壺那送酒如泉。

題旨：遊賞記事

注釋

題—**城西陂**：即渼陂，古代湖名，在今陝西省戶縣。陂，音同「皮」。／**泛舟**：原指船漂浮在水上，後多指划船。

一行—**青蛾**：青黛畫的眉毛；美人的眉毛。借指少女、美人。／**樓船**：有樓層的遊船。／**遠天**：高遠的天空。／**悲**：在此指笛簫的響亮聲音。

二行—**信**：任意，隨意。／**牙檣**：象牙裝飾的桅杆，或指桅杆頂端尖銳如牙。為桅杆的美稱，借指舟船。／**遲日**：春日，源自《詩．豳風．七月》：「春日遲遲，采蘩祁祁。」／**徐**：緩慢。／**錦纜**：錦製的纜繩，精美的纜繩。

三行—**歌扇**：歌舞時用的扇子。／**蹴**：踏、踩。／**舞筵**：用來表演歌舞的臺子，中間鋪有華美的地毯。

四行—**不有**：沒有。／**盪槳**：划動雙槳。／**百壺**：泛指酒多。

賞讀譯文

牙齒潔白的青眉美人在樓船上，橫笛和短簫的響亮樂聲傳到高遠的天空。

舟船在春風中任意移動，我在春日緩緩看著錦製纜繩牽著船隻。

魚兒吹起的細浪搖動著歌扇的倒影，燕子踩踏的飛花落在舞筵上。

要是沒有小舟能划動雙槳來回，哪能送來如泉湧那麼多的百壺美酒。

24 雲陽館與韓紳宿別

司空曙

故人江海別，幾度隔山川。
乍見翻疑夢，相悲各問年。
孤燈寒照雨，深竹暗浮煙。
更有明朝恨，離杯惜共傳。

題旨：相聚別離

司空曙（720～790）

字文初，或為文明。登進士第後，曾任主簿、左拾遺，後被貶為長林縣丞，又曾任水部郎中等職。為盧綸的表兄，也是大曆十才子之一。

—注釋—

一行—**故人**：老友。／**江海**：指上次的分別地。／**幾度**：幾次，多次。／**隔**：阻隔。

二行—**乍見**：忽然看見。／**翻**：反而。／**悲**：思念、顧念。

三行—**深竹**：茂密的竹林。

四行—**更**：即使。／**明朝**：明天。／**離杯**：指餞別之酒。／**共**：一起。／**傳**：遞送，在此指舉杯。

賞讀譯文

我和老友在江海分別之後，兩人間多次有山川阻隔。
忽然看見老友，反而讓我懷疑是在做夢；我們互相顧念，各自詢問著幾年來的生活。
孤燈照著窗外散發寒意的雨，昏暗的茂密竹林間飄浮著煙霧。
即使有明天的愁恨，我們在餞別酒宴上珍惜地一起舉杯。

25

初發揚子寄元大校書

韋應物

悽悽去親愛，泛泛入煙霧。
歸棹洛陽人，殘鐘廣陵樹。
今朝此為別，何處還相遇。
世事波上舟，沿洄安得住。

賞讀譯文

我淒涼悲痛地離開親近喜愛的你，行船漂浮進入煙霧之中。
我乘著返行的船隻前往洛陽，聽見殘餘的鐘聲在廣陵地區的樹林間迴響著。
我們現今在這裡分別後，還能在哪裡再度相遇？
世間的事就像波浪上的舟船，或順流而下或逆流而上，怎麼能夠停留呢？

韋應物（736～約 792）

長安人，家世顯赫，早年曾在宮中擔任「三衛郎」，豪放不羈；安史之亂後，發憤讀書，進士及第後，曾任滁州、江州、蘇州等地刺史。詩風與王維相近，擅長山水田園詩。

題旨：離別抒懷

一注釋一

題一**揚子**：指揚子津，在長江北岸，近瓜州。／**元大**：名不詳。／**校書**：官職名。掌管典籍校理的官員。

一行一**悽悽**：淒涼悲痛。／**去**：離開。／**親愛**：親近喜愛的人，指元大。／**泛泛**：行船漂浮。

二行一**歸棹**：返行的船隻。棹為船槳，代指船。／**洛陽**：作者從揚子回長安，中間會經過洛陽。／**廣陵**：今江蘇省揚州的古稱。

三行一**今朝**：今天早上，現在，現今。／**此**：這裡。／**為別**：作別。／**還**：再。

四行一**沿洄**：沿指順流而下，洄指逆流而上。／**安**：豈、怎麼。／**住**：停留。

26 賦得暮雨送李胄

韋應物

楚江微雨裏，建業暮鐘時。
漠漠帆來重，冥冥鳥去遲。
海門深不見，浦樹遠含滋。
相送情無限，沾襟比散絲。

題旨：送別抒情

注釋

題—**賦得**：分到的題目。／**李胄**：另有版本為李曹、李渭，生平不詳。

一行—**楚江**：指長江。春秋戰國時期的楚國位在長江中下游一帶。／**微雨**：細雨。／**建業**：今江蘇省南京市。

二行—**漠漠**：水氣迷濛。／**冥冥**：昏暗。／**遲**：緩慢。

三行—**海門**：海口處，內河入海處。／**浦**：河岸、水邊。／**滋**：潤澤。

四行—**相送**：送別。／**襟**：衣服胸前接合鈕扣的地方。／**散絲**：散落的細絲。常用以形容細雨，在此也暗指眼淚。

賞讀譯文

長江籠罩在細雨裡，正是建業城傳來暮鐘聲響的時候。
水氣迷濛，船帆顯得沉重；天色昏暗，鳥兒飛得緩慢。
海口深遠得看不見，遠處的岸邊樹林含著潤澤的水色。
細雨帶著無限的情意來為你送別，沾在衣襟上好比散落的細絲。

27 晚次鄂州

盧綸

雲開遠見漢陽城，猶是孤帆一日程。
估客晝眠知浪靜，舟人夜語覺潮生。
三湘愁鬢逢秋色，萬里歸心對月明。
舊業已隨征戰盡，更堪江上鼓鼙聲。

賞讀譯文

在雲破天開之後，遠遠地就看見漢陽城，仍有孤舟航行一日的路程。商人在白天睡覺，知道水浪平靜；船夫在夜晚談話，發現潮水生起。我的雙鬢因愁而發白，又在三湘水域看到秋日景色；我在萬里之外懷著回家的念頭，卻只能對著明月。舊時的財產已經隨著征戰完結，更何況江上又傳來戰鼓聲。

盧綸（739～799）

字允言。出身地方官吏世家。唐玄宗天寶末年中進士後，因爆發安史之亂而未能為官。之後於唐代宗年間重新應試，但屢試不第。經宰相元載和王縉舉薦，曾任集賢學士、監察御史、陝府戶曹、河南密縣令等職。曾因元載、王縉獲罪而遭到牽連，之後又任昭應縣令、檢校戶部郎中等職。

題旨：行旅抒懷

注釋

題－**晚次**：晚上到達。／**鄂州**：在今湖北省武昌。

一行－**漢陽城**：在今湖北省漢陽，在鄂州之西。／**猶**：還、仍舊、尚且。／**孤帆**：一張船帆，代指孤舟、單獨的船隻。

二行－**估客**：販賣貨物的人。／**舟人**：船夫。／**覺**：發現。

三行－**三湘**：泛指湘江流域及湖南地區。具體所指有兩種說法，一是湘江流域的灕湘、瀟湘和蒸湘，二是湖南的湘鄉、湘潭、湘陰（或湘源）。／**愁鬢**：發白的鬢髮。因愁而白，故有此稱。／**秋色**：秋日景色。／**歸心**：回家的念頭。／**月明**：月光明朗，或指月亮、月光。

四行－**舊業**：舊時的財產。／**征戰**：指安史之亂。／**盡**：完結。／**更堪**：即更那堪，指更何況，再加上；常用以形容難以承受的情境。／**鼓鼙**：古代軍中使用的戰鼓。鼙，音同「皮」。

28 早興

白居易

晨光出照屋梁明，初打開門鼓一聲。
犬上階眠知地濕，鳥臨窗語報天晴。
半銷宿酒頭仍重，新脫冬衣體乍輕。
睡覺心空思想盡，近來鄉夢不多成。

白居易（772～846）

字樂天，號香山居士、醉吟先生。登進士第後，曾任翰林學士、左拾遺、尚書司門員外郎、中書舍人、刑部尚書等職。曾遭誹謗而被貶至江州、忠州等地；返回中央後，又自請到外地，曾任杭州及蘇州刺史。留下許多反映民間疾苦的詩作。與元稹共同提倡新樂府運動，世稱「元白」，與劉禹錫並稱「劉白」。

題旨：春日生活

注釋

題—**興**：起床。

一行—**鼓**：指報曉的鼓聲。

二行—**語**：鳴叫。

三行—**銷**：減損。／**宿酒**：宿醉。／**新**：剛才。／**冬衣**：冬季禦寒的衣服。

四行—**睡覺**：睡醒。／**思想**：想法、念頭。／**鄉夢**：思鄉之夢。

賞讀譯文

早晨的陽光露出，照得屋梁十分明亮，我剛打開門就聽到一聲報曉的鼓聲。犬隻在臺階上睡覺，知道地面是濕的，鳥兒飛到窗旁，鳴叫著報告天氣放晴了。我的宿醉感大半消去了，但頭部仍感覺沉重；剛才脫下冬衣，身體突然變得輕盈了。睡醒後內心空蕩思想用盡，最近的歸鄉之夢很少做成。

29 江樓夕望招客

白居易

海天東望夕茫茫，山勢川形闊復長。
燈火萬家城四畔，星河一道水中央。
風吹古木晴天雨，月照平沙夏夜霜。
能就江樓消暑否，比君茅舍校清涼。

題旨：賞景邀約

注釋

題—**江樓**：杭州城東樓，又叫望潮樓、望海樓。

一行—**東望**：向東邊望去。／**夕**：夜晚。／**茫茫**：遼闊曠遠、廣大無邊的樣子。／**山勢**：山的形勢。／**復**：又。

二行—**四畔**：四邊。／**星河**：銀河。

三行—**古木**：老樹。／**平沙**：廣闊的沙原。

四行—**就**：來到。／**否**：從反面設問，表示疑問的語氣，相當於「嗎」等字。／**消暑**：消除暑氣。／**校**：較量、比較。

賞讀譯文

我往東望向海天，夜色廣大無邊，山川的形勢開闊又綿長。杭州城的四邊有萬家燈火，水中央有一道銀河。風吹著老樹，聲音聽起來像是晴天裡的雨；月亮照在廣闊的沙原上，看起來就像夏夜裡的白霜。你能夠來到江樓消暑嗎？這裡比你的茅舍較清涼。

30 西湖晚歸，迴望孤山寺，贈諸客

白居易

柳湖松島蓮花寺，晚動歸橈出道場。
盧橘子低山雨重，栟櫚葉戰水風涼。
煙波澹蕩搖空碧，樓殿參差倚夕陽。
到岸請君迴首望，蓬萊宮在海中央。

賞讀譯文

柳樹環繞的西湖、松島上蓮花圍繞的寺廟，我們在黃昏時划動歸舟離開道場。

盧橘的果實低垂著，山雨下得劇烈；棕櫚樹的葉子抖動著，夾帶水氣的風十分涼爽。

水面上的煙霧在淡藍天空裡舒緩蕩漾，高低不齊的樓臺宮殿倚著夕陽。

到達岸邊後，請你們回頭看，蓬萊宮正在如海似的湖中央。

題旨：遊賞記景

注釋

題—**孤山寺**：孤山為西湖中的天然島嶼，其上曾有孤山寺，後名廣化寺，現僅存部分遺蹟。

一行—**柳湖**：指西湖，因湖邊栽種了許多柳樹。／**松島**：指孤山，其為西湖中的天然島嶼。／**蓮花寺**：指孤山寺，因湖中蓮花盛開。／**晚**：黃昏，日落時分。／**歸橈**：歸舟。橈為船槳，代指舟船。／**出**：離開。

二行—**盧橘**：金橘，又稱金柑、金棗。／**重**：劇烈。／**栟櫚**：棕櫚。栟，音同「冰」。／**戰**：抖動。通「顫」。／**水風**：夾帶水氣的風。

三行—**煙波**：煙霧瀰漫的水面。／**澹蕩**：舒緩蕩漾。／**空碧**：淡藍色天空。／**樓殿**：樓臺宮殿。／**參差**：高低不齊。

四行—**迴首**：回頭，同「回首」。／**蓬萊宮**：蓬萊為傳說中的海上仙山，而孤山寺中也有蓬萊閣。

31 杭州春望

白居易

望海樓明照曙霞，護江堤白踏晴沙。
濤聲夜入伍員廟，柳色春藏蘇小家。
紅袖織綾誇柿蒂，青旗沽酒趁梨花。
誰開湖寺西南路，草綠裙腰一道斜。

賞讀譯文

朝霞將望海樓照得明亮，晴天裡，我在護江的白沙堤上踩踏白沙前行。

江濤聲在夜裡傳入伍員廟，充滿春意的翠綠柳葉將蘇小小的家隱藏起來。

織綾的女子誇耀柿蒂綾上的花紋，人們趁著梨花綻放時到懸掛青色酒旗的酒家買梨花酒。

是誰開通了往湖中孤山寺的西南路，（路旁綠意盎然），它看起來就像一道斜斜的草綠色裙腰。

題旨：春日風光

注釋

一行—**望海樓**：作者原注寫「城東樓名望海樓」。／**曙霞**：朝霞，日出時太陽映照的東方雲霞。／**護江堤**：即白沙堤。在西湖斷橋與孤山之間，也稱斷橋堤，相傳為白居易任杭州刺史時所築。

二行—**濤聲**：傳說伍員在死後被封為濤神，錢塘江潮是被他的怨怒所興。／**伍員**：即伍子胥，春秋末期吳國軍事家。原為楚國人，因父兄被楚平王殺害，逃到吳國並成為吳王闔閭的重臣，但後來吳王夫差聽信讒言，令其自殺。後人建廟紀念他，稱為伍公廟。／**柳色**：柳葉繁茂的翠綠色。／**蘇小**：即蘇小小，南北朝南齊時期在錢塘的著名歌妓，年輕早逝後，被葬於西湖冷橋畔。

三行—**紅袖**：女子的紅色衣袖，代指美女，在此指織綾的女子。／**綾**：比緞子細薄而有花紋的絲織品。／**柿蒂**：綾的一種，上有柿蒂狀凸出的花紋。／**青旗**：青色的酒旗。／**沽酒**：買酒。／**梨花**：酒名。作者原注寫「其俗，釀酒趁梨花時熟，號為梨花春」。

四行—**湖寺**：湖中寺廟，孤山寺。孤山為西湖中的天然島嶼，其上曾有孤山寺，後名廣化寺，現僅存部分遺蹟。／**裙腰**：裙子上端緊束於腰部之處，常用以比喻狹長的小路。

32 客中月

白居易

客從江南來，來時月上弦。
悠悠行旅中，三見清光圓。
曉隨殘月行，夕與新月宿。
誰謂客無情，千里遠相逐。
朝發渭水橋，暮入長安陌。
不知今夜月，又作誰家客。

題旨：旅途月景

注釋

一行—**客**：旅客。／**上弦**：在農曆每月的初七或初八所見的月亮，在上半夜出來，月面的凸弧朝向西方。

二行—**悠悠**：漫長。／**行旅**：出行，旅行。／**清光**：皎潔明亮的光輝，在此指月亮。

三行—**曉**：天剛亮的時刻。／**殘月**：指清晨出現的月亮、殘缺不圓的彎月、西沉的月亮。／**夕**：夜晚。／**新月**：農曆每月月初的細彎月。／**宿**：住、過夜。

四行—**千里**：指路途遙遠。

五行—**暮**：傍晚。／**陌**：市中街道。

賞讀譯文

有旅客從江南過來，來的時候是上弦月。
在漫長的旅行中，他三次見到皎潔明亮的圓月。
他在天剛亮的時刻隨著月亮行走，晚上跟著新月一起過夜。
誰說旅客無情？在遙遠的路途上始終追逐著月亮。
他早上從渭水橋出發，傍晚時進入長安的街道。
不知今夜的月亮，又會當誰家的客人。

33

渡淮

白居易

淮水東南闊，無風渡亦難。
孤煙生乍直，遠樹望多圓。
春浪棹聲急，夕陽帆影殘。
清流宜映月，今夜重吟看。

題旨：旅途記景

注釋

二行─**乍**：初，剛剛。

三行─**棹**：船槳。／**急**：快而猛烈。／**帆影**：帆船的身影。／**殘**：指夕陽餘暉。

四行─**宜**：適合。／**映**：倒映。

賞讀譯文

淮水流向東南方，水面寬闊，在無風時要穿渡也很困難。一縷輕煙生起，剛剛才變直，從遠處望向岸邊的樹，大多都很圓。春浪拍打船槳的聲音快而猛烈，夕陽餘暉照射在帆船的身影上。清澈的流水適宜倒映明月，今夜再次吟詠詩句並欣賞月景。

34 湖亭望水

白居易

久雨南湖漲，新晴北客過。
日沉紅有影，風定綠無波。
岸沒閭閻少，灘平船舫多。
可憐心賞處，其奈獨遊何。

題旨：賞景抒懷

注釋

一行—**南湖**：在今江西省，指鄱陽湖南部。／**新晴**：剛放晴。／**北客**：北方來的人，指詩人自己。

二行—**風定**：風停。

三行—**沒**：淹沒。／**閭閻**：街巷內外的門，泛指民間或平民，在此指居民。／**灘**：水邊的淤積平地，水淺時會露出。／**船舫**：泛指船。

四行—**可憐**：可惜。／**心賞**：心中所喜愛欣賞的。／**奈○何**：對○無可奈何。／**獨遊**：獨自遊玩。

賞讀譯文

在久雨之後，南湖的湖面漲起；剛放晴時，我這個北方來的客人經過此處。日落西沉，在湖面上留有紅紅的影子；風停了，碧綠的湖面平靜無波。堤岸被水淹沒，附近的居民很少；水面與灘地齊平，湖面上有許多船隻。可惜這個令人喜愛欣賞的地方，它對於我這獨自遊玩的寂寥心情也無可奈何。

35 題元八溪居

白居易

溪嵐漠漠樹重重，水檻山窗次第逢。
晚葉尚開紅躑躅，秋房初結白芙蓉。
聲來枕上千年鶴，影落杯中五老峰。
更愧殷勤留客意，魚鮮飯細酒香濃。

注釋

題 **元八**：實際上為元十八，即元集虛，是白居易在江州結識的朋友，字居敬。元八另有其人，名叫元宗簡，在長安為官，未到過廬山。

一行 **嵐**：山林中的霧氣。／**漠漠**：瀰漫密布的樣子。／**重重**：一層又一層。形容眾多。／**水檻**：臨水的欄杆。／**山窗**：山居人家的窗戶。／**次第**：次序、依次。

二行 **晚葉**：老葉。／**紅躑躅**：杜鵑花的別名，通常在春秋兩季開花。／**房**：指蓮蓬。另有版本為「芳」。／**芙蓉**：荷花的別稱。

三行 **千年鶴**：白鶴，化用自晉代陶潛《搜神後記》中的典故：「丁令威……學道於靈虛山，後化鶴歸遼……鶴乃飛，徘徊空中而言曰：『有鳥有鳥丁令威，去家千年今始歸。』」／**五老峰**：江西省廬山東南部的名峰，峰形如五個老人並肩聳立。

四行 **愧**：羞愧，難為情。／**殷勤**：熱情周到。

題旨：山居生活

賞讀譯文

溪間霧嵐瀰漫，樹林一層又一層，我依序遇見臨水的欄杆和山居人家的窗戶。

杜鵑在老葉之間仍開著紅花，秋季白荷花剛結出蓮蓬。

千年白鶴的鳴叫聲傳來枕頭上，五老峰的山影倒落在酒杯中。

你拿出鮮魚、精細的飯菜和香濃的酒來招待，讓我對於你殷勤留下客人的心意感到難為情。

36 始聞秋風

劉禹錫

昔看黃菊與君別，今聽玄蟬我卻回。
五夜颼飀枕前覺，一年顏狀鏡中來。
馬思邊草拳毛動，雕盼青雲睡眼開。
天地肅清堪四望，為君扶病上高臺。

賞讀譯文

昔日看著黃菊與你分別，今日聽到秋蟬的鳴聲，我卻回來了。五更時風聲颼飀，讓我在枕前醒來，這一年的容貌變化可以從鏡中看到。馬兒思念邊塞的草，晃動著捲曲的毛，鵰鳥一看到天空便睜開帶著睡意的雙眼。天地風光明朗高爽，可以眺望四方，我為了你帶病登上高臺。

劉禹錫（772～842）字夢得。曾任監察御史，後被貶為朗州司馬，陸續擔任連州、夔州、和州、蘇州、汝州、同州刺史。與白居易同為提倡元和體的詩人。

題旨：秋景抒懷

一注釋一

一行—**君**：可能指秋風，或是某個特定人士。各家看法不一。／**玄蟬**：黑褐色的蟬，即秋蟬。

二行—**五夜**：即五更，舊時把一夜分為五更，第五更為天將明時。／**颼飀**：狀聲詞，形容風聲。／**覺**：醒來。／**顏狀**：臉容，臉色。

三行—**邊草**：指邊塞的草。／**拳毛**：捲曲的毛髮。／**雕**：同「鵰」，一種猛禽，嘴呈鉤狀，羽毛褐色。／**盼**：看。／**青雲**：青色的雲，指天空。／**睡眼**：初醒時帶著睡意的眼睛。

四行—**肅清**：形容天氣明朗高爽。／**堪**：可以、能夠。／**四望**：眺望四方。／**扶病**：帶病，抱病。

37 柳絮

劉禹錫

飄颺南陌起東鄰，漠漠濛濛暗度春。
花巷暖隨輕舞蝶，玉樓晴拂豔妝人。
縈回謝女題詩筆，點綴陶公漉酒巾。
何處好風偏似雪，隋河堤上古江津。

題旨：詠柳絮

注釋

一行—**飄颺**：隨風飛揚，同「飄揚」。／**陌**：市中街道。／**漠漠**：瀰漫密布的樣子。／**濛濛**：迷茫不清的樣子。／**暗度**：暗中度過。

二行—**花巷**：一般多指指妓院或妓院聚集之處。／**玉樓**：精美華麗的樓閣。／**豔妝**：濃妝。

三行—**縈**：圍繞、纏繞。／**謝女**：指東晉謝道韞（謝道蘊），她曾以「柳絮因風起」來比擬雪花飛舞。／**陶公**：指晉代陶潛。／**漉酒**：指對新釀的酒進行過濾。《宋書．陶潛傳》記載陶潛曾用頭巾來漉酒。

四行—**偏**：恰巧、正好。／**隋河**：指隋煬帝開鑿的大運河。／**古江津**：指揚子津，在今江蘇省揚州市南揚子橋附近。

賞讀譯文

柳絮從東鄰區域飄颺到南邊的街道，瀰漫密布、迷茫不清地暗中度過春天。
它在溫暖的花巷裡跟隨輕輕飛舞的蝴蝶，晴天時拂上精美樓閣裡畫濃妝的女子。
柳絮圍繞著謝道韞題寫詩作的筆，點綴在陶潛過濾酒液的頭巾上。
哪裡的好風讓柳絮恰好像雪花一般呢？就在隋河堤上的揚子津。

38 南中榮橘柚

柳宗元

橘柚懷貞質，受命此炎方。
密林耀朱綠，晚歲有餘芳。
殊風限清漢，飛雪滯故鄉。
攀條何所歎，北望熊與湘。

賞讀譯文

橘樹懷有堅貞的資質，在炎熱的南方永州獲得生命。
茂密的樹林裡顯耀著橘紅色果實和綠葉，在歲末仍有餘留的香氣。
不同的風土以淮河為界，飄飛的雪花滯留在北方的故鄉。
攀折枝條時為何歎息呢？我往北望向熊耳山與湘山。

柳宗元（773～819）字子厚。河東（今山西運城）人。登進士第後，曾任監察御史、禮部員外郎。因參與王叔文主導的永貞革新失敗，被貶任永州司馬、柳州刺史。主張「以文明道」，在古文上與韓愈齊名。與劉禹錫交情深厚。為唐宋八大家之一。

注釋

題──**南中**：泛指南方，南部地區。／**榮**：茂盛。／**橘柚**：橘子和柚子，古人大多單指橘子。／取自南朝齊詩人謝朓〈酬王晉安〉的句子：「南中榮橘柚，寧知鴻雁飛。」

一行──**貞質**：堅貞的資質。／**受命**：獲得生命。／**炎方**：泛指南方炎熱地區，在此指永州，在今湖南省西南部。

二行──**密林**：茂密的樹林。／**耀**：顯耀；顯示。／**朱綠**：橘樹的橘紅色果實和綠葉。／**晚歲**：歲暮，歲末。／**餘芳**：餘留的香氣。

三行──**殊風**：指不同的風土。／**限**：特定的範圍。／**清漢**：銀河，借指淮河。化用自《晏子春秋．內篇．雜下》：「橘生淮南則為橘，生於淮北則為枳。葉徒相似，其實味不同。所以然者，水土異也。」／**滯**：滯留。

四行──**何所**：為何。／**北望**：向北望。／**熊與湘**：熊指「熊耳山」，在今河南省境內，為秦嶺東段的支脈，位處長江流域和黃河流域的分界嶺；湘指「湘山」，在今湖南省洞庭湖中，現名為「君山」。

題旨：賞橘抒懷

39 南澗中題

柳宗元

秋氣集南澗，獨遊亭午時。
迴風一蕭瑟，林影久參差。
始至若有得，稍深遂忘疲。
羈禽響幽谷，寒藻舞淪漪。
去國魂已游，懷人淚空垂。
孤生易為感，失路少所宜。
索寞竟何事，徘徊祇自知。
誰為後來者，當與此心期。

題旨：秋景抒懷

注釋

題—**南澗**：南方的石澗，即《石澗記》所指之處。

一行—**秋氣**：秋天蕭索淒清的氣息。／**亭午**：正午，中午。

二行—**迴風**：迴旋的風。／**蕭瑟**：草木被秋風吹襲的聲音。／**參差**：高低不齊的樣子。

三行—**始**：最初。／**有得**：有心得，有所領悟。／**遂**：就、於是。

四行—**羈禽**：離群的鳥。／**幽谷**：幽深的山谷。／**寒藻**：寒涼的水藻。／**淪漪**：水面的細波紋。

五行—**去國**：離開本國、京都、朝廷或故鄉。／**游**：飄蕩不定。／**懷人**：指思念家鄉的人。／**空**：徒然。

六行—**孤生**：孤獨的人。／**失路**：迷失道路，比喻不得志。／**所宜**：適宜；妥當。

七行—**索寞**：形容消沉，沒有生氣。／**竟**：究竟。／**徘徊**：縈繞。／**祇**：只、僅僅。音同「只」。

八行—**當**：應該。／**期**：預期。

賞讀譯文

秋天的蕭索淒清氣息聚集在南方石澗，我在正午時獨自遊賞。
迴旋的風讓樹林傳出一陣蕭瑟之聲，林間的影子高低起伏許久。
我最初到這裡時好像有所領悟，稍微深入後就忘了疲倦。
離群之鳥的啼叫聲響遍幽深的山谷，寒涼的水藻在水面細波紋間舞動。
離開故鄉，讓我的魂魄已經飄蕩不定；在思念故鄉的人時，只能讓眼淚徒然地流下。
孤獨的人容易有所感觸，不得志時很少有適宜的處所。
我究竟是為了什麼事而消沉呢？縈繞在心的事只有自己知道。
誰是後來的人呢？我預期他應當也會有這樣的心情。

40 梅雨

柳宗元

梅實迎時雨，蒼茫值晚春。
愁深楚猿夜，夢斷越雞晨。
海霧連南極，江雪暗北津。
素衣今盡化，非為帝京塵。

注釋

一行——**梅實**：梅樹的果實。／**時雨**：應時的雨水。／**蒼茫**：曠遠迷茫的樣子。／**值**：當，逢。

二行——**楚猿**：楚山之猿。因其啼聲悲哀，常用以渲染悲情。楚山指楚地之山；楚地為春秋戰國時期楚國所在的長江中下游一帶。／**越雞**：越地所產的雞。越地為春秋時期越國所在的浙江一帶。／**楚、越**：泛指江南，在此指永州。／**夢斷**：夢中斷，夢醒。

三行——**海霧**：出現在海面或沿海地區的霧。／**南極**：南方窮極邊遠之地。／**江雪**：指江濤如雪。／**北津**：北方的渡口。

四行——**素衣**：泛指白色衣服。／**盡**：全部。／**化**：改變。／**帝京**：指帝都，京都。／化用自西晉陸機的〈為顧彥先贈婦詩〉：「京洛多風塵，素衣化為緇。」

題旨：梅雨抒懷

賞讀譯文

梅樹的果實迎接應時的雨水，景色曠遠迷茫，正值晚春時節。
夜裡楚猿的哀鳴聲讓我的愁緒更深沉，早晨越雞的啼叫聲讓我從夢中醒來。
海邊的霧一直連接到南方窮極邊遠之地，如雪的江濤使北方渡口顯得昏暗。
我的白衣如今全都變色了，但不是為了京城的塵土。

41 過衡山見新花開卻寄弟

柳宗元

故國名園久別離，
今朝楚樹發南枝。
晴天歸路好相逐，
正是峰前回鴈時。

賞讀譯文

我們在故鄉名園分別已經很久了，
今天早上楚地之樹的南枝上都開花了。
我在晴天時踏上回去的路，便於相隨，
現在正是雁子在山峰前折返飛回北方的時節。

題旨：賞景懷人

注釋

題—**衡山**：位在今湖南省衡陽市境內。柳宗元於元和十年正月從永州北歸時，經過衡山。／**卻**：還、再。

一行—**故國**：故鄉；家鄉。／**名園**：著名的園囿。

二行—**楚樹**：楚地的樹。楚地為春秋戰國時期楚國所在的長江中下游一帶。／**發**：指開花。／**南枝**：朝南的樹枝。

三行—**歸路**：回去的路。／**好**：便於。／**相逐**：相隨。

四行—**峰前回鴈**：鴈同「雁」，在此指回雁峰，此峰在衡陽之南，雁子抵達此處後就會停留，待到春天再返回北方。

42 禪堂

柳宗元

發地結菁茆，團團抱虛白。
山花落幽戶，中有忘機客。
涉有本非取，照空不待析。
萬籟俱緣生，窅然喧中寂。
心境本同如，鳥飛無遺跡。

賞讀譯文

在地面上建蓋了這棟青茅屋，青山團團環抱住這座禪房。
山中的花落在幽靜的門戶前，屋子裡有忘卻心機而淡泊的巽公。
涉及有相的一切，本來就不能取得；照見了空，也不必分析。
萬籟之聲全都是因緣而生，在喧鬧之中有深遠的寂靜。
內心和外境本來就有相同的本質，就像鳥飛走那樣沒有留下痕跡。

注釋

題—此詩為組詩《巽公院五詠》的第三首，指永州龍興寺的禪堂。

一行—**發地**：拔地而起；起自地面。／**結**：建構、建造。／**菁茆**：即青茅。茆，通「茅」。／**虛白**：化用自《莊子．人間世》：「虛室生白。」意指心境保持虛靜，不為欲念所蒙蔽，就能純白空明，真理自出，在此指禪室。

二行—**忘機**：忘卻心機，淡泊無爭。／**忘機客**：指和尚巽公。

三行—**有**：佛家所指的「有相」，即有形相而能與他物區別者。／**照**：照見，詳察，明瞭。／**空**：在佛家中與「有」相對，指一切存在之物中，皆無自體、實體、我等，指事物之虛幻不實，或理體之空寂明淨。／**不待**：不必。

四行—**萬籟**：自然界萬物發出的各種聲響。／**俱**：全，都。／**緣**：因緣、機緣。／**窅然**：深遠的樣子。窅，音同「咬」。

五行—**境**：指心所攀緣的外境。／**如**：為佛教術語，譯自梵文，一般被解釋為「法」（一切事物）的真實本質。／**鳥飛無遺跡**：化用自《涅盤經》：「如鳥飛空，跡不可尋。」《華嚴經》：「了知諸法性寂滅，如鳥飛空無有跡。」

題旨：以景詠人

43

七夕

李賀

別浦今朝暗，羅帷午夜愁。
鵲辭穿線月，螢入曝衣樓。
天上分金鏡，人間望玉鉤。
錢塘蘇小小，更值一年秋。

賞讀譯文

今天銀河暗淡，午夜時分，我在羅帷裡發愁。
喜鵲離開了人們穿線乞巧的明月，螢火蟲飛入晒衣的樓閣。
天上的牛郎和織女已經分開，人間的女子還望著彎月。
我與那位女子分別後，又逢這一年的秋天。

李賀（790～816）
字長吉。多次落第不中，曾經人推薦後任奉禮郎。有「詩鬼」之稱。

一注釋一

一行一**別浦**：離別的河岸、水邊，在此指銀河。／**今朝**：今天。／**羅帷**：絲製帷幔。

二行一**鵲**：相傳七夕時，喜鵲會飛聚搭成跨越天河的橋，好讓織女和牛郎相會。／**辭**：告別，離開。／**穿線月**：指七夕這天的月亮。南北朝宗懍的《荊楚歲時記》提到：「七月七日夜，為牽牛織女聚會之夜。是夕，人家婦女結彩縷，穿七孔針。」／**曝衣**：晒衣。古代在七夕時有曝衣的習俗。

三行一**分金鏡**：指不圓的明月，也化用自破鏡重圓之事，南朝陳徐德言與妻樂昌公主於戰亂分散時各執半鏡，當作日後相見的信物；此故事出自唐代孟棨所編的《本事詩》。／**玉鉤**：彎月。

四行一**蘇小小**：南北朝南齊時期在錢塘的著名歌妓。在此指詩人思念的女子。／**更值**：又逢。

題旨：月夜思人

44 古悠悠行

李賀

白景歸西山，碧華上迢迢。
今古何處盡，千歲隨風飄。
海沙變成石，魚沫吹秦橋。
空光遠流浪，銅柱從年消。

賞讀譯文

太陽回歸西山落下，皎潔的月亮升上高遠的天空。
從古至今會在什麼時候到盡頭？千年歲月已經隨風飄逝。
海沙變成岩石，魚吐的水沫吹散秦始皇的石橋。
陽光遠遠地流轉各地，漢武帝的求仙銅柱隨著時光消失了。

題旨：賞景抒懷

—注釋—

一行—**白景**：太陽。／**碧華**：皎潔的月亮。／**迢迢**：高遠，在此指天空。

二行—**今古**：從古到今。／**何處**：什麼時候。／**千歲**：千年，泛指年代長久。

三行—**魚沫**：魚吐的水沫。／**秦橋**：相傳秦始皇東遊時為了過海觀日所建的石橋。

四行—**空光**：陽光。／**流浪**：流轉各地，行蹤無定。／**銅柱**：銅製的柱子。在此指漢武帝為了求仙而在建章宮神明臺上所造的銅製仙人。／**從**：跟隨。／**年**：時間、光陰。

45 高平縣東私路

李賀

侵侵槲葉香，木花滯寒雨。
今夕山上秋，永謝無人處。
石溪遠荒澀，棠實懸辛苦。
古者定幽尋，呼君作私路。

賞讀譯文

稠密交疊的槲葉散發香氣，樹上的花積聚著寒冷的雨水。
今天山上的景色宛如秋季，許多花永遠凋謝在無人的地方。
岩石間的溪流位在偏遠荒涼又崎嶇之處，樹上懸掛著苦澀的果實。
古人必然會來這裡尋找清幽美麗的風景，稱呼這裡是祕密的小道。

題旨：詠小路

注釋

題—**私路**：祕密的小道。

一行—**侵侵**：稠密交疊的樣子。／**槲**：殼斗科麻櫟屬的落葉喬木。葉子呈倒卵形，有波狀粗鋸齒緣，兩面被有軟毛或星狀毛。初夏開花。／**木花**：指樹上的花。／**滯**：凝聚、積聚。

二行—**今夕**：今天。／**秋**：指氣氛像秋天。／**永謝**：永遠凋謝。

三行—**石溪**：岩石間的溪流。／**澀**：不滑潤，在此指溪流崎嶇不平。／**棠實**：棠梨的果實，可能代指槲樹的果實。（槲樹和棠梨樹皆為五月開花，果熟期為十月。）／**辛苦**：在此指果實苦澀。

四行—**古者**：古人。／**定**：必然。／**幽尋**：即尋幽，尋找清幽美麗的風景。

46 感諷

李賀

蝶飛紅粉臺，柳掃吹笙道。
十日懸戶庭，九秋無衰草。
調歌送風轉，杯池白魚小。
水宴截香腴，菱科映青罩。
蘴蒙梨花滿，春昏弄長嘯。
唯愁苦花落，不悟世衰到。
撫舊唯銷魂，南山坐悲峭。

注釋

一行—**紅粉**：借指美女。／**笙**：一種吹管樂器，有十三至十七根裝有簧片的竹管和一根吹氣管，裝在一個鍋形的底座上，音色清晰透亮。

二行—**十日**：指燈燭眾多。／**戶庭**：戶外庭院。亦泛指門庭、家門。／**九秋**：指秋季九十日。／**衰草**：枯草。

三行—**調歌**：指歌聲。／**送**：陪伴著走。／**杯池**：小池塘。／**白魚**：指白鰷，又稱曲腰魚。

四行—**水宴**：水邊的宴飲。／**截**：阻攔、阻擋。在此指獲得。／**香腴**：指水中香肥的漁貨。／**菱**：一年生草本植物。生於水中。葉片呈三角形。／**映**：倒映。／**青罩**：用青竹或荊條編織成的捕魚具。

五行—**蘴蒙**：繁茂。／**春昏**：春日的黃昏。

六行—**世衰**：世運衰微。

七行—**撫舊**：在此指回憶往事。／**銷魂**：哀傷至極，好像魂魄離開形體而消失。／**悲峭**：推測應是「悲悄」，指悲傷憂愁。「悄」有憂愁之意。

賞讀譯文

蝴蝶飛到紅粉佳人林立的臺上，柳樹拂掃過吹奏笙樂的道路。
許多燈燭懸掛在戶外庭院，整個秋季都沒有衰草。
歌聲隨著風婉轉飄揚，小池塘裡有小隻的白魚。
我們在水邊宴飲，抓取香肥的漁貨，菱草叢的光影倒映在捕魚的青罩上。
繁茂的梨花開滿樹上，春天的黃昏時分，我發出長嘯。
我只是為了花落而愁苦，沒有領悟世運衰微的時候到了。
我回憶往事，只覺得哀傷至極，面對南山而坐，內心悲傷憂愁。

題旨：賞景抒懷

47 初春有感寄歙州邢員外

杜牧

雪漲前溪水，啼聲已繞灘。
梅衰未減態，春嫩不禁寒。
跡去夢一覺，年來事百般。
聞君亦多感，何處倚欄干。

杜牧（803～約853）
字牧之。曾任黃、池、睦、湖等州刺史，以及司勳員外郎、中書舍人等職。與李商隱齊名，合稱「小李杜」。

注釋

題—**歙州**：今安徽省黃山市一帶，宋代後改稱「徽州」。歙，音同「射」。

二行—**啼聲**：指水流聲。／**灘**：水邊的淤積平地，水淺時會露出。

二行—**衰**：衰萎。／**春嫩**：春初；早春。／**不禁**：承受不住、經受不起。

三行—**跡**：泛指一切事情發生後所留下的殘痕。／**覺**：睡眠。／**年來**：近年以來或一年以來。／**百般**：各式各樣。

四行—**欄干**：即欄杆。

題旨：春景懷友

賞讀譯文

融雪讓前溪的水高漲，溪流繞著灘地發出聲響。梅花雖然已經衰萎，仍未減損姿態；初春的寒意讓人難以忍受。過往的事消失而去，如同睡眠中的一場夢，這一年來又遇到各式各樣的事。聽說你也有很多感觸，你在哪裡倚著欄杆望遠呢？

48 七月二十九日崇讓宅讌作

李商隱

露如微霰下前池，風過迴塘萬竹悲。
浮世本來多聚散，紅蕖何事亦離披。
悠揚歸夢唯燈見，濩落生涯獨酒知。
豈到白頭長只爾，嵩陽松雪有心期。

賞讀譯文

露水如微小的冰霰般落下前池，風吹過環曲的水池，竹林間傳出悲鳴聲。浮沉的人世裡本來就有很多聚散離別的情況，紅荷花為何也要衰殘凋敝？飄忽不定的歸鄉之夢只有床前的燈才看得到，我這淪落失意的生涯只有酒知道。難道我到滿頭白髮時永久只有這樣？我嚮往到嵩山之南與松雪為伴。

李商隱（812～858）

字義山，號玉谿生、樊南生。父早亡，家境貧苦。因捲入牛李黨爭，仕途不順遂，後期大多擔任地方官員的幕僚。與杜牧合稱「小李杜」，與溫庭筠合稱為「溫李」。

題旨：賞景抒懷

注釋

題—**崇讓宅**：李商隱岳父的王茂元在洛陽（今河南省境內）崇讓坊的邸宅。／**讌**：宴飲。同「醼」。

一行—**霰**：水氣遇冷空氣凝成的雪珠，降落時呈白色不透明的小冰粒，多降於下雪之前。音同「現」／**迴塘**：環曲的水池。／**萬竹**：指竹林。

二行—**浮世**：人間，人世。舊時認為人世間是浮沉聚散不定的，故有此稱。／**蕖**：即芙蕖，為荷花的別名。／**何事**：為何。／**離披**：分散下垂，衰殘凋敝。

三行—**悠揚**：飄忽不定的樣子。／**歸夢**：歸鄉之夢。／**濩落**：原指廓落（廣大遼闊），引申為淪落失意。濩是指雨水從屋簷向下流的樣子，音同「穫」。／**獨**：僅、但、唯、只。

四行—**豈**：難道、怎麼。／**白頭**：滿頭白髮。／**長**：永久。／**只爾**：只是這樣。／**嵩陽**：嵩山之南。嵩山在今河南省境內，洛陽的東邊。／**心期**：心中所嚮往，心中相許。

49 小園獨酌

李商隱

柳帶誰能結，花房未肯開。
空餘雙蜨舞，竟絕一人來。
半展龍鬚席，輕斟瑪瑙杯。
年年春不定，虛信歲前梅。

賞讀譯文

這根柳條能由誰來打成同心結？百花的花冠還不肯打開。
徒然遺留成雙的蝴蝶在此飛舞，竟然沒有人過來。
我展開一部分的龍鬚席，輕輕將酒倒入瑪瑙杯。
每年春天到來的時間都不一定，讓我白白相信去年開的梅花。

題旨：春景相思

注釋

一行—**柳帶**：柳條。因其細長如帶，故有此稱。／**結**：此處有同心結的意思。／**花房**：花冠，花瓣的總稱。

二行—**空**：徒然。／**餘**：遺留。／**蜨**：「蝶」的異體字。／**絕**：沒有。

三行—**半**：部分、不完全的。／**龍鬚席**：用龍鬚草編成的席子。／**瑪瑙**：一種礦物。為結晶石英、石髓及蛋白石的混合物。

四行—**虛**：白白的、徒然的。／**歲前**：去年。

50 北樓

李商隱

春物豈相干，人生只強歡。
花猶曾斂夕，酒竟不知寒。
異域東風溼，中華上象寬。
此樓堪北望，輕命倚危欄。

題旨：春景抒懷

注釋

題—**北樓**：指桂林城的北樓。

一行—**春物**：春日的景物。／**豈**：難道、怎麼。／**相干**：相關聯。／**強歡**：強作歡顏。

二行—**斂夕**：指白天開放的花在夜間收合。／**不知**：不自覺。

三行—**異域**：異鄉；外地。在此指桂州。／**東風**：春風。／**中華**：指中原地區。／**上象**：上方景象，指天空。

四行—**堪**：可以、能夠。／**北望**：向北望。／**輕命**：看輕自己的生命。／**危欄**：高樓上的欄杆。

賞讀譯文

春日的景物怎麼會與我相關聯呢？我的人生只能強作歡顏。

花兒還曾經在夜晚收合，而我在喝酒後竟然不覺得寒冷。

這個異鄉的春風吹來一片潮溼，中原地區的天空比較寬闊。

在這座樓可以向北望，我看輕自己的生命，倚著高樓上的欄杆。

51 春日寄懷

李商隱

世間榮落重逡巡，我獨丘園坐四春。
縱使有花兼有月，可堪無酒又無人。
青袍似草年年定，白髮如絲日日新。
欲逐風波千萬里，未知何路到龍津。

題旨：生活感懷

—注釋—

一行—**榮落**：榮盛與衰落。／**重**：程度深，有濃厚、劇烈等意思。／**逡巡**：一剎那，頃刻之間。／**丘園**：家園；鄉村。此時作者為母守喪而待在家鄉，一般規定要守喪三年。／**四春**：指四年。

二行—**可堪**：哪堪，怎堪；怎能受得了。

三行—**青袍**：青色的袍子，為唐朝八、九品官員的服色。／**定**：固定。

四行—**風波**：潮流，比喻變動的形勢。／**龍津**：即龍門，比喻仕宦騰達之路。

賞讀譯文

人世間的榮盛與衰落變化總在頃刻之間，我獨自在家園裡待了四年。
縱使眼前有繁花還有明月，怎能受得了沒有酒又沒有人陪伴。
官服青袍就像青草，每年都固定不變；我的白髮如細絲，每天都出現新的。
我想要追逐潮流到千萬里之外，不知道哪條路能到達讓人飛黃騰達的龍門。

52 秋日晚思

李商隱

桐槿日零落，雨餘方寂寥。
枕寒莊蝶去，窗冷胤螢銷。
取適琴將酒，忘名牧與樵。
平生有游舊，一一在煙霄。

賞讀譯文

桐葉和木槿花每天都在凋零，雨後正讓人覺得寂靜冷清。枕邊的寒意讓夢離我而去，窗外的冷天讓螢火蟲消失了。我用彈琴和飲酒來尋求適意，與牧民和樵夫一樣不慕聲譽。我這一生交遊的朋友，每一個都處於顯赫的地位。

一注釋一

一行一**桐**：指桐樹，為落葉喬木。／**槿**：指木槿，木槿花的單朵花只開一天，朝開暮謝。／**零落**：凋零。／**雨餘**：雨後。／**方**：正。／**寂寥**：寂靜冷清。

二行一**莊蝶**：指夢，化用自莊周夢蝶的故事。／**胤螢**：指螢火蟲，化用自晉代車胤的故事，他因家貧而無力購買燈油，於是在囊袋中放入螢火蟲，借著螢火亮光來讀書。／**銷**：消失。

三行一**取適**：尋求適意。／**將**：與、和。／**忘名**：不慕聲譽。／**牧**：牧民。／**樵**：樵夫。

四行一**平生**：一生。／**游舊**：即舊遊。往日交遊的朋友。／**煙霄**：雲霄，比喻顯赫的地位。

題旨：生活感懷

53 晚晴

李商隱

深居俯夾城，春去夏猶清。
天意憐幽草，人間重晚晴。
併添高閣迥，微注小窗明。
越鳥巢乾後，歸飛體更輕。

題旨：賞景抒懷

注釋

題—**晚晴**：傍晚雨後初晴。

一行—**深居**：幽居，不跟外界接觸。／**俯**：低頭看。／**夾城**：指桂林城。自唐代起，開始在此建築城牆用以防禦，現今尚存部分，名為桂林城牆。／**清**：清爽。

二行—**天意**：上天的意旨。／**憐**：珍愛、疼惜。／**幽草**：幽深地方的草叢。／**重**：重視，珍惜。

三行—**併**：一齊。通「並」。／**高閣**：高大的樓閣。閣，一種類似樓的建築物。底層是支撐層，上層四周圍起且有窗。／**迥**：遼遠。／**微注**：輕柔照射。

四行—**越鳥**：南方的鳥。古代越國在南方，故稱南方的鳥為「越鳥」。／**歸飛**：往回飛。

賞讀譯文

我幽居在這裡，俯看桂林夾城；春天離開後，夏天的天氣仍然清爽。

上天憐愛幽草，人間也重視傍晚雨後的初晴。

再加上高大樓閣上視線遼遠，夕陽輕柔照射，使小窗外顯得明亮。

越鳥在巢中，待羽翼乾了之後，往回飛的體態會更輕盈。

54 涼思

李商隱

客去波平檻，蟬休露滿枝。
永懷當此節，倚立自移時。
北斗兼春遠，南陵寓使遲。
天涯占夢數，疑誤有新知。

賞讀譯文

客人離去，水波與欄杆齊平；秋蟬停止鳴叫，露水掛滿樹枝。這個時節總是讓人想要抒發情懷，我倚著欄杆佇立了一段時間。北斗星般的你，和春天一起遠離，南陵的傳書使者遲遲未到。身在天涯的我屢次占卜夢境，誤解你有新結交的知己。

題旨：秋景懷遠

—注釋—

一行—**檻**：欄杆。

二行—**永懷**：詠懷；抒發情懷。／**當**：正值。／**移時**：歷經一段時間。

三行—**北斗**：北斗星，代指所思念的人或地。／**兼**：同時、一起。／**南陵**：今安徽省境內。／**寓使**：指傳書的使者。

四行—**天涯**：天邊，指遙遠的地方。／**占夢**：占卜以判斷夢的吉凶。／**數**：屢次。／**疑誤**：誤解。／**新知**：新結交的知己。

備註—亦有學者認為「北斗」兩句是指作者自己的處境，而「天涯」兩句是指作者思念之人的作為和心情。

55 無題

李商隱

來是空言去絕蹤，月斜樓上五更鐘。
夢為遠別啼難喚，書被催成墨未濃。
蠟照半籠金翡翠，麝熏微度繡芙蓉。
劉郎已恨蓬山遠，更隔蓬山一萬重。

題旨：相思情懷

注釋

一行—**空言**：空話，不切實際的話。／**絕蹤**：斷絕蹤跡。／**五更**：舊時把一夜分為五更，第五更為天將明時。

二行—**書**：書寫。

三行—**蠟照**：蠟燭的光照。／**半籠**：部分覆蓋。指燭光隱約，不能全照床上被褥。／**金翡翠**：有翡翠鳥圖樣的帷幕床帳。／**麝熏**：麝香的香氣。／**度**：通過、跨越。／**繡芙蓉**：指繡有芙蓉圖案的帳子或被子。

四行—**劉郎**：指作者自己。化用劉晨之事。南朝宋的劉義慶的《幽明錄》中，記載劉晨、阮肇入天臺山採藥，迷路後遇到兩位仙女，便留在山裡同居一段時間。／**蓬山**：指蓬萊山，為神話傳說中的仙山。後指仙境。／**一萬重**：指很多層的山。

賞讀譯文

妳說要過來只不過是空話，離開後就斷絕了蹤跡；我在樓上等到月亮西斜，傳來五更的鐘聲。

我因為妳的遠別而在夢中啼哭，難以喚醒；書寫時被急切的心情催促，墨未磨濃就開始下筆。

蠟光僅照到一部分的金翡翠帷帳，麝香的香氣微微透過繡著芙蓉的被子。

我已經怨恨蓬山非常遙遠了，而妳所在的地方又與蓬山隔了萬重山。

56 搖落

李商隱

搖落傷年日，羈留念遠心。
水亭吟斷續，月幌夢飛沉。
古木含風久，疏螢怯露深。
人閒始遙夜，地迥更清砧。
結愛曾傷晚，端憂復至今。
未諳滄海路，何處玉山岑。
灘激黃牛暮，雲屯白帝陰。
遙知霑灑意，不減欲分襟。

賞讀譯文

看到樹葉凋落，讓人感傷年日的變化；我滯留在外地，心中充滿了對遠方家人的思念。我們在臨水亭子裡斷續地吟詠詩篇，在月光照著窗簾時，這幅情景於我的夢中飛沉。

老樹被風吹拂了許久，疏散的螢火蟲害怕濃重的露水。人在清閒時才感到長夜漫漫，地處偏遠時更能聽到擣衣聲。

我在結婚後曾感傷太遲（而未能常相聚），這股深憂又一直持續到今天。我不熟悉入海求仙般的回京城之路，哪裡有朝中的職位？黃昏時分，在黃牛灘的激流旁，濃雲聚集使得白帝城一片陰暗。我在遠處知道你流淚的情意，並不少於我們將要分離的時候。

題旨：行旅相思

注釋

題—**搖落**：凋殘，零落，多用以形容秋天的景象，出自《楚辭．宋玉．九辯》：「草木搖落而變衰。」

一行—**羈留**：滯留在外。／**念遠**：對遠方人或物的思念。

二行—**水亭**：臨水的亭子。／**吟斷續**：斷續地吟詠詩篇。／**幌**：帷幔、窗簾。／**飛沉**：飛升和沉落。

三行—**古木**：老樹。／**含風**：帶著風；被風吹拂著。／**疏螢**：疏散的螢火蟲。／**深**：濃厚，濃重。

四行—**始**：才。／**遙夜**：長夜。／**迥**：遠。／**清砧**：擣衣石的美稱，代指擣衣聲。擣衣是指用杵捶打生絲，使其柔白富彈性，能裁成衣物；古代婦女在秋涼時節常為了幫親人趕製冬衣而擣衣。砧，音同「針」。

五行—**結愛**：相愛，在此指結婚。／**端憂**：閑愁；深憂。／**復**：再、又。

六行—**諳**：熟悉。／**滄海路**：通往海上仙山的路，比喻通往京城的道路。／**玉山岑**：玉山之巔。神話中西王母的居處，泛指仙境，在此指朝中職位。

七行—**黃牛**：指黃牛灘，在長江西陵峽中段，此處河道似九曲回腸，水急礁險。／**暮**：黃昏。／**屯**：聚集。／**白帝**：即白帝城，位在長江瞿塘峽口。

八行—**遙知**：在遠處知曉情況。／**霑灑**：水珠灑落浸濕。多指流淚。／**不減**：不少於。／**欲**：將要。／**分襟**：分離。

57

寫意

燕雁迢迢隔上林，高秋望斷正長吟。
人間路有潼江險，天外山唯玉壘深。
日向花間留返照，雲從城上結層陰。
三年已制思鄉淚，更入新年恐不禁。

李商隱

賞讀譯文

北雁在遙遠的地方，我和長安之間也相隔遙遠；天高氣爽的秋天裡，我在放眼遠望的同時也在長聲吟詠。

人間的道路有的像潼江那般險惡，在高遠之處有玉壘山這樣的深山。

太陽照向花叢間留下夕照，雲兒在城鎮的上空凝聚成密布的濃雲。

這三年來我已經克制思鄉的淚水，再進入新的一年恐怕就難以承受了。

題旨：秋景思鄉

注釋

一行—**燕雁**：燕地的鴻雁，泛指北方的鴻雁。燕地是河北省北部一帶的別稱。鴻雁又稱大雁，是一種候鳥，於春季返回北方，秋季飛到南方越冬。／**迢迢**：遙遠的樣子。／**上林**：上林苑，漢武帝時的名苑，故址在今西安市附近，此處代指唐代首都長安（即今西安市）。／**高秋**：天高氣爽的秋天。／**望斷**：放眼遠望，直到看不見為止。／**長吟**：長聲吟詠。

二行—**潼江**：即梓潼江，一般上游稱潼江，下游稱梓江。為涪江一級支流，屬於長江水系，流經四川省。／**險**：地勢艱危。／**天外**：天邊之外，比喻高遠之處。／**玉壘**：玉壘山，在今四川省境內。

三行—**返照**：夕照，傍晚的陽光。／**結**：凝聚。／**層陰**：密布的濃雲。

四行—**制**：克制，控制。／**更**：又，還。／**不禁**：承受不住、經受不起。

58

玉蝴蝶

秋風淒切傷離

溫庭筠

秋風淒切傷離，行客未歸時。
塞外草先衰，江南雁到遲。
芙蓉凋嫩臉，楊柳墮新眉。
搖落使人悲，斷腸誰得知。

溫庭筠（約 812～866）

本名岐，字飛卿。出身沒落的貴族家庭，屢舉進士不第。恃才不羈，性喜譏刺權貴。曾任隋縣尉、方城縣尉、國子監助教等職。精通音律。詩與李商隱齊名，時稱「溫李」；詞與韋莊齊名，並稱「溫韋」，為花間派鼻祖，多寫女子閨情。

一注釋一

一行一**淒切**：淒涼悲切。／**傷離**：為離別而感傷。／**行客**：旅客、遊子（離鄉遠行的人）。

二行一**塞外**：邊塞之外，中國古代指長城以北的地區，也叫塞北。／**衰**：衰萎、衰枯。／**雁**：鴻雁、大雁，是一種候鳥，於春季返回北方，秋季飛到南方越冬。古人也把鴻雁視為信差的代表，此處也有暗指信的意思。

三行一**芙蓉**：荷花的別稱。／**嫩臉**：嬌柔細嫩的臉。／**新眉**：剛畫好的眉毛。

四行一**搖落**：凋殘，零落。／**斷腸**：比喻極度悲傷。「腸」有心思、情懷之意。／**得**：可以。

題旨：秋景相思

賞讀譯文

秋風吹拂，讓人感到淒涼悲切，不禁為了離別而感傷，此時遠行的人還沒回來。
塞外的草最先衰枯，飛往江南的鴻雁遲遲未到。
女子細嫩的臉像荷花那樣凋萎了，剛畫好的眉毛也像快掉落的楊柳葉那樣了無生氣。
草木的零落讓人悲傷，但女子心中的悲傷有誰可以知道？

59 西江貽釣叟騫生

溫庭筠

晴江如鏡月如鉤，泛灩蒼茫送客愁。
夜淚潛生竹枝曲，春潮遙上木蘭舟。
事隨雲去心難到，夢逐煙銷水自流。
昨日歡娛竟何在，一枝梅謝楚江頭。

題旨：悼亡懷友

注釋

題—**西江**：長江中下游，亦稱楚江，因為此處為春秋戰國時期楚國所在地。／**貽**：贈送。

一行—**泛灩**：浮光閃耀的樣子，指江水。／**蒼茫**：曠遠迷茫的樣子。／**客**：旅居在外的人，在此指作者自己。

二行—**潛生**：暗暗滋生。／**竹枝曲**：原是巴渝（今四川東部）一帶民歌，在此指友人做的歌謠。／**春潮**：春天的潮水。／**木蘭舟**：木蘭樹打造的船，為船隻的美稱。

三行—**逐**：驅走。／**銷**：除去，消失。／**自**：依然。

四行—**昨日**：過去，以前。／**歡娛**：歡欣快樂。／**竟**：究竟，到底。／**何在**：在哪裡？／**謝**：凋落。／**頭**：岸邊。

賞讀譯文

晴朗的江面如明鏡，彎彎的新月如鉤子，浮光閃耀的江水曠遠迷茫，送走我的愁緒。我在夜裡流淚，暗暗想起你作的歌謠，遠方的木蘭舟隨著春天的潮水起伏。過去的事隨著雲兒離開，我的心卻難以跟上，一切就像夢和煙那般消散了，而江水依然川流不息。過去的歡欣快樂到底在哪裡？你像一枝梅花凋謝在楚江岸邊。

60 初秋寄友人

溫庭筠

閒夢正悠悠，涼風生竹樓。
夜琴知欲雨，曉簟覺新秋。
獨鳥楚山遠，一蟬關樹愁。
憑將離別恨，江外問同遊。

題旨：秋景懷友

注釋

一行—**閒**：與正事無關的、不緊要的。／**悠悠**：漫長。／**生**：發生。／**竹樓**：用竹子建造的樓房。

二行—**簟**：竹席。／**曉**：破曉，天剛亮；清晨。／**新秋**：初秋。

三行—**楚山**：楚地之山。楚地為春秋戰國時期楚國所在的長江中下游一帶。／**關樹**：關中地區的樹。關中指渭河平原，包含今陝西省中部，因為周圍有四個關口而得名，此處代指長安（今西安市）。

四行—**憑**：依靠。／**江外**：即江南。從中原看，該地在長江之外，故有此稱。／**問**：問候。／**同遊**：互相交往，在此指朋友。

賞讀譯文

我正做著漫長而無關緊要的夢時，清涼的風吹進竹樓裡。

夜裡彈琴時，（從弦的濕度）知道即將要下雨；早晨坐在竹席上，感覺到初秋的涼意。

你像孤獨的鳥在楚山那麼遙遠的地方，我像一隻蟬在關中地區的樹裡發愁。

我依靠這首詩，將離別的愁恨寄到江南去，問候你這個朋友。

61

河傳

同伴

溫庭筠

同伴，相喚。杏花稀，夢裏每愁依違。
仙客一去燕已飛，不歸，淚痕空滿衣。
天際雲鳥引情遠，春已晚，煙靄渡南苑。
雪梅香，柳帶長，小娘，轉令人意傷。

題旨：暮春思人

注釋

一行—**依違**：形容聲音忽離忽合，在此指人的離合。

二行—**仙客**：仙人，在此指所思之人。／**空**：徒然。

三行—**天際**：天邊。／**雲鳥**：高飛的雲間之鳥。／**引**：帶領。／**煙靄**：雲霧。／**渡**：通過。／**南苑**：御苑名。因位在皇宮之南，故有此名。泛指一般園林。

四行—**雪梅**：指梅花，因梅花色白，故有此稱。／**柳帶**：柳條，因細長如帶，故有此稱。／**小娘**：舊稱歌女或伎女，也是對少女的通稱。／**轉令**：更令，更使。／**人意**：人的意願、情緒。／**傷**：感到悲哀、悲痛。

賞讀譯文

同伴，相互呼喚。在杏花稀疏的時節，女子在夢裡總是憂愁著離合之事。郎君一離去，燕子也已經飛走了，郎君不回來，讓女子的淚痕徒然地滴滿衣裳。天邊的雲間之鳥帶領女子的情思到遠方；已經是晚春時節了，雲霧飄過南苑。雪白梅花散發香氣，柳條細長如帶，更讓少女的心中充滿悲痛的情緒。

62 南湖

溫庭筠

湖上微風入檻涼，翻翻菱荇滿回塘。
野船著岸偎春草，水鳥帶波飛夕陽。
蘆葉有聲疑霧雨，浪花無際似瀟湘。
飄然蓬頂東歸客，盡日相看憶楚鄉。

題旨：賞景思鄉

注釋

一行—**檻**：欄杆。／**翻翻**：飄動，翻騰。／**菱荇**：菱和荇菜的簡稱，泛指水草。／**回塘**：環曲的水池。

二行—**野船**：鄉村小船。／**著岸**：靠岸。

三行—**霧雨**：連綿不斷的濛濛細雨。／**疑**：懷疑。／**無際**：遼闊而無邊際。／**瀟湘**：瀟水和湘水，合流後稱湘江，又稱瀟湘，在今湖南省。

四行—**飄然**：瀟脫不羈的樣子。／**蓬**：疏鬆、散亂的樣子。／**東歸**：回故鄉。因漢、唐的首都皆在長安（今西安市），中原、江南人士辭京返鄉時多稱東歸。／**盡日**：一整天。／**楚鄉**：指楚地，為春秋戰國時期楚國所在的長江中下游一帶。

賞讀譯文

湖上的微風吹入欄杆，帶來涼意，飄動翻騰的菱荇長滿了環曲的水池。鄉村小船靠在岸邊，依偎著春草；水鳥（掠過水面）帶起波浪，飛向夕陽。蘆葉發出聲響，讓人懷疑下起了濛濛細雨；浪花遼闊無邊際，就好像是瀟湘的景色。我這個灑脫不羈、頭頂散亂的回鄉客，一整天看著南湖，回憶著楚地。

63 春日偶作

溫庭筠

西園一曲豔陽歌，擾擾車塵負薜蘿。
自欲放懷猶未得，不知經世竟如何。
夜聞猛雨判花盡，寒戀重衾覺夢多。
釣渚別來應更好，春風還為起微波。

題旨：春景抒懷

【注釋】

一行【**西園**：歷代皆有園林稱西園，泛指園林，也常代指文人飲宴之處。／**豔陽歌**：泛指春之歌。／**擾擾**：紛亂。／**車塵**：車行揚起的塵土。／**負**：違背。／**薜蘿**：薜荔和女蘿，皆為野生攀緣植物，借指隱士的住所。

二行【**欲**：想要。／**放懷**：放寬心懷。／**猶**：還。／**經世**：治理國事。／**竟**：到底。

三行【**聞**：聽到。／**猛雨**：大而急的暴雨。／**判**：判斷。／**戀**：眷念不捨。／**重衾**：兩層被子。衾，音同「親」。／**覺**：睡眠。

四行【**渚**：水中的小沙洲。／**別來**：離別以來。／**微波**：微小的波浪。

賞讀譯文

我在西園聽一曲豔陽歌，紛亂的車行塵土，違背了我隱居在山林薜蘿間的心意。

我想要放寬心懷卻還沒做到，不知道治理國事到底會如何？

我在夜裡聽到下暴雨的聲音，判斷花兒應該都掉落光了；因為寒冷而蓋上兩層被子，但入睡後卻做了許多夢。

我常去釣魚的水中沙洲，在離別之後風光應該變得更美好，春風還為它在周圍吹起微小的波浪。

64

宿友人池

溫庭筠

背牆燈色暗，宿客夢初成。
半夜竹窗雨，滿池荷葉聲。
簟涼秋閣思，木落故山情。
明發又愁起，桂花溪水清。

題旨：秋景愁思

注釋

一行 **燈色**：燈火的明暗度。／**宿客**：投宿的旅客。／**夢初成**：指剛做完夢。

三行 **簟**：竹席。／**閣**：指住處、房間。／**木落**：指樹木的落葉。／**故山**：舊山，比喻家鄉。

四行 **明發**：黎明。

賞讀譯文

背對牆壁的燈火光線昏暗，我這個投宿的旅客剛做完夢。

半夜，竹窗外下起大雨，滿池的荷葉傳出沙沙聲響。

竹席冰涼，我在房間裡滿心秋思，在樹木落葉的季節裡思念著家鄉。

黎明，我又懷著愁緒起床，只見桂花圍繞著清澈的溪水。

65 宿城南亡友別墅

溫庭筠

水流花落歎浮生，
又伴遊人宿杜城。
還似昔年殘夢裏，
透簾斜月獨聞鶯。

題旨：行旅記事

注釋

一行——浮生：人生。
二行——遊人：遊玩的人。／宿：過夜，居住。／杜城：地名，在今西安市境內。
三行——昔年：往年、從前。／殘夢：指零亂不全的夢。
四行——斜月：西斜的落月。／聞：聽到。

賞讀譯文

溪水流逝，花兒凋落，我感嘆人生也是如此。
我又陪伴遊人在杜城過夜。
一切的景象又像從前零亂不全的夢裡。
西斜的月光透過簾子照進屋內，我獨自聽到鶯鳥的鳴叫聲。

66 曉仙謠

溫庭筠

玉妃喚月歸海宮，月色澹白涵春空。
銀河欲轉星靨靨，碧浪疊山埋早紅。
宮花有露如新淚，小苑叢叢入寒翠。
綺閣空傳唱漏聲，網軒未辨凌雲字。
遙遙珠帳連湘煙，鶴扇如霜金骨仙。
碧簫曲盡彩霞動，下視九州皆悄然。
秦王女騎紅尾鳳，半空回首晨雞弄。
霧蓋狂塵億兆家，世人猶作牽情夢。

注釋

一行—**玉妃**：仙女。／**海宮**：海中宮殿。／**澹白**：淡白。／**涵**：浸潤；沉浸。

二行—**欲**：將要。／**靨靨**：星光變得隱微。／**早紅**：早晨的紅霞。

三行—**新淚**：剛落下的淚。／**入**：沉浸、深透。／**寒翠**：指常綠樹木在寒天的青綠色。

四行—**綺閣**：華麗的樓閣。／**空**：只、僅僅。／**唱漏**：報更。「漏」是古代利用滴水量來計算時間的漏壺。／**網軒**：裝飾有網狀雕刻的門窗。

五行—**遙遙**：距離很遠。／**珠帳**：珍珠連綴成的帷帳。／**湘煙**：湘水上的煙霧。／**鶴扇**：用鶴羽製成的扇子。

六行—**碧簫**：碧玉製的簫。／**九州**：指中國，在古代曾分為九個行政區，故有此稱。／**悄然**：寂靜無聲的樣子。

七行—**秦王女**：化用自漢代劉向《列仙傳》中的故事，蕭史善吹簫，娶了秦穆公之女弄玉，後來夫妻隨鳳凰飛去。／**晨雞**：報曉的雄雞。／**弄**：吹奏，在此指鳴叫。

八行—**狂塵**：紛擾的塵世。／**億兆**：形容極多。／**牽情**：觸動感情。

題旨：仙境幻想

賞讀譯文

仙女呼喚月亮回到海中宮殿，淡白的月光仍浸染著春季的天空。銀河將要轉動，星光變得隱微，如碧綠波浪起伏的層疊群山裡，埋藏著早晨的紅霞。宮中花朵上沾著露水，猶如剛落下的淚，小苑裡的叢叢樹林透著寒天的青綠色。華麗樓閣裡只傳來報更的聲音；透過網狀雕刻的門窗，無法辨認出「凌雲」二字。

遠處，湘水上的煙霧連成一片，彷彿珍珠連綴而成的帷帳；朝陽像是金骨仙手上的霜白鶴羽扇子。用碧簫吹完一首曲子後，彩霞動了起來，往下看，九州全是寂靜無聲的樣子。秦王女騎上紅尾鳳，在半空中回頭一看，報曉的雄雞正在鳴叫。晨霧覆蓋著紛擾塵世裡的億兆人家，世人仍在做著觸動感情的夢。

67 自遣

羅隱

得即高歌失即休，
多愁多恨亦悠悠。
今朝有酒今朝醉，
明日愁來明日愁。

題旨：生活抒懷

羅隱（833～909）
本名橫，字昭諫，自號江東生。十次應進士舉不中，遂改名隱。曾任錢塘令、著作郎、鎮海節度判官、鹽鐵發運使等職。

注釋

一行—**得**：在此指成就。／**失**：失敗。／**休**：停止。
二行—**悠悠**：長久，無盡。
三行—**今朝**：今天，現在。
四行—**來**：事情臨頭、發生。

賞讀譯文

有成就便高聲唱歌，失敗了就停止。
如果心裡充滿愁恨，這愁恨也會永無止盡。
今天有酒的話，今天就喝個醉，
明天有憂愁的事發生的話，明天再來煩惱。

68 木蘭花

獨上小樓春欲暮

韋莊

獨上小樓春欲暮，愁望玉關芳草路。
消息斷，不逢人，卻斂細眉歸繡戶。
坐看落花空歎息，羅袂濕斑紅淚滴。
千山萬水不曾行，魂夢欲教何處覓。

韋莊（836～910）字端己，京兆杜陵人。早年遍遊各地，年近六十才登進士第，曾任校書郎、左補闕。後入前蜀為官。著有《浣花集》。

題旨：暮春相思

注釋

一行 **暮**：晚、將結束的。／**玉關**：甘肅省的玉門關，在此指遊子的所在地。／**芳草**：香草，有懷人思親之意，源自《楚辭．招隱士》的「王孫遊兮不歸，春草生兮萋萋」。

二行 **斷**：隔斷，斷絕。／**逢**：遇見。／**斂**：聚集，收縮。／**繡戶**：雕繪華美的門戶，多指婦女的居室。

三行 **坐看**：指旁觀而無行動。／**空**：徒然。／**羅袂**：絲羅的衣袖，亦指華麗的衣著。／**紅淚**：原指血淚，此處指和著胭脂的淚水。

四行 **魂夢**：夢；夢魂。古人認為人的靈魂能在睡夢中離開肉體，故有此稱。／**教**：使，讓。

賞讀譯文

女子獨自走上小樓，春天快要結束了；她發愁地望向遊子所在的地方，卻只見長滿芳草的路徑。消息斷絕，又沒再遇見，她只能皺起細眉，回到居室裡。女子坐看落花，徒然地歎息，絲羅衣袖上都是胭脂紅淚滴落而弄濕的斑點。她從來不曾出門去過千山萬水，就算在夢中，要讓她去哪裡尋覓呢？

69 浣溪沙

惆悵夢餘山月斜

韋莊

惆悵夢餘山月斜，孤燈照壁背窗紗。
小樓高閣謝娘家。
暗想玉容何所似，一枝春雪凍梅花。
滿身香霧簇朝霞。

題旨：月夜相思

注釋

一行—**惆悵**：悲愁、失意。／**夢餘**：夢醒後。／**窗紗**：窗上所糊的紗。

二行—**謝娘**：對美麗女子、心愛女子、歌伎的代稱，源自唐代宰相李德裕家的名歌伎「謝秋娘」。

三行—**暗想**：私下猜想。／**玉容**：女子的容顏。／**何所似**：像什麼。

四行—**香霧**：香氣。／**簇**：聚攏。

賞讀譯文

我惆悵地夢醒後，看到窗外斜月伴著青山，孤燈照著牆壁，背對窗紗。小樓的高閣上，就是女子的家。

我私下猜想她的容顏像什麼，應該就像是一枝被春雪凍結的梅花。她滿身香氣，聚攏成朝霞。

70 清平樂

野花芳草

韋莊

野花芳草，寂寞關山道。
柳吐金絲鶯語早，惆悵香閨暗老。
羅帶悔結同心，獨憑朱欄思深。
夢覺半床斜月，小窗風觸鳴琴。

題旨：春景相思

注釋

一行 **寂寞**：孤單冷清。／**芳草**：香草，有懷人思親之意，源自《楚辭．招隱士》的「王孫遊兮不歸，春草生兮萋萋」。／**關山**：關隘與山峰。比喻路途遙遠或行路的困難。

二行 **吐**：顯露、散放。／**鶯語**：鶯的啼鳴聲。／**惆悵**：悲愁、失意。／**香閨**：女子的居室。／**暗老**：不知不覺地變老。

三行 **羅帶**：絲質衣帶，是古人贈別的信物之一。／**同心**：古時用錦帶結成連環迴文的同心結花樣，表示兩情相繫，彼此相屬。／**憑**：倚靠。／**朱欄**：朱紅色欄杆。

四行 **夢覺**：夢醒。

賞讀譯文

野花盛開，芳草繁茂，孤單冷清的關山道。柳樹散放出金色柳絲，鶯鳥早早地開始啼鳴；女子惆悵地待在香閨裡，不知不覺地變老。女子後悔用羅帶與郎君結為同心，獨自倚靠著朱紅色欄杆，情思深切。她在夢醒後，看見半張床鋪籠罩在斜斜的月光下，從小窗吹進來的風觸動了琴，使它發出聲響。

71 應天長

綠槐陰裏黃鶯語

韋莊

綠槐陰裏黃鶯語，深院無人春晝午。
畫簾垂，金鳳舞，寂寞繡屏香一炷。
碧天雲，無定處，空有夢魂來去。
夜夜綠窗風雨，斷腸君信否。

題旨：春景相思

注釋

一行—**陰**：黑暗、陽光照不到的地方。／**語**：蟲鳥的鳴叫聲。／**春晝午**：春日正午時分。

二行—**畫簾**：有畫飾的簾子。／**金鳳**：指畫簾的金鳳凰圖案。／**寂寞**：孤單冷清。／**繡屏**：有刺繡圖案的屏風。

三行—**碧天**：青天，藍色的天空。／**碧天雲**：比喻所思念的人。／**定處**：固定的居處。／**空**：徒然。／**夢魂**：夢。古人認為人的靈魂能在睡夢中離開肉體，故稱之「夢魂」。

四行—**夜夜**：每夜。／**綠窗**：綠紗窗，代指婦女的居室。／**斷腸**：比喻極度悲傷。「腸」有心思、情懷之意。

賞讀譯文

黃鶯鳥在綠槐樹的陰暗處裡鳴叫；春日正午時分，深院裡沒有人影。畫簾垂落而下，上頭的金鳳凰彷彿在舞動，孤單冷清的繡屏旁點著一炷香。郎君就像藍天裡的雲朵，沒有固定的居處，徒然在夢中來去。女子住處的綠窗外，每夜風吹雨打，郎君是否相信女子極度悲傷的心情？

72 應天長

別來半歲音書絕

韋莊

別來半歲音書絕，一寸離腸千萬結。
難相見，易相別，又是玉樓花似雪。
暗相思，無處說，惆悵夜來煙月。
想得此時情切，淚沾紅袖黦。

題旨：春景相思

—注釋—

一行—**別來**：離別以來。／**半歲**：半年。／**音書**：音訊，書信。／**絕**：斷絕。／**離腸**：充滿離愁的心腸。腸有心思、情懷之意。

二行—**玉樓**：華麗的樓房。

三行—**暗**：暗自，私下。／**惆悵**：悲愁、失意。／**夜來**：入夜。／**煙月**：雲霧籠罩的月亮。

四行—**想得**：料到；料想。／**情切**：情感真誠懇切。／**紅袖**：女子的紅色衣袖。／**黦**：玷汙，弄髒。音同「玉」。

賞讀譯文

離別以來已經半年，音訊斷絕，讓女子充滿離愁的每寸心腸都打了千萬結。

相見如此困難，相別如此容易，又到了華麗樓房周圍的繁花盛開似雪的季節。

女子暗自思念郎君，沒有地方能訴說，入夜後只見雲霧籠罩的月亮，心情依然惆悵。

料想這時情感最真切，淚水沾得紅色衣袖變髒了。

73 歸國遙

春欲晚

韋莊

春欲晚，戲蝶遊蜂花爛漫。
日落謝家池館，柳絲金縷斷。
睡覺綠鬟風亂，畫屏雲雨散。
閒倚博山長歎，淚流沾皓腕。

題旨：暮春相思

注釋

一行──**晚**：將盡的。／**戲蝶遊蜂**：飛舞遊戲的蝴蝶和蜜蜂。／**爛漫**：色彩鮮麗。

二行──**謝家**：美人居住的地方。唐代宰相李德裕家有個名歌伎叫謝秋娘，後以「謝娘」泛指歌伎、美妾、美麗的女子。／**池館**：池苑館舍。池苑指有池水和花木的園林，館舍指接待賓客住宿之所，亦泛指房屋。／**柳絲**：形容柳枝細長如絲。／**金縷**：金絲。

三行──**睡覺**：睡醒。／**綠鬟**：烏黑髮亮的髮髻。泛指婦女美麗的頭髮。／**風亂**：紛亂，如風吹亂。／**畫屏**：有彩畫的屏風。／**雲雨**：男女歡會的象徵，源自戰國時代宋玉的〈高唐賦〉提到，巫山神女「旦為朝雲，暮為行雨」，曾與楚王歡會。

四行──**閒**：隨意的。／**博山**：博山爐的簡稱，一種焚香用的熏爐。因爐蓋上的造型類似傳聞中的海上名山博山而得名。／**皓腕**：女子白嫩的手腕。

賞讀譯文

春天將要結束，蝴蝶和蜜蜂飛舞遊戲，繁花色彩鮮麗。
日落斜暉籠罩著女子居住的池苑館舍，金線般的柳條斷裂了。
女子睡醒後，烏黑髮髻像被風吹過似的紛亂不已，彩畫屏風旁的雲雨歡會已經散去。
她隨意地倚在博山爐旁長聲歎息，眼淚流了下來，沾到白嫩的手腕上。

74 更漏子 星漸稀

牛嶠

星漸稀，漏頻轉，何處輪臺聲怨。
香閣掩，杏花紅，月明楊柳風。
挑錦字，記情事，唯願兩心相似。
收淚語，背燈眠，玉釵横枕邊。

牛嶠（約 860 ～ 900 前後在世）
字松卿、延峰。歷任拾遺、尚書郎等職。之後，入前蜀為官。

注釋

一行 **漏**：指漏刻，古代計時器具。以底部有孔洞的銅壺盛水，隨著水逐漸滴漏，裡面的刻度就會逐漸顯示時間。／**轉**：轉換。／**輪臺**：古地名，在今新疆省境內，泛指邊塞。／**聲**：音調。

二行 **香閣**：年輕女子的房間。／**掩**：關閉。

三行 **挑**：一種刺繡針法。用針挑起經線或緯線，將線從下穿過。／**錦字**：指妻子寫給丈夫的信，或情書。源自《晉書》中所記載，秦州刺史竇滔被徙流沙，其妻蘇氏織錦為回文旋圖詩贈之。

四行 **語**：詩詞文章中的字句。

題旨：月夜相思

賞讀譯文

星光漸漸稀疏，漏刻頻頻轉換，從哪裡傳來了音調哀怨的邊塞曲？

女子房間的門關閉著，杏樹綻放紅花，月光明亮，春風吹過楊柳樹。

女子在織錦上刺繡文字，記下情事，只希望兩人的心意相似。

她收起被淚水滴濕的字句，背著燈入睡，玉釵横放在枕頭邊。

75 送溫臺

朱放

渺渺天涯君去時，
浮雲流水自相隨。
人生一世長如客，
何必今朝是別離。

賞讀譯文

當你前往遼闊蒼茫的天涯時，
浮雲和流水自然會相隨。
人生在世長期像旅居在外的人，
何必到今天才算是別離呢？

題旨：人生抒懷

朱放（約 773 ～ 786 前後在世）
字長通，曾居於湖北襄陽、浙江剡溪等地，之後曾任江西節度參謀。

注釋

題—**溫臺**：人名，可能指唐朝官員溫造。
一行—**渺渺**：遼闊而蒼茫的樣子。／**天涯**：天邊，指遙遠的地方。
二行—**自**：自然，當然。
三行—**長**：形容時間久遠，長期。／**客**：旅居在外的人。
四行—**今朝**：今天早上，現在。

76 灞上秋居

馬戴

灞原風雨定，晚見雁行頻。
落葉他鄉樹，寒燈獨夜人。
空園白露滴，孤壁野僧鄰。
寄臥郊扉久，何門致此身。

馬戴（約 799～869）

字虞臣。早年屢試不第，登進士第後，曾因直言被貶，之後遇赦回京，曾佐大同軍幕、任太常博士等職。

題旨：秋景抒懷

一注釋一

題—**灞上**：古代地名。因地處灞水西高原上得名，在今陝西省境內。

一行—**灞原**：灞水西高原，即灞上。／**定**：平靜。／**晚**：傍晚。／**雁行**：群雁飛行的行列。／**頻**：屢次的、接連的。

二行—**寒燈**：寒夜裡的燈。／**獨夜**：一人獨處之夜。

三行—**空園**：荒園，閒棄的庭院。／**白露**：指秋天的露水，因秋天在五行中屬金，而白色為金的代表色，故有此稱。／**野僧**：山野僧人。

四行—**寄臥**：寄居。／**郊扉**：郊外住宅的門戶，代指郊外住宅。／**門**：另有版本為「年」。／**致**：給與，在此指貢獻。／**身**：自己。

賞讀譯文

灞上高原的風雨已經平靜下來了，傍晚時頻頻看到群雁飛行的行列。他鄉的樹開始落葉了，寒夜裡的燈下有個人在夜裡獨處。荒園裡，秋露滴落，這一面牆外有山野僧人與我為鄰。我寄居在郊外住宅很久了，有什麼門路可以讓我貢獻自己的心力？

77

浣溪沙　粉上依稀有淚痕

薛昭蘊

粉上依稀有淚痕，郡庭花落欲黃昏。
遠情深恨與誰論。
記得去年寒食日，延秋門外卓金輪。
日斜人散暗銷魂。

題旨：春景抒情

薛昭蘊　字澄州。生卒年不詳。官至侍郎。

【注釋】

一行【**粉**：指粉臉，指婦女擦過粉的臉。／**依稀**：隱約。／**郡庭**：郡署的庭院。／**欲**：將要。

二行【**遠情**：深情。／**論**：敘述。

三行【**寒食**：節令名，通常在冬至後第一〇五日，在清明節前一或二日。傳統上當日禁火，一律吃冷食。／**延秋門**：唐代長安禁苑西面靠南邊的門之名。／**卓**：直立，在此指停車。／**金輪**：車輪。

四行【**暗**：暗自，私下。／**銷魂**：哀傷至極，好像魂魄離開形體而消失。

賞讀譯文

女子的粉臉上隱約還有淚痕，郡庭裡的花兒凋落，將要黃昏了。她心中的深情和深恨，能夠向誰述說呢？她記得去年寒食節那一天，男子在延秋門外停下車。太陽斜照時人們散去，而她暗自為了男子而哀傷銷魂。

78 浣溪沙

握手河橋柳似金　薛昭蘊

握手河橋柳似金，蜂鬚輕惹百花心。
蕙風蘭思寄清琴。
意滿便同春水滿，情深還似酒盃深。
楚煙湘月兩沉沉。

題旨：春日送別

注釋

一行—**蜂鬚**：蜂的觸鬚。／**惹**：沾染、碰觸。／**花心**：花蕊的俗稱。

二行—**蕙風**：香風，多指暖和的春風。蕙是一種香草。／**蘭思**：在此指離別的情思。蘭指蘭草，為一種香草。／**寄**：託付。／**清琴**：音調清雅的琴。

三行—**意**：情意。／**便**：即、就。／**同**：一樣。／**還**：更。／**酒盃**：酒杯。

四行—**楚煙**：楚地的煙霧。楚地為春秋戰國時期楚國所在的長江中下游一帶。／**湘月**：湘水上的明月。／**沉沉**：形容心事沉重，或深隱沉靜的樣子。

賞讀譯文

我們在河橋上握手道別時，柳條看起來就像金絲，而蜂兒的觸鬚正輕輕碰觸百花的花蕊。
暖和的春風吹來，我將離別的情思寄託給音調清雅的琴。
我的情意滿到就跟春水一樣滿，我的情感深到比酒杯更深。
楚地的煙霧和湘水上的明月，兩者都讓人心事沉重。

79 喜遷鶯

殘蟾落

薛昭蘊

殘蟾落，曉鐘鳴，羽化覺身輕。
乍無春睡有餘酲，杏苑雪初晴。
紫陌長，襟袖冷，不是人間風景。
迴看塵土似前生，休羨谷中鶯。

題旨：得第心情

注釋

一行　**殘蟾**：殘月，指清晨出現的月亮、殘缺不圓的彎月、西沉的月亮。傳說月亮中有蟾蜍，故代稱月亮為「蟾」。／**曉鐘**：報曉的鐘聲。／**鳴**：敲響、吹響。／**羽化**：得道成仙。舊時的人認為仙人能飛昇變化，便把成仙稱為羽化。

二行　**春睡**：春日的睡意。／**餘酲**：餘醉，宿醉，尚有醉意。／**杏苑**：杏園，為唐代新科進士遊宴處。／**初晴**：剛放晴。

三行　**紫陌**：京城的道路。／**襟袖**：衣襟衣袖。

四行　**迴看**：回頭看。／**塵土**：世俗的事；塵俗之事。／**休羨**：不羨慕。／**谷中鶯**：代指隱居者。自唐以來，認為嚶嚶出谷之鳥是黃鶯，並以「鶯遷」指登第。

賞讀譯文

月亮西沉落下，報曉的鐘聲響起，（應試登第後）我好像成仙那樣覺得身體很輕盈。

我突然沒有了春日的睡意，但還有一點宿醉，杏園在下雪後剛剛放晴。

京城的道路很長，冷風吹入襟袖，這不是平凡人間的風景。

我回頭看塵俗之事，好似前世一般，我不羨慕隱居在谷中的鶯鳥。

80 浣溪沙

花漸凋疏不耐風　孫光憲

花漸凋疏不耐風，畫簾垂地曉堂空。
墮堦縈蘚舞愁紅。
膩粉半粘金靨子，殘香猶暖繡熏籠。
蕙心無處與人同。

題旨：詠落花

孫光憲（約 900 ～ 968）
字孟文，自號葆光子。為農家子弟，好讀書。五代後唐時，曾任陵州判官；之後在十國中的荊南為官，累官至檢校秘書監兼御史大夫。

—注釋—

一行—**凋疏**：零落稀疏。／**不耐**：禁不起、承受不住。／**畫簾**：有畫飾的簾子。／**曉堂**：清晨的大廳。

二行—**墮**：向下墜落。／**堦**：「階」的異體字。／**縈**：圍繞、纏繞。／**蘚**：苔蘚植物。／**愁紅**：指經風雨摧殘的花。

三行—**膩粉**：細緻、滑潤的脂粉。／**半**：部分、不完全的。／**粘**：通「黏」。／**金靨**：古代婦女在臉頰上點染的一種金黃色妝飾。／**猶**：如同。／**繡**：繡有各種花紋的絲織品。／**熏籠**：一種覆蓋於火爐上供薰香、烘物和取暖用的器物。

四行—**蕙心**：比喻女子芳潔、純美的心，在此指落花的心。蕙是一種香草。

賞讀譯文

花兒逐漸零落稀疏，禁不起風吹；有畫飾的簾子垂落至地，清晨的大廳裡空無一人。
落花掉落在臺階上，圍繞著苔蘚飛舞。
它的模樣就像女子的細滑脂粉上黏了一些金黃妝飾；殘存的香氣如同將刺繡織品烘暖的熏籠。
落花的純美之心沒有地方與世人相同。

81 菩薩蠻 月華如水籠香砌

孫光憲

月華如水籠香砌，金鐶碎撼門初閉。
寒影墮高簷，鉤垂一面簾。
碧煙輕裊裊，紅顫燈花笑。
即此是高唐，掩屏秋夢長。

題旨：秋夜閨思

一注釋一

一行一**月華**：月光、月色。／**籠**：籠罩。／**香砌**：香階，或是庭院中用磚石砌成的花壇。／**金鐶**：金屬門環。／**碎撼**：細碎地搖動著。

二行一**寒影**：散發清冷氣息的物影。

三行一**碧煙**：青色的煙霧。／**裊裊**：搖曳不定的樣子。／**顫**：物體搖動或晃動。／**燈花**：燈芯燃燒時爆出的火花，或燃燒時結成的花狀物，被認為是吉祥的徵兆。

四行一**即此**：就此；只此。／**高唐**：指與情人相會。源自戰國時代宋玉的〈高唐賦〉，其中提到楚王在夢中與巫山神女歡會。／**掩**：遮掩。

賞讀譯文

月光如水，籠罩著香砌，金屬門環細碎地搖動著，門剛剛閉上。散發清冷氣息的物影從高簷延伸而下，女子鉤起一面簾子。青色煙霧輕盈搖曳著，女子看到搖動的紅色燈花，不禁笑了。這就是與情人相會的吉兆，女子在屏風的遮掩下入睡，期望做個漫長的美好秋夢。

82 菩薩蠻

青巖碧洞經朝雨

孫光憲

青巖碧洞經朝雨，隔花相喚南溪去。
一隻木蘭船，波平遠浸天。
扣舷驚翡翠，嫩玉抬香臂。
紅日欲沉西，煙中遙解觿。

題旨：情侶出遊

注釋

一行 **青巖**：青山。／**碧洞**：石洞。／**經**：經歷。／**朝雨**：晨雨。／**相喚**：互相呼喚。

二行 **木蘭船**：木蘭樹打造的船，為船隻的美稱。／**浸天**：淹沒天空，指水天相接。

三行 **扣舷**：敲擊船的邊緣，多用為吟歌的節拍。扣，通「叩」；舷，音同「嫌」。／**翡翠**：翡翠鳥。／**嫩玉**：形容美女肌膚的嬌嫩。

四行 **紅日**：太陽。／**欲**：將要。／**解**：解下。／**觿**：用獸骨製成的錐子。可解開繩結，亦可作為佩飾。

賞讀譯文

青山和石洞經過了晨雨洗滌，情侶隔著花互相呼喚去南溪遊玩。

兩人乘坐一艘木蘭船，波面平坦，在遠處與天空相接。

兩人敲擊船的邊緣，驚動了翡翠鳥，女子抬起香臂，露出嫩玉般的肌膚。

太陽將要西沉，在遠處的煙霧中，兩人解下獸骨佩飾相贈。

83 虞美人

紅窗寂寂無人語　孫光憲

紅窗寂寂無人語，暗澹梨花雨。繡羅紋地粉新描，博山香炷旋抽條，暗魂銷。

天涯一去無消息，終日長相憶。教人相憶幾時休，不堪悵觸別離愁，淚還流。

題旨：春景相思

注釋

一行　寂寂：寂靜無聲。／暗澹：亦作「暗淡」。不鮮豔；不明亮。／梨花雨：梨花綻放時節的雨。

二行　繡羅紋地：在絲羅上刺繡花紋。／粉：擦在臉上的妝粉。／描：塗畫。／博山：博山爐的簡稱，一種焚香用的熏爐。因爐蓋上的造型類似傳聞中的海上名山博山而得名。／旋：立刻、很快的。／抽條：冒出長條形的煙。／暗：暗自，私下。／魂銷：形容極度悲傷或歡樂，好像魂魄離開形體而消失。

三行　天涯：天邊，指遙遠的地方。／終日：一整天。／長：長時間。／相憶：想念。

四行　教：使，讓。／不堪：無法忍受。／悵觸：撥動、觸動。悵，碰觸，音同「成」。／還：仍然、依舊。

賞讀譯文

紅窗內寂靜無聲，沒有人說話；窗外下因梨花時節的雨而顯得昏暗。女子在絲羅上刺繡花紋，臉上剛塗了妝粉，博山爐裡的香炷很快就冒出條形煙，她暗自悲傷。郎君到遙遠的天邊，一去就沒有消息，讓女子一整天長時間想念著。要讓人想念到何時才停止呢？女子無法忍受被觸動了別離的愁緒，淚水仍然在流。

84 上行杯

落梅著雨消殘粉

馮延巳

落梅著雨消殘粉，雲重煙輕寒食近。
羅幕遮香，柳外秋千出畫牆。
春山顛倒釵橫鳳，飛絮入簾春睡重。
夢裏佳期，祇許庭花與月知。

題旨：春景思情

馮延巳（903～960）
字正中。於南唐的烈祖李昪、中主李璟二朝為官，與李璟關係緊密，四度任宰相又被罷黜。

注釋

一行 **著**：附著，沾。／**消**：除去。／**寒食**：節令名，通常在冬至後第一〇五日，在清明節前一或二日。傳統上當日禁火，一律吃冷食。

二行 **羅幕**：絲質帷幕。／**香**：熏香的香氣。／**秋千**：鞦韆。／**畫牆**：繪有圖畫的牆壁。

三行 **春山**：春日山色黛青，因此用來指稱婦人姣好的眉毛。／**顛倒**：上下前後次序倒置。／**釵橫鳳**：指鳳釵橫斜。鳳釵是一種婦女的首飾，釵頭為鳳形。／**飛絮**：飄飛的柳絮。／**春睡**：春日的睡意。

四行 **佳期**：美好的相會時光。／**祇**：只、僅僅。此處音同「只」。／**許**：准許。

賞讀譯文

凋落的梅花沾到雨水，消去了殘餘的粉色；雲層厚重，煙霧輕盈，寒食節就快到了。絲質帷幕遮擋住熏香的香氣，柳樹外有鞦韆盪出到畫牆上方。（女子橫躺），讓春山似的眉毛顛倒了，鳳釵橫斜；飄飛的柳絮進入簾子後方，女子感到濃重的春日睡意。夢裡的美好相會時光，她只准許庭院裡的花與明月知道。

85

更漏子

風帶寒

馮延巳

風帶寒，秋正好，蘭蕙無端先老。
雲杳杳，樹依依，離人殊未歸。
褰羅幕，憑朱閣，不獨堪悲寥落。
月東出，雁南飛，誰家夜擣衣。

※本詞作者另有一說是「歐陽脩」，本書依《南唐詞》（三民書局出版）所列為準。

題旨：秋景思人

注釋

一行 **蘭蕙**：蘭草和蕙草都是香草。／**無端**：沒由來。／**老**：此處指枯衰。

二行 **杳杳**：渺茫、幽遠的樣子。／**依依**：隨風搖擺的樣子。／**離人**：離開家園的人。／**殊**：猶、尚。

三行 **褰**：掀開。音同「牽」。／**羅幕**：絲質帷幕。／**憑**：倚靠。／**朱閣**：朱紅色的華麗樓閣。／**不獨**：不但，不僅。／**堪**：可以、能夠。／**寥落**：孤單；寂寞。

四行 **雁**：一種候鳥，於春季返回北方，秋季飛到南方越冬。古人常用來表達對遠方親人的懷念。／**擣衣**：是指用杵捶打生絲，使其柔白富彈性，能裁成衣物；古代婦女在秋涼時節常為了幫親人趕製冬衣而擣衣。

賞讀譯文

風帶著寒氣，秋光正美好，蘭草和蕙草沒由來地先枯衰了。
雲層渺茫幽遠，樹林隨風搖擺，遠離的人還沒回來。
掀開絲質帷幕，倚靠著朱紅色樓閣，不只是能夠讓人為孤單寂寞而悲傷。
月亮從東邊出現，雁子往南飛，是哪一家的人在夜裡擣衣呢？

86 拋球樂

梅落新春入後庭　　馮延巳

梅落新春入後庭，眼前風物可無情。
曲池波晚冰還合，芳草迎船綠未成。
且上高樓望，相共憑欄看月生。

題旨：春日遊賞

注釋

一行 **新春**：指初春，早春。／**後庭**：宮庭或房室的後園。／**風物**：風光景物。／**可**：豈。

二行 **曲池**：曲折回繞的水池。／**還**：且、又，表示皆有。／**合**：聚集。

三行 **且**：姑且、暫且。／**相共**：共同，一道。／**憑欄**：倚靠欄杆。／**生**：此處指升起。

賞讀譯文

初春時節，梅花凋落後飄入後庭，眼前的風光景物豈是無情的嗎？

曲池的水波在夜晚結冰且聚集結合；芳草迎接行船，但還沒形成青綠的模樣。

我們暫且登上高樓遠望，一起倚靠欄杆，看著月亮升起。

87

芳草渡

梧桐落

馮延巳

梧桐落，蓼花秋。煙初冷，雨才收。
蕭條風物正堪愁。
人去後，多少恨，在心頭。
燕鴻遠，羌笛怨，渺渺澄江一片。
山如黛，月如鉤。
笙歌散，魂夢斷，倚高樓。

※本詞作者另有一說是「歐陽脩」，本書依《南唐詞》（三民書局出版）所列為準。

題旨：秋景思人

注釋

一行──**蓼花**：蓼是水陸兩棲草本植物，開粉紅或玫瑰紅色穗狀花序，六至九月開花。／**初**：開始。／**收**：結束、停止。

二行──**蕭條**：寂寥冷清的樣子。／**風物**：風光景物。／**堪**：可以，能夠。

四行──**燕鴻**：燕地的鴻雁，泛指北方的鴻雁。燕地是河北省北部一帶的別稱。鴻雁又稱大雁，是一種候鳥，於春季返回北方，秋季飛到南方越冬。／**羌笛**：一種笛子，源自於少數民族羌族。／**渺渺**：遼闊而蒼茫的樣子。／**澄江**：清澈的江水。

五行──**黛**：青黑色的眉。／**鉤**：彎鉤。形體彎曲、末端尖的器物。

六行──**笙歌**：指樂器演奏聲和歌聲。／**魂夢**：夢；夢魂。古人認為人的靈魂能在睡夢中離開肉體，故有此稱。

賞讀譯文

梧桐葉凋落，秋日蓼花盛開。煙霧開始變冷，雨才剛停止。
寂寥冷清的風光景物正能夠讓人發愁。
在那人離去後，有多少恨留在我的心頭。
北方的鴻雁已經遠去，羌笛的樂聲十分哀怨，這一片清澈江水遼闊而蒼茫。
山如同青黑色的眉毛，月亮如同彎鉤。
樂聲和歌聲已經散去，夢也中斷了，我正倚在高樓上。

88 長相思

紅滿枝

馮延巳

紅滿枝，綠滿枝，宿雨厭厭睡起遲。
閑庭花影移。
憶歸期，數歸期，夢見雖多相見稀。
相逢知幾時。

題旨：春日相思

注釋

一行 **宿雨**：昨夜的雨。／**厭厭**：懨懨；懶倦，精神不振的樣子。
二行 **閑庭**：寂靜的庭院。閑，通「閒」。
三行 **憶**：記得。

賞讀譯文

紅花開滿枝，綠葉長滿枝，昨夜的雨讓人懶倦，很晚才睡起。
花影在寂靜的庭院裡（隨著日照）而移動。
我記得那人的歸期，也數算著他的歸期，雖然多次夢見他，相見的次數卻很稀少。
誰知道何時才能相逢呢？

89

浣溪沙

醉憶春衫獨倚樓

馮延巳

醉憶春衫獨倚樓，遠山迴合暮雲收，
波間隱隱仞歸舟。
早是出門長帶月，可堪分袂又經秋。
晚風斜日不勝愁。

※本詞作者另有一說是「張泌」。

題旨：賞景思人

注釋

一行—**憶**：想起，思念。／**春衫**：指穿春衫的人。／**倚樓**：倚靠樓房的窗戶或欄杆。／**迴合**：環繞。／**暮雲**：黃昏的雲。／**收**：結束、停止，此處指消散。

二行—**隱隱**：隱約。／**仞**：辨認。通「認」。／**歸舟**：返航的船。

三行—**早是**：已經是。／**出門**：離家遠行。／**長**：長期。／**帶**：隨身攜著、拿著。在此指與月亮相伴。／**可堪**：哪堪，怎堪；怎能受得了。／**分袂**：離別；分手。袂，指衣袖，音同「妹」。

四行—**斜日**：傍晚西斜的太陽。／**不勝**：非常、十分。

賞讀譯文

我在醉意中想起那個穿春衫的人，便獨自倚靠著樓房的欄杆，只見遠山環繞，暮雲消散，
在波浪之間隱約認得返航的船。
那人已經是離家遠行，長期與月亮相伴，我怎能受得了分離之後又經過秋季。
晚風吹拂，太陽西斜，讓人十分憂愁。

90 採桑子

櫻桃謝了梨花發

馮延巳

櫻桃謝了梨花發，紅白相催。
燕子歸來，幾度香風綠戶開。
人間樂事知多少，且酹金杯。
管咽絃哀，慢引蕭娘舞袖迴。

※本詞作者另有一說是「晏殊」，本書依《南唐詞》（三民書局出版）所列為準。

賞讀譯文

櫻桃花謝了，梨花綻放，紅白花相互催促。
燕子回來了，香風多次從敞開的綠色門戶吹進來。
誰知道人間的樂事有多少？暫且用精美酒杯來灑酒奠祭。
管樂聲悲淒滯塞，絃樂聲悲傷，慢慢引得女子舞動袖子旋轉。

題旨：春景抒懷

注釋

一行—**櫻桃**：指櫻桃花，花期為三至四月，有粉紅花品種。／**梨花**：花期為三至五月，為白花。／**發**：生長，開展。／**相催**：相互催促。

二行—**幾度**：幾次，多次。

三行—**且**：暫且。／**酹**：以酒灑地而祭。《周禮．膳夫》提到：「禮，飲食必祭，示有所先。」之後演變為飲酒前必先酹酒的習俗。音同「淚」。／**金杯**：泛指精美的杯子。

四行—**管**：指吹奏的管樂器。／**咽**：嗚咽，聲音悲淒滯塞。／**絃**：指弦樂器。同「弦」。／**哀**：悲傷，悲痛。／**引**：帶領，招致。／**蕭娘**：女子的泛稱，源自《南史．梁臨川靖惠王宏傳》：「北軍歌曰：『不畏蕭娘與呂姥，但畏合肥有韋武。』」／**舞袖**：舞動袖子。／**迴**：旋轉、環繞。

91 菩薩蠻 西風嫋嫋凌歌扇

馮延巳

西風嫋嫋凌歌扇，秋期正與行人遠。
花葉脫霜紅，流螢殘月中。
蘭閨人在否，千里重樓暮。
翠被已消香，夢隨寒漏長。

題旨：秋景思人

注釋

一行—**嫋嫋**：風動的樣子。／**凌**：逼近、壓倒，此處指吹動、搖動。／**歌扇**：歌舞時用的扇子。／**秋期**：指男女相約聚會的日期。出自《詩．衛風．氓》：「將子無怒，秋以為期。」／**行人**：遠行的人。

二行—**脫**：除去，脫去。／**流螢**：飛行的螢火蟲。／**殘月**：指清晨出現的月亮、殘缺不圓的彎月、西沉的月亮。

三行—**蘭閨**：原指漢代后妃的宮室，之後泛指女子的居室。／**千里**：指路途遙遠。／**重樓**：層樓；高樓。／**暮**：暮色；傍晚昏暗的天色。

四行—**翠被**：織或繡有翡翠紋飾的被子。／**隨**：跟從。／**寒漏**：寒天的漏壺，借指寒夜。「漏」是古代的滴水計時器。

賞讀譯文

西風吹拂，搖動了歌扇，相聚之期正跟遠行的人一樣遙遠。花葉在白霜脫去後已經轉紅，西沉的月光中有螢火蟲飛行而過。女子是否在她的居室裡？我想那千里外的高樓正籠罩在暮色中。翡翠紋飾被子的香氣已經消散，夢就跟寒夜一樣漫長。

92 鵲踏枝

霜落小園瑤草短

馮延巳

霜落小園瑤草短，瘦葉和風，惆悵芳時換。
懊恨年年秋不管，朦朧如夢空腸斷。
獨立荒池斜日岸，牆外遙山，隱隱連天漢。
忽憶當年歌舞伴，晚來雙臉啼痕滿。

題旨：秋景抒懷

【注釋】

一行—**瑤草**：傳說中的香草，泛指珍美的草。／**瘦葉**：指枯葉。／**和**：連同。／**惆悵**：悲愁、失意。／**芳時**：花開時節。

二行—**懊恨**：怨恨；悔恨。／**年年**：每年。／**不管**：不理會。／**朦朧**：模糊不清的樣子。／**空**：徒然。／**腸斷**：比喻極度悲傷。「腸」有心思、情懷之意。

三行—**獨立**：獨自站立。／**斜日**：傍晚西斜的太陽。／**遙山**：遠山。／**隱隱**：隱約不分明的樣子。／**天漢**：銀河、天河，也泛指浩瀚星空或宇宙。

四行—**憶**：想起，思念。／**晚來**：入夜之際。／**啼痕**：淚痕。

賞讀譯文

秋霜落在小園裡，香草變得短小，枯葉隨風飛舞，我對花開時節的轉換感到惆悵。每年，秋天都不理會我心中的悔恨，一切像夢那樣模糊不清，讓我徒然為此悲傷。太陽西斜，我獨自站在荒池的岸邊，圍牆外的遠山，隱約連接著銀河。我忽然想起當年的歌舞伴，在入夜之際，雙臉滿是淚痕。

93

應天長

一鉤初月臨妝鏡

李璟

一鉤初月臨妝鏡，蟬鬢鳳釵慵不整。
重簾靜，層樓迥。惆悵落花風不定。
柳堤芳草徑，夢斷轆轤金井。
昨夜更闌酒醒，春愁過卻病。

賞讀譯文

女子新月般的雙眉靠近化妝鏡，只見蟬鬢上的鳳釵已經歪斜，她卻慵懶得不想整理。

層簾靜止不動，高樓在遠處。落花紛紛，風卻不停止，讓女子惆悵不已。

女子夢見自己（與情人）走在柳堤和芳草徑上，卻被金井的轆轤轉動聲給驚醒，中斷了夢境。

昨夜她在夜深時酒醒，發現春日的愁緒勝過身體不舒服的感覺。

題旨：月夜愁思

李璟（916～961）

南唐第二位皇帝。初名景通，字伯玉，南唐建立後，改名璟。即位後，曾是南唐領土最大的時期，但因奢侈無度，導致國力下降。之後在後周的威脅下，削去帝號，改稱國主，史稱「南唐中主」。與其子李煜並稱「南唐二主」。

※本詞作者另有資料顯示為李煜、馮延巳、歐陽脩，本書依《南唐詞》（三民書局出版）所列為準。

注釋

一行—**一鉤**：用以形容新月，即農曆每月月初的細彎月。／**初月**：新月，在此應指女子的眉毛。／**臨**：靠近。／**妝鏡**：化妝用的鏡子。／**蟬鬢**：形容女子的鬢髮薄如蟬翼，黑如蟬身。／**鳳釵**：一種婦女的首飾，釵頭為鳳形。／**慵**：懶。

二行—**重簾**：一層層的簾子。／**靜**：停止不動。／**層樓**：高樓。／**迥**：遠。／**惆悵**：悲愁、失意。／**不定**：不住；不止。

三行—**柳堤**：植有柳樹的堤岸。／**轆轤**：利用滑輪原理製成的水井上汲水用具。／**夢斷**：夢中斷，夢醒。／**金井**：因月光照射而呈金色的水井；或是有銅製邊欄的水井、邊欄上有雕飾的水井。一般用以指宮庭園林裡的井。

四行—**更闌**：指夜已深。更，為古代夜間的計時單位，把一夜分為五更。闌，指將盡、晚。／**酒醒**：醉後醒過來。／**春愁**：春日的愁緒。／**過卻**：勝過。／**病**：身體不舒服。

94 子夜歌

尋春須是先春早

李煜

尋春須是先春早，看花莫待花枝老。
縹色玉柔擎，醅浮盞面清。
何妨頻笑粲，禁苑春歸晚。
同醉與閑評，詩隨羯鼓成。

李煜（937～978）

初名從嘉，字重光，號鐘隱、蓮峰居士，為南唐的末代君主，世稱李後主。在南唐滅亡後被北宋俘虜。精書法、工繪畫、通音律，有詞聖之稱。

注釋

一行 **尋春**：遊賞春景。／**先春**：早春，初春。／**早**：時間較前的。／**待**：等候。／**老**：枯衰。

二行 **縹色**：淡青色，青白色。此處指青白色的酒。／**玉柔**：潔白柔嫩如玉，用以形容女子的手。／**醅**：未過濾的酒，此處單指酒。音同「胚」。／**浮**：超過，在此指溢出。／**盞**：淺而小的酒杯。

三行 **何妨**：用反問的語氣來表示「不妨」。／**頻**：屢次的、接連的。／**笑粲**：發笑。粲，有大笑之意。／**禁苑**：皇家的園林。

四行 **閑評**：同閒評，指隨意評論。／**羯鼓**：西域羯族的一種鼓，兩面蒙皮，均可擊打，也稱為「兩杖鼓」。

題旨：春遊記事

賞讀譯文

遊賞春景必須是在初春的早期，若要看花，別等到花枝枯衰的時候。女子用如玉般柔嫩的手拿著青白色的酒，清澈的酒溢出了酒杯表面。不妨頻頻歡笑，在皇家園林裡享受春景，很晚才返回。一同酒醉並隨意評論，詩隨著羯鼓的敲擊聲而作成。

95

浪淘沙

往事只堪哀

李煜

往事只堪哀，對景難排。
秋風庭院蘚侵階。
一任珠簾不捲，終日誰來。
金鎖已沉埋，壯氣蒿萊。
晚涼天淨月華開。
想得玉樓瑤殿影，空照秦淮。

題旨：秋景憶往

注釋

一行—**堪**：可以，能夠。／**哀**：悲傷，悲痛。／**排**：排解，消除。

二行—**蘚**：苔蘚植物。／**侵**：侵占。

三行—**一任**：任憑。／**終日**：一整天。

四行—**金鎖**：指鐵鎖，引用吳國以鐵鎖封江對抗晉軍卻失敗的故事，出自《晉書．王濬傳》。或是指金鎖甲，一種以金線串製的細鎧。代表南唐對宋兵的抵抗。／**壯氣**：豪邁、勇壯的氣概。／**蒿萊**：指雜草，蒿、萊，皆野草名。此處指淹沒在野草之中。

五行—**淨**：另有版本為「靜」。／**月華**：月光，月色。／**開**：綻放。

六行—**想得**：料到；料想。／**玉樓瑤殿**：精美的樓閣和廳堂。／**空**：徒然。／**照**：投映。／**秦淮**：秦淮河，為長江下游流經今南京市的支流，據說是由秦始皇為了疏通淮水而開鑿的。河流兩岸在南唐時期有舞館歌樓。

賞讀譯文

往事只能夠讓人哀痛，對著這片景色也難以排解。
秋風吹過庭院，苔蘚侵占了臺階。
我任憑珠簾垂放而不捲起，一整天有誰會來？
對抗敵軍的金鎖已經沉埋在江底，豪邁勇壯的氣概也被淹沒在野草之中。
夜晚清涼，天空澄淨，月光綻放。
料想昔日那些精美樓閣和廳堂的倒影，正徒然地投映在秦淮河上。

96

烏夜啼

昨夜風兼雨

李煜

昨夜風兼雨，簾幃颯颯秋聲。
燭殘漏滴頻欹枕，起坐不能平。
世事漫隨流水，算來一夢浮生。
醉鄉路穩宜頻到，此外不堪行。

題旨：秋夜抒懷

注釋

一行 **兼**：同時、一起。／**簾幃**：竹簾幃幕。／**颯颯**：形容風聲。／**秋聲**：指秋季大自然界的聲音，如風聲、落葉聲、蟲鳥聲等。

二行 **殘**：剩餘的、將盡的。／**漏滴**：漏壺的滴水聲。漏壺為古人利用滴水量來計算時間的器具。／**頻**：屢次的、接連的。／**欹**：傾斜，斜靠。音同「棲」。／**起坐**：起身；坐起。／**平**：指內心平靜。

三行 **漫**：徒然。／**算來**：計算起來；推測起來。／**浮生**：人生。老子和莊子認為人生在世，虛浮無定，故有此稱。

四行 **醉鄉**：酒醉後昏沉、迷糊的精神境界。／**宜**：合適、適當。／**到**：前往。／**不堪**：不可；不能。／**行**：走。

賞讀譯文

昨夜風和雨一起襲來，透過簾幃傳來颯颯的秋季之聲。蠟燭即將燒盡，我在漏滴聲中屢次斜靠枕頭，就算坐起身，心情依舊不能平靜。世間的事徒然隨流水而去，推測起來，這虛浮不定的人生就像一場夢。前往醉鄉的路最平穩，適合多次前往，除此以外的道路都不能走。

97 蝶戀花

遙夜亭皋閒信步

李煜

遙夜亭皋閒信步，
乍過清明，早覺傷春暮。
數點雨聲風約住，朦朧淡月雲來去。
桃李依依香暗度，
誰在秋千，笑裏低低語。
一片芳心千萬緒，人間沒箇安排處。

題旨：傷春抒情

※本詞作者另有資料顯示為李冠、歐陽脩，本書依《南唐詞》（三民書局出版）所列為準。

注釋

一行—**遙夜**：長夜。／**亭皋**：水邊的平地。／**閒**：隨意的。／**信步**：漫步，隨意行走。

二行—**乍**：剛剛。／**清明**：清明節。／**暮**：將盡的。

三行—**約**：掠過。／**朦朧**：模糊不清的樣子。／**淡月**：微亮的月亮或月光。

四行—**依依**：輕柔地隨風搖擺的樣子。／**暗度**：暗中經過。

五行—**秋千**：鞦韆。／**低低**：聲音低微。

六行—**芳心**：女子的情懷。／**緒**：思緒；心意、念頭。／**箇**：同「個」。

賞讀譯文

長夜裡，我在水邊的平地隨意漫步，
剛過清明節，我早就對春日將盡感到憂傷。
數點雨聲裡風兒掠過，微亮月色模糊不清，浮雲飄來飄去。
桃樹和李樹隨風搖擺，香氣默不作聲地經過。
是誰在鞦韆上，在歡笑裡輕聲低語？
女子的一片芳心有千萬個思緒，在人間卻沒有一個可安排的地方。

98 臨江仙 深秋寒夜銀河靜

尹鶚

深秋寒夜銀河靜，月明深院中庭。
西窗幽夢等閒成。
逡巡覺後，特地恨難平。
紅燭半消殘焰短，依稀暗背銀屏。
枕前何事最傷情，
梧桐葉上，點點露珠零。

題旨：月夜愁思

尹鶚（約896年前後在世）

約唐昭宗乾寧前後在世，曾事前蜀後主王衍，為翰林校書，累官至參卿。

一注釋一

二行一**幽夢**：憂愁之夢，隱約的夢境。／**等閒**：輕易、隨便。

三行一**逡巡**：徘徊。／**覺**：睡醒。／**特地**：特別，格外。／**平**：平息，止息。

四行一**消**：耗損、耗費。／**依稀**：隱約、不清晰。／**銀屏**：鑲嵌銀、雲母石等物的屏風。也是屏風的美稱。

五行一**傷情**：傷感，傷心。

六行一**零**：滴落。

賞讀譯文

深秋的寒夜裡，銀河寂靜；月光明亮，照射在深院的中庭裡。我在西窗旁，輕易地做成了隱約而憂愁的夢。醒來後，夢境仍排徊不去，格外讓心中的愁恨難以平息。紅色蠟燭有大半燒盡，火焰短小，我隱約能看見背面昏暗的銀屏。在枕頭前方，什麼事最讓人傷心呢？梧桐葉上，點點露珠滴落。

99 更漏子

春夜闌

毛文錫

春夜闌，春恨切，花外子規啼月。
人不見，夢難憑，紅紗一點燈。
偏怨別，是芳節，庭下丁香千結。
宵霧散，曉霞暉，樑間雙燕飛。

題旨：春夜相思

毛文錫
字平珪，為唐進士，後在前蜀任翰林學士等職。

注釋

一行—**闌**：將盡。／**春恨**：春愁，春怨；春日的愁緒、怨情。／**切**：深切。／**子規**：杜鵑鳥。初夏時常晝夜不停啼叫，叫聲類似「不如歸去」。相傳為商周至春秋時代之間的古蜀君主杜宇之魂所化，又叫杜宇、鶗鴂、啼鴂、鵜鴂。

二行—**憑**：依靠、依賴。／**紅紗**：指紅紗燈籠。

三行—**偏**：表示出乎意料之外或與意願相反的。／**芳節**：陽春（溫暖的春天）時節。亦泛指佳節、良時。／**下**：內、裡面。／**丁香**：丁香的花蕾因大多含苞不放，被用來比喻愁思固結不解。／**千**：眾多。

四行—**宵**：夜晚。／**曉霞**：清晨的朝霞。／**暉**：照耀、輝映。

賞讀譯文

春夜將盡，我心中的春愁深切，花叢外有杜鵑鳥在月下啼叫。

我沒見到那人，夢也難以依靠，只有一盞紅紗燈。

偏偏讓人怨恨離別的，是溫暖的春天時節，我的心猶如庭院裡的丁香花一樣有許多愁結。

夜霧散去，清晨的朝霞照耀著，樑柱之間有雙燕正在飛舞。

100

醉花間

深相憶

毛文錫

深相憶，莫相憶，相憶情難極。
銀漢是紅墻，一帶遙相隔。
金盤珠露滴，兩岸榆花白。
風搖玉佩清，今夕為何夕。

題旨：詠七夕

注釋

一行—**相憶**：相思；想念。／**極**：盡頭。
二行—**銀漢**：銀河。／**墻**：「牆」的異體字。
三行—**金盤**：引用自承露盤的對故。漢武帝為了求仙，在建章宮神明臺上造銅製仙人，手上捧著銅盤玉杯，以承接天上的仙露。
四行—**玉佩**：身上佩帶的玉製飾物。／**清**：指聲音清脆。／**今夕為何夕**：常簡稱「今夕何夕」，指今晚不同於尋常的夜晚。多為驚喜慶幸之意。

賞讀譯文

（牛郎和織女總是）深深地相憶，但最好不要相憶，要是相憶的話，這份情意很難到達盡頭。
銀河就像是一道紅牆，將兩人遙遠地相隔開來。
金盤裡有珠露滴落，兩岸的榆花一片雪白。
秋風搖動玉佩，使其發出清脆的聲響，今晚是如此特別的一晚。

101 女冠子

碧桃紅杏

毛熙震

碧桃紅杏，遲日媚籠光影。綵霞深，香暖薰鶯語，風清引鶴音。

翠鬟冠玉葉，霓袖捧瑤琴。應共吹簫侶，暗相尋。

毛熙震

曾任後蜀秘書監。

【注釋】

題【**女冠子**：出自道家樂曲，之後用作詞調名。女冠是指女道士，因唐代女道士皆戴黃冠，而俗女子本無冠，故得此名。當代的女冠成員有皇室公主、普通宮女、富貴人家的姬妾等，有許多人是被迫入觀，並非潛心修行，常與世俗男子有所來往。

一行【**碧桃**：觀賞桃花類的半重瓣及重瓣品種，花色有白、粉紅、紅和紅白相間等。／**遲日**：春日，源自《詩．豳風．七月》：「春日遲遲，采蘩祁祁。」／**媚**：嬌豔、美好、可愛。／**籠**：籠罩。／**光影**：日光；光輝。

二行【**綵霞**：此處指彩霞。綵，指五彩的絲織品。／**鶯語**：鶯鳥的啼鳴聲。／**風清**：風輕柔而涼爽。／**引**：引起，招致。／**鶴音**：鶴的鳴叫聲。也比喻修道者、隱逸者的聲音。

三行【**翠鬟**：婦女環形的髮式。／**冠**：戴上帽子。／**玉葉**：唐代太平公主的冠名。其冠以玉為飾，為稀世之寶。／**霓袖**：彩袖。／**瑤琴**：用玉裝飾的琴，或指音色優美的琴，或泛指古琴。

四行【**共**：一起。／**吹簫侶**：指蕭史和弄玉的故事。漢代劉向《列仙傳》中提到，蕭史善吹簫，娶了秦穆公之女弄玉，後來夫妻隨鳳凰飛去。／**暗**：暗自，私下。／**相尋**：尋訪；找尋。

賞讀譯文

碧桃和紅杏花綻放，春日美好，日光籠罩著道觀。

彩霞深濃，香氣溫暖，薰得鶯鳥啼鳴；風輕柔而涼爽，引起鶴也鳴叫。

女子的翠鬟上戴著玉葉冠，彩袖間捧著瑤琴。

（她心想，）應該像弄玉那樣與能一同吹簫的蕭史成為伴侶，便暗自找尋著。

題旨：女冠情思

102 更漏子

秋色清

毛熙震

秋色清，河影澹，深戶燭寒光暗。
綃幌碧，錦衾紅，博山香炷融。
更漏咽，蛩鳴切，滿院霜華如雪。
新月上，薄雲收，映簾懸玉鉤。

題旨：秋夜景色

注釋

一行—**秋色**：秋夜景色。／**河影**：此處指銀河。／**澹**：清淡。／**深戶**：深閨；婦女所居住的房間。

二行—**綃幌**：輕紗帷幔。／**錦衾**：錦緞被子。衾，音同「親」。／**博山**：博山爐的簡稱，一種焚香用的熏爐。因爐蓋上的造型類似傳聞中的海上名山博山而得名。／**融**：消融，消失。

三行—**更漏**：指古代計時器具「漏」。以底部有孔洞的銅壺盛水，隨著水逐漸滴漏，裡面的刻度就會逐漸顯示時間。「更」為古代夜間的計時單位，一夜分為五更。／**咽**：嗚咽，聲音悲淒滯塞。／**蛩**：蟋蟀。／**切**：指切切，擬聲詞，蟋蟀的鳴叫聲。／**霜華**：霜花。

四行—**新月**：農曆每月月初的細彎月。／**收**：結束、停止，此處指消散。／**映**：照射。／**懸**：高掛的。／**玉鉤**：比喻新月。

賞讀譯文

秋夜景色清朗，銀河星光清淡，深閨裡的燭光陰寒又昏暗。
碧綠輕紗帷幔，朱紅錦緞被子，博山爐裡的香炷燃燒消融中。
更漏的聲音悲淒滯塞，蟋蟀切切地鳴叫，滿院的霜花如同雪那樣亮白。
新月升起，薄雲散去，高掛的月光照射著簾幕。

103 河滿子

寂寞芳菲暗度

毛熙震

寂寞芳菲暗度，歲華如箭堪驚。
緬想舊歡多少事，轉添春思難平。
曲檻絲垂金柳，小窗絃斷銀箏。

深院空聞燕語，滿園閒落花輕。
一片相思休不得，忍教長日愁生。
誰見夕陽孤夢，覺來無限傷情。

題旨：春景閨思

注釋

一行—**芳菲**：花草，或指美好時節。／**暗度**：不知不覺地過去。／**歲華**：指歲月及年華。

二行—**緬想**：遙想，回想很久以前的事。／**舊歡**：昔日的歡樂。／**春思**：春日的思緒情懷。／**平**：平息，止息。

三行—**曲檻**：曲折的欄杆。／**金柳**：指初吐芽的嫩黃柳枝。／**絃**：同「弦」。／**銀箏**：用銀裝飾的箏。

四行—**空**：只、僅僅。／**燕語**：燕子鳴叫聲。／**閒**：隨意的。

五行—**休**：停止。／**不得**：不能，不可，不會。／**忍**：願意、能夠。／**教**：使、讓。／**長日**：漫長的白天。指整天、終日。

六行—**孤**：單獨。／**覺來**：醒來。／**傷情**：傷感，傷心。

賞讀譯文

在寂寞之間，美好時節不知不覺地過去了，歲月如箭一般飛快流逝，讓人心驚。我遙想昔日有多少歡樂的往事，轉而增添心中的春日情懷，心情難以平息。曲折的欄杆旁，金黃柳絲垂下；小窗邊，擺著斷絃的銀箏。

我在深深的庭院裡，只聽見燕子鳴叫聲，園子裡滿是隨意落下的輕柔落花。這一片相思之情不會停止，能夠讓人一整天都生起愁緒。誰看到我在夕陽下做著孤獨的夢？醒來後，我無限傷感。

104 菩薩蠻

天含殘碧融春色

毛熙震

天含殘碧融春色，五陵薄倖無消息。
盡日掩朱門，離愁暗斷魂。
鶯啼芳樹暖，燕拂迴塘滿。
寂寞對屏山，相思醉夢間。

題旨：春景思人

注釋

一行—**殘**：不完整的。／**碧**：指青綠色或淡藍色，此處為淡藍色。／**融**：調和。或指融融，和煦的樣子。／**春色**：春日景色。／**五陵**：原指漢代五個皇帝的陵墓，即長陵、安陵、陽陵、茂陵、平陵，都在長安附近，唐代富家豪族都居住在五陵附近，在此指富家子弟。／**薄倖**：薄情。

二行—**盡日**：一整天。／**掩**：關上。／**朱門**：朱紅色門戶，多指富貴人家，此處指女子住處。／**暗**：暗自，私下。／**斷魂**：極度悲傷到好像靈魂從肉體離散。

三行—**芳樹**：泛指美麗的樹、花木。／**迴塘**：環曲的水池。

四行—**屏山**：屏風，上面多畫有山水圖案，故有此稱。

賞讀譯文

天空中包含部分淡藍色，與春日景色調和在一起，但薄情的富家子弟卻沒有消息。

女子一整天都關上朱紅色門戶，為了離愁而暗自悲傷斷魂。

鶯鳥在溫暖的花樹上啼叫，燕子拂過水滿溢的環曲池。

女子寂寞地對著屏風，在醉夢之間充滿相思心情。

105

中興樂

池塘暖碧浸晴暉

牛希濟

池塘暖碧浸晴暉，濛濛柳絮輕飛。
紅蕊凋來，醉夢還稀。
春雲空有雁歸，珠簾垂。
東風寂寞，恨郎拋擲，淚濕羅衣。

題旨：春日閨思

牛希濟（約 925 年前後在世）
牛嶠的侄子。曾於前蜀任起居郎、翰林學士、御史中丞等職，之後隨前蜀主降於後唐，曾任雍州節度副使。

注釋

一行　**暖碧**：指春水。／**浸**：浸淫。／**晴暉**：晴日陽光。／**濛濛**：綿細密布的樣子。

二行　**凋來**：凋落。／**還**：依然。／**稀**：稀少。

三行　**空**：只、僅僅。／**雁**：鴻雁、大雁，是一種候鳥，於春季返回北方，秋季飛到南方越冬。古人把鴻雁視為信差的代表，在此也有這一含義。

四行　**東風**：春風。／**拋擲**：拋棄；丟棄；棄置。／**羅衣**：絲質的衣服。

賞讀譯文

池塘的暖碧春水浸淫在晴日陽光中，綿細密布的柳絮輕盈飄飛。紅色花蕊凋落，酒醉後的夢依然稀少。春雲間只有鴻雁返回，（卻沒帶來書信），女子始終讓珠簾垂下。春風吹來，女子只感到寂寞，怨恨郎君將她拋棄，淚水沾濕了絲質衣服。

106 酒泉子

枕轉簟涼

牛希濟

枕轉簟涼，清曉遠鐘殘夢。
月光斜，簾影動，舊爐香。
夢中說盡相思事，纖手勻雙淚。
去年書，今日意，斷離腸。

題旨：月夜相思

注釋

一行—**簟**：竹席。／**清曉**：清晨。／**殘夢**：指零亂不全的夢。
二行—**爐香**：香爐裡的香。
三行—**盡**：完畢。／**纖手**：柔細的手。／**勻**：擦拭。
四行—**書**：書信。／**意**：情意。／**斷離腸**：因為離愁而極度悲傷。離腸，指充滿離愁的心腸。斷腸，比喻極度悲傷。「腸」有心思、情懷之意。

賞讀譯文

枕頭轉移了位置，竹簟變涼了。清晨，遠處的鐘聲打斷了女子零亂不全的夢。
月光西斜，簾幕的影子因風而移動，舊的爐香還沒燒完。
女子在夢中述說完了相思的心事，用柔細的手擦拭雙眼的淚水。
她看著去年的書信，今日的情意仍然沒變，正因為離愁而極度悲傷。

107

臨江仙

峭碧參差十二峰

牛希濟

峭碧參差十二峰，冷煙寒樹重重。
瑤姬宮殿是仙蹤。
金爐珠帳，香靄晝偏濃。
一自楚王驚夢斷，人間無路相逢。
至今雲雨帶愁容。
月斜江上，征棹動晨鐘。

題旨：詠巫山神女

注釋

一行—峭碧：山峯陡峭蒼翠。／參差：高低不齊的樣子。／十二峰：指巫山十二峰，位在長江巫峽段，屬於石灰岩地質，峰形秀麗多姿。／寒樹：使人看了有寒意的樹，形容樹林密而綠。／重重：一層又一層。形容眾多。

二行—瑤姬：女神名。相傳為南方天帝「炎帝」（神農氏）的女兒，即巫山神女。／仙蹤：仙人的蹤跡。

三行—金爐：金屬鑄的香爐，亦為香爐的美稱。／珠帳：珍珠連綴成的帷帳。／香靄：雲氣；焚香的煙氣。／偏：表示出乎意料之外或與意願相反的。

四行—一自：自從。／楚王驚夢：戰國時代宋玉的〈高唐賦〉提到，楚王在夢中與「旦為朝雲，暮為行雨」的巫山神女歡會。／斷：中斷。

五行—雲雨：指巫山神女「旦為朝雲，暮為行雨」。／愁容：憂愁的面容。

六行—征棹：遠行的船。棹為船槳，在此指船。

賞讀譯文

巫山十二峰陡峭蒼翠、高低不齊，寒冷的煙霧籠罩著一層又一層的茂密綠林。

巫山神女的宮殿是她留下的蹤跡。

裡面有金爐和珍珠帷帳，雲氣在白天偏偏濃重。

自從她與楚王在夢裡的相會中斷後，便不曾在人間的路上與楚王相逢。

直到現在，她化為朝雲行雨時，總是帶著憂愁的面容。

月光斜照在江面上，遠行的船緩緩移動，晨鐘響起。

108

河傳

渺莽雲水

張泌

渺莽雲水，惆悵暮帆，去程迢遞。
夕陽芳草，千里萬里，雁聲無限起。
夢魂悄斷煙波裏，心如醉。
相見何處是，錦屏香冷無睡，被頭多少淚。

張泌

一說為唐末進士，唐亡後曾長時間滯留長安。一說為「張佖」，於南唐時，曾任監察御史、內史舍人等職，降宋後，官終右諫議大夫史館修撰。

注釋

一行　**渺莽**：遼闊無際的樣子。／**惆悵**：悲愁、失意。／**暮**：傍晚、黃昏。／**帆**：掛在船桅上，利用風力使船前進的布幔。此處代指船。／**去程**：前進的路程。／**迢遞**：遙遠的樣子。

二行　**無限**：沒有限制；沒有窮盡；無數。

三行　**夢魂**：夢。古人認為人的靈魂能在睡夢中離開肉體，故稱之「夢魂」。／**悄**：寂靜。／**斷**：中斷。／**煙波**：雲煙瀰漫的水面。／**心如醉**：心就像酒醉一樣恍惚不清。

四行　**錦屏**：錦繡的屏風。或指婦女的居室、房間。／**被頭**：被子的一頭。／**多少**：很多、許多。

題旨：離情相思

賞讀譯文

遼闊無際的雲和水，傍晚時分，惆悵的人在帆船上，前進的路程十分遙遠。

夕陽照著芳草，帆船行至千里萬里之外，有無數的雁子鳴叫聲響起。

這場夢悄悄在雲煙瀰漫的水面中斷了，讓女子的心就像酒醉一樣恍惚不清。

哪裡才是相見的地方呢？錦繡屏風旁，香爐已經冷了，女子沒有睡著，被子的一頭沾了許多淚滴。

109 思越人

燕雙飛

張泌

燕雙飛，鶯百囀，越波堤下長橋。
鬥鈿花筐金匣恰，舞衣羅薄纖腰。
東風澹蕩慵無力，黛眉愁聚春碧。
滿地落花無消息，月明腸斷空憶。

題旨：春日思情

注釋

一行——**百囀**：鳴聲婉轉多樣。／**越波堤**：即「月波堤」，此處泛指河堤。

二行——**鬥鈿**：用金銀珠寶鑲嵌製成的首飾。／**花筐**：一種首飾。／**匣**：收藏器物的小箱子。／**恰**：剛好，正好。／**羅**：質地輕軟的絲織品。

三行——**東風**：春風。／**澹蕩**：舒緩蕩漾。／**慵**：慵懶。／**黛眉**：畫上黛（青黑色顏料）的眉毛。／**聚**：聚攏。／**春碧**：春日碧綠色的景物。指春山、春水或春草等。

四行——**腸斷**：比喻極度悲傷。「腸」有心思、情懷之意。／**空**：徒然。／**憶**：想起，思念。

賞讀譯文

燕子成雙飛舞，鶯鳥的鳴聲婉轉多樣，女子站在河堤下的長橋。
鬥鈿花筐首飾剛好能放進金匣裡，輕薄又軟的絲質舞衣裹住她那纖細的腰。
春風舒緩蕩漾，慵懶無力地吹拂，女子的青黑色雙眉因為愁思而聚攏成青山模樣。
滿地都是落花，卻沒有那人的消息；月光明亮，女子極度悲傷，徒然地思念著那人。

110

浣溪沙

獨立寒階望月華

張泌

獨立寒階望月華，露濃香泛小庭花。
繡屏愁背一燈斜。
雲雨自從分散後，人間無路到仙家。
但憑魂夢訪天涯。

題旨：月夜思人

注釋

一行 **獨立**：獨自站立。／**月華**：月亮。／**泛**：呈現、透著。／**小庭**：小庭院。

二行 **繡屏**：有刺繡圖案的屏風。

三行 **雲雨**：男女歡會的象徵，源自戰國時代宋玉的〈高唐賦〉提到，巫山神女「旦為朝雲，暮為行雨」，曾與楚王歡會。／**分散**：分離。／**仙家**：仙人所住之處，在此指思念之人所在處。

四行 **但憑**：任憑。／**魂夢**：夢；夢魂。古人認為人的靈魂能在睡夢中離開肉體，故有此稱。／**訪**：尋求、探尋。／**天涯**：天邊，指遙遠的地方。

賞讀譯文

女子獨自站立在寒冷的臺階上望著月亮；露水濃重，小庭院裡的花兒透出香氣。（她回到屋內，）滿懷憂愁地背對刺繡屏風，一盞燈斜斜地照射過來。

自從雲雨歡會分開後，女子的家在人間，沒有路可以到達如仙家般遙遠的那人所在處，只能任憑夢魂到天涯探尋。

111 臨江仙

金鎖重門荒苑靜

鹿虔扆

金鎖重門荒苑靜，綺窗愁對秋空。
翠華一去寂無蹤，
玉樓歌吹，聲斷已隨風。
煙月不知人事改，夜闌還照深宮。
藕花相向野塘中，
暗傷亡國，清露泣香紅。

題旨：亡國傷痛

鹿虔扆（約 938 ～ 950 前後在世）

五代詞人，生卒年、籍貫均不詳。後蜀進士，曾任永泰軍節度使、進檢校太尉、加太保等職。蜀亡後不仕。扆，音同「椅」。

注釋

一行 **金鎖**：精緻貴重的鎖。／**重門**：多層的門戶。／**荒苑**：荒廢的皇家園林。苑，指帝王遊樂狩獵的園林。／**綺窗**：雕刻或繪飾精美的窗戶。／**愁**：憂傷的、慘淡的。／**秋空**：秋日的天空。

二行 **翠華**：用翠羽所作的旗飾，為古代天子出行時所用，為帝王的車駕或帝王的代稱。／**一去**：離開。

三行 **玉樓**：精美華麗的樓閣，在此指宮中樓閣。／**歌吹**：歌唱和吹奏樂器。

四行 **煙月**：雲霧籠罩的月亮。／**夜闌**：夜深、夜將盡。／**還**：仍然。／**深宮**：宮禁之中，帝王居住處。宮禁，指皇帝居住視政的地方，因宮中禁衛森嚴，故有此稱。

五行 **藕花**：荷花。／**相向**：相對；面對面。／**野塘**：野外的池塘或湖泊。

六行 **暗**：暗自，私下。／**香紅**：花，此處代指藕花。

賞讀譯文

精緻貴重的鎖鎖住了重重的門戶，荒廢的皇家園林一片靜悄，精美的窗戶慘淡地對著秋日的天空。
帝王的車駕離開後便寂靜無蹤，
宮中樓閣的歌唱和吹奏樂器聲，在中斷後已經隨風而逝。
雲霧籠罩的月亮不知道人事已經改變，在夜深時仍然照著深宮。
荷花在野外池塘中相對，
暗自為了亡國而哀傷，清露正是荷花哭泣的淚水。

112 臨江仙

無賴曉鶯驚夢斷

鹿虔扆

無賴曉鶯驚夢斷，起來殘酒初醒。
映窗絲柳裊煙青。
翠簾慵卷，約砌杏花零。

一自玉郎遊冶去，蓮凋月慘儀形。
暮天微雨灑閒庭，
手挼裙帶，無語倚雲屏。

題旨：春日閨思

注釋

一行 **無賴**：蠻橫。／**曉鶯**：早起的鶯鳥。／**夢斷**：夢中斷，夢醒。／**殘酒**：殘留的醉意。

二行 **映窗**：投映在窗子上。／**絲柳**：細柔如絲的柳條。／**裊**：搖曳、擺動。

三行 **翠簾**：綠色的簾幕。／**慵**：懶。／**卷**：通「捲」。／**約砌**：圍起的臺階。約，取其約束的意思。砌，指臺階。／**零**：降下、落下。

四行 **一自**：自從。／**玉郎**：古代女子對其夫或所愛男子的暱稱。／**遊冶**：出遊尋樂，特別指留連妓館，追逐聲色。／**慘**：暗淡、昏暗。／**儀形**：儀容；形體。

五行 **暮天**：傍晚的天空。／**微雨**：細雨。／**閒庭**：寂靜的庭院。

六行 **挼**：撫玩、玩弄。音同「挪」。／**雲屏**：畫有雲彩或以雲母石飾製的屏風。

賞讀譯文

蠻橫的早起鶯鳥用啼叫聲驚醒女子，中斷了她的夢。她起來剛醒時，還帶著殘留的醉意。細柔如絲的柳條投映在窗戶上，遠處青色煙霧搖曳擺動。女子懶得捲起綠色簾幕，圍起的臺階上有杏花掉落。

自從郎君出遊尋樂去，女子的儀容就像蓮花凋萎、月光昏暗那般憔悴。傍晚的天空下起細雨，灑落在寂靜的庭院裡，女子的手撫玩著裙帶，默默無語地倚著雲母屏風。

113 浣溪沙

寂寞流蘇冷繡茵

閻選

寂寞流蘇冷繡茵，倚屏山枕惹香塵。
小庭花露泣濃香。
劉阮信非仙洞客，常娥終是月中人。
此生無路訪東鄰。

賞讀譯文

寂靜的流蘇，涼冷的繡花墊褥，倚靠屏風的枕頭沾惹了灰塵。
小庭院裡，花兒上的露珠宛如它流下的濃香淚水。
劉晨、阮肇確實不是仙洞的客人，嫦娥終究是待在月亮中的人。
我這一生沒有路可以去拜訪美麗的東鄰。

題旨：男子思情

閻選
為五代十國時期的蜀地布衣，工小詞。

注釋

一行—**寂寞**：寂靜。／**流蘇**：由彩色絲線或羽毛做成的下垂穗狀飾物。／**繡茵**：繡花墊褥。／**倚屏**：倚靠屏風。／**山枕**：枕頭。古代的枕頭多用木、瓷等製成，中間凹，兩端突起，形狀如山，故有此名。／**惹**：沾惹。／**香塵**：芳香之塵，此處指灰塵。

二行—**小庭**：小庭院。／**泣**：只掉眼淚而不出聲的哭，或指低聲的哭。

三行—**劉阮**：劉晨、阮肇遇到仙女的事。出自南朝宋的劉義慶所著的《幽明錄》，記載劉晨、阮肇入天臺山採藥，在迷路後遇到兩位仙女，遂留在山裡同居半年。／**信**：確實。／**常娥**：即「嫦娥」。

四行—**東鄰**：代指美女，出自戰國時代宋玉的〈登徒子好色賦〉：「楚國之麗者，莫若臣里，臣里之美者，莫若臣東家之子。」以及西漢司馬相如的〈美人賦〉：「臣之東鄰，有一女子，雲髮豐艷，蛾眉皓齒，顏盛色茂，景曜光起。」

114

木蘭花

小芙蓉

魏承班

小芙蓉，香旖旎，碧玉堂深清似水。
閉寶匣，掩金鋪，倚屏拖袖愁如醉。
遲遲好景煙花媚，曲渚鴛鴦眠錦翅。
凝然愁望靜相思，一雙笑靨嚬香蕊。

魏承班（約930年前在世）
五代詞人，生卒年不詳。父親魏宏夫是前蜀開國皇帝王建的軍事統帥和養子，並改名為王宗弼，封齊王。魏承班為駙馬都尉，官至太尉。前蜀滅亡後，與父親同時被殺。

—注釋—

一行—**芙蓉**：指屋內的芙蓉圖案，可能指錦葵科的木芙蓉或是荷花（別稱為芙蓉）。／**旖旎**：本意為旌旗隨風飄揚的樣子，引申為柔和美麗的樣子。／**碧玉**：不透明的含鐵石英石，有紅、黃、暗綠、灰藍等色，可做飾品。或指年輕貌美的婢妾或平常人家的女兒。

二行—**寶匣**：寶物盒。匣，指收藏物品的小箱子。／**金鋪**：本來是門上銜門環的獸頭狀物品，後來多指門環，也是門戶的美稱。／**掩**：關閉。／**倚屏**：倚靠屏風。／**拖**：垂著、搭著。／**如醉**：就像酒醉一樣恍惚不清。

三行—**遲遲**：舒緩，緩慢，漫長。／**煙花**：霧靄中的花朵。／**媚**：嬌豔、美好、可愛。／**曲渚**：彎曲的水中小陸地。／**錦**：色彩鮮明美麗的。

四行—**凝然**：定住不動的樣子。／**笑靨**：微笑時頰部露出來的酒窩。／**嚬**：憂愁不樂而皺眉。通「顰」。音同「頻」。／**香蕊**：花蕊。借指美貌女子的面容。

題旨：閨思

賞讀譯文

小芙蓉花圖案柔和美麗，似乎正在散發香氣；以碧玉裝飾的屋堂很深，清涼如水。

女子合上寶物盒，關上門，倚靠屏風，垂下衣袖，愁思讓她像酒醉一樣恍惚不清。

舒緩的美好景色裡，霧靄中的花朵嬌豔可愛；彎曲的渚地上，正在睡覺的鴛鴦露出鮮麗翅膀。

女子定住不動地懷著愁緒望向鴛鴦，靜靜地相思，面容上的一雙笑靨因為憂愁而沒有展露。

115

生查子

煙雨晚晴天

魏承班

煙雨晚晴天，零落花無語。
難話此時心，樑燕雙來去。
琴韻對薰風，有恨和情撫。
腸斷斷絃頻，淚滴黃金縷。

題旨：春景閨思

注釋

一行 **煙雨**：如煙霧般的細雨。／**晚**：傍晚，黃昏。／**零落**：凋落。／**無語**：沒有說話，形容寂靜無聲。

二行 **話**：談論，述說。

三行 **琴韻**：琴音。／**薰風**：和暖的風。／**撫**：彈奏、撥弄。

四行 **腸斷**：比喻極度悲傷。「腸」有心思、情懷之意。／**絃**：同「弦」。／**縷**：線。

賞讀譯文

一整天都下著煙霧般的細雨，直到傍晚才轉為晴天，凋落的花兒寂靜無聲。女子難以述說此時的心情，只看到樑上的燕子成雙地飛來飛去。琴音對著和暖的風響起，女子帶著愁恨和情思彈奏琴。極度悲傷的心情（讓女子難以控制力道），頻頻撥斷琴絃，淚水滴落在衣服的黃金線上。

116

黃鍾樂

池塘煙暖草萋萋

魏承班

池塘煙暖草萋萋，惆悵閒宵含恨，愁坐思堪迷。
遙想玉人情事遠，音容渾似隔桃溪。
偏記同歡秋月低，簾外論心花畔，和醉暗相攜。
何事春來君不見，夢魂長在錦江西。

賞讀譯文

池塘周圍瀰漫著溫暖的煙霧，青草生長茂盛，在這個惆悵而寂寞無聊的夜裡，我懷著怨恨與憂愁坐著，思緒混亂。

我回想起與愛人之間的情事已十分遙遠，他的聲音與容貌非常像是隔著桃花溪那般模糊。

我特別記得與他同歡的那一天，秋月低掛在天空，我們在簾外的花叢旁邊談心，帶著醉意偷偷地相伴。

為何春天到來之後就看不到他？讓我的夢魂長久在錦江的西邊尋找他。

題旨：相思情懷

注釋

一行　**萋萋**：草茂盛的樣子。／**惆悵**：悲愁、失意。／**閒宵**：寂寞無聊的夜晚。／**含恨**：懷恨。／**愁坐**：帶著憂愁坐著。／**迷**：心中困惑、分辨不清楚。

二行　**遙想**：回想很久以前的事。／**玉人**：原為用玉雕成的人像，多指美女。此處指所愛之人。／**音容**：聲音與容貌。／**渾似**：非常像；酷似。／**隔**：距離、間隔。／**桃溪**：此處指通往桃花源的溪流。晉代陶潛的〈桃花源記〉提到在溪流上游的桃花林盡頭有一個與世隔絕的恬靜村落。

三行　**偏記**：特別記得。／**論心**：談心，傾心交談。／**畔**：邊側、旁側。／**和醉**：帶著醉意。／**暗**：偷偷，不讓人知道。／**相攜**：相伴。

四行　**何事**：為何。／**夢魂**：夢。古人認為人的靈魂能在睡夢中離開肉體，故稱之「夢魂」。／**長**：長久。／**錦江**：河名，主要流經四川省成都市。

117

浣溪沙

雲澹風高葉亂飛

顧夐

雲澹風高葉亂飛，小庭寒雨綠苔微。
深閨人靜掩屏幃。
粉黛暗愁金帶枕，鴛鴦空繞畫羅衣。
那堪辜負不思歸。

題旨：秋季閨思

顧夐（約 928 年前後在世）
曾在前蜀任茂州刺史，後蜀任太尉等職。

注釋

一行｜**澹**：淡薄。通「淡」。／**風高**：風大。／**綠苔**：青苔。／**微**：少。

二行｜**深閨**：婦女所居住的內室。／**掩**：遮掩。／**屏幃**：用布做成的帳幕。

三行｜**粉黛**：塗在臉上的白粉和畫眉的黛墨，代指美女。／**金帶枕**：枕頭，引用自三國魏甄后的玉鏤金帶枕。甄后為曹丕的小妾，因激怒曹丕而被賜死，相傳曹植對她懷有情意，在她死後獲得其遺物玉鏤金帶枕，說法不一。／**鴛鴦**：指鴛鴦圖案。／**空**：徒然。／**畫羅**：有畫飾的絲織品。

四行｜**那堪**：怎能承受。

賞讀譯文

雲層淡薄，風勢強大，落葉凌亂飛舞，小庭院裡下著寒冷的雨，地面青苔稀少。
深閨裡，女子安靜地以帳幕遮掩。
女子躺在枕頭上暗自愁思，鴛鴦圖案繞著絲質衣服繡畫也是徒然。
讓人怎能承受那辜負情意的郎君不想歸來？

118 浣溪沙

惆悵經年別謝娘

顧敻

惆悵經年別謝娘，月窗花院好風光。此時相望最情傷。

青鳥不來傳錦字，瑤姬何處鎖蘭房。忍教魂夢兩茫茫。

注釋

一行－**惆悵**：悲愁、失意。／**經年**：經過一年或若干年。／**別**：分離、離開。／**謝娘**：對美麗女子、心愛女子、歌伎的代稱，源自唐代宰相李德裕家的名歌伎「謝秋娘」。／**月窗**：看得到月亮的窗子。／**花院**：有花綻放的院子。

二行－**情傷**：傷心，悲傷。

三行－**青鳥**：傳說中，青鳥是為西王母傳遞音訊的使者。／**錦字**：指妻子寫給丈夫的信，或情書。源自《晉書》中所記載，秦州刺史竇滔被徙流沙，其妻蘇氏織錦為回文旋圖詩贈之。／**瑤姬**：女神名。相傳為南方天帝「炎帝」（神農氏）的女兒，即巫山神女。在此指所思念的女子。／**蘭房**：指香閨，婦女所居之室。

四行－**忍**：怎能，豈可，用於反問句。／**魂夢**：夢；夢魂。古人認為人的靈魂能在睡夢中離開肉體，故有此稱。／**茫茫**：模糊不明的樣子。

題旨：相思情懷

賞讀譯文

我為了與女子分別多年而感到惆悵；窗外明月高掛，院子裡花兒綻放，風光一片美好。此時看到這幅景色，最令人心傷。

青鳥沒有來傳送女子的情書，她在哪裡鎖上閨房的門呢？怎能讓我們在魂夢裡仍然模糊不明而難以相見？

119

酒泉子
楊柳舞風

顧敻

楊柳舞風，輕惹春煙殘雨。
杏花愁，鶯正語，畫樓東。
錦屏寂寞思無窮，還是不知消息。
鏡塵生，珠淚滴，損儀容。

題旨：春景閨思

注釋

一行——**惹**：沾染、碰觸。／**殘雨**：即將停止的雨。
二行——**語**：鳴叫。／**畫樓**：華麗的樓閣。
三行——**錦屏**：錦繡的屏風。或指婦女的住處、閨閣。
四行——**損**：傷損，毀壞。／**儀容**：儀表容貌。

賞讀譯文

楊柳在風中舞動，輕輕碰觸了春日煙霧和將停的雨。
華麗樓閣的東邊，杏花露出衰枯愁容，鶯鳥正在鳴叫。
女子寂寞地待在閨閣裡，相思無窮無盡，還是不知道郎君的消息。
鏡子上布滿灰塵，女子滴下珠淚，傷損了儀容。

120 酒泉子

小檻日斜

顧夐

小檻日斜，風度綠窗人悄悄。
翠幃閒掩舞雙鸞，舊香寒。
別來情緒轉難拚，韶顏看卻老。
依稀粉上有啼痕，暗銷魂。

題旨：閨思

注釋

一行 **小檻**：小欄杆，代指亭臺。／**度**：經過，吹過。／**綠窗**：綠紗窗，指女子的居所。／**悄悄**：寂靜無聲，亦有憂愁的意思。

二行 **翠幃**：青綠色的帷帳。／**閒**：隨意的、不經心的。／**掩**：遮掩。／**鸞**：傳說中的一種神鳥，似鳳凰。／**舊香**：之前點的香。

三行 **別**：分離、離開。／**情緒**：纏綿的情意。／**轉**：變換。／**難拚**：難捨。拚，捨棄。／**韶顏**：美好的容貌。／**卻**：置動詞後，相當於「掉」、「去」、「了」。

四行 **依稀**：隱約、不清晰。／**粉**：擦在臉上的妝粉。／**啼痕**：淚痕。／**暗**：暗自，私下。／**銷魂**：哀傷至極，好像魂魄離開形體而消失。

賞讀譯文

亭臺的欄杆外太陽西斜，風吹過綠紗窗，屋內的人寂靜無聲。青綠色帷帳隨意地遮掩了上面的成對鸞鳥飛舞圖案；之前點的香已經熄滅變冷了。自從分別以來，女子對纏綿情意變得難以捨棄，美好的容貌看起來衰老了。女子的妝粉上隱約有淚痕，依然暗自哀傷銷魂。

121

漁歌子

曉風清

顧敻

曉風清，幽沼綠，倚欄凝望珍禽浴。
畫簾垂，翠屏曲，滿袖荷香馥郁。
好攄懷，堪寓目。身閑心靜平生足。
酒杯深，光影促，名利無心較逐。

題旨：賞景抒懷

注釋

一行 **曉風**：清晨的風。／**幽沼**：幽靜的池沼。／**倚欄**：倚靠欄杆。／**珍禽**：珍奇的鳥類。／**浴**：沉浸。

二行 **畫簾**：有畫飾的簾子。／**翠屏**：翠綠色屏風。／**馥郁**：香氣濃厚。

三行 **好**：便於，適合。／**攄**：抒發、發表。攄，音同「抒」。／**堪**：可以，能夠。／**寓目**：注目、過目。／**身閑**：身上閒來無事。閑，通「閒」。／**平生**：一生。／**足**：滿足。

四行 **光影**：光陰，時光。／**促**：短暫。／**較逐**：競爭追求。較，通「角」。

賞讀譯文

晨風清朗，幽靜池沼水碧綠，我倚著欄杆凝望珍奇鳥類沉浸在池水中。畫飾簾子垂下，翠綠屏風曲折佇立，我的衣袖裡充滿了濃厚的荷花香。這片景色適合用來抒發情懷，可以注目欣賞。我身上閒來無事，心情平靜，這一生已經滿足。酒杯很深，光陰短暫，我無心去追逐名利。

122 醉公子

漠漠秋雲澹　顧敻

漠漠秋雲澹，紅藕香侵檻。
枕倚小山屏，金鋪向晚扃。
睡起橫波慢，獨望情何限。
衰柳數聲蟬，魂銷似去年。

題旨：秋景情思

注釋

一行——**漠漠**：迷濛廣遠的樣子。／**澹**：淡薄。通「淡」。／**紅藕**：紅蓮的別稱，為睡蓮科植物。／**侵**：逼近。／**檻**：欄杆。

二行——**金鋪**：是門上用來銜門環的獸頭形狀物品，後來多指門環，在此代指門。／**向晚**：傍晚。／**扃**：關閉、關上。扃，音為「ㄐㄩㄥ」。

三行——**橫波**：目光，比喻目光如水橫流。／**何限**：無限，無邊。

四行——**衰**：衰頹，枯衰。／**魂銷**：哀傷至極，好像魂魄離開形體而消失。

賞讀譯文

迷濛廣遠的秋空上，雲層淡薄，紅蓮花的香氣逼近欄杆旁。女子的枕頭倚著小山屏，她在傍晚時關上門。她睡醒時，目光緩慢移動，獨自望著眼前的風景，情思無邊。衰萎的柳樹上傳來幾聲蟬鳴，這種哀傷魂銷的心情就跟去年一樣。

123 臨江仙

碧染長空池似鏡

顧敻

碧染長空池似鏡，倚樓閒望凝情。
滿衣紅藕細香清。
象床珍簟，山障掩，玉琴橫。
暗想昔時歡笑事，如今贏得愁生。
博山爐暖澹煙輕，
蟬吟人靜，殘日傍，小窗明。

題旨：秋景相思

注釋

一行—**碧**：指青綠色或淡藍色，此處為淡藍色。／**長空**：寬廣高遠的天空。／**倚樓**：倚靠樓房的窗戶或欄杆。／**閒望**：悠閒遠眺；無事遠眺。／**凝情**：情意專注。

二行—**紅藕**：紅蓮的別稱，為睡蓮科植物。／**細**：細微。

三行—**象床**：象牙裝飾的床。／**珍簟**：精美的竹席。／**山障**：屏風。因畫有山形圖案，故有此名。／**掩**：遮掩。／**玉琴**：玉飾的琴，亦為琴的美稱。

四行—**暗想**：暗地裡思量。／**昔時**：往日；從前。／**贏得**：落得、剩得。

五行—**博山**：博山爐的簡稱。因爐蓋上的造型類似傳聞中的海中名山「博山」而得名。／**澹**：淡。

六行—**蟬吟**：蟬鳴。／**殘日**：夕陽。／**傍**：靠近。

賞讀譯文

淡藍色染上寬廣高遠的天空，池面就像鏡子，女子倚著樓房的窗戶無事遠眺，情意專注。
她的衣服盈滿了紅蓮花的細微香氣，清雅怡人。
象牙裝飾的床與精美竹席，被畫著山形圖案的屏風遮掩住，玉琴橫放在一旁。
女子暗地裡思量往日的歡笑情事，如今只剩得愁緒生起。
博山爐飄出暖氣，淡煙輕盈，
蟬兒鳴叫，人安靜無聲，夕陽逐漸靠近，小窗周圍十分明亮。

124

陽關引

塞草煙光闊

寇準

塞草煙光闊，渭水波聲咽。
春朝雨霽，輕塵斂，征鞍發。
指青青楊柳，又是輕攀折。
動黯然，知有後會，甚時節。
更盡一杯酒，歌一闋。
歎人生裏，難歡聚，易離別。
且莫辭沉醉，聽取陽關徹。
念故人千里，自此共明月。

賞讀譯文

邊塞的草原上雲靄霧氣廣闊，渭水的波聲嗚咽。
春日雨後放晴，塵土不再飄揚，旅人的馬兒出發了。
我指著茂盛翠綠的楊柳，又是輕輕攀折其枝條。
我開始感到沮喪，知道日後有相會，是在什麼時節呢？
我們再喝完一杯酒，唱一首歌。
感嘆人生裡總是難以歡聚卻輕易離別。
千萬不要推辭喝酒到酣醉，聽到〈陽關三迭〉的最後一遍。
想到我與老友相隔遙遠，從此只能看同一個明月。

寇準（961～1023）字平仲。登進士第後，曾任樞密副使、參知政事等職。宋真宗時，曾任宰相，力主真宗親征契丹（遼國），使宋遼雙方訂立「澶淵之盟」。因政爭被排擠，曾一度復任宰相，之後數度被貶謫，最終任雷州（今廣東省境內）司戶參軍。

一注釋一

一行—**塞草**：邊塞的草。／**煙光**：雲靄霧氣。／**渭水**：渭河的別名，是黃河的第一大支流。／**咽**：聲音悲淒滯塞；嗚咽。

二行—**春朝**：春天的早晨。亦泛指春天。／**雨霽**：雨後放晴。／**輕塵**：塵土。因塵土質輕，故有此稱。／**斂**：約束、節制，在此指平息，不飄揚。／**征鞍**：征馬，指旅行者所乘的馬。／**發**：出發。

三行—**青青**：草木茂盛翠綠。／**攀折**：攀折柳樹枝條。「柳」有「留」的諧音，古人常折柳贈別，表示挽留之意。

四行—**動**：心有所感；開始做。／**黯然**：心神沮喪的樣子。／**後會**：日後相會。／**甚**：什麼。

五行—**更盡**：再喝完。／**闋**：量詞。計算歌、詞、曲的單位。

七行—**且莫**：千萬不要。／**辭**：推辭；推卻。／**沉醉**：喝酒酣醉。／**聽取**：聽，聽到。／**陽關**：古曲〈陽關三迭〉的簡稱。亦泛指離別時唱的歌曲。／**徹**：大曲中的最後一遍。

八行—**念**：想到。／**故人**：老友。／**千里**：指路途遙遠。／**自此**：從此。／化用自南朝宋的謝莊〈月賦〉：「美人邁兮營塵闕，隔千里兮共明月。」

題旨：送別友人

125

孤山寺端上人房寫望

林逋

底處憑闌思眇然，孤山塔後閣西偏。
陰沉畫軸林間寺，零落棋枰葑上田。
秋景有時飛獨鳥，夕陽無事起寒煙。
遲留更愛吾廬近，只待重來看雪天。

林逋（967～1028）

字君復，錢塘人，一生隱居在西湖附近的山上，終生無娶，以種梅養鶴自娛。

注釋

題—**孤山寺**：孤山為西湖中的天然島嶼，其上曾有孤山寺，後名廣化寺，現僅存部分遺蹟。／**端上人**：名「端」的和尚。上人是對於出家人的敬稱。／**寫望**：縱目遠望。

一行—**底處**：何處。／**憑闌**：倚靠欄杆。／**眇**：幽遠、高遠。／**後閣**：後方的別殿。／**西偏**：西側。

二行—**陰沉**：顏色暗淡；色彩不鮮明。／**畫軸**：裱褙後帶軸的圖畫。／**零落**：散落。／**棋枰**：棋盤；畫有許多格子，可在上排列棋子的板子。／**葑上田**：指架田，以竹或木為材料製成筏，使其浮於水面，用以種植某種農作物。葑，音同「豐」，此處指菰根，即茭白筍。

三行—**無事**：沒有變故，在此指平靜。／**寒煙**：寒冷的煙霧。

四行—**遲留**：逗留。／**吾廬**：我的屋舍。／**只待**：只想；只希望。／**重來**：再次過來。

題旨：秋景抒懷

賞讀譯文

我在哪裡倚靠欄杆，任思緒飄得幽遠呢？就在孤山塔後方別殿的西側。

這座林間寺廟看起來就像顏色暗淡的畫軸作品，周圍的架田就像散落的棋盤。

秋景中有時會飛過一隻孤獨的鳥，夕陽下平靜地升起寒冷的煙霧。

我在這裡逗留，更愛我的屋舍很近，只希望再次過來看雪天風景。

126

木蘭花慢

拆桐花爛漫

柳永

拆桐花爛漫，乍疏雨，洗清明。
正豔杏燒林，緗桃繡野，芳景如屏。
傾城，盡尋勝去，驟雕鞍紺幰出郊坰。
風暖繁絃脆管，萬家競奏新聲。
盈盈，鬥草踏青，人豔冶，遞逢迎。
向路傍往往，遺簪墮珥，珠翠縱橫。
歡情，對佳麗地，信金罍罄竭玉山傾。
拚卻明朝永日，畫堂一枕春酲。

賞讀譯文

綻放的桐花顏色鮮麗，剛才的稀疏細雨，將風景洗滌得清澈明淨。此時正豔麗的杏花就像燃燒的樹林，淺黃色桃花彷彿為原野繡上絲線，美好的景色宛如畫屏。全城的人全都去遊賞名勝，奔馳的馬匹和馬車來到野外。春風和暖，傳來繁雜的弦樂和笛聲，眾多人家正在競相演奏新樂曲。儀態輕巧美好的女子也在玩鬥草遊戲，到野外郊遊；一路上，我不斷遇到妖嬌豔麗的女子。臨近路旁到處都有遺落的簪子和掉落的珠玉耳環，珍珠及翠玉等飾物雜錯眾多。我以歡樂的心情，面對風景秀麗的地方，知道喝完金罍裡的酒後，自己將會醉倒。我捨棄了明天漫長的白日，酒醉睏倦地躺臥在畫堂裡。

柳永（約984～1053）

原名三變，字景莊，後改名永，字耆卿。因排行第七，又稱柳七。出身官宦世家，早年沉醉聽歌買笑生活，多次參加科舉不中。年近半百中進士，曾任餘杭縣令、屯田員外郎等職。為婉約派代表人物之一。

━注釋━

一行━**拆**：打開，綻放。／**爛漫**：顏色鮮明而美麗。／**疏雨**：稀疏的細雨。／**清明**：清澈明淨。

二行━**緗**：淺黃色的。／**芳景**：美好的景色。／**屏**：畫屏；以畫裝飾的屏風。

三行━**傾城**：滿城、全城。形容人數眾多。／**尋勝**：遊賞名勝。／**驟**：馬快跑；奔馳。／**雕鞍**：有雕飾圖案的馬鞍，代指馬匹。／**紺幰**：天青色車幔，此處代指馬車。音同「幹顯」。／**出**：來到。／**郊坰**：野外。

四行━**繁絃**：繁雜的弦樂聲。絃，同「弦」。／**脆管**：笛的別稱。／**新聲**：新穎美妙的音樂或新曲。

五行━**盈盈**：儀態輕巧美好。／**鬥草**：流行於古代的遊戲，比誰摘的草較強韌，或是誰採的花草種類較多等。／**踏青**：同「踏青」。／**豔冶**：妖嬌豔麗。／**遞**：交替。／**逢迎**：相遇。

六行━**向**：臨近，接近。／**往往**：處處，到處。／**遺簪**：遺落的簪子。／**珥**：珠玉做的耳環。／**珠翠**：珍珠及翠玉。指首飾或飾物。／**縱橫**：雜錯眾多。

七行━**歡情**：歡樂的心情。／**佳麗地**：風景秀麗的地方。／**信**：知道。／**罍**：一種盛酒或水的容器，表面刻有雲雷紋飾。音同「雷」。／**罄竭**：用盡。罄，音同「慶」。／**玉山傾**：指人醉倒的樣子。

八行━**拚卻**：捨棄了。／**永日**：漫長的白天。／**畫堂**：華美的廳堂。／**春酲**：春日醉酒後的睏倦。

題旨：春日賞遊

127 黃鶯兒

園林晴晝春誰主　柳永

園林晴晝春誰主。暖律潛催，幽谷暄和，黃鸝翩翩，乍遷芳樹。觀露溼縷金衣，葉映如簧語。曉來枝上綿蠻，似把芳心深意低訴。

無據。乍出暖煙來，又趁遊蜂去。恣狂蹤跡，兩兩相呼，終朝霧吟風舞。當上苑柳穠時，別館花深處。此際海燕偏饒，都把韶光與。

一注釋一

一行—**晴晝**：晴朗的白天。

二行—**暖律**：溫暖的節候。古代以時令合樂律，故有此稱。／**潛**：祕密的、暗中的。／**催**：催促。／**幽谷**：幽深的山谷。／**暄和**：暖和，溫暖。／**黃鸝**：黃鶯。／**翩翩**：鳥輕飛的樣子。／**乍**：初、剛剛。／**遷**：遷移。／**芳樹**：泛指美麗的樹、花木。

三行—**縷金衣**：即金縷衣，以金色絲線編織的衣服，在此指黃鸝的羽毛。／**簧語**：簧片振鳴的聲音，在此指黃鸝的鳴叫聲。

四行—**曉來**：清晨，天亮時。／**綿蠻**：指小鳥或鳥鳴聲。／**芳心**：女子的內心。在此指黃鸝的內心。

五行—**無據**：沒有依據，沒有由來。／**乍**：突然。／**趁**：追逐、追隨。／**遊蜂**：飛來飛去的蜜蜂。

六行—**恣狂**：狂妄放肆。／**蹤跡**：足跡、行蹤。／**終朝**：整天。

七行—**上苑**：供帝王玩賞、打獵的園林。／**穠**：花木繁盛。／**別館**：別墅，在本宅之外另建的園林住宅。

八行—**此際**：此時，這時候。／**偏**：恰巧、正好。／**饒**：富足，多。／**韶光**：美好的時光、春光。／**與**：給與，送出。

賞讀譯文

園林裡，春季的晴朗白天是由誰作主？暗中催促著溫暖節候到來，幽深的山谷已經變得暖和；黃鸝輕盈飛舞，剛剛飛到美麗的樹上。我看到露水沾溼了黃鸝那縷金衣般的羽毛，葉子回映了如簧片樂音的鳥鳴聲。清晨，樹枝上的小鳥似乎在低聲傾訴內心的深切情意。

黃鸝沒由來地突然從暖煙中飛出來，又追逐遊蜂而去。牠們的行蹤狂妄放肆，總是兩兩相呼喚，整天在霧裡鳴叫，隨風飛舞。當上苑的柳樹繁盛時，在別墅花叢的深處。此時海燕特別多，都把美好時光送走了。

題旨：詠黃鶯

128

南歌子

蟬抱高高柳

張先

蟬抱高高柳，蓮開淺淺波。
倚風疏葉下庭柯。
況是不寒不暖、正清和。
浮世歡會少，勞生怨別多。
相逢休惜醉顏酡。
賴有西園明月、照笙歌。

張先（990～1078）
字子野。曾任嘉禾判官、通判、渝州屯田員外郎等職，以尚書都官郎中辭官退休。

一注釋一

二行一**倚風**：隨風傾側搖擺。／**庭柯**：庭園中的樹木。
三行一**況是**：卻是。／**清和**：天氣清明和暖。
四行一**浮世**：人間，人世。舊時認為人世間是浮沉聚散不定的，故有此稱。／**勞生**：辛苦勞累的生活。／**怨別**：哀怨的離別。
五行一**惜**：捨不得。／**醉顏**：醉後的臉色。／**酡**：因飲酒而臉色泛紅。
六行一**賴**：幸、幸而。／**西園**：歷代皆有園林稱西園，泛指園林。／**笙歌**：泛指奏樂唱歌。

題旨：賞景抒懷

賞讀譯文

蟬兒抱著高高的柳樹，蓮花開在淺淺的波浪之間。
隨風搖擺的稀疏樹葉，從庭園裡的樹木落下。
現在卻是不寒不暖，正清明和暖的天氣。
人世間少有歡樂的相會，辛苦勞累的生活中，大多是哀怨的離別。
相逢時，別捨不得讓臉色因喝醉而泛紅。
幸好有西園上的明月，照著奏樂唱歌的我們。

129 剪牡丹・舟中聞雙琵琶

張先

野綠連空，天青垂水，素色溶漾都淨。
柔柳搖搖，墜輕絮無影。
汀洲日落人歸，修巾薄袂，擷香拾翠相競。
如解凌波，泊煙渚春暝。

彩條朱索新整。宿繡屏、畫船風定。
金鳳響雙槽，彈出今古幽思誰省，
玉盤大小亂珠迸。
酒上妝面，花豔眉相並。
重聽。盡漢妃一曲，江空月靜。

賞讀譯文

田野的綠意連上天空，天空的青藍色垂入水中，江流和盪漾的水波都澄淨。柔軟的柳枝搖曳著，輕盈的柳絮墜落後就不見蹤影。日落時分，汀洲上有人歸來，穿著長巾薄衣袖的女子，競相摘取香花、拾取翠鳥羽毛。她們步履輕盈，（搭乘的船）停泊在霧氣籠罩的洲渚旁度過春夜。

她們身上的彩條朱索等衣飾嶄新完整。人們在繡屏後方入眠，畫船周圍的風也停了。我聽到雙琵琶的樂聲，彈出了今古幽思，有誰能明白呢？樂聲就像玉盤上有大小珠子亂跳四射。酒意浮上女子的妝面，艷麗的眉毛聚攏並列。再聽完一首〈王昭君〉後，江面空闊，月色寂靜。

題旨：江遊記事

一注釋一

一行—**素色**：白色，在此指江流。／**溶漾**：水波盪漾的樣子。

二行—**搖搖**：擺動、搖曳的樣子。

三行—**汀洲**：水中的沙洲。／**修巾**：長巾。／**薄袂**：薄衣袖。袂，音同「妹」。／**擷香**：摘取香花。／**拾翠**：拾取翠鳥羽毛做為首飾。多指婦女遊春。

四行—**凌波**：形容女子步履輕盈。出自魏晉的曹植〈洛神賦〉：「凌波微步，羅襪生塵。」／**煙渚**：霧氣籠罩的洲渚。／**春暝**：春夜。

五行—**彩條朱索**：古代女子的衣飾，當時以彩繩為帶，以彩絲合股的稱為朱索。絛，用絲編成的帶子，音同「滔」。／**新整**：嶄新完整。／**繡屏**：刺繡屏風。／**畫船**：裝飾華美的遊船。／**風定**：風停。

六行—**金鳳**：指琵琶。因弦柱上端多刻有鳳紋為裝飾，故有此稱／**槽**：琵琶上用來架弦的格子，代指琵琶。／**省**：領悟、明白。

七行—**迸**：向外四射。／化用自唐代白居易的〈琵琶行〉：「大珠小珠落玉盤。」

八行—**花豔**：豔麗。／**相並**：並排；並列。

九行—**漢妃**：指王昭君，她是漢元帝時期的宮女，被送去與匈奴的單于（首領）和親。

130 惜瓊花

汀蘋白

張先

汀蘋白，苕水碧。
每逢花駐樂，隨處歡席。
別時攜手看春色。
螢火而今，飛破秋夕。

汴河流，如帶窄。
任身輕似葉，何計歸得。
斷雲孤鶩青山極。
樓上徘徊，無盡相憶。

注釋

一行—**汀**：水邊平地或河流中的小沙洲。／**蘋**：水中浮草，又名「水蘋」。夏末秋初開白色花。蘋，音同「頻」。／**苕水**：即苕溪，流經作者的故鄉浙江吳興。苕，音同「條」。

二行—**駐**：停留。

三行—**別**：分離、離開。／**春色**：春天的景色。

四行—**螢火**：螢火蟲。／**而今**：如今。／**飛破**：在此指飛過。／**秋夕**：秋天的夜晚。

五行—**汴河**：古河名，流經今河南省開封市。開封市，古稱汴京。汴，音同「變」。／**帶**：長條物。

六行—**任**：聽憑，任由。／**計**：策略、方法。

七行—**斷雲**：一片片的雲。／**鶩**：野鴨。／**極**：盡頭。

八行—**相憶**：想念。

題旨：秋景憶往

賞讀譯文

汀洲旁的水蘋開著白花，苕溪的水十分碧綠。
每次遇到花就停留下來作樂，到處都是歡樂的宴席。
（記得）我們分別時，一起攜手欣賞了春日景色。
如今，螢火蟲飛過了秋季的夜空。
汴河的水流就像帶子那般窄長。
我任由自己的身體如葉子般輕盈，有什麼方法能夠回去？
野鴨飛過一片片的雲，青山就在視線的盡頭。
我在樓上徘徊，心中有無盡的思念。

131

漢宮春・蠟梅

張先

紅粉苔牆。透新春消息，梅粉先芳。
奇葩異卉，漢家宮額塗黃。
何人鬥巧，運紫檀，翦出蜂房。
應為是、中央正色，東君別與清香。

仙姿自稱霓裳。更孤標俊格，非雪凌霜。
黃昏院落，為誰密解羅囊。
銀瓶注水，浸數枝、小閣幽窗。
春睡起，纖條在手，厭厭宿酒殘妝。

賞讀譯文

在長了青苔的紅磚粉牆旁，蠟梅花先散發芳香，透露新春的消息。這種珍奇花卉，被漢朝的宮女塗在額頭上當作黃色裝飾。是哪個人以智巧爭勝，運用紅色紫檀木修剪出蜂窩般的黃色花瓣？蠟梅花擁有屬於中央的黃色，春神也特別給與清香。

蠟梅的非凡姿貌，自然適合當作仙人的衣裳。再加上品行高潔、格調出眾，能夠對抗雪霜。在黃昏的庭院裡，它為了誰而祕密解開絲袋般的花苞？我在銀瓶裡注水，浸入數枝蠟梅，放在房間的幽窗旁。春日睡起後，我手上拿著蠟梅的纖條，因為宿醉而懶倦，臉上仍有殘妝。

注釋

題—**蠟梅**：二月開花。花瓣的形狀、香氣與梅花相近，顏色似黃色蜜蠟。

一行—**苔牆**：長了青苔的牆面。／**梅粉**：指蠟梅花。

二行—**奇葩異卉**：珍奇難得的花草。／**漢家**：漢朝。／**宮額**：女子的前額，因古代宮女以黃色塗額為妝飾，故有此稱。

三行—**鬥巧**：以智巧爭勝。／**紫檀**：指蠟梅花的花心。紫檀為紅木，而蠟梅花中央花瓣的顏色為深紅色。／**翦**：修翦。翦，同「剪」。／**蜂房**：蜂窩，指蠟梅花的花瓣。

四行—**中央正色**：古代以青（藍）、赤（大紅）、白、黑、黃五種正色，與東、南、西、北、中五個方位相對應。中央為黃色。／**東君**：《楚辭．九歌》中有祭日神的〈東君〉篇，之後演變為春神。／**別**：另外。

五行—**仙姿**：形容非凡的姿貌。／**自稱**：自然符合、適合。／**霓裳**：以霓所製的衣裳，指仙人所穿的服裝。／**孤標**：品行高潔。／**俊格**：格調出眾。／**非**：反對、對抗。／**凌**：逼近、壓倒。

六行—**院落**：庭院。／**羅囊**：絲袋，代指蠟梅花。

七行—**小閣幽窗**：指女子的住處。

八行—**纖條**：纖細的枝條。／**厭厭**：懨懨；懶倦，精神不振的樣子。／**宿酒**：宿醉。／**殘妝**：指女子臉上殘褪的妝粉。

題旨：詠臘梅

132

浣溪沙 小閣重簾有燕過

晏殊

小閣重簾有燕過，晚花紅片落庭莎。
曲闌干影入涼波。
一霎好風生翠幕，幾回疏雨滴圓荷。
酒醒人散得愁多。

晏殊（991～1055）
字同叔。十四歲時以神童入試，被賜同進士出身，曾任右諫議大夫、集賢殿學士、禮部刑部尚書、兵部尚書等職。為晏幾道的父親，世稱晏殊為大晏，晏幾道為小晏。

題旨：賞景抒懷

一注釋一

一行—**小閣**：指住處、房間。／**重簾**：一層層的簾子。／**晚花**：春晚的花；暮春的花。／**紅片**：落花的花瓣。／**莎**：莎草，多年生草本植物，莖高十至六十公分，葉細長，夏季從莖頂綻放黃褐色花穗。

二行—**闌干**：欄杆。／**影**：人、物的形象或圖像。

三行—**一霎**：一陣。／**好風**：和風；柔和的微風／**翠幕**：翠綠色的帷幕。／**疏雨**：稀疏的細雨。／**圓荷**：圓形的荷葉。

賞讀譯文

小閣的層層簾子前方，有燕子飛過；暮春花兒的紅色花瓣落在庭院的莎草上。
曲折欄杆的模樣倒映在清涼的水波上。
一陣微風吹過翠綠色的帷幕，稀疏的細雨好幾次滴落在圓荷葉上。
酒醒後，人已散去，只得到增多的愁緒。

133

採桑子

時光只解催人老

晏殊

時光只解催人老，
不信多情，長恨離亭，
淚滴春衫酒易醒。

梧桐昨夜西風急，
淡月朧明，好夢頻驚，
何處高樓雁一聲。

題旨：人生感懷

一注釋一

一行一**解**：明白，了解。

二行一**信**：知曉、知道。／**多情**：指多情的人。／**離亭**：古代設在城外路邊的休憩亭、驛亭，十里設一長亭，五里設一短亭，通常是送別的地方，故有此稱。

三行一**春衫**：春天的衣衫，也可指年少時穿的衣服。

四行一**急**：速度快且力道猛的。

五行一**淡月**：微亮的月亮或月光。／**朧明**：模糊不明。

賞讀譯文

時光只明白要把人催老，
不知道多情的人會長久地怨恨離亭，
也會因為眼淚滴到春衫上而輕易酒醒。
昨夜的西風猛烈地吹著梧桐樹，
月光暗淡不明，即使做著好夢也頻頻驚醒，
從哪裡的高樓上方傳來了雁子的一聲鳴叫？

134

清平樂

春來秋去

晏殊

春來秋去，往事知何處。
燕子歸飛蘭泣露，光景千留不住。
酒闌人散忡忡，閑階獨倚梧桐。
記得去年今日，依前黃葉西風。

題旨：人生感懷

一注釋一

二行一**歸飛**：往回飛。／**蘭**：蘭草，一種香草。／**泣露**：滴落的露水像哭泣的淚水。／**光景**：光陰；時光。／**千留**：千百次挽留。

三行一**酒闌**：酒宴過半，即將結束之時。／**忡忡**：憂愁不安。／**閑階**：空階。閑，通「閒」。

四行一**依前**：照舊；仍舊。

賞讀譯文

春來秋去，怎麼知道往事該去哪裡尋找呢？
燕子往回飛，蘭草上的露水像淚水那樣滴落；時光經過千百次挽留也留不住。
酒宴結束，人皆散去，我感到憂愁不安，站在空階上獨自倚著梧桐樹。
記得去年的今日，一樣有西風吹著黃葉。

135 殢人嬌　二月春風

晏殊

二月春風，正是楊花滿路。
那堪更、別離情緒。
羅巾掩淚，任粉痕霑汙。
爭奈向、千留萬留不住。

玉酒頻傾，宿眉愁聚。
空腸斷、寶箏絃柱。
人間後會，又不知何處。
魂夢裏、也須時時飛去。

題旨：離別情緒

注釋

一行—**楊花**：即柳絮。

二行—**那堪**：怎能承受。

三行—**羅巾**：絲質手巾。／**掩**：遮掩。／**粉痕**：妝粉的痕跡。／**霑汙**：沾溼弄髒。

四行—**爭奈**：怎奈；無奈。／**向**：語助詞，無義。

五行—**玉酒**：香醇的美酒。／**頻傾**：頻頻傾倒。／**宿眉**：昨夜畫的黛眉。

六行—**空**：徒然。／**腸斷**：比喻極度悲傷。腸有心思、情懷之意。／**絃柱**：絲弦樂器上綰住弦絲的小柱。絃，同「弦」。

七行—**後會**：日後相會。

八行—**魂夢**：夢；夢魂。古人認為人的靈魂能在睡夢中離開肉體，故有此稱。／**須**：一定、要。

賞讀譯文

二月春風吹拂，正是柳絮鋪滿道路的時節。怎能承受別離的情緒？女子以絲巾掩淚，任由妝粉的痕跡將絲巾沾溼弄髒。無奈千留萬留也留不住愛人。女子頻頻傾倒香醇的美酒，昨夜畫的黛眉因愁緒而聚攏。她徒然傷心地撫摸寶箏上的絃柱。日後要在人世間相會，又不知道會在哪裡。但在夢裡也一定要時時飛去相見。

136

踏莎行

綠樹歸鶯

晏殊

綠樹歸鶯，雕梁別燕。
春光一去如流電。
當歌對酒莫沉吟，人生有限情無限。

弱袂縈春，修蛾寫怨。
秦箏寶柱頻移雁。
尊中綠醑意中人，花朝月夜長相見。

題旨：人生感懷

注釋

一行—**歸**：回去。／**雕梁**：裝飾華美的梁。／**別**：分離、離開。

二行—**春光**：春天的風光、景色。／**流電**：閃電，比喻迅速。

三行—**當歌對酒**：應當高歌對著酒。／**沉吟**：遲疑猶豫。

四行—**弱袂**：輕羅的衫袖。／**縈**：圍繞、纏繞。／**修蛾**：修長的眉毛。古代女子的眉毛因細長彎曲，像蛾的觸鬚，被稱為蛾眉。／**寫**：傾訴、舒洩。

五行—**秦箏**：古代秦地（今陝西）所造的一種弦樂器，形似瑟。／**寶柱**：古代箏、琴、瑟等彈撥樂器的弦柱，用來綰住弦絲。／**雁**：指弦柱，因弦柱整齊排列成行，又被稱為雁柱。

六行—**尊**：酒器。／**綠醑**：綠色美酒。醑，音同「許」。／**意中人**：心中愛慕的人。／**花朝**：指百花盛開的春晨，亦泛指大好春光。／**長**：時常。

賞讀譯文

綠樹上的鶯鳥已經回去，雕梁上的燕子已經離開。
春光的離去就像閃電一樣迅速。
應當高歌對著酒，不要遲疑猶豫，人生的時光有限，但情感無限。
女子想要以輕羅衫袖圍住春天，修長的眉毛傾訴著愁怨。
她彈奏秦箏，頻頻移動弦柱來轉變音調。
杯中的綠色美酒、心中愛慕的人，要時常在百花盛開的春晨、月光照耀的夜晚相見。

137 謁金門　秋露墜

晏殊

秋露墜，滴盡楚蘭紅淚。
往事舊歡何限意，思量如夢寐。
人貌老于前歲，風月宛然無異。
座有嘉賓尊有桂，莫辭終夕醉。

賞讀譯文

秋日的露水墜落，蘭草宛如美人正在滴淚。
往事裡的昔日歡樂充滿無限的情意，想念起來宛如在睡夢中。
人的容貌比去年還老，閒適的景色卻彷彿沒有差別。
座上有嘉賓，杯子裡有桂酒，別推辭整夜酒醉。

題旨：人生感懷

注釋

一行　**秋露**：秋日的露水。／**楚蘭**：指蘭草。因盛產於楚地（長江中下游一帶），《楚辭》中又多次歌詠，故有此稱。／**紅淚**：指美女的淚，出自晉代王嘉所著《拾遺記》中，美人薛靈芸被魏文帝選入宮，她告別父母後，流下的淚在壺中凝如血。

二行　**舊歡**：昔日的歡樂。／**何限**：無限。／**意**：情趣，情感。／**思量**：想念。／**夢寐**：夢中、睡眠中。

三行　**于**：介詞。同「於」。／**前歲**：去年；前幾年。／**風月**：清風明月，泛指閒適的景色。／**宛然**：彷彿。／**無異**：沒有差別。

四行　**尊**：酒器。／**桂**：此處指桂酒，即用桂花釀製的酒。也泛指美酒。／**辭**：推辭；推卻。／**終夕**：通宵、整夜。

138

玉樓春

洛陽正值芳菲節

歐陽脩

洛陽正值芳菲節，穠豔清香相間發。
遊絲有意苦相縈，垂柳無端爭贈別。
杏花紅處青山缺，山畔行人山下歇。
今宵誰肯遠相隨，惟有寂寥孤館月。

歐陽脩（1007～1072）

字永叔，號醉翁、六一居士。曾任滁州、揚州、潁州等地太守，以及翰林學士、參知政事、兵部尚書、太子少師等職。為唐宋八大家之一。

一注釋一

一行一**正值**：適逢，正好是。／**芳菲節**：花草繁盛的時節，即春天。／**穠豔**：形容花的鮮豔盛麗。／**相間**：接連不斷，陸續。／**發**：綻放。

二行一**遊絲**：蜘蛛等蟲吐的絲。／**相**：助詞，表示動作是由一方對另一方進行。／**苦**：極力的，盡心盡力的。／**縈**：圍繞、纏繞。／**無端**：沒由來。／**贈別**：送別時以物品或詩文言詞等相贈。

三行一**缺**：缺口。／**山畔**：山邊。

四行一**今宵**：今夜。／**惟有**：只有。／**寂寥**：寂靜冷清。／**孤館**：孤寂的旅舍。

題旨：西湖晚景

賞讀譯文

洛陽正好是花草繁盛的時節，鮮豔盛麗和清香的百花陸續綻放。

遊絲有意極力地纏繞，垂柳卻沒由來地爭著要贈別。

紅豔杏花盛開的樹林，彷彿是青山的缺口，山邊的行人在山下歇息。

今夜誰肯遠遠地一路相隨？只有高掛在孤寂旅舍上方的明月。

139

望江南

江南蝶

歐陽脩

江南蝶，斜日一雙雙。
身似何郎全傅粉，心如韓壽愛偷香，
天賦與輕狂。

微雨後，薄翅膩煙光。
纔伴遊蜂來小院，又隨飛絮過東牆，
長是為花忙。

題旨：詠蝴蝶

注釋

一行——**斜日**：傍晚時西斜的太陽。

二行——**何郎**：指三國時代魏國的何晏，皮膚白皙，就像擦了粉一樣。／**傅粉**：在臉上抹粉。／**韓壽**：西晉時，韓壽與高官賈充之女賈午偷情，賈午偷拿皇上賜給賈充的西域奇香，送給韓壽。

三行——**賦與**：給與。／**輕狂**：放浪輕浮。

四行——**微雨**：細雨。／**膩**：黏膩。／**煙光**：雲靄霧氣，在此指透過光線而看起來迷濛不清。

五行——**纔**：通「才」。／**遊蜂**：飛來飛去的蜜蜂。／**飛絮**：飄飛的柳絮。

六行——**長是**：總是。

賞讀譯文

江南的蝴蝶，在西斜的太陽下成雙飛舞。

蝴蝶的身子像何晏那樣，雪白的如同全部塗上了粉，而牠們的心像韓壽一樣喜愛偷來的香，上天賦與牠們放浪輕浮的本性。

在細雨過後，輕薄的翅膀顯得黏膩，看起來有些迷濛不清。

牠們才陪伴飛來飛去的蜜蜂來到小院，又隨著飄飛的柳絮越過東牆，總是為了花而忙碌。

北宋詞

140

瑞鷓鴣

楚王臺上一神仙

歐陽脩

楚王臺上一神仙，眼色相看意已傳。
見了又休還似夢，坐來雖近遠如天。
隴禽有恨猶能說，江月無情也解圓。
更被春風送惆悵，落花飛絮雨翩翩。

題旨：傳情記事

注釋

一行—**楚王臺**：即陽臺。在四川省巫山縣，相傳為楚王在夢中遇見神女之處。在此可能是相遇之處的代稱。／**神仙**：原指巫山神女，在此可能是指詞人遇到的女子。戰國時代宋玉的〈高唐賦〉，其中提到巫山神女「旦為朝雲，暮為行雨」，曾與楚王歡會。／**眼色**：目光。／**意**：情意。

三行—**隴禽**：隴鳥，即鸚鵡。／**解**：了解。／**圓**：圓滿。

四行—**惆悵**：悲愁、失意。／**飛絮**：飄飛的柳絮。／**翩翩**：輕盈飛舞。

賞讀譯文

楚王臺上有一位美若天仙的女子，我們目光相看，情意已經傳送。見了卻又停止，就好像是夢；雖然坐得近，卻感覺她遠在天邊。鸚鵡心中有愁恨，還能說出口；江月就算無情，也了解什麼是圓滿。此時，又被春風送來令人惆悵的景象，在落花和飄飛的柳絮之間，雨絲輕盈飛舞著。

141 蝶戀花

畫閣歸來春又晚

歐陽脩

畫閣歸來春又晚，
燕子雙飛，柳軟桃花淺。
細雨滿天風滿院，愁眉斂盡無人見。
獨倚闌干心緒亂，
芳草芊綿，尚憶江南岸。
風月無情人暗換，舊遊如夢空腸斷。

題旨：春景抒懷

一注釋一

一行一**畫閣**：裝飾華麗的樓閣。／**晚**：將盡的。
二行一**柳軟**：柳枝柔軟。／**淺**：少量，稀疏。
三行一**斂盡**：完全聚攏。
四行一**闌干**：欄杆。
五行一**芊綿**：草木繁盛茂密的樣子。／**尚憶**：還在回想。
六行一**風月**：清風明月，在此指自然景物。／**暗換**：不知不覺地變換、變化。／**舊遊**：舊日之遊。／**空**：徒然。／**腸斷**：比喻極度悲傷。「腸」有心思、情懷之意。

賞讀譯文

我回到華麗的樓閣時，春色又將盡了，
燕子成雙飛舞，柳枝柔軟，桃花稀疏。
細雨滿天飛，風吹滿整個院子，我的愁眉完全聚攏，卻沒人看見。
我獨自倚靠欄杆，心緒紛亂，
芳草繁盛茂密，我還在回想江南岸的往事。
風月等自然景物無情，人也不知不覺地變化，舊日之遊宛如一場夢，讓人徒然地悲傷。

142 示長安君

王安石

少年離別意非輕，老去相逢亦愴情。
草草杯盤供笑語，昏昏燈火話平生。
自憐湖海三年隔，又作塵沙萬里行。
欲問後期何日是，寄書應見雁南征。

王安石（1021～1086）

字介甫，號半山，封荊國公。世稱王荊公。出生於仕宦之家，中進士後，曾任淮南推官、鄞縣知縣、舒州通判、常州知府、江東刑獄提典等地方官職，以及參知政事、宰相等中央要職。曾推出青苗法、農田水利法和募役法等新法。因反對勢力二度遭罷相後即退隱。為唐宋八大家之一。

—注釋—

題—**示長安君**：給長安君看。長安君是作者的大妹王淑文，因嫁給工部侍郎張奎，而被封長安縣君。縣君為五品官員之母、妻的封號。

一行—**少年**：年輕。／**意**：情意。／**老去**：人逐漸衰老，引申為老年、晚年。／**愴情**：傷心。

二行—**草草杯盤**：指隨意準備的酒和菜餚。／**笑語**：言談說笑。／**昏昏**：昏暗。／**話**：談論。／**平生**：一生。

三行—**自憐**：自覺可憐。／**湖海**：泛指四方各地。／**塵沙萬里**：當時王安石將出使北方的遼國。

四行—**欲**：想要。／**後期**：後會之期。／**書**：書信。／**雁**：指鴻雁、大雁，是一種候鳥，於春季返回北方，秋季飛到南方越冬。／**南征**：南行。

題旨：兄妹久別相聚

賞讀譯文

我們在年輕時離別，情意並不輕，年老時相逢，也覺得傷心。隨意準備的酒和菜餚，供我們邊吃邊說笑，在昏暗的燈火下談論一生。我正自憐著我們各在兩地分隔三年，如今又要行經萬里塵沙前往遼國。你想要問後會之期是在何日，我只能說，你收到我寄的書信時，應該會看到鴻雁正在南飛。

143 寄友人

飄然羇旅尚無涯，一望西南百歎嗟。
江擁涕洟流入海，風吹魂夢去還家。
平生積慘應銷骨，今日殊鄉又見花。
安得此身如草樹，根株相守盡年華。

王安石

題旨：人生感懷

一注釋一

一行一**飄然**：飄泊的樣子。／**羇旅**：寄居外鄉作客。羇，音、義同「羈」。／**尚**：還。／**涯**：水邊。泛指邊際、極限。／**歎嗟**：嘆息、嘆氣。歎，通「嘆」。

二行一**擁**：持、拿。／**涕洟**：鼻涕和眼淚。洟，音同「夷」。／**魂夢**：夢；夢魂。古人認為人的靈魂能在睡夢中離開肉體，故有此稱。

三行一**平生**：一生。／**積慘**：累積的悲傷。慘，有悲傷之意。／**銷骨**：哀傷至極，好似被銷蝕骨體。／**殊鄉**：異鄉。

四行一**安得**：如何能得、怎能得。含有不可得的意思。／**盡**：全部、整個。／**年華**：歲月。

賞讀譯文

飄泊的作客旅程還沒有盡頭，我一望向（家鄉所在的）西南方，就百般歎息。江水帶著我的鼻涕和眼淚流入大海，風將我的夢魂吹回到老家。我這一生累積的悲傷，應當讓我難過到銷骨的程度，今日在異鄉又看到花開。我如何能讓自己的身子像草和樹的植株那樣，與植株一起相守全部的歲月？

144

六么令

雪殘風信　晏幾道

雪殘風信，悠颺春消息。天涯倚樓新恨，楊柳幾絲碧。還是南雲雁少，錦字無端的。寶釵瑤席。彩絃聲裏，拚作尊前未歸客。

遙想疏梅此際，月底香英白。別後誰繞前溪，手揀繁枝摘。莫道傷高恨遠，付與臨風笛。儘堪愁寂。花時往事，更有多情箇人憶。

賞讀譯文

將結束的雪裡，吹來應時的風，四處飄動著春天到來的消息。我在天涯遠處，倚靠樓房的欄杆，心中懷著新生的愁恨，只因楊柳樹上有幾條碧綠的柳絲。南飛的雲裡，雁子仍然稀少，家人寄來的書信沒有可信賴的依據。戴著寶釵的女子坐在筵席裡。在絃樂聲裡，我寧願當個在酒前不回家的旅客。

回想這時候家鄉稀疏的梅花，應該在月下綻放白色的香花。在別離之後，誰會繞著前溪，伸手挑選繁枝摘下？不要說那些傷高恨遠的事，就交給迎風的笛子。這些都能夠讓人憂愁寂寞。開花時節的往事，還有多情的我在回憶。

晏幾道（約 1031～1106）

字叔原，號小山，為晏殊之子。曾任潁昌府許田鎮監、開封府推官等職。晚年家道中落。為婉約派代表。

一注釋一

一行一**殘**：將結束的。／**風信**：隨著季節變化應時吹來的風。／**悠颺**：飄動。

二行一**天涯**：天邊，指遙遠的地方。／**倚樓**：倚靠樓房的窗戶或欄杆。／**新恨**：新生的愁恨。

三行一**還是**：仍然，照樣。／**南雲**：南飛之雲。常用以寄託思親懷鄉之情，出自西晉陸機的〈思親賦〉：「指南雲以寄欽，望歸風而效誠。」／**雁少**：暗指書信少。古人把鴻雁視為信差的代表。／**錦字**：指妻子寫給丈夫的信，或情書。源自《晉書》中所記載，秦州刺史竇滔被徙流沙，其妻蘇氏織錦為回文旋圖詩贈之。／**端的**：憑準，即可信賴的依據。

四行一**寶釵**：用金銀珠寶製作的雙股簪子，在此代指女子。／**瑤席**：席座的美稱。／**彩絃**：指箏、琴、瑟等弦樂器。絃，同「弦」。／**拚**：此處指甘願、寧願。／**尊前**：在酒尊之前，指酒筵上。尊，為酒器。

五行一**遙想**：回想很久以前的事。／**此際**：此時，這時候。／**月底**：月下。／**香英**：香花。

六行一**揀**：選擇、挑選。

七行一**莫道**：不要說、不用說。／**付與**：拿給、交付。／**臨風**：迎風；當風。

八行一**儘**：都、全。／**堪**：可以，能夠。／**愁寂**：憂愁寂寞。／**花時**：開花的時節。／**箇人**：本人。自稱之詞。

題旨：詠梅抒懷

145

泛清波摘遍

催花雨小

晏幾道

催花雨小，著柳風柔，都似去年時候好。
露紅煙綠，儘有狂情鬥春早。
長安道。鞦韆影裏，絲管聲中，誰放豔陽輕過了。
倦客登臨，暗惜光陰恨多少。

楚天渺。歸思正如亂雲，短夢未成芳草。
空把吳霜鬢華，自悲清曉。
帝城杳。雙鳳舊約漸虛，孤鴻後期難到。
且趁朝花夜月，翠尊頻倒。

賞讀譯文

催促花開的春雨變小了，觸碰柳樹的風很輕柔，這些都跟去年的時候一樣美好。沾露的紅花，籠罩煙霧的綠柳，任憑狂放的情懷在早春相爭。汴京的街道上，鞦韆晃動的影子裡，飄揚的樂聲中，有誰會放春日的豔陽輕易過去？我這個厭倦作客旅居的人登高望遠，暗自珍惜光陰，心中有許多恨。

南方的天空遼闊長遠。我想回家的心思正像紛亂的雲，短暫的夢未能形成連綿至家鄉的芳草。清晨時，我徒然看著花白的頭髮和雙鬢，為自己感到悲傷。京城的人沒有消息。情侶之間的舊約逐漸成空，孤單鴻雁的後會之期很難到來。暫且追隨早晨盛開的花和夜裡的月光，在翠玉酒杯裡頻頻倒酒吧！

題旨：春景抒懷

注釋

一行 **催花雨**：催促花開的雨，指春雨。／**著**：觸碰。

二行 **露紅煙綠**：沾露的紅花，籠罩煙霧的綠柳，多用以形容花木的色彩鮮豔。／**儘**：任憑。／**狂情**：狂放的情懷。／**鬥**：相爭，或引申為「趁著」之意。

三行 **長安**：唐代首都，在今陝西省西安市，在此代指北宋的首都汴京（今河南省開封市）。／**絲管**：弦樂器與管樂器，泛指樂器。／**輕過**：輕易過去。

四行 **倦客**：厭倦作客旅居的人。／**登臨**：登高望遠。／**暗惜**：暗自珍惜。／**多少**：很多、許多。

五行 **楚天**：春秋戰國時期的楚國在長江中下游一帶，之後泛指南方天空。／**渺**：遼闊長遠。／**歸思**：想回家的心思。／**亂雲**：紛亂的雲。／**芳草**：暗用《楚辭・招隱士》的「王孫遊兮不歸，春草生兮萋萋」之意，引喻懷人思親。

六行 **空**：徒然。／**把**：看守，在此指「看」。／**吳霜**：吳地的霜雪，代指白髮，出自唐代李賀的〈還自會稽歌〉：「吳霜點歸鬢，身與塘蒲晚。」吳地指春秋時代吳國的疆域，在今江蘇、浙江一帶。／**鬢華**：花白的鬢髮。／**清曉**：清晨。

七行 **帝城**：京城。／**杳**：毫無消息。／**雙鳳**：一對鳳凰，在此指情侶、夫妻。／**虛**：成空。／**孤鴻**：孤單的鴻雁。／**後期**：後會之期。

八行 **且**：暫且。／**趁**：追隨，跟隨。／**朝花**：早晨盛開的花。／**翠尊**：飾以翠玉的酒器。

146

南鄉子

新月又如眉

晏幾道

新月又如眉，長笛誰教月下吹。
樓倚暮雲初見鴈，南飛，
漫道行人雁後歸。

意欲夢佳期，夢裏關山路不知。
卻待短書來破恨，應遲，
還是涼生玉枕時。

題旨：賞月思人

注釋

一行—**新月**：農曆每月月初的細彎月。／**教**：使、讓。
二行—**樓倚**：指倚樓，倚靠樓房的窗戶或欄杆。／**暮雲**：黃昏的雲。／**鴈**：同「雁」。雁是一種候鳥，於春季返回北方，秋季飛到南方越冬。古人常用來表達對遠方親人的懷念。
三行—**漫道**：莫說，不要講。／**行人**：指外出遠行的人，遊子。
四行—**意欲**：想要。／**佳期**：美好的相會時光。／**關山**：關隘與山峰。比喻路途遙遠或行路的困難。
五行—**卻待**：正要、恰要。／**書**：書信。／**破恨**：解除愁恨；排解幽怨。／**應**：想來是，表示推測的意思。
六行—**還是**：仍然，照樣。／**生**：發生，產生。／**玉枕**：玉製或玉飾的枕頭，亦是瓷枕、石枕的美稱。

賞讀譯文

新月又像眉毛一樣細而彎，是誰讓人在月下吹長笛？
我倚靠樓房的欄杆，在黃昏的雲間初次看見雁子正在往南飛，
不要說遠行的人會在雁子之後回來。
我想要夢到美好的相會時光，但在夢裡卻不知道走哪條路到那人所在的遙遠關山。
我正要短書信來解除愁恨，想來是遲到了，
照樣又是玉枕散發涼意的時候。

浣溪沙

浦口蓮香夜不收

晏幾道

浦口蓮香夜不收，水邊風裏欲生秋。
棹歌聲細不驚鷗。
涼月送歸思往事，落英飄去起新愁。
可堪題葉寄東樓。

題旨：秋日愁思

一注釋一

一行一**浦口**：小河入江之處。／**收**：停止，結束。／**欲**：將要。
二行一**棹歌**：船夫行船時所唱的歌。／**細**：聲音小。
三行一**涼月**：秋月。／**送歸**：送人返家。／**落英**：落花。
四行一**可堪**：哪堪，怎堪；怎能受得了。／**題葉**：在葉子上題詩。／**東樓**：指愛慕對象的住處。

賞讀譯文

小河口處，蓮花的香氣在入夜後沒有停止，水邊吹來的風裡，快要產生秋意。船夫行船唱歌的聲音很小，不會驚嚇到鷗鳥。在秋月下送人返家，讓我想起往事；落花飄走，讓人生起新的愁思。怎能受得了在葉子上題詩，寄到東樓呢？

148 清平樂

沉思暗記　晏幾道

沉思暗記，幾許無憑事。
菊蕊開殘秋少味，閑卻畫闌風意。
夢雲歸處難尋，微涼暗入香襟。
猶恨那回庭院，依前月淺燈深。

題旨：秋日憶往

注釋

一行—**暗記**：默記。／**幾許**：多少。／**無憑**：沒有憑據。

二行—**菊蕊**：指菊花。蕊，原指臉頰上的小酒窩，此處指菊花的花瓣。／**殘**：將結束的。／**味**：指意境趣味。／**閑**：空暇無事。閑，通「閒」。／**卻**：置動詞後，相當於「掉」、「去」、「了」。／**畫闌**：畫欄，有畫飾的欄杆。／**風意**：風情。

三行—**夢雲**：夢中的美女，出自戰國時代宋玉的〈高唐賦〉，楚王在夢中與「旦為朝雲，暮為行雨」的巫山神女歡會的故事。／**香襟**：胸前衣襟的美稱。

四行—**猶**：仍然、還。／**依前**：依舊。／**深**：在此有明亮的意思，與前面的「淺」相對。

賞讀譯文

我在沉思之中，默默記起多少沒有憑據的往事。
菊花快要開完了，讓秋天少了意境趣味，空閒了畫欄旁的風情。
夢中美女的歸處難以尋找，微微的涼意暗中飄入胸襟。
我仍然怨恨著那回相見的庭院裡，依舊月光淺淡、燈光明亮。

149 清平樂

么絃寫意

晏幾道

么絃寫意，意密絃聲碎。
書得鳳箋無限事，猶恨春心難寄。
臥聽疏雨梧桐，雨餘淡月朦朧。
一夜夢魂何處，那回楊葉樓中。

題旨：相思情懷

注釋

一行—**么絃**：琵琶的第四絃，也是最細的絃，借指琵琶。絃，同「弦」。／**寫意**：抒發心意。／**密**：濃密。／**碎**：細碎。

二行—**書**：書寫。／**得**：助詞，置於動詞之後，無義。／**鳳箋**：精美的紙張，供題詩、寫信之用。因紙上有鳳紋，故有此稱。／**猶**：仍然、還。／**春心**：春景所引發的意興或情懷。或指男女之間相思愛慕的情懷。／**寄**：傳達，表達。

三行—**疏雨**：稀疏的細雨。／**雨餘**：雨後。／**淡月**：微亮的月亮或月光。／**朦朧**：模糊、不清楚的樣子。

四行—**夢魂**：夢。古人認為人的靈魂能在睡夢中離開肉體，故稱之「夢魂」。

賞讀譯文

我彈奏琵琶抒發心意，心意濃密，絃聲細碎。
我在鳳箋上書寫了無限的事，還是怨恨著難以表達這份春心。
我躺臥著，傾聽稀疏細雨打在梧桐葉上的聲音，雨後的淡淡月光十分朦朧。
這一夜的夢魂飛到哪裡去？那一回在楊葉樓中的往事。

150

菩薩蠻

來時楊柳東橋路

晏幾道

來時楊柳東橋路，曲中暗有相期處。
明月好因緣，欲圓還未圓。
卻尋芳草去，畫扇遮微雨。
飛絮莫無情，閑花應笑人。

題旨：赴約心情

【注釋】

一行—**相期**：期待，相約。／**暗**：祕密的。
二行—**因緣**：緣分。
三行—**卻**：正、恰好。／**芳草**：比喻愛慕對象。／**畫扇**：有畫飾的扇子。／**微雨**：細雨。
四行—**飛絮**：飄飛的柳絮。／**閑花**：野花。

賞讀譯文

我沿著楊柳樹下的東橋路過來，因為曲子裡祕密藏有相約的地點。
明月就像這份美好的緣分，快要變圓，但還沒完全成圓。
我正要去找愛慕的人，便用畫扇遮擋細雨。
飄飛的柳絮不要無情地四散，野花應該會笑我太多情。

151 蝶戀花

笑豔秋蓮生綠浦　晏幾道

笑豔秋蓮生綠浦。
紅臉青腰，舊識淩波女。
照影弄妝嬌欲語，西風豈是繁華主。
可恨良辰天不與，
纔過斜陽，又是黃昏雨。
朝落暮開空自許，竟無人解知心苦。

題旨：詠蓮

注釋

一行—**笑豔**：指豔麗的花朵。／**綠浦**：綠色的水濱。

二行—**舊識**：舊時相識。／**淩波女**：指洛神，出自魏晉的曹植〈洛神賦〉：「凌波微步，羅襪生塵。」淩，通「凌」。

三行—**影**：物的形象。／**弄妝**：妝飾，打扮。／**豈是**：難道是、怎麼是。／**繁華**：繁花。

四行—**良辰**：好日子、吉日；好時辰。

五行—**纔**：通「才」。／**與**：給。

六行—**朝**：早晨。／**暮**：黃昏、傍晚。／**空**：徒然。／**自許**：自我期許，含有自負、自信之意。／**解知**：了解、知道。

賞讀譯文

豔麗的秋蓮生長在綠色水濱。
紅色的臉龐，青色的腰肢，好像舊時相識的洛神。
秋蓮對著水面照影打扮，嬌羞欲語，西風怎麼會是繁花的主人呢？
可恨的是，上天不給秋蓮好日子，
斜陽才剛過去，又開始下起黃昏雨。
秋蓮在黃昏綻放、早晨凋落，徒然自我期許，竟然沒有人知道它心裡的苦。

152 鷓鴣天

守得蓮開結伴遊　晏幾道

守得蓮開結伴遊，約開萍葉上蘭舟。
來時浦口雲隨棹，采罷江邊月滿樓。
花不語，水空流，年年拚得為花愁。
明朝萬一西風動，爭向朱顏不耐秋。

題旨：賞遊記事

注釋

一行—**守**：等待。／**得**：助詞，置於動詞之後，無義。／**約開**：撥開。／**蘭舟**：木蘭樹打造的船，為船隻的美稱。

二行—**浦口**：小河入江之處。／**棹**：船槳，在此指船。／**采**：摘取、擇取。通「採」。／**罷**：終了、完畢。／**滿**：充盈，充滿。

三行—**空**：只、僅僅。／**拚得**：此處指甘願、寧願。得，置於動詞之後時無義。

四行—**明朝**：明天。／**爭向**：怎奈，無奈。向，語助詞。／**朱顏**：青春紅潤的容貌，在此指蓮花。／**不耐**：不能忍受。

賞讀譯文

我等到蓮花綻放時結伴出遊，撥開萍葉坐上船隻。
我們來到小河口時，雲兒隨著船隻前行；採蓮結束後，看見江邊月光充滿了樓房。
蓮花不說話，河水只是流去，每一年我都寧願為蓮花憂愁。
萬一明天西風開始吹動，無奈蓮花不能忍受秋天的涼意。

153 一叢花・初春病起

蘇軾

今年春淺臘侵年，冰雪破春妍。
東風有信無人見，露微意、柳際花邊。
寒夜縱長，孤衾易暖，鐘鼓漸清圓。
朝來初日半銜山，樓閣淡疏煙。
遊人便作尋芳計，小桃杏、應已爭先。
衰病少悰，疏慵自放，惟愛日高眠。

賞讀譯文

今年春意淺淡，還在臘月就到了立春，冰雪揭開了春天妍麗的景色。春風帶來季節變化的消息，卻沒人看見，它顯露的微小消息就在柳樹和花叢邊。寒夜縱然漫長，但獨自在大被子裡很容易就溫暖了，鐘鼓聲逐漸清亮圓潤。

早晨初升的太陽有一半被山擋住，樓閣周圍飄著淡淡的疏煙。遊人便做了出遊賞花的計畫，桃樹和杏樹的小花苞應該已經爭先綻放了。我體弱多病，少有樂趣，倦怠懶散地自我放縱，只喜愛在白日高枕安眠。

題旨：春日生活

蘇軾（1036～1101）

字子瞻、和仲，號東坡居士。蘇洵長子。登進士第後，曾任中書舍人、翰林學士、禮部尚書等職；夾在新舊兩黨間，曾多次被貶至地方。詩、詞、賦、散文、書法和繪畫皆擅長。為唐宋八大家之一。

—注釋—

一行—**春淺**：春意淺淡。／**臘侵年**：指新一年的立春（陽曆二月四日）在農曆十二月。農曆十二月為臘月。／**破**：此處為揭開之意。／**春妍**：春天妍麗的景色。

二行—**東風**：春風。／**信**：風信，即隨著季節變化應時吹來的風。／**露**：顯露。／**微意**：微小的消息。／**際**：邊際。

三行—**縱**：縱然，縱使。／**衾**：大被子。衾，音同「親」。／**清圓**：聲音清亮圓潤。

四行—**朝來**：早晨。／**初日**：初升的太陽。／**銜**：用嘴巴含物或叼物，在此指山擋住太陽。

五行—**尋芳**：出遊賞花。

六行—**衰病**：體弱多病。／**悰**：樂趣。音同「從」。／**疏慵**：倦怠懶散。／**自放**：自我放縱。／**惟**：單、只。／**高眠**：高枕安眠。

154

木蘭花令

梧桐葉上三更雨

蘇軾

梧桐葉上三更雨，驚破夢魂無覓處。
夜涼枕簟已知秋，更聽寒蛩促機杼。
夢中歷歷來時路，猶在江亭醉歌舞。
樽前必有問君人，為道別來心與緒。

題旨：雨夜離情

注釋

題—南宋傅幹所著的《注坡詞》中，將此詞題為：宿造口聞夜雨寄子由才叔。（「子由」為其弟蘇轍，「才叔」為其友張庭堅。）

一行—**三更**：即半夜，子時，為晚上十一點到隔天凌晨一點。／**驚破**：突然驚醒。／**夢魂**：夢。古人認為人的靈魂能在睡夢中離開肉體，故稱之「夢魂」。

二行—**枕簟**：枕席，泛指臥具。／**寒蛩**：蟋蟀。／**促**：急促。／**機杼**：指織布機。

三行—**歷歷**：清晰分明。／**醉**：沉醉。

四行—**樽前**：在酒樽之前，指酒筵上。樽，為酒器。／**必**：假設、如果。／**為**：替、幫。／**道**：說、談。／**別來**：離別以來。

賞讀譯文

三更半夜的雨打在梧桐葉上，我突然驚醒，無處去尋覓夢魂。
夜晚的涼意侵入枕簟，已讓人知道秋天的到來，還聽到蟋蟀如織布機般急促的鳴叫聲。
夢中是清晰分明的來時路，我還在江邊亭子沉醉於歌舞中。
酒筵上假使有人問你關於我的事，請替我訴說離別以來的心情與思緒。

155

西江月

世事一場大夢

蘇軾

世事一場大夢，人生幾度新涼。
夜來風葉已鳴廊，看取眉頭鬢上。
酒賤常愁客少，月明多被雲妨。
中秋誰與共孤光，把盞淒然北望。

題旨：人生感懷

注釋

一行｜**幾度**：幾次，多次。／**新涼**：涼爽的新秋。另有版本為「秋涼」。

二行｜**風葉**：風吹樹葉的聲音。／**鳴**：泛指一切聲響。／**取**：語助詞，置於動詞後，表示動作的進行。

三行｜**賤**：價格低廉。／**妨**：妨礙，遮蔽。

四行｜**共**：一起，一同。／**孤光**：孤獨的光，單獨的光，多指日光或月光。／**把盞**：手持酒杯。盞，小而淺的杯子。／**淒然**：淒涼悲傷。／**北望**：向北望。

賞讀譯文

世間的事如同一場大夢，人生中有幾次涼爽的新秋？
入夜後，風吹樹葉的聲音已經響徹走廊，看看我的眉頭和鬢上（都變得斑白）。
酒價低廉，卻常憂愁客人少；月光明亮，但大多被雲層遮蔽了。
中秋這一天，我跟誰一起欣賞孤獨的月光？我手持酒杯，淒涼悲傷地向北望。

156

西江月・重九

蘇軾

點點樓頭細雨，重重江外平湖。
當年戲馬會東徐，今日淒涼南浦。
莫恨黃花未吐，且教紅粉相扶。
酒闌不必看茱萸，俯仰人間今古。

一注釋一

題一**重九**：指農曆九月九日重陽節。古人將九視為陽數（奇數）之極，故稱九月九日為「重陽」。自魏晉之後，人們習慣在這一天登高遊宴。

一行一**樓頭**：樓上。／**重重**：一層又一層，形容眾多。／**平湖**：平坦的湖。

二行一**戲馬**：指戲馬臺，位於今江蘇省徐州市，最初由西楚霸王項羽所建，因以山為臺來觀戲馬、演武和閱兵等，故稱此名。／**會**：相會。／**東徐**：今江蘇省邳州市，古稱東徐州，位在今徐州市的東邊。／**南浦**：南邊的水岸。泛指送別之地。源自南朝江淹〈別賦〉：「送君南浦，傷如之何。」

三行一**黃花**：指菊花。／**吐**：顯露、散放。／**且**：暫且。／**教**：讓。／**紅粉**：婦女化妝用的胭脂和鉛粉，代指美女。

四行一**酒闌**：酒宴過半，即將結束之時。／**茱萸**：為吳茱萸、食茱萸、山茱萸三種植物的通稱，具備殺蟲消毒、逐寒祛風的功能。古人在重陽節會佩戴茱萸以袪病驅邪。／**俯仰**：俯仰之間，指瞬息之間。／**今古**：古往今來，從古到今。

賞讀譯文

點點細雨從樓上滴落，江流外有一層又一層的平坦湖泊。
當年我們在戲馬臺和東徐等地相會，今日卻淒涼地在南邊的水岸送別。
不要恨菊花還未綻放，暫且讓美女相扶持。
酒宴將結束時，不必看身上有無茱萸，人間從古到今的轉變僅在瞬息之間。

題旨：重陽抒懷

157 和子由澠池懷舊

蘇軾

人生到處知何似，應似飛鴻踏雪泥。
泥上偶然留指爪，鴻飛那復計東西。
老僧已死成新塔，壞壁無由見舊題。
往日崎嶇還記否，路長人困蹇驢嘶。

賞讀譯文

人生到處行旅的情況，你知道像什麼嗎？應該就像飛行的鴻雁踩踏雪泥地那樣。鴻雁在泥地上偶然留下指爪的印痕，牠在飛行時怎又會計畫要飛東或飛西？老僧已經過世，只留下放置骨灰的新塔；僧舍的壞壁上無法看到舊日題的詩。你還記得往日的崎嶇旅程嗎？路途漫長人困倦，跛腳的驢子嗚叫著。

題旨：人生感懷

注釋

題—**子由**：蘇軾的弟弟蘇轍，字子由。／**澠池**：地名，在今河南省境內。／所和的詩為〈懷澠池寄子瞻兄〉：「相攜話別鄭原上，共道長途怕雪泥。歸騎還尋大梁陌，行人已度古崤西。曾為縣吏民知否，舊宿僧房壁共題。遙想獨遊佳味少，無言騅馬但鳴嘶。」

一行—**飛鴻**：飛行的鴻雁。／**雪泥**：混合融化雪水的泥土。

二行—**計**：計畫，盤算，打算。／**那**：怎。／**復**：再、又。

三行—**老僧**：指奉閒。蘇轍在其詩中自注：「昔與子瞻應舉，過宿縣中寺舍，題其老僧奉閒之壁。」／**塔**：舍利塔，安置舍利或僧眾骨灰的塔形建築物。／**壞壁**：指奉閒的僧舍。／**無由**：無法，沒有辦法。／**舊題**：舊日題的詩。

四行—**困**：疲倦、疲乏。／**蹇驢**：跛腳、笨扭而弱小的驢子。蹇，音同「剪」。／**嘶**：鳴叫。

158

無愁可解

光景百年

蘇軾

光景百年，看便一世，生來不識愁味。
問愁何處來，更開解箇甚底。
萬事從來風過耳，何用不著心裏。
你喚做展卻眉頭，便是達者，也則恐未。

此理、本不通言，何曾道、歡遊勝如名利。
道即渾是錯，不道如何即是。
這裏元無我與你，甚喚做物情之外。
若須待醉了方開解時，問無酒、怎生醉。

賞讀譯文

時光百年，看起來就一輩子，出生以來從不知道愁的滋味。
請問愁是從哪裡來的？又要領悟了解什麼？
全部的事情一向都像風吹過耳邊那樣，為什麼不放在心裡？
你稱展開眉頭的是豁達的人，依然可能不是。
這個道理原本就不能用言語表達，誰曾說過歡聚嬉遊勝過名利？
一說就完全是錯的，但不說又如何是對的？
這裡原本就沒有我與你，什麼叫做事物的情理之外。
如果必須等到醉了才能領悟了解時，請問沒有酒的話，怎樣才會醉呢？

題旨：人生辯論

注釋

一行—**光景**：比喻時光、歲月。或指左右、大約。／**一世**：一生，一輩子。／**識**：知道、了解。

二行—**開解**：掃除障蔽，領悟了解。／**箇**：「個」的異體字，用於動詞與補語之間，以加強語氣，無義。／**甚底**：什麼。「甚」，此處讀為「慎」。

三行—**萬事**：一切事情；全部事情。／**從來**：向來，一向。／**何用**：為什麼。／**著**：放置。

四行—**喚做**：稱為，叫做。／**展卻**：展開。卻，置動詞後時相當於「掉」、「去」、「了」。／**達**：豁達、通達。／**也則**：依然，仍舊。／**恐**：大概、可能。表疑慮不定的語氣。

五行—**通言**：指用言語表達。／**何曾**：用反問表示未曾。／**道**：說、談。／**歡遊**：歡聚嬉遊。／**勝如**：超過，勝過。

六行—**即**：就是。／**渾**：全然、完全。

七行—**元**：原本。／**甚**：什麼。／**物情**：事物的情理。

八行—**方**：才。

159

虞美人

持杯遙勸天邊月

蘇軾

持杯遙勸天邊月，願月圓無缺。
持杯復更勸花枝，且願花枝長在莫離披。
持杯月下花前醉，休問榮枯事。
此歡能有幾人知，對酒逢花不飲待何時。

題旨：賞景抒懷

—注釋—

一行—**杯**：此處指酒杯。
二行—**復更**：再次、重複。／**且**：只。／**離披**：零落分散。
三行—**休問**：不要問。／**榮枯**：草木茂盛與枯萎。
四行—**逢**：碰上。

賞讀譯文

我拿著酒杯遙遠地勸天邊的月亮，希望月亮圓滿無缺。
我拿著酒杯再次勸花枝，只希望花枝長在，不要零落分散。
拿著酒杯在月下花前喝醉，不要問繁花茂盛與枯萎的事。
這種歡樂能有幾個人知道？面對著酒又碰上花開，不喝酒的話，要等到何時呢？

160 漁家傲・七夕

蘇軾

皎皎牽牛河漢女，盈盈臨水無由語。
望斷碧雲空日暮。
無尋處，夢回芳草生春浦。
鳥散餘花紛似雨，汀洲蘋老香風度。
明月多情來照戶。
但攬取，清光長送人歸去。

賞讀譯文

牽牛和織女在明亮的銀河旁，面對清澈的銀河水，無法言語。
我放眼遠望天空中的浮雲，徒然直到黃昏。
我無處可尋，夢到芳草生長在春日的水濱。
鳥兒散去，剩餘的花如雨般紛紛落下；水中沙洲旁的蘋花已經衰枯，一陣香風吹過。
多情的明月過來照進住家。
我只想摘取明月的清光，長久地送人回去。

注釋

一行—**皎皎**：光明的樣子。／**河漢女**：指織女星。與牽牛星隔銀河相對。河漢，指銀河。／**盈盈**：水清澈的樣子。／**臨**：靠著、依傍。／**無由**：無法，沒有辦法。

二行—**望斷**：放眼遠望，直到看不見為止。／**碧雲**：天空中的浮雲。／**空**：徒然。／**日暮**：傍晚、黃昏。／化用自南朝江淹的〈休上人怨別〉：「日暮碧雲合，佳人殊未來。」

三行—**芳草**：源自《楚辭・招隱士》的「王孫遊兮不歸，春草生兮萋萋」，引喻懷人思親。／**春浦**：春日的水濱。

四行—**餘花**：剩餘未落的花。／**紛**：紛紛，多而雜亂。／**蘋**：水中浮草，夏末秋初開白色花。蘋，音同「頻」。／**汀洲**：水中的沙洲。／**老**：衰枯。／**度**：通過、經歷。

五行—**戶**：住家。

六行—**但**：僅、只。／**攬取**：摘取，收取。／**清光**：皎潔明亮的光輝。

題旨：七夕抒懷

161 醉蓬萊・重九上君猷

蘇軾

笑勞生一夢，羇旅三年，又還重九。
華髮蕭蕭，對荒園搔首。
賴有多情，好飲無事，似古人賢守。
歲歲登高，年年落帽，物華依舊。

此會應須爛醉，仍把紫菊茱萸，細看重嗅。
搖落霜風，有手栽雙柳。
來歲今朝，為我西顧，酹羽觴江口。
會與州人，飲公遺愛，一江醇酎。

賞讀譯文

我笑這辛勞的生活就像是一場夢，寄居外鄉作客三年，又到了重陽節。我的白髮變得稀疏，只能焦急地對著荒廢的園子搔頭。幸好有多情的你，喜好飲酒又無為而治，就像古代賢明的地方官。我們每一年都登高，年年舉辦宴席，美好的景物依然像從前一樣。

這次相會應該喝到爛醉，還要把紫菊花和茱萸，仔細觀看，反覆嗅聞。刺骨寒風吹得樹葉紛紛凋落，其中還有我們親手栽種的兩棵柳樹。明年的今天，為我從西邊回顧，用羽觴在江口灑酒。我會與黃州人一起，享受你留下的德政，就像飲用一整江的濃烈美酒。

題序：余謫居黃州，三見重九，每歲與太守徐君猷會於棲霞。今年公將去，乞郡湖南。念此惘然，故作此詞。（注：棲霞，指棲霞樓。公，指徐君猷。乞郡，指調職。）

一注釋一

一行—**勞生**：辛苦勞累的生活。／**羇旅**：寄居外鄉作客。羇，音、義同「羈」。／**重九**：指農曆九月九日重陽節。自魏晉之後，人們習慣在這一天登高遊宴。

二行—**華髮**：花白的頭髮。／**蕭蕭**：白髮稀疏的樣子。／**荒園**：荒廢的園子。／**搔首**：以手搔頭。焦急或有所思貌。

三行—**賴**：幸、幸而。／**無事**：指無為而治。／**賢守**：賢明的地方官。

四行—**歲歲**：每年。／**落帽**：指宴席。化用自《晉書・孟嘉傳》，其中記載孟嘉於九月九日登龍山，在宴席上帽子被風吹落而不覺。／**物華**：美好的景物。／**依舊**：依然像從前一樣。

五行—**應須**：應當；應該。／**爛醉**：酩酊大醉。／**茱萸**：為吳茱萸、食茱萸、山茱萸三種植物的通稱。古人在重陽節會佩戴茱萸以祛病驅邪。

六行—**搖落**：凋殘、零落。／**霜風**：刺骨寒風。

七行—**來歲**：次年，明年。／**今朝**：今天。／**西顧**：從西邊回顧。黃州（今湖北省境內）位在徐君猷赴任的湖南之西邊。／**酹酒**：以酒灑地來祭祀。酹，音同「淚」。／**羽觴**：古代的一種酒器，兩側有半月形雙耳，就像鳥的雙翼，故有此名。

八行—**州人**：指黃州人。／**飲**：喝，此處指享受。／**公**：指徐君猷。／**遺愛**：指留給後人的德政。／**醇酎**：濃烈的美酒。酎，音同「宙」。

題旨：重陽感懷

162 臨江仙 九十日春都過了

蘇軾

九十日春都過了，貪忙何處追遊。
三分春色一分愁，
雨翻榆莢陣，風轉柳花毬。
閬苑先生須自責，蟠桃動是千秋。
不知人世苦厭求，
東皇不拘束，肯為使君留。

題序：熙寧九年四月一日，同成伯公謹輩賞長春館殘花，密州邵家園也。

注釋

一行－**追遊**：尋勝而遊；追隨遊覽。
二行－**三分春色**：把春色分成三分。
三行－**榆莢**：榆樹的果實，外形圓薄如錢幣，又稱榆錢。／**陣**：行列。／**柳花**：指柳絮。／**毬**：泛指圓形成團的物體。
四行－**閬苑先生**：指西漢官員東方朔，相傳他曾偷吃西王母（王母娘娘）的仙桃。閬苑，傳說中在崑崙山，是西王母居住的地方，泛指仙人居住的地方。閬，音同「良」。／**蟠桃**：神話中的仙桃，三千年結果一次。／**動**：每每、往往。／**千秋**：千年。
五行－**厭求**：指貪婪地追求。
六行－**東皇**：春神。／**拘束**：管束限制。／**使君**：對官吏、長官的尊稱。

題旨：春景抒懷

賞讀譯文

九十日的春季都過去了，我們忙於公務，要到哪裡尋勝賞遊？
把春色分成三分，有一分是愁，
春雨翻動榆莢行列，春風吹轉柳絮毬。
闖入仙宮的東方朔應該自責，蟠桃往往要千年才能結果。
不知道人世苦於貪婪地追求，
春神請不要自我限制，肯不肯為我們這些官員留下？

163 夏日夢伯兄寄江南

黃庭堅

故園相見略雍容，睡起南窗日射紅。
詩酒一年談笑隔，江山千里夢魂通。
河天月暈魚分子，槲葉風微鹿養茸。
幾度白砂青影裏，審聽嘶馬自搘筇。

賞讀譯文

我夢到和長兄在故鄉相見，態度稍微從容不迫；我睡醒時，太陽已經從南邊的窗戶照入紅光。

我們一起作詩飲酒及談笑的事，已經相隔一年，如今我們相距千里江山之遠，夢魂仍是相通的。

河面倒映著天空中的月暈，魚兒正在產卵；槲葉隨著風輕微飄動，鹿的茸角正在生長。

我多次在河邊的白砂地上、樹林的青色影子裡，獨自撐著拐杖，仔細聆聽馬鳴聲，（期待你騎馬來找我）。

黃庭堅（1045～1105）

字魯直，號山谷道人，晚號涪翁。蘇門四學士之一。江西詩派祖師，亦為宋朝書法四家之一。生前與蘇軾齊名，世稱蘇黃。曾任北京國子監教授、校書郎、著作佐郎、秘書丞、涪州別駕、黔州安置等職，晚年兩次受到貶謫。

注釋

題—**伯兄**：長兄。

一行—**故園**：舊家園；故鄉。／**略**：大致、稍微。／**雍容**：溫和莊重、從容不迫的樣子。／**射**：光線映照。／**紅**：指紅光。

二行—**詩酒**：作詩與飲酒。／**千里**：指路途遙遠。／**夢魂**：夢。古人認為人的靈魂能在睡夢中離開肉體，故稱之「夢魂」。

三行—**槲**：殼斗科麻櫟屬的落葉喬木。／**茸**：指鹿茸，初生的鹿角，上面有細毛。

四行—**幾度**：幾次，多次。／**青影**：樹林的青色光影。／**審聽**：細聽；仔細傾聽；警覺地捕捉期待的聲音。／**嘶**：馬鳴。／**搘**：支撐。搘，音同「支」。／**筇**：竹杖。因筇竹實心節高，適合做拐杖，故稱杖為「筇」。筇，音同「瓊」。

題旨：思親念遠

164

滿庭芳

修水濃青　　黃庭堅

修水濃青，新條淡綠，翠光交映虛亭。
錦鴛霜鷺，荷徑拾幽蘋。
香渡欄干屈曲，紅妝映、薄綺疏櫺。
風清夜，橫塘月滿，水淨見移星。

堪聽，微雨過，媻姍藻荇，瑣碎浮萍。
便移轉胡床，湘簟方屏。
練靄鱗雲旋滿，聲不斷、簷響風鈴。
重開宴，瑤池雪滿，山露佛頭青。

賞讀譯文

河流的深濃青色，新枝條的淡綠色，翠綠的光影在亭子裡相互輝映。羽色鮮麗的鴛鳥和白鷺，在荷葉小徑撿拾清麗的蘋草。香氣穿過曲折的欄杆，女子的紅妝映在以花紋絲織品裝飾的窗格上。微風吹拂的寂靜夜晚，池塘中倒映著滿月，水質澄淨，能看見移動的星星之倒影。

可以聽一下，細雨過去了，水草參差縱橫，浮萍零碎細小。我們便移動胡床、湘竹席和方形屏風。潔白的魚鱗雲立刻布滿天空，屋簷下的風鈴聲響不斷。我們重開宴席，美池（因為雲的倒影）看起來像是布滿了雪，山峰露出佛頭般的青黛色。

注釋

一行—**修水**：作者故鄉（今江西省）的修河；或指修長的河流。／**交映**：互相映照、輝映。／**虛亭**：空亭，或水上的亭子。

二行—**錦鴛**：羽色鮮麗的鴛鳥。／**霜鷺**：白鷺。／**幽**：清麗、高雅的。／**蘋**：水中浮草，夏末秋初開白色花。蘋，音同「頻」。

三行—**渡**：通過，跨越。／**屈曲**：彎曲，曲折。／**欄干**：欄杆。／**紅妝**：婦女的妝飾多紅色，故稱為「紅妝」。代指美女、婦女。／**綺**：有花紋的絲織品。／**疏**：窗。／**櫺**：門或窗檻、欄杆上雕花的格子。

四行—**清夜**：寂靜的夜晚。／**橫塘**：泛指水塘、池塘。／**月滿**：月圓。

五行—**堪**：可以。／**微雨**：細雨。／**媻姍**：亦作媻珊、媻跚。指參差縱橫的樣子。媻，音同「盤」。／**藻荇**：水草。／**瑣碎**：零碎細小。

六行—**移轉**：從一處移動到另一處。／**胡床**：一種可以折疊的椅子，設有靠背。／**湘簟**：湘竹編的席子。／**方屏**：方形的屏風。

七行—**練靄**：如潔白絲絹的雲氣。／**鱗雲**：魚鱗狀的雲。／**旋**：立刻、即刻。／**簷**：屋簷。

八行—**瑤池**：仙界的天池，在此指美池。／**佛頭青**：相傳佛髮為青色，故以此比喻青黛色的山巒。

題旨：月夜宴聚

165

鷓鴣天

枝上流鶯和淚聞

秦觀

枝上流鶯和淚聞，新啼痕間舊啼痕。
一春魚鳥無消息，千里關山勞夢魂。
無一語，對芳尊。安排腸斷到黃昏。
甫能炙得燈兒了，雨打梨花深閉門。

題旨：相思情懷

秦觀（1049～1100）

字太虛、少遊。蘇門四學士之一。曾兩次落第，登進士第後，歷任秘書省正字、國史院編修官等職。新黨執政後，被貶至杭州、處州、郴州等地，最後卒於藤州。為婉約詞派代表。

※關於本詞作者，亦有李清照、無名氏之說。

注釋

一行—**流鶯**：四處飛翔鳴叫的黃鶯。／**和**：連同。／**啼痕**：淚痕。／**間**：更替、夾雜。

二行—**魚鳥**：指魚雁，古人以為鯉魚和鴻雁能傳遞書信。／**千里**：指路途遙遠。／**關山**：關隘與山峰。比喻路途遙遠或行路的困難。／**勞**：辛勞。／**夢魂**：夢。古人認為人的靈魂能在睡夢中離開肉體，故稱之「夢魂」。

三行—**芳尊**：精緻的酒器，亦借指美酒。／**安排**：準備。／**腸斷**：比喻極度悲傷。「腸」有心思、情懷之意。

四行—**甫能**：剛剛能。／**炙**：燒灼，在此指點燃燈。／**得**：助詞，置於動詞之後，無義。

賞讀譯文

我帶著眼淚聽到枝頭上的流鶯鳴叫著，臉上的新淚痕夾雜著舊淚痕。

一整個春天，鯉魚和鴻雁都沒有帶來消息，只能讓夢魂辛勞飛到千里關山外。

我沒有說一句話，對著美酒，準備傷心到黃昏。

剛剛能點燃燈了，雨滴卻開始打在梨花上，我便緊緊地閉上門。

166

減字浣溪沙

鼓動城頭啼暮鴉

賀鑄

鼓動城頭啼暮鴉，過雲時送雨些些，
嫩涼如水透窗紗。
弄影西廂侵月戶，分香東畔拂牆花，
此時相望抵天涯。

賀鑄（1052～1125）字方回。為宋太祖賀皇后族孫。自稱唐代賀知章後裔，以知章居慶湖而自號慶湖遺老。長相奇特，人稱賀鬼頭。曾任右班殿直、泗州及太平州通判、承事郎、奉議郎等，多為下僚之職。耿介豪俠，不附權貴。詞作兼具豪放、婉約二派之長。晚年退居蘇州。

注釋

一行｜**城頭**：城牆的頂頭；城樓。／**暮**：傍晚、黃昏。／**過雲**：飛過的雲。／**時**：偶爾。／**些些**：少許，一點兒。

二行｜**嫩涼**：微涼；初涼。

三行｜**弄影**：指物體動，使影子也隨著搖晃或移動。／**西廂**：西邊的廂房。／**侵**：逼近。／**月戶**：月下的門戶。／**分香**：散發香氣。／**畔**：邊側、旁側。／**拂**：輕輕掠過、擦過。／化用自唐代元稹的《鶯鶯傳》（又名《會真記》），崔鶯鶯回給張生的詩：「待月西廂下，迎風戶半開。拂牆花影動，疑是玉人來。」

四行｜**相**：助詞，表示動作是由一方對另一方進行。／**望**：希冀、期盼。／**抵**：抵達，到達。／**天涯**：天邊，指遙遠的地方。

題旨：相思情懷

賞讀譯文

黃昏時，城樓上的鼓被敲動了，鴉鳥啼叫著；飛過的雲偶爾送來少許的雨，
些微的涼意像水那樣透過窗紗滲進來。
月光照著西廂，搖動的樹影逼近門戶；花兒輕輕掠過牆的東側，散發著香氣，
這時我的盼望抵達了天邊。

167

梁州令疊韻

田野閒來慣

晁補之

田野閒來慣，睡起初驚曉燕。
樵青走挂小簾鉤，南園昨夜，細雨紅芳遍。
平蕪一帶煙花淺，過盡南歸雁。
江雲渭樹俱遠，憑闌送目空腸斷。
好景難常占，過眼韶華如箭。
莫教鶗鴂送韶華，多情楊柳，為把長條絆。
清樽滿酌誰為伴，花下提壺勸。
何妨醉臥花底，愁容不上春風面。

賞讀譯文

我已經習慣田野的悠閒生活，剛剛被清晨燕子的叫聲驚醒。女婢走過來掛起小簾鉤，南園裡因為昨夜的細雨而到處是紅色落花。雜草繁茂的平原那一帶，已經少有繁花盛開，從南方往北返的雁子全都飛過去了。江東的雲和渭北的樹都在遠方，我倚靠欄杆看向遠方，徒然地傷心腸斷。美好的風景難以時常占有，經過眼前的春光飛逝如箭。不要讓杜鵑鳥送走春光，多情楊柳幫忙用長枝條絆住它。酒杯裡裝滿了酒，誰來作伴，在花下提著酒壺勸我喝酒？不妨醉酒後倒臥在花叢底下，憂愁的表情就不會出現在美麗姣好的容貌上。

題旨：傷春念遠

晁補之（1053～1110）字無咎，號歸來子，蘇門四學士之一，工書畫。出身文學世家，晁沖之為其堂弟。登進士第後，曾任校書郎、著作佐郎、吏部員外郎、禮部郎中等職。

一注釋一

一行—**初**：剛剛。／**曉**：清晨。

二行—**樵青**：指女婢，出自唐代張志和的事蹟，唐肅宗曾賜他奴婢各一，女婢名為樵青。／**挂**：懸吊。通「掛」。／**簾鉤**：捲簾所用的鉤子。／**南園**：泛指園圃，種植花木果蔬的地方。／**紅芳**：指紅花。／**遍**：到處。

三行—**平蕪**：雜草繁茂的平原。／**煙花**：春天繁花盛開，一片如煙如霧的樣子。另有版本為「煙光」。／**過盡**：全都經過了。／**南歸雁**：雁子於春季返回北方，秋季飛到南方越冬；從上下文的季節來判斷，應是指從南方往北返的雁子。

四行—**江雲渭樹**：比喻深厚的離情別意。出自唐代杜甫的〈春日憶李白〉：「渭北春天樹，江東日暮雲。」／**俱**：皆、都、全。／**憑闌**：倚靠欄杆。／**送目**：看向遠方。／**空**：徒然。／**腸斷**：比喻極度悲傷。「腸」有心思、情懷之意。

五行—**占**：占有。／**過眼**：經過眼前。／**韶華**：美好的時光，亦指春光。

六行—**莫教**：不要讓。／**鶗鴂**：杜鵑鳥。初夏時常晝夜不停啼叫，叫聲類似「不如歸去」。／**為**：替、幫。

七行—**清樽**：亦作清尊、清罇，指酒器。／**酌**：酒。

八行—**何妨**：用反問的語氣來表示「不妨」。／**愁容**：憂愁的表情。／**春風面**：美麗姣好的容貌。

168 黃鶯兒

南園佳致偏宜暑

晁補之

南園佳致偏宜暑。
兩兩三三，脩篁新筍新出初齊，猗猗過檐侵戶。
聽亂颭芰荷風，細灑梧桐雨。
午餘簾影參差，遠林蟬聲，幽夢殘處。

凝佇。既往盡成空，暫遇何曾住。
算人間事，豈足追思，依依夢中情緒。
觀數點茗浮花，一縷香縈炷。
怪來人道：陶潛做得羲皇侶。

賞讀譯文

南園的美好景致正適合夏天。兩兩三三的修長竹子和新筍剛冒出來且完備，美盛的樣子經過屋簷，逼近住家。我聽到風吹得菱葉與荷葉凌亂搖動，以及細雨灑在梧桐葉上（的聲音）。午後簾幕影子搖曳不齊，遠方的樹林傳來蟬聲，讓我沒做完那場隱約而憂愁的夢。

我凝神佇立，過去全部成空，暫時的相遇也不曾停留。我推測人間的事怎麼可以追想憶念？應該是隱約的夢中心情。我看著數點煮茶時產生的浮沫，一縷煙圍繞著線香。難怪人們會說：陶潛可以做清閒古人的同伴。

—注釋—

一行—**南園**：泛指園圃，種植花木果蔬的地方。／**佳致**：美好的景致。／**偏**：恰巧、正好。／**宜**：適合。／**暑**：炎熱的夏天。

二行—**脩**：長，通「修」。／**篁**：竹的通稱。／**新出**：剛出現。／**齊**：完備。／**猗猗**：美盛的樣子。／**檐**：檐同「簷」，指屋簷。／**侵**：逼近。／**戶**：住家。

三行—**颭**：吹動、搖動。音同「展」。／**芰荷**：指菱葉與荷葉。

四行—**午餘**：午後。／**參差**：雜亂不齊的樣子。／**幽夢**：隱約而憂愁的夢。／**殘**：不完整的。

五行—**凝佇**：凝神佇立。／**既往**：以往，過去。／**盡**：全部。／**何曾**：不曾、未曾。／**住**：長期居留，停留。

六行—**算**：推測，料想。／**豈**：難道，怎麼。／**足**：可以。／**追思**：追想懷念。／**依依**：依稀、隱約。／**情緒**：心情，心境。

七行—**茗浮花**：煮茶時產生的浮沫。／**縈**：圍繞、纏繞。／**炷**：指一炷線香。

八行—**怪來**：難怪。／**做得**：值得做、可以做。／**羲皇**：伏羲氏，在此指生活清閒的古人。出自晉代陶潛（陶淵明）的〈與子儼等疏〉：「嘗言五六月中北窗下臥，遇涼風暫至，自謂是羲皇上人。」／**侶**：同伴。

題旨：夏景抒懷

一落索

杜宇思歸聲苦

周邦彥

杜宇思歸聲苦，和春催去。
倚闌一霎酒旗風，任撲面、桃花雨。
目斷隴雲江樹，難逢尺素。
落霞隱隱日平西，料想是、分攜處。

周邦彥（1056～1121）

字美成，自號清真居士。因獻〈汴都賦〉而被召為太學正，曾任徽猷閣待制、大晟府提舉，中年後任順昌府和處州等地方小官。精通音律，任大晟府提舉期間，不僅審訂古調，也創設許多音律，為格律派詞的奠基者。

一注釋一

一行一**杜宇**：杜鵑鳥。初夏時常晝夜不停啼叫，叫聲類似「不如歸去」。相傳為商周至春秋時代之間的古蜀君主杜宇之魂所化，又叫子規、鶗鴂、啼鴂、鵜鴂。／**思歸**：想返回故鄉。／**和**：連同。

二行一**倚闌**：倚靠欄杆。／**一霎**：一陣。／**酒旗**：古代酒店的招牌。／**任**：任由。／**撲面**：迎面而來。／**桃花雨**：暮春飄飛的桃花。

三行一**目斷**：放眼遠望到極限之處。／**隴**：田間的高地。／**尺素**：指書信。古人會用一尺長左右的白色素絹來寫信。

四行一**落霞**：晚霞。／**隱隱**：隱約不分明。／**日平西**：太陽接近西方的地平線。／**分攜**：分手。

題旨：暮春思歸

賞讀譯文

杜鵑鳥想返回故鄉的鳴叫聲十分悲苦，連同春天都一起催走了。

我倚靠欄杆，一陣風吹動酒旗，任由桃花如雨般迎面撲來。

我放眼遠望田野間的雲層和江邊的樹林，難以遇到（寫給我的）書信。

晚霞隱約不明，太陽即將落入西方的地平線，我料想那裡是分手的地方。

170

夜遊宮

葉下斜陽照水

周邦彥

葉下斜陽照水，捲輕浪、沉沉千里。
橋上酸風射眸子。
立多時，看黃昏，燈火市。

古屋寒窗底，聽幾片、井桐飛墜。
不戀單衾再三起。
有誰知，為蕭娘，書一紙。

題旨：賞景抒情

注釋

一行—**葉下**：葉子落下。／**輕浪**：微波。／**沉沉**：形容水深的樣子。／**千里**：指路途遙遠。

二行—**酸風**：刺人的寒風。／**眸子**：本指瞳仁，泛指眼睛。

三行—**立**：站立。／**多時**：很久，好一會兒。／**市**：街市。

四行—**寒窗**：寒冷的窗戶。／**井桐**：井邊的桐樹。

五行—**戀**：眷戀。／**單衾**：薄被。衾，音同「親」。／**蕭娘**：女子的泛稱，源自《南史．梁臨川靖惠王宏傳》：「北軍歌曰：『不畏蕭娘與呂姥，但畏合肥有韋武。』」在此指愛戀對象。／**書**：書信。／**一紙**：一張紙。／化用自唐代楊巨源的〈崔娘〉：「風流才子多春思，腸斷蕭娘一紙書。」

賞讀譯文

葉子落下到斜陽照射的水面，被微波捲著深沉地流到千里之外。
橋上的刺人寒風吹射入我的眼眸。
我站立很久，看著黃昏時分的街市點起燈火。
在古屋的寒冷窗戶底下，我聽到井邊桐樹的幾片葉子飛墜。
我不眷戀薄被而再三起床。
有誰知道我是為了那女子寄來的一張書信。

171 南鄉子

秋氣遶城闉

周邦彥

秋氣遶城闉，暮角寒鴉未掩門。記得佳人衝雨別，吟分。別緒多於雨後雲。

小棹碧溪津，恰似江南第一春。應是採蓮閒伴侶，相尋。收取蓮心與舊人。

賞讀譯文

秋天蕭索淒清的氣息圍繞著城門，日暮的角聲響起，寒鴉飛過，我還沒有關上門。

我記得美人冒雨別離的畫面，不禁為了我們的分別而嘆息。分別時的思緒，比雨後的雲還要多。

小船停在綠色溪流的渡口，看起來就像是江南第一的春色。應該是採蓮的空閒同伴正在找尋，打算取得蓮心送給舊日的情郎。

題旨：賞景懷人

注釋

一行—**秋氣**：秋天蕭索淒清的氣息。／**遶**：環圍、迴轉。同「繞」。／**闉**：城門。闉，音同「因」。／**暮角**：日暮的角聲。角，一種吹管樂器。傳自西羌，形如牛、羊角，多用於軍隊中。吹奏時發出嗚嗚聲。／**寒鴉**：一種體型略小的黑色及灰色鴉。／**掩門**：輕輕的關上門。

二行—**佳人**：美人。／**衝雨**：冒雨。／**吟**：嘆息。

三行—**別緒**：分別時的思緒、情感。

四行—**棹**：船槳，在此指船。／**碧溪**：綠色的溪流。／**津**：渡口。

五行—**閒**：空閒無事。／**伴侶**：朋友、同伴。／**相尋**：尋訪；找尋。

六行—**收取**：取得。／**蓮心**：蓮子中綠色有苦味的胚芽，也稱為「蓮子心」。有「憐心」之意。／**與**：給。／**舊人**：舊友，在此指舊日的情郎。

172 隔浦蓮近拍・中山縣圃姑射亭避暑作

周邦彥

新篁搖動翠葆，曲徑通深窈。
夏果收新脆，金丸落，驚飛鳥。
濃靄迷岸草。蛙聲鬧，驟雨鳴池沼。
水亭小，浮萍破處，簷花簾影顛倒。
綸巾羽扇，困臥北窗清曉。
屏裏吳山夢自到。驚覺，依然身在江表。

賞讀譯文

新生的竹子隨風搖動，看起來青翠茂盛，曲折的小徑通往幽深的地方。夏季的果實不再新鮮脆嫩，金黃色果實掉落，讓鳥兒受到驚嚇而飛起。濃厚的霧靄籠罩著岸邊的青草。蛙聲喧鬧，忽然降落的大雨讓池沼發出聲響。

臨水亭子小小的，在浮萍破開的地方，有著簷下花朵和簾幕的倒影。我戴著青絲頭巾，手持鳥羽扇子，疲倦地躺在北窗下睡到清晨。夢中，我來到屏風裡的吳山風景，但突然驚醒時，卻發現自己依然身在江南之地。

題旨：夏景記事

一注釋一

一行—**新篁**：新生的竹子。／**翠葆**：形容草木青翠茂盛。葆，指叢生的草。／**曲徑**：曲折迂迴的小路。／**深窈**：幽深。

二行—**收**：結束，停止。／**新脆**：新鮮脆嫩。／**金丸**：金黃色的果實。／**驚飛**：受到驚嚇而飛。

三行—**迷**：使得分辨不清的，此處延伸為籠罩之意。／**驟雨**：忽然降落的大雨。

四行—**水亭**：臨水的亭子。／**簷花**：屋簷下方旁邊開的花。

五行—**綸巾羽扇**：戴著青絲頭巾，手持鳥羽做成的扇子，是儒士的打扮，形容態度從容不迫。／**困臥北窗**：化用自「北窗高臥」的語意，比喻悠閒自得。出自晉代陶潛（陶淵明）的〈與子儼等疏〉：「嘗言五六月中北窗下臥，遇涼風暫至，自謂是羲皇上人。」困，指疲倦。／**清曉**：天剛亮時，清晨。

六行—**屏**：屏風。／**吳山**：吳地的山，常泛指江南的山，此處指作者的故鄉錢塘一帶。／**驚覺**：驚醒。／**江表**：指長江以南地區，從中原來看，地在長江之外，故稱江表。作者當時在當溧水知縣，溧水位於今南京市，比錢塘更接近長江。

173 蝶戀花

魚尾霞生明遠樹

周邦彥

魚尾霞生明遠樹。
翠壁黏天，玉葉迎風舉。
一笑相逢蓬海路，人間風月如塵土。

剪水雙眸雲鬢吐。
醉倒天瓢，笑語生青霧。
此會未闌須記取，桃花幾度吹紅雨。

賞讀譯文

如鯉魚尾巴那麼紅的霞光生起，照亮了遠方的樹林。
青翠的崖壁像是黏著天空，葉子迎風高舉。
我們在通往海上蓬萊仙山的路上，微笑相逢，人間的男女情愛都如塵土般不值得一顧。
妳的雙眸清澈如水，捲曲如雲的鬢髮散放。
我們醉倒在北斗七星旁，言談說笑間生起青霧。
這次的相會還沒結束，必須要記得，（在我們別離時），歷經了多少次的桃花盛開又如雨般凋落。

題旨：遊仙抒情

—注釋—

一行—**魚尾霞**：形容霞光如鯉魚尾巴的紅色。／**明**：照亮。

二行—**翠壁**：青翠的崖壁。／**玉葉**：對花木葉子的美稱。或是指玉葉冠，這是太平公主的頭冠名稱，她八歲時為了替已經去世的外祖母榮國夫人楊氏祈福，出家為女道士。

三行—**蓬海路**：通往傳說中的海上仙山「蓬萊山」的路上。／**風月**：男女情愛。

四行—**剪水雙眸**：形容雙眸清澈如水，出自唐代李賀的〈唐兒歌〉：「一雙瞳人剪秋水。」／**雲鬢**：捲曲如雲的鬢髮。／**吐**：顯露、散放。

五行—**天瓢**：神話傳說中天神行雨用的瓢，或指北斗七星。／**笑語**：言談說笑。／**青霧**：霧氣，煙霧。霧色如紫，故稱。青色在古代指綠色、藍色或黑色。

六行—**闌**：將盡。／**記取**：記住；記得。／**幾度**：幾次，多次。／**紅雨**：比喻落花。

174

蝶戀花·秋思

周邦彥

月皎驚烏棲不定，
更漏將殘，轣轆牽金井。
喚起兩眸清炯炯，淚花落枕紅棉冷。

執手霜風吹鬢影，
去意徊徨，別語愁難聽。
樓上闌干橫斗柄，露寒人遠雞相應。

賞讀譯文

月光潔白明亮，受驚嚇的烏鴉無法安定棲息。

更漏將要滴盡，金井那裡傳來轣轆被拉引的聲音。

被喚醒的她，兩隻眼睛張開沒入睡，淚珠落在紅色棉枕上，讓它摸來涼冷。

我們握著手，刺骨寒風吹動鬢髮，

我離去的心意驚悸不安，而她惜別的話語充滿愁緒，讓人難以聆聽。

樓房的上空，星光參差，北斗七星橫掛著。露水涼寒，人已遠走，雞隻啼叫著相應和。

注釋

一行－**月皎**：月光潔白明亮。／**驚烏**：受驚嚇的烏鴉。／**棲**：停留、休息。音義同「棲」。／**不定**：不安定；不穩定。

二行－**更漏**：指古代計時器具「漏壺」。以底部有孔洞的銅壺盛水，隨著水逐漸滴漏，裡面的刻度就會逐漸顯示時間。「更」為古代夜間的計時單位，一夜分為五更。／**殘**：將盡的。／**轣轆**：汲水用的絞輪式起重裝置。／**牽**：拉引。／**金井**：因月光照射而呈金色的水井；或是有銅製邊欄的水井、邊欄上有雕飾的水井。一般用以指宮庭園林裡的井。

三行－**喚起**：喚醒。／**炯炯**：張目不眠。／**淚花**：淚珠。／**紅棉**：指枕頭為紅色棉質。

四行－**執手**：握手。／**霜風**：刺骨寒風。／**鬢影**：鬢髮。影，指人或物體的形象。

五行－**去意**：離去的心意。／**徊徨**：驚悸不安或心神不定。／**別語**：惜別的話語。／**難聽**：難以聆聽。

六行－**樓上**：此處指樓房的上空。／**闌干**：星光橫斜參差的樣子。／**斗柄**：北斗七星的第五至七顆星，排列的形狀如斗柄，故有此稱。／**相應**：互相呼應；應和。

題旨：送別心情

175 菩薩蠻・宜興作

蘇庠

北風振野雲平屋，寒溪淅淅流冰谷。
落日送歸鴻，夕嵐千萬重。
荒陂垂斗柄，直北鄉山近。
何必苦言歸，石亭春滿枝。

賞讀譯文

北風吹得曠野上的草木搖動，低雲與屋子齊平，寒冷的溪流淅淅地流進冰凍的山谷。

落日送走歸返的鴻雁，傍晚的山間霧氣層層堆疊。

荒蕪山坡的上空，垂掛著北斗七星的斗柄；往正北方走，就離我的家鄉很近。

何必極力地說要回去？石造亭子旁的枝頭上已經充滿春意。

蘇庠（1065～1147）

字養直，號眚翁。父親蘇堅曾與蘇軾唱和。曾與呂本中、汪藻等人結詩社於江西。南宋高宗時居於廬山，曾受徵召，但不赴，隱逸以終。

題旨：思鄉情懷

一注釋一

一行一**振**：搖動。／**野**：曠野，郊外。／**寒溪**：寒冷的溪流。／**淅淅**：形容流水聲。／**冰谷**：冰凍的山谷。

二行一**歸鴻**：歸返的鴻雁。鴻雁又稱大雁，是一種候鳥，於春季返回北方，秋季飛到南方越冬。／**夕嵐**：傍晚的山間霧氣。／**千萬重**：形容很多層。

三行一**荒陂**：荒蕪的山坡。陂，山坡，音同「皮」。／**斗柄**：北斗七星的第五至七顆星，排列的形狀如斗柄，故有此稱。／**直北**：正北。／**鄉山**：家鄉的山，借指故鄉。

四行一**苦**：極力的。／**石亭**：石造的亭子。／**春滿枝**：枝頭上充滿春意。

176

賀新郎

睡起流鶯語

葉夢得

睡起流鶯語，掩蒼苔房、櫳向晚，亂紅無數。吹盡殘花無人見，惟有垂楊自舞。漸暖靄、初回輕暑，寶扇重尋明月影，暗塵侵、上有乘鸞女。驚舊恨，遽如許。

江南夢斷橫江渚，浪黏天、葡萄漲綠，半空煙雨。無限樓前滄波意，誰采蘋花寄取。但悵望、蘭舟容與，萬里雲帆何時到。送孤鴻、目斷千山阻。誰為我，唱金縷。

賞讀譯文

我睡起後，聽見四處飛翔的黃鶯鳴叫著；傍晚，房屋的影子遮蓋了蒼苔，地上有無數的零亂落花。風兒把殘存未落的花全都吹落，卻沒有人看見，只有垂楊自己舞動著。雲氣逐漸變暖，剛進入夏天，我拿出寶扇，想重新尋回它那圓月般的形影。塵埃累積在寶扇上，遮住了上面的乘鸞女圖案。我驚訝於舊愁恨竟然如此讓人驚慌。我身在江南，夢醒時，看到船隻橫停在江中小洲旁，高高湧起的波浪彷彿緊黏著天空，漲起的溪水呈現新釀葡萄酒的綠色，半空中都是煙霧般的細雨。我無限的情意就像樓臺前的滄波，誰會採蘋花去寄呢？我只能惆悵地看望船隻徘徊猶豫，航程萬里的船隻何時會到？我目送孤單的鴻雁，直到被群山阻擋的視線盡頭處。誰會為我唱金縷曲呢？

題旨：懷人抒情

葉夢得（1077～1148）字少蘊。登進士第後，曾任官翰林學士、戶部尚書、尚書左丞、江東安撫大使等職。晚年隱居湖州卞山，自號石林居士。

注釋

一行—**流鶯**：四處飛翔鳴叫的黃鶯。／**語**：鳥的鳴叫聲。／**掩**：遮蓋、遮蔽。／**蒼苔**：深青色的苔蘚。／**房櫳**：窗櫺，也泛指房屋。／**向晚**：傍晚。／**亂紅**：零亂的落花。

二行—**盡**：完結。／**殘花**：殘存未落的花。

三行—**靄**：煙霧、雲氣。／**輕暑**：初夏。／**寶扇**：指團扇，一種圓形有柄的扇子。／**明月影**：指團扇的影子。

四行—**暗塵**：累積的塵埃。／**侵**：逼進。／**乘鸞女**：指得道升仙的女子，或是指秦穆公之女弄玉。漢代劉向《列仙傳》提到，蕭史善吹簫，娶了秦穆公之女弄玉，後來夫妻隨鳳凰而去。／**遽**：驚慌、恐懼。／**如許**：如此、這樣。

五行—**夢斷**：夢中斷，夢醒。／**江渚**：江中小洲，亦指江邊等地方。／**葡萄漲綠**：漲起的溪水呈現新釀葡萄酒的綠色。／**煙雨**：如煙霧般的細雨。

六行—**滄波**：碧波，指澄澈水面上的波紋，或指青綠色波浪。／**采**：摘取、擇取。通「採」。／**蘋花**：一種在夏秋開小白花的水生植物。／**取**：語助詞。

七行—**但**：僅、只。／**悵望**：惆悵地看望或想望。／**蘭舟**：木蘭樹打造的船，為船隻的美稱。／**容與**：徘徊，猶豫不前的樣子。／**雲帆**：高大或白色的船帆，亦代指船。

八行—**孤鴻**：孤單的鴻雁。／**目斷**：放眼遠望到極限之處。／**金縷**：曲調《金縷曲》、《金縷衣》的簡稱。

177

燕山亭・北行見杏花

趙佶（宋徽宗）

裁翦冰綃，輕疊數重，淡著燕脂勻注。
新樣靚妝，豔溢香融，羞殺蕊珠宮女。
易得凋零，更多少、無情風雨。
愁苦，問院落淒涼，幾番春暮。
憑寄離恨重重，者雙燕何曾，會人言語。
天遙地遠，萬水千山，知他故宮何處。
怎不思量，除夢裏、有時曾去。
無據，和夢也、新來不做。

賞讀譯文

杏花的花瓣，就像裁翦下來的透明白絲，輕輕地重疊數層，如同淡淡地均勻塗抹胭脂。這新樣式的美麗妝飾，豔麗滿溢且香氣融融，讓蕊珠宮裡仙女都覺得慚愧極了。杏花輕易就會凋零，還要遭逢多少次的無情風雨？真是令人愁苦，請問淒涼的庭院裡，歷經了幾次暮春時節？我要憑靠誰來寄送眾多的離恨？這雙飛燕不曾瞭解人類的言語。我在天遙地遠之處，已經走過萬水千山，怎麼知道故國宮庭在何處？我怎麼不想念？除了有時在夢裡曾經回去。但無緣無故地，最近連夢也不做了。

題旨：旅途感懷

趙佶（1082～1135）

宋徽宗，號宣和主人。尊信道教，自稱「教主道君皇帝」，也利用皇權推動繪畫，並自創書法字體「瘦金體」。因金軍兵臨城下，讓位給太子趙桓，後來與趙桓一同被金人擄去，死於五國城（今黑龍江省境內）。南宋紹興十二年（1142年）時，棺槨才被迎回。

注釋

一行—**裁翦**：亦作「裁剪」，縫製衣服時把衣料按一定的尺寸裁開。／**冰綃**：薄得透明如冰，顏色潔白如雪的絲織品，在此指杏花的花瓣。／**重**：量詞。計算相疊、累積物的單位。／**著**：依附，使依附。／**燕脂**：即胭脂。一種紅色的顏料。／**勻注**：均勻地點染；化妝。

二行—**新樣**：新的樣式。／**靚妝**：美麗的妝飾。／**羞**：慚愧、難為情。／**殺**：甚、極。同「煞」。／**蕊珠宮女**：仙女。蕊珠宮為道教經典中所說的仙宮。

三行—**凋零**：凋謝零落。

四行—**院落**：庭院。／**幾番**：幾次。

五行—**憑寄**：憑靠誰寄。／**重重**：一層又一層。形容眾多。／**者**：指示形容詞。同「這」。／**雙燕**：雙飛的燕子。古人認為雙燕可幫忙傳遞書信。／**何曾**：不曾、未曾。／**會**：瞭解、領悟。

六行—**他**：用於句中當襯字，無所指。

七行—**思量**：想念。

八行—**無據**：沒有依據，無緣無故。／**和**：連。／**新來**：最近、近來。

178 攤破浣溪沙

揉破黃金萬點輕

李清照

揉破黃金萬點輕，剪成碧玉葉層層。
風度精神如彥輔，大鮮明。
梅蕊重重何俗甚，丁香千結苦粗生。
熏透愁人千里夢，卻無情。

李清照（1084～1156）號易安居士。出身官宦書香世家，與丈夫趙明誠感情甚篤，熱衷於書畫金石的搜集。遭逢黨爭、宋室南遷等變故，詞作主題從悠閒生活轉為感傷悲嘆身世。

題旨：詠桂花

注釋

一行 **輕**：另有版本為「明」。／**碧玉**：不透明的含鐵石英石，有紅、黃、暗綠、灰藍等色，可做飾品。

二行 **風度**：風采儀態。／**彥輔**：指西晉名士樂廣，字彥輔，受推薦而入仕途，性格謙和，與人無爭，為當時的清談領袖。／**大**：表程度深。另有版本為「太」。／**鮮明**：清楚明確。

三行 **梅蕊**：梅花蓓蕾，含苞未開的梅花。／**重重**：一層又一層。形容眾多。／**何**：多麼。／**俗**：庸俗。／**甚**：極、很、非常。／**丁香千結**：丁香結為丁香的花蕾，簇生莖頂。千，比喻眾多、多數。化用自五代十國毛文錫的〈更漏子〉：「庭下丁香千結。」／**苦粗**：粗糙。／**生**：很、非常。

四行 **熏**：氣味發散、侵襲。／**透**：穿透。／**愁人**：心懷憂愁的人。／**千里**：指路途遙遠。

賞讀譯文

桂花就像是揉破黃金所造成的萬點輕盈金屑，還用碧玉剪出了一層層的葉子。

它的風度和精神就像西晉名士彥輔，非常清楚明確。

梅花蓓蕾多到顯得庸俗，丁香花多到顯得粗糙。

桂花的香氣侵襲穿透了愁人追尋千里的夢，但它看起來卻無情。

179

清平樂

年年雪裏

李清照

年年雪裏，常插梅花醉。
挼盡梅花無好意，贏得滿衣清淚。
今年海角天涯，蕭蕭兩鬢生華。
看取晚來風勢，故應難看梅花。

題旨：詠梅抒懷

注釋

二行 **挼**：搓揉、摩擦。音同「挪」。／**盡**：完畢。／**好意**：好心情。／**贏得**：落得、剩得。／**清淚**：眼淚。

三行 **蕭蕭**：花白稀疏的樣子。／**華**：斑白色。

四行 **看取**：看。取，語助詞，置於動詞後，表示動作的進行。／**晚來**：傍晚；入夜。／**故**：因此，所以。／**難看**：難以看到。

賞讀譯文

每一年在雪地裡，我經常插著梅花、飲酒喝醉。把梅花都搓揉完了，也沒有好心情，只剩下滿衣的眼淚。今年，我人在海角天涯，兩鬢稀疏斑白。看著入夜後的風勢（還是很強），因此應該難以看到梅花了。

180

訴衷情・枕畔聞梅香

夜來沉醉卸妝遲，梅萼插殘枝。
酒醒熏破春睡，夢遠不成歸。

人悄悄，月依依，翠簾垂。
更挼殘蕊，更撚餘香，更得些時。

李清照

題旨：生活抒懷

一注釋一

一行—**晚來**：昨夜。／**沉醉**：喝酒酣醉。／**梅萼**：梅花的蓓蕾。

二行—**熏**：氣味發散、侵襲。／**破**：破壞。／**春睡**：指喝酒睡著的情況。在宋代的《楊太真外傳》中記載，唐玄宗曾笑稱酒醉未醒的楊貴妃為「海棠春睡」。

三行—**悄悄**：寂靜無聲，亦有憂愁的意思。／**依依**：依稀、隱約。

四行—**更**：再、復。／**挼**：搓揉、摩擦。音同「挪」。／**撚**：用手指捏取、拿取。／**得**：可以、能夠。

賞讀譯文

昨夜我喝酒酣醉，很晚才卸妝，梅花殘枝還插著。
酒醒後，梅花的香氣侵襲，破壞了睡眠，讓我在夢中到了遠方卻不能歸返。
人兒寂靜無聲，月色隱約依稀，翠綠色簾子垂放著。
我再搓揉殘餘的花蕊，再捏取剩餘的香，又可以（打發）一些時間。

181 滿庭芳・殘梅

李清照

小閣藏春，閒窗鎖晝，畫堂無限深幽。
篆香燒盡，日影下簾鉤。
手種江梅漸好，又何必臨水登樓。
無人到，寂寥恰似，何遜在揚州。

從來知韻勝，難禁雨藉，不耐風揉。
更誰家橫笛，吹動濃愁。
莫恨香消雪減，須信道、掃跡情留。
難言處，良宵淡月，疏影尚風流。

賞讀譯文

小閣裡藏著春意，冷清的窗子把白晝鎖在外面，裝飾華麗的廳堂裡非常僻靜。狀似篆文的盤香燒完了，太陽的光影移到簾鉤下方。我親手栽種的江梅逐漸長得美好，又何必到水邊登樓呢？沒有人來到這裡，寂靜冷清的感覺就像何遜在揚州時的情景。

我向來都知道風韻優越的梅花，難以承受雨打，也不耐風兒反覆搓揉。又有哪一家的人在吹笛曲〈梅花落〉，吹動了我的濃厚愁緒。不要怨恨雪白的梅花逐漸減少，香氣消散，必須知道：梅花被掃除乾淨後，情意仍然留存。難以言喻之處是，景色美好的夜晚裡，清淡的月色下，疏落的梅花還是風韻美好動人。

題旨：詠殘梅

注釋

一行—**閒窗**：冷清的窗子。或是指閑窗，有雕花和護欄的窗子。閑，指柵欄、木欄。／**畫堂**：裝飾華麗的廳堂。／**深幽**：僻靜。

二行—**篆香**：狀似篆文的盤香。／**日影**：太陽的光影。／**簾鉤**：捲簾所用的鉤子。

三行—**江梅**：一種野生梅花，後來被移植到園中栽培。宋代范成大《梅譜》：「江梅，遺核野生、不經栽接者，又名直腳梅，或謂之野梅。凡山間水濱荒寒清絕之趣，皆此本也。」／**臨**：到達，來到。

四行—**寂寥**：寂靜冷清。／**恰似**：正如、就好像。／**何遜**：南朝梁代詩人，他擔任揚州法曹時，常在梅花樹下吟詠。用自唐代杜甫的〈和裴迪登蜀州東亭送客逢早梅相憶見寄〉：「東閣官梅動詩興，還如何遜在揚州。」

五行—**從來**：向來，一向。／**韻勝**：風韻優越，高雅脱俗。／**禁**：承受。另有版本為「堪」。／**雨藉**：雨打。／**耐**：承受。／**揉**：反覆摩擦、搓動。

六行—**更**：再、復。／**誰家**：哪一家。／**橫笛**：指笛曲〈梅花落〉，此曲音調十分悲傷。

七行—**雪**：指雪白的花。／**信道**：知道。／**掃跡**：掃帚掃過的痕跡，指掃除乾淨。

八行—**良宵**：景色美好的夜晚。／**疏影**：疏落的影子，指梅花。／**尚**：還。／**風流**：風韻美好動人。／化用自北宋林逋的〈山園小梅〉：「疏影橫斜水清淺，暗香浮動月黃昏。」

182

慶清朝

禁幄低張

李清照

禁幄低張，雕欄巧護，就中獨占殘春。
容華淡竚，綽約俱見天真。
待得群芳過後，一番風露曉妝新。
妖嬈態，妒風笑月，長殢東君。

東城邊，南陌上，正日烘池館，競走香輪。
綺筵散日，誰人可繼芳塵。
更好明光宮裏，幾枝先向日邊勻。
金尊倒，拚了畫燭，不管黃昏。

賞讀譯文

禁苑的帳幕低低地打張，華麗欄杆巧妙地護衛，這花兒在其中獨自占有晚春的風光。這花兒容貌淡雅，柔媚婉約之間完全看得到它的天然純真。等到百花盛開過後，這花兒經歷了一場風和露，將會展現新穎的晨妝。它嫵媚多姿的模樣，讓春風嫉妒，也讓明月微笑，長久地留住春神。東城的旁邊，城南的道路上，正午的太陽照熱了池苑館舍，車輛（為了賞花）而爭先行走。在華麗豐盛的筵席解散那一天，哪一個可以接續這花兒的美好蹤跡。更好的是，宮殿裡有幾枝花兒先朝向日邊綻放。金尊倒了，我捨棄畫燭（就讓它燃盡），不管是否已經黃昏。

題旨：詠牡丹或芍藥

注釋

一行—**禁**：指禁苑，帝王的苑囿、林園。／**幄**：帳幕。／**張**：拉開、打開。／**雕欄**：刻鏤華麗的欄杆。／**巧護**：巧妙地護衛著。／**就中**：其中。／**殘春**：晚春，春天將盡的時節。

二行—**容華**：容貌。在此指花。／**淡竚**：淡雅；淡靜。／**綽約**：柔媚婉約。／**俱**：皆、都、全。／**天真**：天然純真。

三行—**待得**：等到。／**群芳**：百花。／**一番**：一次，一場。／**風露**：風和露。／**曉妝**：晨妝。

四行—**妖嬈**：嫵媚多姿。／**態**：模樣。／**妒風**：讓春風嫉妒。／**笑月**：讓明月微笑。／**殢**：滯留、逗留。音同「替」。／**東君**：《楚辭．九歌》中有祭日神的〈東君〉篇，之後演變為春神。

五行—**南陌**：城南的道路。／**正日**：正午的太陽。／**烘**：烘熱，在此指照熱。／**池館**：池苑館舍。池苑指有池水和花木的園林，館舍指接待賓客住宿之所，亦泛指房屋。／**競走**：爭先行走。／**香輪**：車的美稱。

六行—**綺筵**：華麗豐盛的筵席。／**散日**：解散的那一天。／**誰人**：何人、哪一個。／**繼**：接續。／**芳塵**：花兒的美好蹤跡。

七行—**明光宮**：漢代宮殿名，泛指宮殿。／**日邊**：太陽的旁邊。或比喻皇帝的身邊。／**勻**：撥出，騰出，在此指綻放。

八行—**金尊**：酒尊的美稱。／**拚**：捨棄。／**畫燭**：有畫飾的蠟燭。

憶秦娥

臨高閣

李清照

臨高閣。亂山平野煙光薄。
煙光薄。棲鴉歸後，暮天聞角。
斷香殘酒情懷惡。西風催襯梧桐落。
梧桐落。又還秋色，又還寂寞。

題旨：秋景抒懷

—注釋—

一行—**臨**：來到。／**高閣**：高大的樓閣。／**亂山**：無條理秩序的群山，指參差錯落的群山。／**平野**：平坦空曠的原野。／**煙光**：雲靄霧氣。

二行—**棲鴉**：返巢棲息的鴉鳥。／**暮天**：傍晚的天空。／**聞角**：聽到角的嗚聲。角，一種吹管樂器，傳自西羌，形如牛、羊角，多用於軍隊中。吹奏時發出嗚嗚聲。

三行—**斷香**：指熏香爐的香燒盡中斷了。／**殘酒**：喝剩的酒。／**情懷**：心情、心境。／**惡**：不適、不快。／**催襯**：通「催趁」，宋代日常用語，指催趕、催促。另一說為，「襯」，施捨，引申為幫助。

四行—**還**：仍然。／**秋色**：秋日景色。

賞讀譯文

我來到高大的樓閣上，淡薄的雲靄霧氣籠罩著參差錯落的群山和平坦空曠的原野。雲靄霧氣淡薄。鴉鳥返巢棲息後，在傍晚的天色下，我聽到角的嗚聲。熏香爐的香已經燒盡中斷了，還有一些喝剩的酒，我的心情很差。西風催促著梧桐樹葉落下。梧桐樹葉落下，又依然是秋日景色，又依然是滿心寂寞。

184

蘇武慢

雁落平沙

蔡伸

雁落平沙，煙籠寒水，古壘鳴笳聲斷。青山隱隱，敗葉蕭蕭，天際暝鴉零亂。樓上黃昏，片帆千里歸程，年華將晚。望碧雲空暮，佳人何處，夢魂俱遠。

憶舊游、邃館朱扉，小園香徑，尚想桃花人面。書盈錦軸，恨滿金徽，難寫寸心幽怨。兩地離愁，一尊芳酒，淒涼，危闌倚遍。儘遲留、憑仗西風，吹乾淚眼。

蔡伸（1088 ～ 1156）

字伸道，號友古居士，莆田（今屬福建）人，書法家蔡襄之孫。登進士第後，曾知濰州北海縣、通判徐州；南渡後，曾通判真州，知徐州、德安府等。

【注釋】

一行【**落**：下降停留。／**平沙**：廣闊的沙原。／**煙籠寒水**：化用自唐代杜牧〈泊秦淮〉。／**寒水**：清冷的河水。／**古壘**：古代留下的壁壘。／**鳴笳**：吹奏笳笛，笳笛為古代管樂器之名。

二行【**隱隱**：不清楚、不明顯的樣子。／**敗葉**：凋零的落葉。／**蕭蕭**：形容落葉的聲音。／**暝鴉**：即昏鴉，黃昏時的烏鴉。／**零亂**：散亂不整齊。

三行【**片帆**：孤舟；一艘船。／**歸程**：返鄉的路程。／**年華**：年紀、年歲。／**晚**：在此指年老。

四行【**碧雲空暮**：天空中染上暮色的雲。化用自南朝江淹的〈休上人怨別〉。／**佳人**：美好的人，指懷念的人。／**夢魂**：夢。古人認為人的靈魂能在睡夢中離開肉體，故稱之「夢魂」。

五行【**舊游**：同「舊遊」，指昔日遊覽的地方。／**邃館**：即邃宇，幽深的房屋。／**朱扉**：紅色門扉。／**香徑**：飄散花草芳香的小徑。／**尚**：還。／**桃花人面**：指所愛之人。引自唐代崔護的〈題都城南莊〉：「去年今日此門中，人面桃花相映紅。」

六行【**書**：書信。／**盈**：充滿。／**錦軸**：錦、綾裝裱的卷軸。／**金徽**：金製的琴徽。琴徽為鑲嵌在琴面上的圓形標誌。在此應指彈琴聲。／**寫**：傾訴、舒洩。／**寸心**：內心。／**幽怨**：鬱結於心的愁恨。

七行【**尊**：酒杯。／**芳酒**：芳香的美酒。／**淒涼**：悲苦。／**危闌**：即危欄，高樓上的欄杆。

八行【**儘**：任憑。／**遲留**：停留、逗留。／**憑仗**：依靠、倚仗。／**淚眼**：含著淚水的眼睛。

賞讀譯文

雁子下降停留在廣闊的沙原上，煙霧籠罩著清冷的河水，古代壁壘上吹奏笳笛的聲音中斷了。青山看起來模糊不清，凋零的葉子蕭蕭落下，天邊的烏鴉散亂不齊地飛著。我來到樓上時已是黃昏，看到一艘船正航行在遙遠的返鄉路程中，（想到）我的年紀也老了。我望向天空中染上暮色的雲，佳人在哪裡呢？就連在夢魂中也遙遠。

我回憶舊日遊覽的地方，那幽深的房屋，紅色門扉，以及飄散花草芳香的小徑，還想起佳人的面容。我的書信寫滿整卷錦軸，愁恨充滿我的彈琴聲，卻難以宣洩鬱結於內心的愁恨。為了與佳人分隔兩地的離愁，我喝了一杯芳香美酒，只覺得淒涼悲苦，倚靠著高樓上的欄杆。任憑自己停留在這裡，依靠西風來吹乾含著淚水的眼睛。

題旨：思人懷舊

臨江仙・夜登小閣憶洛中舊遊

陳與義

憶昔午橋橋上飲，坐中多是豪英。長溝流月去無聲。杏花疏影裏，吹笛到天明。

二十餘年如一夢，此身雖在堪驚。閒登小閣看新晴。古今多少事，漁唱起三更。

題旨：憶往抒懷

陳與義（1090～1138）

字去非，號簡齋。登進士第後，於北宋朝曾任太學博士、著作佐郎等職；於南宋朝曾任中書舍人、吏部侍郎、禮部侍郎、翰林學士、知制誥、參知政事等職。

注釋

題—**洛中**：指洛陽一帶。／**舊遊**：昔日的遊覽。

一行—**午橋**：地名，在洛陽南邊。／**坐中**：座席之中。／**豪英**：才能出眾的人物。

二行—**長溝流月**：月光隨著長溝的水流逝。

三行—**疏影**：疏落的影子。

四行—**二十餘年**：二十多年來的經歷，包括北宋亡國等。／**堪驚**：實在令人心驚。

五行—**閒**：隨意的、不經心的。／**閣**：一種類似樓的建築物。底層是支撐層，上層四周圍起且有窗。／**新晴**：天剛放晴。

六行—**多少**：許多。／**漁唱**：漁人唱的歌。／**起**：開始。／**三更**：即半夜，子時，為晚上十一點到隔天凌晨一點。

賞讀譯文

回憶往昔在午橋的橋上飲酒，座席之中大多是才能出眾的人物。月光隨著長溝的水無聲地流逝。在杏花疏落的影子裡，我們吹笛直到天明。二十多年來的經歷宛如一場夢，我雖然還在，但那實在令人心驚。我隨意地登上小閣，看天空中剛放晴的夜色。從古至今的許多事，就交給半夜開始的漁唱歌詠吧！

186

鵲橋仙．夜聞杜鵑

陸游

茅簷人靜，蓬窗燈暗，春晚連江風雨。林鶯巢燕總無聲，但月夜常啼杜宇。

催成清淚，驚殘孤夢，又揀深枝飛去。故山猶自不堪聽，況半世飄然羈旅。

陸游（1125～1210）

字務觀，號放翁。力主抗金。宋高宗時，受秦檜排斥，仕途不暢。宋孝宗賜其進士出身，之後曾任敕令所刪定官、隆興府通判、王炎幕府官、禮部郎中等職，後因「嘲詠風月」被罷官。宋寧宗詔其主持編修《兩朝實錄》和《三朝史》，官至寶章閣待制。與楊萬里、范成大、尤袤合稱南宋「中興四大詩人」。

注釋

題—**杜鵑**：指杜鵑鳥，初夏時常晝夜不停啼叫，叫聲類似「不如歸去」。相傳為商周至春秋時代之間的古蜀君主杜宇之魂所化，又叫杜宇、子規、鵑鴃、啼鴃、鶗鴃。

一行—**茅簷**：茅草蓋的屋頂。／**人靜**：人安靜無聲。／**蓬窗**：以蓬草編成的窗戶，代指簡陋的窗戶。／**春晚**：春暮，春天即將結束。／**連江**：滿江。

二行—**杜宇**：即杜鵑鳥。

三行—**催**：促使。／**清淚**：眼淚。／**殘**：不完整的。／**揀**：挑選。／**深枝**：樹林深處的枝條。

四行—**故山**：故鄉的山，代指故鄉。／**猶自**：仍舊。／**不堪**：忍受不了。／**況**：何況。／**半世**：半生，半輩子。／**飄然**：飄搖的樣子。／**羈旅**：寄居他鄉。

題旨：夜景抒懷

賞讀譯文

茅草屋頂下，人安靜無聲，簡陋窗戶旁的燈火已暗，暮春時節滿江都是風雨。

樹林間的鶯鳥和巢中的燕子總是悄然無聲，但在月夜下經常聽到杜鵑鳥的啼叫聲。

這啼叫聲促使我流下眼淚，讓我從未完的孤單夢境裡驚醒，但杜鵑鳥又挑選了樹林深處的枝條飛過去。

即便在故鄉，我仍舊忍受不了杜鵑鳥的啼叫聲，更何況我半輩子以來都飄搖地寄居他鄉。

187

二月三日登樓有懷金陵宣城諸友

范成大

百尺西樓十二欄，日遲花影對人閒。
春風已入片時夢，寒食從今數日間。
折柳故情多望斷，落梅新曲與愁關。
詩成欲訪江南便，千里煙波萬疊山。

賞讀譯文

高聳的西樓上有許多欄杆，漫長的春日裡，花影安靜悠閒地對著人。

春風已經吹入了我短暫的夢境中，寒食節就在從今天過後的數日之間。

當時折柳挽留的舊情，大多讓我放眼遠望到看不見為止；流行的〈江城梅花引〉新曲總是與愁思牽連。

我的詩作完成後，想要讓訪江南的人順便帶去，卻得經過遼闊水面和萬重山（這般遙遠的路途）。

范成大（1126～1193）

字至能、幼元，早年自號此山居士，晚號石湖居士。登進士第後，歷任校書郎、著作佐郎、處州知州、國史院編修官、禮部員外郎、崇政殿說書等職；曾出使金國，以剛直不屈的態度完成使命。曾被派至廣西，知靜江府兼廣西經略安撫使；之後被派至四川，任四川制置使、知成都府。辭官退休後，於石湖隱居十年。與楊萬里、陸游、尤袤合稱南宋「中興四大詩人」。

注釋

題─**金陵**：南京的舊稱。／**宣城**：宋代的郡名，在今安徽省境內。

一行─**百尺**：比喻很高。／**西樓**：指蘇州子城西面樓，亦名觀風樓。／**十二**：此處為「許多」的意思。／**日遲**：漫長的春日。《詩經．豳風．七月》：「春日遲遲，采蘩祁祁。」／**閒**：安靜悠閒。

二行─**片時**：一會兒，指很短暫的時間。／**寒食**：節令名，通常在冬至後第一〇五日，在清明節前一或二日。傳統上當日禁火，一律吃冷食。

三行─**折柳**：「柳」有「留」的諧音，古人常折柳贈別，表示挽留之意。／**故情**：舊情。／**望斷**：放眼遠望，直到看不見為止。／**落梅**：指音調哀怨的笛曲〈梅花落〉。／**新曲**：應是指當時流行的〈江城梅花引〉。／**關**：牽連。

四行─**便**：順便。／**千里**：指面積遼闊。／**煙波**：煙霧瀰漫的水面。／**萬疊**：萬層、萬重。

題旨：春景懷友

188

代聖集贈別

范成大

一曲悲歌水倒流，尊前何計緩千憂。
事如夢斷無尋處，人似春歸挽不留。
草色粘天鶗鴃恨，雨聲連曉鷓鴣愁。
迢迢綠浦帆飛遠，今夜新晴獨倚樓。

題旨：送別心情

注釋

一行 **悲歌**：哀聲歌唱。《樂府詩集．悲歌行》：「悲歌可以當泣，遠望可以當歸。」／**尊前**：樽前，餞行的酒席前。／**計**：策略、方法。／**緩**：放鬆。／**千**：比喻眾多。

二行 **夢斷**：夢醒。／**無尋處**：無處可尋。／**歸**：回去。

三行 **粘天**：黏天，指貼近天空，彷彿與天空相連。／**鶗鴃**：指杜鵑鳥，初夏時常晝夜不停啼叫，叫聲類似「不如歸去」。相傳為商周至春秋時代之間的古蜀君主杜宇之魂所化，又叫杜宇、子規、啼鴃等。／**連**：接續。／**曉**：破曉，天剛亮；清晨。／**鷓鴣**：外觀與雞相似，體型較小，羽色大多黑白相雜。叫聲聽起來像「行不得也哥哥」。

四行 **迢迢**：遙遠的樣子。／**綠浦**：綠色的水濱。／**新晴**：剛放晴。／**倚樓**：倚靠樓房的窗戶或欄杆。

賞讀譯文

我用哀怨的聲音唱一首悲傷的歌曲，江水似乎也為此倒流，在餞行的酒席前，有什麼方法可以放鬆眾多的憂愁？

往事就像夢醒那樣無處可尋，人就像春天回去那樣挽留不住。

遠方青綠的草色貼近天空，杜鵑鳥的鳴叫聲勾起人的怨恨；雨聲一直接續到天亮的時刻，鷓鴣的啼叫聲讓人發愁。

遙遠的綠色水濱，船帆如飛似的遠去；今夜剛放晴，我獨自倚靠樓房的欄杆。

189 採桑子

十年塵土湖州夢

王寂

十年塵土湖州夢，依舊相逢。
眼約心同，空有靈犀一點通。
尋春自恨來何暮，春事成空。
懊惱東風，綠盡疏陰落盡紅。

賞讀譯文

經過十年的塵事變遷，湖州往事就如同一場夢，我們依然相逢了。

我們眼神交流、心意相同，徒然有靈犀般的心電感應。

我來遊賞春景，卻怨恨自己為何這麼晚來，春天的景象早已成空。

我悔恨東風的吹拂，吹到綠叢的盡頭，分散了樹陰，讓花朵都落光了。

王寂（1128～1194）

字元老，號拙軒人。金朝人。出身官宦之家。登進士第後，曾任太原祁縣令、通州刺史兼知軍事、戶部侍郎等職，因治水不利而被貶為蔡州防禦使，最後任中都路轉運使。著有《拙軒集》。

一注釋一

一行—**塵土**：指塵世；塵事。／**湖州夢**：指唐代杜牧到湖州旅遊時，與一位少女的家人約定十年後會來娶少女。但杜牧直到十四年後才重返湖州，而那位女子早已嫁人生子了。此故事可見於南宋祝穆等人所編的《古今事文類聚》，其中註明出自《麗情集》。／化用自杜牧的〈遣懷〉：「十年一覺揚州夢。」／**依舊**：仍然、依然。

二行—**眼約**：指眼神交流。／**空**：徒然。／**靈犀一點通**：「通犀」出自《漢書．西域傳贊》：「明珠、文甲、通犀、翠羽之珍盈於後宮。」唐初顏師古注此書時，引三國時代如淳的說法：「通犀，中央色白，通兩頭。」借喻相愛雙方的心靈感應。此句化用自唐代李商隱的〈無題〉：「心有靈犀一點通。」

三行—**尋春**：遊賞春景。／**暮**：晚。／**春事**：春意，春天的景象。

四行—**懊惱**：心中鬱恨、悔恨。／**東風**：春風。／**疏**：分散。／**陰**：此處指「綠陰」即綠蔭，綠色的樹蔭。／**盡**：完畢、終止。／**紅**：借指花朵。／後兩句化用自杜牧的〈嘆花〉：「自是尋春去校遲，不須惆悵怨芳時。狂風落盡深紅色，綠葉成陰子滿枝。」

題旨：抒情傷懷

190

雨中花慢

一葉凌波

張孝祥

一葉凌波，十里馭風，煙鬟霧鬢蕭蕭。
認得蘭皋瓊珮，水館冰綃。
秋霽明霞乍吐，曙涼宿靄初消。
恨微顰不語，少進還收，佇立超遙。

神交冉冉，愁思盈盈，斷魂欲遣誰招。
猶自待，青鸞傳信，烏鵲成橋。
悵望胎仙琴疊，忍看翡翠蘭苕。
夢迴人遠，紅雲一片，天際笙簫。

賞讀譯文

一艘小船行於水波上，乘風十里而來，鬟髮美麗的女子隨著簫簫風聲現身。我還認得她身上的定情玉佩和潔白薄絲衣服，那是曾在蘭草低地的臨水館舍見過的。秋日雨後放晴，剛剛露出燦爛的雲霞；破曉時分充滿涼意，久聚的雲氣剛剛消散。我恨她只微微皺眉，只前進一些，甚至又往後退，佇立在遙遠之處。我們在夢裡漸進地有所交會，讓人充滿愁思，因悲傷而離開身體的魂魄，要派遣誰來招回？我仍舊等待著青鳥來傳信，還有烏鵲組成橋梁讓我們相會。我惆悵地想望著已經出家的女子，怎麼忍心看翡翠鳥戲弄蘭苕香草？夢醒後，她的身影也遠離了，我只看到天上一片紅雲，從天邊傳來笙簫聲。

題旨：相思情懷

張孝祥（1132～1170）

字安國，別號於湖居士。曾上書為岳飛辯冤，使其父張祁遭秦檜誣陷而下獄。曾任秘書郎、著作郎、中書舍人、顯謨閣直學士，以及地方安撫使、知州等職。亦為書法家。

—注釋—

一行—**一葉**：比喻小船。／**凌波**：行於水波之上。／**馭風**：乘風。／**煙鬟霧鬢**：形容鬟髮美麗。／**蕭蕭**：形容風聲。

二行—**蘭皋**：長蘭草的水邊低地。／**瓊珮**：玉製的佩飾。在此有定情物之意。／**水館**：臨水的館舍或驛站。／**冰綃**：透明如冰，薄而潔白的絲織品。

三行—**秋霽**：秋日雨後天晴。／**明霞**：燦爛的雲霞。／**乍吐**：顯露、散放。／**曙**：破曉、天剛亮的時候。／**宿靄**：久聚的雲氣。／**消**：消散。

四行—**顰**：皺眉。／**超遙**：遙遠。

五行—**神交**：彼此心意投合。在此指夢魂交會。／**冉冉**：漸進地。／**盈盈**：充滿的樣子。／**斷魂**：因悲傷而離開身體的魂魄。／**遣**：派遣。

六行—**猶自**：仍舊。／**青鸞**：青鳥，在傳說中是為西王母傳遞音訊的使者。／**烏鵲**：神話中，在七夕時為牛郎、織女造橋的喜鵲。

七行—**悵望**：惆悵地看望或想望。／**胎仙琴疊**：指修道成仙者，在此指在道觀出家的女子。「胎仙」指道教的胎靈大神；「琴疊」為琴心三疊的簡稱，指思維活動如琴音和諧，三丹田之氣和合為一。／**翡翠蘭苕**：化用西晉郭璞〈遊仙詩〉的「翡翠戲蘭苕」之意。「翡翠」是一種羽色美麗的小鳥；「蘭苕」指蘭花和苕花，都是香草。

八行—**夢迴**：同「夢回」，指從夢中醒來。／**笙簫**：笙和簫，泛指管樂器，在此指笙簫的樂聲。

191

菩薩蠻

山亭水榭秋方半

朱淑真

山亭水榭秋方半，鳳幃寂寞無人伴。
愁悶一番新，雙蛾只暗顰。
起來臨繡戶，時有疏螢度。
多謝月相憐，今宵不忍圓。

朱淑真（約 1135~1180）號幽棲居士。籍貫身世說法不一，唯可確知其生於仕宦之家，婚後夫妻不睦。

一注釋一

一行一**水榭**：建於水邊或水上的亭臺。／**方**：正在、正當。／**鳳幃**：繡有鳳凰的帳幃，泛指華美的帳幃。

二行一**愁悶**：憂愁苦悶。／**一番**：一片。／**雙蛾**：指女子的雙眉。女子的眉毛因細長彎曲，像蛾的觸鬚，被稱為蛾眉。／**暗**：暗自，暗地裡，私下。／**顰**：皺眉。

三行一**臨**：靠近、依傍。／**繡戶**：雕繪華美的門戶。／**疏螢**：指稀疏的螢火蟲光點。／**度**：通過、飛過。

四行一**相**：由交互的意義演變為單方面的意義，表示動作由一方面進行。／**憐**：同情。／**今宵**：今夜。

題旨：秋日閨怨

賞讀譯文

山間小亭、水邊樓臺，秋天正過了一半，我待在繡有鳳凰的帳幃裡，寂寞而無人陪伴。這份憂愁苦悶又是一片新冒出來的，我的雙眉只能暗自皺起。我起來靠近雕繪華美的門戶，不時有稀疏的螢火蟲光點飛過。多謝明月同情我，今夜不忍心變圓月。

192

膏雨

添得垂楊色更濃，飛煙卷霧弄輕風。
展勻芳草茸茸綠，濕透夭桃薄薄紅。
潤物有情如著意，催花無語自施工。
一犁膏脈分出隴，只慰農桑在眼中。

朱淑真

題旨：春景敘事

注釋

題—**膏雨**：滋潤作物的霖雨（大雨）。

一行—**添**：增添。／**得**：置於動詞之後，無義。／**垂楊**：柳樹的別名。／**飛煙卷霧**：飄動捲起的煙霧。卷，通「捲」。／**弄**：搖動。

二行—**展勻**：舒展均勻。／**芳草**：香草。／**茸茸**：柔密叢生的樣子。／**夭桃**：豔麗的桃花。／**薄薄**：稍稍；略微。

三行—**潤物**：滋潤萬物。／**有情**：有情感。／**如**：好像。／**著意**：刻意。／**催花**：催促花開。

四行—**一犁**：應是指「一犁雨」，即春雨。因雨量足夠開犁耕種，故有此稱。／**膏脈**：肥沃的土壤。／**隴**：田埂、田中高地。／**只**：但、而。／**慰**：安撫、使人心安。／**農桑**：耕種田地與植桑飼蠶，泛指一般農事生產。

賞讀譯文

這場大雨增添了垂楊的顏色，使其變得更加濃綠；飄動捲起的煙霧在風中搖動。
芳草舒展均勻，柔密叢生又碧綠；豔麗的桃花因雨濕透，稍微加深了紅度。
這場大雨有感情地滋潤萬物，好像是刻意的；它自動施工，無語地催促花開。
春雨在肥沃的土壤上分出田隴，讓從事耕田植桑的人看在眼中而感到心安。

193

蝶戀花

樓外垂楊千萬縷

朱淑真

樓外垂楊千萬縷，
欲繫青春，少住春還去。
猶自風前飄柳絮，隨春且看歸何處。

綠滿山川聞杜宇，
便做無情，莫也愁人意。
把酒送春春不語，黃昏卻下瀟瀟雨。

題旨：暮春心情

一注釋一

一行一**樓**：兩層以上的房屋。／**垂楊**：柳樹的別名。

二行一**繫**：拴住、捆綁。／**青春**：指春天。／**少住**：暫留。／**還**：仍然、依舊。

三行一**猶自**：仍舊。／**風前**：風中。／**且**：連接詞。表示更進一層的意思。

四行一**杜宇**：指杜鵑鳥，初夏時常晝夜不停啼叫，叫聲類似「不如歸去」。相傳為商周至春秋時代之間的古蜀君主杜宇之魂所化，又叫子規、鶗鴂、啼鴂、鶗鴂。

五行一**便做**：就算，即使。／**無情**：此處指沒有情緒。／**莫也**：豈不也。／**愁人意**：使人發愁。

六行一**把酒**：手持酒杯。／**瀟瀟**：形容風雨急驟。

賞讀譯文

樓房外有垂楊千萬條，
想要綁住春天，讓它暫時停留，但春天還是離開了。
風中仍然飄著柳絮，我跟隨春天，看看它返回到哪裡。
山川充滿了綠意，又聽見杜鵑鳥的叫聲，
就算牠是沒有情緒的，叫聲還是會使人發愁。
我手持酒杯送春天，春天默默不語，黃昏時卻下起了狂風暴雨。

194

沁園春・再到期思卜築

辛棄疾

一水西來，千丈晴虹，十里翠屏。
喜草堂經歲，重來杜老，斜川好景，不負淵明。
老鶴高飛，一枝投宿，長笑蝸牛戴屋行。
平章了，待十分佳處，著個茅亭。

青山意氣崢嶸，似為我歸來嫵媚生。
解頻教花鳥，前歌後舞，更催雲水，暮送朝迎。
酒聖詩豪，可能無勢，我乃而今駕馭卿。
清溪上，被山靈卻笑，白髮歸耕。

賞讀譯文

一條溪水從西邊而來，宛如極長的晴日長虹，層疊峰巒好像十里寬的翠綠屏風。我像杜甫在多年後重返草堂那樣感到歡喜，這片景色也像不辜負陶淵明的斜川那樣美好。老鶴在高處飛翔，只要一根枝幹就可以投宿，大笑蝸牛總是戴著房屋爬行。品評結束後，我將要在非常優美的地方，蓋個茅亭。青山神色高峻不凡，似乎是為了我回來而生出優美景致。我能夠屢次讓花鳥在前後歌舞，更促使行雲和流水在傍晚及早晨送往迎來。我這個豪飲又擅長寫詩的人，怎麼可能失勢？居然如今在支配大自然。我在清溪上，卻被山神笑，白了頭髮才回鄉耕田。

辛棄疾（1140～1207）

字幼安，號稼軒。生於金國，祖父辛贊為金國縣令，卻教育他要抗金復宋。二十多歲時歸宋，曾任建康通判、提點江西刑獄、湖南安撫使、江西安撫使等地方官，多次上書獻策未獲重視，亦多次被彈劾。晚年時多隱居江西。

注釋

題—**期思**：地名。／**卜築**：以占卜選地蓋房。

一行—**西來**：從西邊而來。／**千丈**：極言其長、高、深。／**晴虹**：晴日的長虹。／**翠屏**：綠色屏風。形容峰巒排列的綠色山巖。

二行—**喜**：感到歡樂。／**草堂**：茅草蓋的堂屋。此處指唐代杜甫在成都浣花溪的草堂。／**經歲**：經年，指經過一年或若干年。／**重來**：再次來訪。／**杜老**：指杜甫。／**斜川**：在今江西省都昌縣。晉代陶淵明曾作〈斜川詩〉。／**不負**：不辜負。／**淵明**：指陶淵明。

三行—**投宿**：前往住宿。／**長笑**：大笑。

四行—**平章**：籌劃，品評。／**了**：完畢、結束。／**待**：將要。／**佳處**：優美之處。／**著**：建蓋。

五行—**意氣**：精神；神色。／**崢嶸**：高峻不凡。／**歸來**：回來。／**嫵媚**：景致優美動人。

六行—**解**：會、能夠。／**頻**：屢次的、接連的。／**教**：使、讓。／**催**：促使。／**雲水**：行雲和流水。

七行—**酒聖**：豪飲的人。／**詩豪**：詩人中出類拔萃者。／**可能**：在此有疑問語氣。／**無勢**：沒有勢力或權位；失勢。／**乃**：竟然、居然。／**而今**：如今。／**駕馭**：比喻掌握控制，支配。／**卿**：對人的尊稱。此處指大自然。／化用自陶淵明的〈晉故徵西大將軍長史孟府君傳〉。

八行—**山靈**：山神。／**歸耕**：回鄉耕田。指辭官回鄉。

題旨：賞景抒懷

195

定風波・暮春漫興

辛棄疾

少日春懷似酒濃，插花走馬醉千鍾。
老去逢春如病酒，唯有茶甌香篆小簾櫳。
卷盡殘花風未定，休恨，花開元自要春風。
試問春歸誰得見，飛燕，來時相遇夕陽中。

題旨：暮春抒懷

注釋

題－**漫興**：指率意為詩，不刻意求工。

一行－**少日**：年少之時。／**插花**：戴花。／**走馬**：騎馬疾走。／**千**：比喻眾多。／**鍾**：酒杯。

二行－**老去**：指人逐漸衰老，引申為老年、晚年。／**病酒**：飲酒過量而生病。／**茶甌**：茶杯、茶碗之類的盛茶器具。／**香篆**：指焚香時所起的、曲折似篆文的煙縷。／**簾櫳**：窗簾和窗櫺，泛指門窗的簾子。

三行－**卷**：收藏、收拾。通「捲」。／**殘花**：將謝的花；未落盡的花。／**定**：平息，停息。／**元自**：原來，本來。

四行－**得**：可以、能夠。

賞讀譯文

年少時的春日情懷，就像酒那樣濃烈，我總是戴著花騎馬疾走，喝了許多杯酒直到醉了。老年時，遇到春天就像飲酒過量而生病，只有茶甌、香篆和小簾櫳（陪伴我）。風把未落的花都收拾完了，卻仍未停息，但別怨恨，花開本來就需要春風。試問春天回去時有誰能見到它，（應該是）飛燕，在來時的路途中，與它在夕陽中相遇。

196 賀新郎

柳暗清波路

辛棄疾

柳暗清波路。送春歸、猛風暴雨，一番新綠。
千里瀟湘葡萄漲，人解扁舟欲去。又檣燕、留人相語。
艇子飛來生塵步，唾花寒、唱我新番句。波似箭，催鳴櫓。
黃陵祠下山無數。聽湘娥、泠泠曲罷，為誰情苦。
行到東吳春已暮，正江闊潮平穩渡。
望金雀、觚稜翔舞。前度劉郎今重到，問玄都、千樹花存否。
愁為倩，么絃訴。

賞讀譯文

柳樹的濃蔭籠罩著清澈水流旁的道路。強風暴雨把春天回去了，眼前是一片剛萌發綠葉的草木。綿延千里的碧綠瀟湘水流高漲，你解開扁舟要離開，卻有桅杆上的燕子鳴叫著要留人下來。小船疾速載來了步履輕盈的女子，演唱我翻新的句子唾花寒。水波像是箭一般，催促船開始搖櫓。黃陵祠下方有無數山峰，聽完湘水之神的清脆激越樂曲，你會為誰情苦？你行船到東吳一帶時，春天已經快結束了，正是江面廣闊、潮水平緩，能夠安穩渡河。你會看到銅鳳宛如在觚稜上飛舞。你重回京城後，是否景色如舊？我內心的愁苦，使得我請琵琶來訴說。

題旨：送別友人

注釋

一行—**柳暗**：柳樹葉茂蔭濃。／**清波**：清澈的水流。另有版本為「凌波路」。／**新綠**：剛萌發綠葉的草木。

二行—**千里**：形容流域長遠。／**瀟湘**：瀟水和湘水，合流後稱湘江，又稱瀟湘。／**葡萄**：形容水色碧綠。化用自唐代李白的〈襄陽歌〉。／**解**：解開。／**又**：表示轉折。相當於「卻」。／**檣**：船的桅杆。／**語**：蟲鳥的鳴叫聲。／化用自唐代杜甫的〈發潭州〉：「檣燕語留人。」

三行—**艇子**：小船。／**飛來**：疾速過來。／**生塵步**：形容女子步履輕盈。出自魏晉的曹植〈洛神賦〉。／**唾花寒**：應是作者所寫的新詞。／**番**：通「翻」，依照舊譜寫新詞。／**鳴櫓**：搖櫓聲。借指船行。

四行—**黃陵祠**：指黃陵廟，傳說為舜的妃子娥皇與女英之廟。／**湘娥**：指湘妃。傳說中娥皇與女英在舜崩於蒼梧後，投湘江而死，成為湘水之神，名為「湘妃」。／**泠泠**：形容清脆激越的聲音。／**罷**：終了、完畢。

五行—**東吳**：泛指古吳地，大約在今江蘇、浙江兩省東部地區。／**暮**：將結束的。

六行—**金雀**：指金爵，屋上所飾銅鳳。／**觚稜**：宮闕上轉角處的瓦脊。觚，音同「孤」。／化用自東漢班固的〈西都賦〉。／**翔舞**：飛舞。

七行—**前度劉郎、玄都千樹花**：化用自唐代劉禹錫的〈玄都觀桃花〉、〈再遊玄都觀〉

八行—**為**：使。／**倩**：請人代為做事。／**么絃**：琵琶的第四弦，為各弦中最細的。此處借指琵琶。絃，通「弦」。

滿江紅・中秋寄遠

辛棄疾

快上西樓，怕天放浮雲遮月。
但喚取、玉纖橫管，一聲吹裂。
誰做冰壺涼世界，最憐玉斧修時節。
問嫦娥、孤令有愁無，應華髮。

雲液滿，瓊杯滑。長袖舞，清歌咽。
歎十常八九，欲磨還缺。
但願長圓如此夜，人情未必看承別。
把從前、離恨總成歡，歸時說。

題旨：秋夜懷人

—注釋—

一行—**浮雲**：天空中飄浮的雲。

二行—**但**：只有、唯有。／**喚取**：呼請。／**玉纖**：纖細如玉的手指；女子的手指。／**橫管**：指笛子。／**吹裂**：指用笛聲把雲吹開。

三行—**冰壺**：盛冰的玉壺，指清潔明淨。／**憐**：珍愛。／**玉斧修**：指經玉斧修鑿的明月，出自唐代段成式的《酉陽雜俎》，書中記載：「君知月乃七寶合成乎？月勢如丸，其影，日爍其凸處也。常有八萬二千戶修之……」。

四行—**孤令**：孤單；孤獨。／**華髮**：花白的頭髮。

五行—**雲液**：天上的仙酒，指美酒。／**瓊杯**：玉杯。／**滑**：光滑。／**清歌**：清亮的歌聲。／**咽**：嗚咽，聲音悲淒滯塞。

七行—**長圓**：圓月。／**人情**：人之常情。／**看承**：看待、對待。／**別**：另外。

八行—**離恨**：因別離而產生的愁苦。／**總成**：作成；成全。

賞讀譯文

快點登上西樓，怕上天會放出飄浮的雲遮住了明月。
我們只有呼請人以玉纖手指拿起橫管來吹奏，讓一聲笛聲將雲吹裂開。
是誰創造了這個清潔明淨的冰涼世界？我最珍愛的是明月經修鑿後閃亮的時節。
我問嫦娥，她這麼孤獨，內心有無愁思？我想她應該頭髮花白了。
美酒斟滿了光滑的玉杯。歌女甩著長袖舞動，清亮的歌聲顯得滯塞。
我感嘆，想要把明月磨圓，但它卻大多有殘缺。
只願這樣的圓月夜晚能長久，但人之常情卻不一定會另外看待。
把從前的離別愁苦作成歡事，在回來的時候述說。

臨江仙・再用韻送祐之弟歸浮梁

辛棄疾

鐘鼎山林都是夢，人間寵辱休驚。
只消閒處過平生。酒杯秋吸露，詩句夜裁冰。
記取小窗風雨夜，對床燈火多情。
問誰千里伴君行。曉山眉樣翠，秋水鏡般明。

題旨：送別親友

注釋

題｜**祐之**：辛棄疾的族弟。／**浮樑**：地名，在今江西省。

一行｜**鐘鼎**：指「鐘鳴鼎食」，比喻富貴。古代富貴人家吃飯時，擊鐘為號，列鼎而食。／**山林**：有山有林的地區，引申指環境清幽的地方，多用以比喻隱士幽居之處。／**寵辱**：得寵或受辱。／**休**：不要。／**驚**：害怕、恐懼。

二行｜**只消**：只需要。／**閒處**：在家閒居。／**平生**：一生。／**吸露**：吸飲露水，比喻高潔。／**裁冰**：比喻詩文清新俊逸。

三行｜**取**：語助詞，置於動詞後，表示動作的進行。／**多情**：富於感情。

四行｜**千里**：指路途遙遠。／**君**：你；對人的尊稱。／**曉**：破曉，天剛亮；清晨。／**秋水**：秋日江湖上的水。

賞讀譯文

無論是富貴或隱居山林都是一場夢，因此在人世間面對得寵或受辱，都不要害怕。只需要在家閒居度過一生。在秋天拿著酒杯吸飲露水，在夜裡寫下冰清俊逸的詩句。記得在風雨之夜的小窗旁，對著床的燈火下，我們富有感情地聊著。請問是誰陪伴你走這趟遙遠的路程？是像眉毛那樣翠綠的清晨群山，如鏡子般明亮的秋水。

199

鷓鴣天

晚日寒鴉一片愁

辛棄疾

晚日寒鴉一片愁，柳塘新綠卻溫柔。
若教眼底無離恨，不信人間有白頭。
腸已斷，淚難收，相思重上小紅樓。
情知已被雲遮斷，頻倚闌干不自由。

題旨：相思離愁

注釋

一行 **晚日**：夕陽。／**寒鴉**：一種體型略小的黑色及灰色鴉。／**柳塘**：周圍植柳的池塘。／**新綠**：鮮嫩的綠色，同時指柳葉和池塘的水。

二行 **若教**：如果使。／**眼底**：眼中，眼前。／**離恨**：因別離而產生的愁苦。／**白頭**：滿頭白髮。

三行 **腸**：有心思、情懷之意。／**腸斷**：比喻極度悲傷。／**重**：再。／**紅樓**：華美的樓房。

四行 **情知**：深知；明知。／**遮斷**：遮蔽阻隔。／**頻**：頻繁。／**闌干**：即欄杆。／**不自由**：不由自主。

賞讀譯文

夕陽時分的寒鴉讓人生起一片愁緒，柳樹和池塘的新綠卻展現溫柔。
如果使人眼中沒有離別的愁恨，我不相信人間會有人（傷心到）滿頭白髮。
我已傷心到斷腸，淚水難以收停，為了相思之情而再次登上小紅樓。
我深知遠方景色已經被雲遮蔽阻隔，還是不由自主地頻繁倚著欄杆（遠望）。

200

水調歌頭・富覽亭永嘉作

姜夔

日落愛山紫，沙漲省潮回。
平生夢猶不到，一葉眇西來。
欲訊桑田成海，人世了無知者。魚鳥兩相推。
天外玉笙杳，子晉只空臺。
倚闌干，二三子，總仙才。
爾歌遠遊章句，雲氣入吾杯。
不問王郎五馬，頗憶謝生雙屐，處處長青苔。
東望赤城近，吾興亦悠哉。

賞讀譯文

日落時分，紫色的群山令人喜愛；沙子露出水面，讓人明白此時正在退潮。我這一生在夢中還沒到過這個地方，如今卻乘著一艘船從遙遠的西方過來。我想要詢問桑田變成海的過程，人世間完全沒有知道的人。這是不是魚和鳥兩者相互推移的結果？天邊的玉笙聲已經聽不到了，擅長吹笙的王子晉只留下空蕩蕩的高臺。我們倚著欄杆，與我同遊的這幾個人，都擁有超凡越俗的才華。你們高歌〈遠遊〉的章句，讓雲氣也飄入我的酒杯裡。我不想問王羲之的五馬坊在哪裡，而是略微想到謝靈運穿著雙屐（遊歷的地方），處處都長滿了青苔。我向東邊望去，赤城山已經很近，我的興致也更悠閒了。

題旨：賞遊記事

姜夔（1155～1221）字堯章，號白石道人。少年孤貧，屢試不第，終身布衣，遊歷四處，靠賣字及友人接濟為生。多才多藝，精通詩詞、散文、書法、音律等，為格律派詞人。夔，音同「葵」。

一注釋一

題—**富覽亭**：亭名在永嘉（今浙江省）的郭公山上。

一行—**愛**：令人喜愛。／**沙漲**：指沙露出水面。／**省**：領悟、明白。／**潮回**：退潮。

二行—**一葉**：指一艘船。／**眇**：幽遠、高遠。

三行—**訊**：詢問。／**了無**：完全沒有。／**相推**：互相推移。

四行—**天外**：天邊之外，表示高遠。／**玉笙**：飾玉的笙，亦為笙之美稱，也指笙的吹奏聲。／**杳**：不見蹤影，毫無消息。形容渺茫沉寂。杳，音同「舀」。／**子晉**：姓姬，名晉，字子喬。相傳為周靈王的太子，喜歡吹笙作鳳凰的鳴聲，後來被浮丘公引往嵩山修練，而後升天。出自漢代劉向的《列仙傳》。／**臺**：指吹笙臺，《浙江通志・卷二十》記載：「府城南二十里上有王子晉吹笙臺。」

五行—**闌干**：即欄杆。／**二三子**：指同遊者。／**總**：都。／**仙才**：超凡越俗的才華。

六行—**爾**：你、你們。／**遠遊**：指三國時代曹植所作的樂府詩，講述遊仙境的幻想經歷。

七行—**王郎五馬**：王郎指東晉王羲之，相傳說他在永嘉當郡守時，常駕著五馬出行，因此當地有五馬坊（街）。但此事似乎與史不符。／**頗**：略微。／**憶**：想到。／**謝生雙屐**：謝生指東晉的謝靈運，曾任永嘉太守。他曾發明一種木屐用來遊山玩水，名為「謝公屐」。

八行—**東望**：向東邊望去。／**赤城**：山名。在今浙江省。／**興**：興致，高昂愉悅的情致。／**悠哉**：悠閒。

201

江梅引

人間離別易多時

姜夔

人間離別易多時。見梅枝，忽相思。幾度小窗幽夢手同攜。今夜夢中無覓處，漫徘徊，寒侵被、尚未知。

溼紅恨墨淺封題。寶箏空，無雁飛。俊遊巷陌，算空有、古木斜暉。舊約扁舟，心事已成非。歌罷淮南春草賦，又萋萋。漂零客，淚滿衣。

賞讀譯文

人世間的離別很容易持續很長的一段時間。我看到梅枝，忽然產生了相思之情。我多次在隱約的夢中，夢到我們在小窗旁一起攜手。今夜在夢中卻無處尋覓，徒然地徘徊，即便寒意侵入被子，還沒有感覺。她的淚水滴在寫了離恨的書信上，還在封口處淺淺地簽名。她提到寶箏閒置，雁柱也不曾移動過。我曾在街巷快意地遊賞，推測（如今）只有西斜夕陽光下的老樹。我們舊時曾約定要搭扁舟同遊，但這樁心事已經不能實現。我唱完了曾寫過的淮南春草賦，看到春草又再度茂盛了。我這個漂泊旅居在外的人，不禁淚流滿衣。

題旨：相思情懷

題序：丙辰之冬，予留梁溪，將詣淮而不得，因夢思以述志。（注：予，指我。梁溪，在今江蘇省無錫市境內。詣，指前往。淮，此處指位在淮南的合肥，在今安徽省境內。）

注釋

一行　**多時**：很長一段時間。

二行　**幾度**：幾次，多次。／**幽夢**：隱約的夢。／**同**：一起。

三行　**無覓處**：無處尋覓。／**漫**：徒然。／**尚**：猶、還。／**知**：感覺。

四行　**溼紅**：指紅淚，即女子的淚。／**恨墨**：表達離別愁別恨的書信。／**封題**：在書信的封口上簽名。／**寶箏**：箏的美稱。／**空**：此處指閒置。／**雁**：指弦柱，因弦柱整齊排列成行，又被稱為雁柱。／**飛**：此處指移動。

五行　**俊遊**：快意地遊賞。／**巷陌**：街巷。／**算**：推測，料想。／**空有**：徒有；只有。／**古木**：老樹。／**斜暉**：傍晚西斜的陽光。

六行　**舊約**：舊時約定。／**扁舟**：小船。

七行　**淮南春草賦**：指詞人先前所作的〈點絳唇．金谷人歸〉，其中有「淮南好，甚時重到？陌上生春草。」／**萋萋**：草茂盛的樣子。／**漂零**：漂泊，生活不安定。／**客**：旅居在外的人。

鬲溪梅令

好花不與殢香人

姜夔

好花不與殢香人，浪粼粼。
又恐春風歸去綠成陰，玉鈿何處尋。
木蘭雙槳夢中雲，小橫陳。
漫向孤山山下覓盈盈，翠禽啼一春。

題旨：相思情懷

題序：丙辰冬，自無錫歸，作此寓意。

注釋

一行—**殢**：沉迷、沉溺。「殢」，音同「替」。／**粼粼**：水流清澈、水光閃映的樣子。

二行—**恐**：害怕。／**歸去**：回去。／**成陰**：綠葉繁茂覆蓋成蔭。／**玉鈿**：玉製的花朵形首飾，比喻潔白如玉的花朵。

三行—**木蘭雙槳**：木蘭樹打造的船槳。／**小**：稍微。／**橫陳**：橫列。

四行—**漫**：徒然。／**孤山**：指杭州西湖的孤山。／**盈盈**：儀態輕巧美好，指女子。／**翠禽**：綠色羽毛的鳥。

賞讀譯文

好花不給沉溺於花香的人，波浪清澈閃映。
我又害怕春風回去後，綠葉繁茂成蔭，要去哪裡尋找如玉的花朵。
夢中，我們在雲間划著木蘭雙槳，稍微橫列著。
我徒然向孤山的山下尋覓輕巧女子的身影，綠羽鳥兒啼叫了一整個春天。

淒涼犯

綠楊巷陌秋風起

姜夔

綠楊巷陌秋風起，邊城一片離索。馬嘶漸遠，人歸甚處，戍樓吹角。情懷正惡，更衰草寒煙淡薄。似當時將軍部曲，迤邐度沙漠。

追念西湖上，小舫攜歌，晚花行樂。舊遊在否，想如今翠凋紅落。漫寫羊裙，等新雁來時繫著。怕匆匆不肯寄與，誤後約。

賞讀譯文

綠楊林立的街巷裡，秋風吹起，這座邊境之城一片蕭條冷清。馬匹的嘶鳴聲逐漸遠離，那個人要回去什麼地方？戍樓上吹起了角。我的心情正不快，再加上眼前是枯草和淡薄的寒煙。好像當時將軍的部隊連綿不斷地度過沙漠。

回想在西湖上，我們乘著小船，攜著歌伶，在傍晚的花叢間尋歡作樂。昔日交遊的友人還在嗎？想到現今已經是綠葉凋殘、紅花飄落的季節了。我隨意地書寫書信，想等新到來的鴻雁飛來時繫在牠的身上。怕牠行動匆忙，不肯幫我傳送給對方，擔誤了日後的約會。

注釋

一行—**巷陌**：街巷。／**邊城**：指作者所在的合肥，位在淮水以南、長江以北之處，南宋時，淮河以北已經被金人占領，因此合肥成為邊境之城。／**離索**：蕭索，蕭條冷清。

二行—**馬嘶**：馬匹的高長嘶鳴聲。／**甚**：甚麼，又作「什麼」。／**戍樓**：邊境的軍用瞭望高樓。／**角**：一種吹管樂器。傳自西羌，形如牛、羊角，最初以動物的角製成，之後改用竹、木、銅等材料，多用於軍隊中。吹奏時發出嗚嗚聲。

三行—**情懷**：心情。／**惡**：不快。／**更**：再加上。／**衰草**：枯草。／**寒煙**：寒冷的煙霧。

四行—**部曲**：古代軍隊編制的單位，此處代指部隊。／**迤邐**：連綿不斷的樣子。音同「倚理」。

五行—**追念**：回憶，回想。／**小舫**：小船。／**歌**：指歌伶。／**晚花**：傍晚的花叢間。／**行樂**：尋歡作樂。

六行—**舊遊**：昔日交遊的友人。／**翠凋紅落**：綠葉凋殘，紅花飄落。

七行—**漫**：隨便、胡亂。／**羊裙**：羊欣所穿的裙，代指寄給友人的書信。羊欣為南朝宋的書法家，曾經穿著白絹裙在白天睡覺，王獻之看到，便在羊欣的裙子上書寫。／**新雁**：新到來的鴻雁。古人把鴻雁視為信差的代表。

八行—**匆匆**：急忙，匆忙。／**寄與**：傳送給。／**後約**：日後的約會。

題旨：賞景懷舊

204

齊天樂

庾郎先自吟愁賦

姜夔

庾郎先自吟愁賦，淒淒更聞私語。露溼銅鋪，苔侵石井，都是曾聽伊處。哀音似訴，正思婦無眠，起尋機杼。曲曲屏山，夜涼獨自甚情緒。

西窗又吹暗雨，為誰頻斷續，相和砧杵。候館迎秋，離宮弔月，別有傷心無數。豳詩漫與。笑籬落呼燈，世間兒女。寫入琴絲，一聲聲更苦。

賞讀譯文

庾信已經先吟誦了充滿愁思的賦作，在悲傷哀痛的時候又聽到了蟋蟀的鳴聲。被露水沾溼的銅鋪、被青苔侵入的石井，都是曾聽到蟋蟀鳴聲的地方。牠那悲傷的音調像是在傾訴什麼，正好懷有憂思的婦人睡不著，起來使用機布機。曲折的屏風旁，涼冷的夜間卻獨自一人，她有什麼樣的情緒呢？西窗外無聲地下起細雨，蟋蟀的鳴聲是為了誰而屢次斷斷續續，應和擣衣的砧杵聲？在旅館裡迎接秋天的旅人，在行宮裡為月亮而哀傷的帝王，還有其他無數的傷心情景。《詩經》的〈豳風〉卻隨便對待蟋蟀；世間的孩子只會嘻笑地呼喚並提著燈，到籬笆旁找蟋蟀。曾經有人把蟋蟀聲寫到樂曲裡，一聲比一聲更苦。

題旨：詠蟋蟀

注釋

一行—**庾郎**：指庾信，原為南朝梁國之人，出使北朝周國後，被留而不得返國。曾作〈哀江南賦〉、〈枯樹賦〉等抒發個人愁思。／**先自**：先已，本已。／**吟**：詠、誦。／**淒淒**：悲傷哀痛的樣子。／**更**：再、復。／**私語**：低聲說話，此處指蟋蟀的鳴聲。

二行—**銅鋪**：銅製的鋪首；鋪首是裝在大門上用以銜門環的零件。／**伊**：指蟋蟀。

三行—**哀音**：悲傷的音調。／**訴**：傾訴。／**正**：恰巧，剛好，正好。／**思婦**：懷有憂思的婦人。／**無眠**：睡不著。／**尋**：動用、使用。／**機杼**：織布機。杼，指織布的梭子。

四行—**曲曲**：曲折。／**屏山**：指屏風，或指屏風上畫的遠山景色。／**甚**：甚麼，又作「什麼」。

五行—**吹**：此處指下雨。／**暗**：默不作聲的，無聲的。／**頻**：屢次的。／**相和**：互相應和、呼應。／**砧杵**：擣衣的石砧和木杵，代指擣衣。擣衣是指用杵捶打生絲，以便裁成衣物；古代婦女在秋涼時節常為了幫親人趕製冬衣而擣衣。砧，音同「針」。

六行—**候館**：泛指接待官員或使者的驛館，代指旅館。／**離宮**：古代帝王出巡時的行宮。／**弔**：哀傷、憐憫。

七行—**豳詩**：指《詩經．豳風．七月》，其中有「十月蟋蟀入我床下」之句。豳，音同「賓」。／**漫與**：隨便應付、對待。／**籬落**：籬笆，用竹條或木條編成的柵欄。／**呼燈**：呼喚並提燈。／**兒女**：此處指小孩子。

八行—**琴絲**：琴絃（弦），此處指樂曲。作者自注，「宣政間，有士大夫製〈蟋蟀吟〉。」

205 慶宮春

雙槳蓴波

姜夔

雙槳蓴波，一蓑松雨，暮愁漸滿空闊。呼我盟鷗，翩翩欲下，背人還過木末。那回歸去，蕩雲雪、孤舟夜發。傷心重見，依約眉山，黛痕低壓。

采香徑裏春寒，老子婆娑，自歌誰答。垂虹西望，飄然引去，此興平生難遏。酒醒波遠，政凝想、明璫素襪。如今安在，惟有闌干，伴人一霎。

賞讀譯文

雙槳划過滿是蓴草的水波；我身穿蓑衣，走過下著雨的松林間，傍晚的愁意逐漸充滿寬大遼闊的天地。我呼喚那曾結盟的鷗鳥，牠輕盈地要飛下來，卻又離開人，還飛過樹梢。那一次回去時，在飄蕩的雲雪間，孤獨的一艘船在夜間出發。傷心地再度看見，前方山景隱約像是雙眉，青黑色痕跡低低地壓著。春天寒冷時，我在采香徑裡婆娑起舞，獨自高歌，有誰應答？我站在垂虹橋上往西望去，想要灑脫不羈地離去的這個興致，一生都難以抑制。酒醒後，波浪已帶著我遠離，我正專心地想著那位戴著明珠耳飾、穿著素襪的女子。如今她在哪裡？只有欄杆陪伴我一陣子。

題旨：行旅憶往

注釋

一行─**蓴**：植物名，為多年生浮葉性水生草本植物。蓴，音同「純」。／**蓑**：用草或棕毛做成的雨衣。／**松雨**：水降松林，雨聲如濤，稱為松雨。／**暮**：傍晚。／**空闊**：寬大遼闊。

二行─**盟鷗**：指曾訂盟要同住水鄉的鷗鳥，比喻退隱。／**翩翩**：鳥輕飛的樣子。／**背**：離開。／**木末**：樹梢。

三行─**那回**：那次。／**歸去**：回去。／**蕩**：搖動、擺動。／**孤舟**：孤獨的一艘船。／**夜發**：夜間出發。

四行─**重見**：再度看見。／**依約**：彷彿；隱約。／**眉山**：如雙眉的山。／**黛痕**：畫黛的痕跡。亦指青黑色。

五行─**采香徑**：古蹟名，在今江蘇省。此處僅借用其名。／**老子**：老年男子的自稱，即老夫。／**婆娑**：盤旋舞動。／**自歌**：獨自高歌。

六行─**垂虹**：垂虹橋，即吳江城的利往橋，橋上有垂虹亭，故得此名。／**西望**：往西望。／**飄然**：灑脫不羈的樣子。／**引去**：離去；引退。／**興**：興致，情致。／**平生**：一生。／**遏**：阻止、抑制。

七行─**政**：另有版本為「正」。／**凝想**：專心地想，癡癡地想。／**明璫**：以明珠做成的耳飾。

八行─**安在**：何在。／**惟有**：只有。／**闌干**：即欄杆。

206

玉蝴蝶

晚雨未摧宮樹

史達祖

晚雨未摧宮樹，可憐閒葉，猶抱涼蟬。短景歸秋，吟思又接愁邊。漏初長、夢魂難禁，人漸老、風月俱寒。想幽歡。土花庭甃，蟲網闌干。

無端。啼蛄攪夜，恨隨團扇，苦近秋蓮。一笛當樓，謝娘懸淚立風前。故園晚、強留詩酒，新雁遠、不致寒暄。隔蒼煙、楚香羅袖，誰伴嬋娟。

賞讀譯文

傍晚的雨沒有摧毀宮苑裡的樹木，可憐的剩餘葉子，上頭仍有秋蟬抱著。白晝越來越短，已經到了秋季；我推敲詩句，又觸碰到愁緒的邊緣。漏壺剛開始計時，難以阻止我的夢魂飄遠；人逐漸老去，清風明月都散發秋寒。我回想起幽會的歡樂。苔鮮長滿了庭院裡的井壁，蜘蛛網布滿欄杆。沒有由來的，螻蛄的啼叫聲擾亂整夜，我就像每到秋天就被丟棄的團扇一樣充滿愁恨，內心的苦就像秋天的蓮子心。（昔日）我對著樓房吹笛，女子臉上懸掛著淚滴，佇立在風前。我遲遲未回到故鄉，執意與詩酒為伴；新雁已經飛遠，不能幫我傳達寒暄之語。隔著蒼茫的雲霧，誰陪伴那位身穿絲織衣袖的女子？

史達祖（1163～約 1220）

字邦卿，號梅溪。屢試不中，曾擔任北伐抗金的韓侂胄之幕僚，負責撰擬文書。在韓侂胄遭襲擊殺害後，被處以黥刑，流放到江漢，貧困而終。

注釋

一行—**晚**：指黃昏、傍晚。／**宮樹**：帝王宮苑中的樹木。／**閒葉**：指剩餘的葉子。／**涼蟬**：秋蟬。

二行—**短景**：日影短。指白晝不長或將盡。／**吟思**：推敲詩句。／**接**：靠近、碰觸。

三行—**漏**：古人利用滴水量來計算時間的漏壺。／**夢魂**：夢。古人認為人的靈魂能在睡夢中離開肉體，故稱之「夢魂」。／**風月**：清風明月，指閒適的景色。／**俱**：全、都。

四行—**幽歡**：幽會的歡樂。／**土花**：苔蘚。／**甃**：井壁。甃，音同「縐」。／**蟲網**：蜘蛛網。／**闌干**：即欄杆。

五行—**無端**：沒由來。／**蛄**：指螻蛄，直翅目螻蛄科的泛稱。長約三公分，有兩對翅膀，生活在泥土中。晝伏夜出。雄蟲總是在日落黃昏時啼。／**恨隨團扇**：化用漢成帝妃子班婕妤所作的〈怨歌行〉，將自己的遭遇比喻為團扇。／**近**：相似。／**秋蓮**：指秋季蓮子中間的蓮子心（青綠色胚芽），帶有苦味。

六行—**當**：對著。／**謝娘**：對美麗女子、心愛女子、歌伎的代稱，源自唐代宰相李德裕家的名歌伎「謝秋娘」。

七行—**故園**：故鄉。／**晚**：遲。／**強留**：執意挽留。／**致**：傳達、表示。／**寒暄**：問候起居或氣候寒暖。／

八行—**蒼煙**：蒼茫（模糊不清）的雲霧。／**羅**：質地輕軟的絲織品。／**嬋娟**：美妙的姿容，代指美人。

題旨：秋景懷人

207

青草碧

幾番風雨西城陌

完顏璹

幾番風雨西城陌，不見海棠紅、梨花白。
底事勝賞匆匆，正自天付酒腸窄。
更笑老東君，人間客。

賴有玉管新翻，羅襟醉墨。
望中倚欄人，如曾識。
舊夢回首何堪，故苑春光又陳跡。
落盡後庭花，春草碧。

賞讀譯文

幾次風雨侵襲了西城的街道，已經看不到紅色海棠花和白色梨花。為什麼快意遊賞的時光匆匆就過去了？恰好上天給予我的酒量又很小。我又嘲笑老春神，同樣是人間的過客。

我只能依賴管樂的新曲，還在酒醉中於絲質衣襟上作詩畫。遠望視線中的那個倚靠欄杆的人，似乎曾經相識。我怎麼承受得了回想過去經歷過的事呢？舊花園裡的春日風光已經是過去的事跡了。後園裡的花朵都掉落光了，只有碧綠的春草。

完顏璹（1172～1232）

本名壽孫，字仲實，一字子瑜，號樗軒老人。為金世宗的孫子，越王完顏永功的長子，累封密國公。博學多才，愛好佛學和文學。在蒙古軍進攻金國的汴梁（今河南省開封市）時，因病過世。

—注釋—

一行—**幾番**：幾次。／**陌**：市中街道。

二行—**底事**：何事；為何，何故。／**勝賞**：快意遊賞。／**正自**：正是；恰好是。／**天付**：上天給予。／**酒腸**：代指酒量。

三行—**東君**：《楚辭．九歌》中有祭日神的〈東君〉篇，之後演變為春神。

四行—**賴**：依賴、仰賴。／**玉管**：指簫、笛等管樂器。／**新翻**：新譜寫的樂曲。／**羅襟**：絲質衣服的襟（胸前的部分）。／**醉墨**：醉中所作的詩畫。

五行—**望中**：向遠處或高處看的視野之中。／**如**：似、好像。

六行—**舊夢**：比喻過去經歷過的事，即往事。／**回首**：回想、回憶。／**何堪**：怎麼承受得了；表示不堪、不能承受。／**故苑**：舊花園或園林。／**春光**：春日風光。／**陳跡**：過去的事跡，過去的事情。

七行—**後庭**：宮庭或房室的後園。／**後庭花**：暗指國力衰微，化用自唐代杜牧的〈泊秦淮〉：「商女不知亡國恨，隔江猶唱後庭花。」

題旨：暮春抒懷

208 宴清都

春訊飛瓊管

盧祖皋

春訊飛瓊管，風日薄，度牆啼鳥聲亂。
江城次第，笙歌翠合，綺羅香暖。
溶溶澗淥冰泮，醉夢裏，年華暗換。
料黛眉，重鎖隋隄，芳心還動梁苑。
新來雁闊雲音，鸞分鑑影，無計重見。
春啼細雨，籠愁淡月，恁時庭院。
離腸未語先斷，算猶有、憑高望眼。
更那堪、衰草邊天，飛梅弄晚。

賞讀譯文

春的信息從玉製律管飛了出來，風和日照都很柔和，穿過牆傳來的鳥兒啼叫聲紛亂吵雜。臨江之城在轉眼間充滿了音樂及歌聲，美女聚集，綺羅衣散發溫暖香氣。冰雪融化，成了山間水勢盛大的清澈流水；在如醉如夢的生活裡，光陰不知不覺地變換。我料想柳葉已經茂盛到遮住隋隄了，芳香的花朵也在園林裡搖動。最近，我很少聽到雁子在雲間的鳴叫聲，愛侶分離，沒辦法再次相見。那時的庭院裡，春天像哭泣那樣落下細雨，憂愁籠罩著微亮的月亮。我那充滿離愁的心腸，還沒開口說話，就已經折斷了，就算還能登上高處遠望，更何況是枯草接連到天邊，梅花在暮色裡飄動的景色呢？

盧祖皋（約 1174 ～ 1224）

字申之、次夔，號蒲江，登進士第後，曾任淮南西路池州教授、兩浙西路吳江主簿、秘書省正字、權直學士院等職，卒於官。

注釋

一行—**春訊**：春的信息。／**瓊管**：玉製的律管（十二律的定音管）。古人會將蘆葦桿內壁的薄膜燒成灰，填入長短不一的律管中，再放在密室裡，當特定律管中的灰飛出來，就表示相應的節候到了。／**風日**：風吹日曬。／**薄**：此處指輕微，柔和。／**度**：通過，經過。

二行—**江城**：臨江之城市。／**次第**：頃刻，轉眼。／**笙歌**：指樂器演奏聲和歌聲。／**翠合**：美女聚集。翠，亦用來比喻美女。／**綺羅**：泛指華貴的絲織品或絲綢衣服。

三行—**溶溶**：水勢盛大的樣子。／**澗**：山間的流水。／**淥**：清澈。／**冰泮**：冰雪融化。泮，指溶解，分離，音同「盼」。／**醉夢**：指人糊里糊塗如醉如夢。／**年華**：歲月，時光。／**暗換**：不知不覺地變換。

四行—**料**：估量，猜度，料想。／**黛眉**：指女子以黛色畫的眉，此處指柳葉。／**鎖**：遮住、籠罩。／**隋柳**：指隋煬帝開通濟渠、邗溝河時所建蓋的隄防，其上植有柳樹。／**芳心**：芳香的花蕊，此處指花朵。／**梁苑**：漢代梁孝王在河南開封所築的廣大園林，泛指園林。

五行—**新來**：最近。／**闊**：稀少。／**鸞分鑑影**：指愛侶分離，化用「鏡裡孤鸞」的典故，出自南朝宋的劉敬叔的《異苑．鸞鳴》，罽賓國王買了一隻鸞，但鸞看到鏡子裡的身影後，卻悲鳴而絕。／**無計**：沒有辦法。

六行—**啼**：哭泣。／**淡月**：微亮的月亮。／**恁時**：那時。

七行—**離腸**：充滿離愁的心腸。／**算**：就算。／**憑高**：登上高處。／**望眼**：遠眺的眼睛。

八行—**更那堪**：更何況，再加上。／**衰草**：枯草。／**飛梅**：飛落的梅花。／**弄晚**：在暮色裡飄動。

題旨：傷春抒懷

209

水龍吟

素丸何處飛來

元好問

素丸何處飛來，照人只是承平舊。
兵塵萬里，家書三月，無言搔首。
幾許光陰，幾回歡聚，長教分手。
料婆娑桂樹，多應笑我，憔悴似，金城柳。

不愛竹西歌吹，愛空山、玉壺清晝。
尋常夢裏，膏車盤谷，拏舟枋口。
不負人生，古來惟有，中秋重九。
願年年此夕，團欒兒女，醉山中酒。

賞讀譯文

圓月從哪裡飛過來？月光只是像從前的承平時代一樣照射在人的身上。戰事波及萬里，我相隔三月仍未收到家書，讓人無言地搔首。多少時間裡只有幾次歡聚，時常讓人分隔兩地。料想迎風搖曳的桂樹，大多應該在嘲笑我，就像金城柳那樣憔悴。我不喜歡揚州竹西亭那樣的繁華地方，喜愛幽深少人的山林，還有明亮如白晝的圓月。在平常的夢裡，我常夢到為車子塗好油，追隨退隱的友人而去，或是撐船到枋口堰。不幸負人生的，自古以來只有中秋節和重陽節。希望每年的這個夜晚，都能兒女團聚，在山中飲酒至醉。

元好問（1190～1257）

字裕之，號遺山，金朝人，有「北方文雄」之稱。科舉之路歷經波折，任官後曾多次因故離官。而後遭遇蒙古軍圍城、金朝滅亡等變故，被質疑氣節問題。晚年致力編寫書籍保留金朝歷史及文化。著有志怪短篇小說《續夷堅志》。

注釋

一行—**素丸**：指圓月。／**承平**：持續相承的太平盛世。／**舊**：如舊，像以前一樣。

二行—**兵塵**：兵馬的煙塵，亦借指戰事。／**萬里**：形容極遠。／**家書三月**：化用自唐代杜甫的《春望》：「烽火連三月，家書抵萬金。」

三行—**幾許**：多少。／**教**：使、讓。

四行—**料**：估量，猜度，料想。／**婆娑**：枝葉繁茂而隨風搖曳的樣子。／**金城柳**：代指世事興廢，出自《晉書．桓溫傳》，恆溫行經金城，看到以前種下的柳樹已有十圍粗，便說：「木猶如此，人何以堪！」

五行—**竹西歌吹**：指繁華之處。唐代杜牧曾作詩〈題揚州禪智寺〉：「誰知竹西路，歌吹是揚州。」後人便在揚州建造竹西亭，又名歌吹亭。／**空山**：幽深少人的山林。／**玉壺**：用玉壺的清冷明潤，來比喻明月。／**清晝**：指明月亮如白晝。

六行—**膏車**：指在車軸上塗油，使之潤滑。／**膏車盤谷**：化用自唐代韓愈〈送李願歸盤谷序〉：「膏吾車兮秣吾馬，從子于盤兮，終吾生以徜徉！」表示追隨之意。／**拏舟**：撐船。拏，持握。音義同「拿」。／**枋口**：堰（土堤）名，《新唐書．地理志》記載，孟州（在今河南省境內）有枋口堰。

七行—**不負**：不幸負。／**惟有**：唯有，只有。／**重九**：九月九日重陽節的別稱。

八行—**夕**：泛指傍晚或夜晚。／**團欒**：團聚。

題旨：中秋抒懷

210

江城子・觀別

元好問

旗亭誰唱渭城詩，酒盈卮，兩相思。
萬古垂楊都是折殘枝。
舊見青山青似染，緣底事，澹無姿。
情緣不到木腸兒，鬢成絲，更須辭。
只恨芙蓉秋露洗胭脂。
為問世間離別淚，何日是，滴休時。

題旨：遇別抒懷

注釋

一行—**旗亭**：酒樓。因樓外懸著旗子，故有此稱。／**渭城詩**：指唐代王維的〈渭城曲〉，又名〈送元二使安西〉，其中有：「渭城朝雨浥輕塵……西出陽關無故人」等句。此處亦指送別詩。／**盈**：充滿。／**卮**：古代一種圓形的盛酒器具。卮，音同「知」。／**相思**：彼此想念。

二行—**萬古**：萬代，萬世。形容經歷的年代久遠。／**垂楊**：柳樹的別名。／**折殘枝**：指折剩下的柳枝。「柳」有「留」的諧音，古人常折柳贈別，表示挽留之意。

三行—**舊見**：舊時看見。／**緣**：因為、由於。／**底事**：何事、什麼事。／**澹**：淡薄、不濃烈。通「淡」。／**姿**：姿色，美貌。

四行—**情緣**：感情緣分。／**木腸兒**：木頭心腸，形容心腸硬，不動感情。／**絲**：白絲。／**更**：再、復。

五行—**芙蓉**：荷花的別稱，此處代指美女。／**秋露**：秋日的露水，此處代指眼淚。／**胭脂**：紅色的化妝用品，多塗抹於兩頰、嘴唇，也可用於繪畫。

六行—**為問**：請問，借問。／**休**：停止。

賞讀譯文

酒樓裡是誰在唱送別詩？美酒倒滿了酒杯，兩人都充滿了相思之情。

自古以來，人們都在折垂楊剩下的枝條（，來挽留將離去的人）。

舊時看見青山的綠色濃得像是染上去的，（現在）因為什麼事而變得清淡又沒有姿色？

感情緣分的事，觸碰不到木頭心腸的人；雙鬢都變成白絲，又必須要辭別。

只恨女子的眼淚，宛如芙蓉上的秋日露水，洗掉了臉上的胭脂。

請問世間為離別而流的淚水，哪一天才是它停止滴落的時刻？

摸魚兒

問蓮根有絲多少

元好問

問蓮根、有絲多少，蓮心知為誰苦。雙花脈脈嬌相向，只是舊家兒女。天已許。甚不教、白頭生死鴛鴦浦。夕陽無語。算謝客煙中，湘妃江上，未是斷腸處。

香奩夢，好在靈芝瑞露。人間俯仰今古。海枯石爛情緣在，幽恨不埋黃土。相思樹，流年度，無端又被西風誤。蘭舟少住。怕載酒重來，紅衣半落，狼藉臥風雨。

賞讀譯文

問蓮藕有多少條情絲？知道蓮心是為誰而苦嗎？成雙的蓮花含情而柔美地相對，只是從前的那對兒女。上天已經允許，為什麼不讓他們在鴛鴦浦共度餘生，白頭相伴至死呢？夕陽不語。料想謝靈運詩裡的煙霧之境，湘妃投江身亡之處，都不是兩人悲傷斷腸的地方。《香奩集》的豔詩美夢，如同靈芝和甘露那般美好。但人世間的事在轉瞬間就成了過去。即便海枯石爛，這兩人的情緣仍然存在，但這份心中的恨並不是埋在黃土裡（，而是沉入水中）。他們就好像《搜神記》裡從墳墓裡長出相思樹的那對夫妻，度過流水般的時光，沒由來的又被秋風傷害。請讓船隻稍微停下來，我怕載酒重返時，蓮花已經大半凋落，由於風雨而凌亂地倒伏在地。

題旨：感嘆愛情悲劇

注釋

一行—**蓮根**：即蓮藕。／**絲**：以諧音代指情思。／**蓮心**：代指人心。

二行—**花**：指蓮花，亦稱荷花。／**脈脈**：含情，藏在內心的感情。／**嬌**：柔美可愛。／**舊家**：從前。

三行—**許**：認可、答應。／**甚**：為什麼。／**教**：使、讓。

四行—**算**：推測，料想。／**謝客**：即謝靈運，其小字為「客兒」，故世稱「謝客」。／**煙中**：應是指謝靈運的〈傷己賦〉，其中有「播芬煙而不燻，張明鏡而不照。歌白華之絕曲，奏蒲生之促調」等詩句。／**湘妃**：傳說中舜的妃子娥皇與女英，在舜崩於蒼梧後，傷心地投湘江而死，成為湘水之神，名為「湘妃」。／**斷腸**：比喻極度悲傷。「腸」有心思、情懷之意。

五行—**香奩**：婦女的化妝箱。奩，音同「連」。此處應是指唐代韓偓（另一說作者是五代和凝）的《香奩集》，在其自序中有「咀五色之靈芝，香生九竅。咽三危之瑞露，春動七情」等句，書中有許多表現女性閨情愁思的豔詩。／**靈芝**：傳說中的瑞草、仙草。／**瑞露**：象徵吉祥之露；甘露。／**俯仰**：俯仰之間，指瞬息之間。／**今古**：過去、往昔，借指消逝的人事、時間。

六行—**幽恨**：深藏於心中的怨恨。

七行—**相思樹**：指《搜神記》中的相思樹。宋國康王的舍人韓憑娶了何氏為妻，但被康王奪妻，韓憑自殺，何氏也墜樓身亡。兩人的墳墓相對，不久後皆長出大樹，樹根相連，樹枝交錯。／**流年**：如流水般消逝的時光。／**無端**：沒由來。／**西風**：秋風。／**誤**：妨害、使受害。

八行—**蘭舟**：木蘭樹打造的船，為船隻的美稱。／**少**：略微、稍微。／**住**：停止。／**重來**：再次來訪。／**紅衣**：指蓮花，亦稱荷花。／**狼藉**：凌亂不堪。／**臥**：趴伏、倒伏。

212

臨江仙

走遍人間無一事

段成己

走遍人間無一事，十年歸夢悠悠。
行藏休更倚危樓。
亂山明月曉，滄海冷雲秋。

詩酒功名殊不惡，箇中未減風流。
西風吹散兩眉愁。
一聲長嘯罷，煙雨暗汀洲。

段成己（1199～1279）

字誠之，號菊軒。金正大年間登進士第後，授宜陽主簿。金朝滅亡後，與兄長段克己避居於龍門山（今山西省境內），兄長過世後移居晉寧北郭。元世祖忽必烈降詔徵為平陽府儒學提舉，堅拒不赴。

注釋

一行—**歸夢**：歸鄉之夢。／**悠悠**：憂思不盡。

二行—**行藏**：出處（出仕和隱退），動向。／**休**：不要。／**更**：再。／**危樓**：高樓。

三行—**亂山**：無條理秩序的群山，指參差錯落的群山。／**曉**：清晨的。／**滄海**：青色的海，泛指大海。滄，指青色、綠色，通「蒼」。

四行—**殊**：猶、尚。／**不惡**：不壞；不錯。／**箇中**：此中，這當中。箇，同「個」。／**風流**：風雅灑脫。

六行—**長嘯**：發出悠長高昂的聲響。／**罷**：終了、完畢。／**煙雨**：如煙霧般的細雨。／**汀洲**：水中的沙洲。

題旨：秋景抒懷

賞讀譯文

走遍人間卻沒有什麼事，十年來歸鄉的夢令人憂思不盡。無論動向如何，都不要再倚著高樓。我在參差錯落的群山間看到清晨的明月，在大海上看到秋天的冷雲。

詩酒和功名仍然不壞，我在這當中沒有減少風雅灑脫。西風吹散了我兩眉間的愁緒。在我長嘯一聲結束後，煙霧般的細雨讓水中的沙洲變暗了。

213

三姝媚・過都城舊居有感

吳文英

湖山經醉慣，漬春衫、啼痕酒痕無限。又客長安，歎斷襟零袂，涴塵誰浣。紫曲門荒，沿敗井、風搖青蔓。對語東鄰，猶是曾巢，謝堂雙燕。

春夢人間須斷，但怪得當年，夢緣能短。繡屋秦箏，傍海棠偏愛，夜深開宴。舞歇歌沉，花未減、紅顏先變。佇久河橋欲去，斜陽淚滿。

賞讀譯文

待在西湖及周圍群山的那段日子，我經常酒醉到成習慣，有許多淚痕、酒滴痕跡沾染了春天的衣衫。我又旅居臨安，感嘆衣服殘破，誰能幫忙洗淨上面沾染的灰塵？那女子居住之處，門前荒涼，沿著毀壞的水井旁，風兒搖動了青色藤蔓。在跟東邊鄰居對話的，仍然是曾經在富貴人家門堂上築巢的那對燕子。

人世間的美夢終究會斷，只怪當年的夢緣如此短暫。在華美房屋裡彈秦箏，臨近海棠花，我偏愛當時夜深擺設酒宴的情景。歌舞停歇，花兒沒有減少，紅顏先改變了。我佇立在河橋上許久後，將要離去，在西斜夕陽下淚流滿面。

題旨：賞景思人，或悼念亡妓

吳文英（約 1200 ～ 1260）

字君特，號夢窗，晚年號覺翁。原翁姓，過繼給吳氏。一生未第，曾任江南東路提舉常平司的幕賓、浙東安撫使吳潛及嗣榮王趙與芮的門下客等。

注釋

題—**都城**：指南宋的首都臨安（今杭州）。

一行—**湖山**：指西湖及其周圍的高山。／**漬**：沾染。／**春衫**：春天的衣衫。／**啼痕**：淚痕。／**酒痕**：酒滴的痕跡。／**無限**：無數，指數量極多。

二行—**客**：作客，寄居，旅居。／**長安**：今西安市，泛指首都，在此指南宋首都臨安。／**斷襟零袂**：指衣服殘破。襟，指衣服胸前接合鈕扣的地方。零，指零散，零碎。袂，指衣袖；音同「妹」。／**涴**：汙染、弄髒。音同「握」。／**浣**：洗。

三行—**紫曲**：指妓女所居之地。唐代時，將妓女所居之處稱為「坊曲」。／**荒**：荒涼。／**敗**：毀壞。／**青蔓**：青色藤蔓。

四行—**對語**：交談，對話。／**東鄰**：東邊的鄰居。／**猶是**：還是。／**巢**：築巢。／**謝堂雙燕**：化用自唐代劉禹錫的〈烏衣巷〉：「舊時王謝堂前燕。」謝堂指富貴人家的門堂。

五行—**春夢**：春天的夢；亦指美好的夢。／**須**：終究。／**但**：只、惟。／**得**：置於動詞之後，無義。／**能短**：指如此短暫。能，在此同「恁」，如此。

六行—**繡屋**：華美的房屋。／**秦箏**：古秦地（今陝西一帶）的一種弦樂器，似瑟，相傳為秦代蒙恬所造。／**海棠**：薔薇科蘋果屬的落葉喬木。三、四月時開紅色花。／**開宴**：擺設酒宴。

七行—**歇**：停歇。／**沉**：此處指停止。

八行—**佇**：久立。／**欲**：將要。／**淚滿**：淚流滿面。

夜遊宮

人去西樓雁杳

吳文英

人去西樓雁杳，敘別夢，揚州一覺。
雲淡星疏楚山曉。
聽啼鳥，立河橋，話未了。
雨外蛩聲早，細織就、霜絲多少。
說與蕭娘未知道。
向長安，對秋燈，幾人老。

題旨：賞景思人

注釋

一行—**杳**：不見蹤影，毫無消息。杳，音同「舀」。／**敘**：陳述、說明。／**別夢**：離別後思念之夢。／化用自唐代杜牧的〈遣懷〉：「十年一覺揚州夢，贏得青樓薄倖名。」

二行—**楚山**：楚地之山。楚地為春秋戰國時期楚國所在的長江中下游一帶。／**曉**：清晨，天剛亮。

三行—**未了**：沒結束。

四行—**蛩**：蟋蟀。／**細**：仔細地。／**織就**：織成。就，完成。／**霜絲**：潔白的絲線，代指白髮。／**多少**：許多。

五行—**與**：給。／**蕭娘**：對女子的泛稱，亦常指心上人。／**未**：未必。

六行—**長安**：今西安市，曾有秦、漢、隋、唐等多個朝代建都於此，泛指首都，在此指南宋首都臨安。／**秋燈**：秋夜的燈。／**幾**：多麼。／**幾人老**：「人幾老」的倒裝。

賞讀譯文

那人已經離去，西樓上看不到雁子的蹤影，我陳述離別後的思念之夢，彷彿揚州一覺。雲兒淡薄、星星稀疏，楚山那裡天剛亮。我聽著鳥兒啼叫的聲音，佇立在河橋上，想訴說的話還沒說完。在雨聲之外，蟋蟀鳴聲很早就出現，仔細地織成許多白髮。就算我說給那女子聽，她也未必知道。我面向京城，對著秋夜的燈，人有多麼老啊！

花犯・郭希道送水仙索賦

吳文英

小娉婷，清鉛素靨，蜂黃暗偷暈。翠翹欹鬢。昨夜冷中庭，月下相認。睡濃更苦淒風緊。驚回心未穩。送曉色、一壺蔥蒨，才知花夢準。

湘娥化作此幽芳，淩波路，古岸雲沙遺恨。臨砌影，寒香亂、凍梅藏韻。熏爐畔、旋移傍枕，還又見、玉人垂紺鬒。料喚賞、清華池館，台杯須滿引。

賞讀譯文

水仙花小而輕巧美好，花瓣像塗了鉛粉的素白臉龐，花蕊如同黃色妝飾暗自偷偷地暈開。水仙的葉子像翠翹斜插在鬢髮上。昨夜寒冷的中庭裡，我在月下與水仙相認。沉睡時，我反而苦於寒風急促地吹拂，驚醒後心情還未平穩。我送走晨曦之後，看到這一壺茂盛的水仙，才知道花夢很準。湘妃化成了這種香花，以輕盈的步履走在路上，在古老河岸的雲沙遙接處留下悔恨。臺階旁的水仙身影，讓梅花香氣散亂，藏起了自己的神態。水仙花原本放在熏爐旁，我立刻把它移到靠近枕頭的地方，讓我又能看到彷如美人垂下青黑稠密頭髮的美姿。我猜想，友人叫喚我到清華池館去欣賞水仙時，必須要把台杯斟滿酒並飲盡。

題旨：詠水仙

注釋

一行—**娉婷**：形容女子的容貌或體態輕巧美好，此處指水仙。／**清鉛素靨**：指水仙的白色花瓣。鉛，指鉛粉，古代女子化妝用的白粉。靨，指臉頰上的小酒窩，又代指臉龐。／**蜂黃**：古代婦女塗額的黃色妝飾，也稱花黃、額黃。此處指水仙的花蕊。／**暈**：暈開，擴散。

二行—**翠翹**：一種古代婦女頭飾，形似翠鳥尾部長毛，此處指水仙的綠葉。／**欹**：歪斜。音同「衣」。

三行—**睡濃**：睡得沉。／**更**：反而。／**苦**：為事而苦。／**淒風**：寒冷的風。／**緊**：急促。／**驚回**：驚醒。／**穩**：平穩。

四行—**曉色**：拂曉時的天色；晨曦。／**蔥蒨**：形容草木青翠茂盛。

五行—**湘娥**：指湘妃。傳說中舜的妃子娥皇與女英，在舜崩於蒼梧後，傷心地投湘江而死，成為湘水之神，名為「湘妃」。此處比喻水仙花。／**幽芳**：清香，亦指香花。／**淩波**：即凌波，形容女子步履輕盈。／**雲沙**：指蒼茫空闊、雲沙遙接處。／**遺恨**：留下悔恨。

六行—**臨**：靠近、依傍。／**砌**：臺階。／**影**：身影。／**寒香**：清冽的香氣，形容梅花的香氣。／**凍梅**：指梅花。／**韻**：神態。

七行—**熏爐**：用來薰香或取暖的爐子。／**旋**：立刻、即刻。／**傍**：靠近、依附。／**玉人**：原為用玉雕成的人像，多指美女。在此指水仙。／**紺**：深青裡透紅的顏色。／**鬒**：頭髮稠密而黑。音同「診」。

八行—**料**：估量，猜度，料想。／**喚賞**：叫喚去欣賞。／**台杯**：指酒杯。／**滿引**：斟滿飲盡。

216 思佳客

迷蝶無蹤曉夢沉

吳文英

迷蝶無蹤曉夢沉。寒香深閉小庭心。
欲知湖上春多少，但看樓前柳淺深。
愁自遣、酒孤斟。一簾芳景燕同吟。
杏花宜帶斜陽看，幾陣東風晚又陰。

題旨：春景抒懷

注釋

一行—**迷蝶**：夢中景物。借用《莊子．齊物論》中「莊周夢蝶」的典故，莊周夢見自己化為蝴蝶，醒來後猜想著：「不知周之夢為胡蝶與？胡蝶之夢為周與？」／**曉夢**：拂曉時的夢。／**沉**：指沉沒、消失。／**寒香**：清冽的香氣。／**深閉**：嚴密的禁閉。／**心**：中心。

二行—**欲**：想要。／**但**：只要。

三行—**遣**：排解，排遣。／**孤**：單獨，獨自。／**芳景**：美好景色。／**同**：一起。／**吟**：吟詠。

四行—**宜**：適合。／**帶**：連帶。／**斜陽**：傍晚西斜的夕陽或陽光。／**東風**：春風。

賞讀譯文

夢中的景物已無蹤跡，拂曉時的夢沉沒消失了。清冽的香氣嚴密禁閉在小庭院的中心。想要知道湖上的春意有多少，只要看樓前柳色的淺深。

我自己排遣憂愁，獨自斟酒。簾外的美好景色，有燕子跟我一起吟詠。杏花適合連帶西斜夕陽一起觀看，幾陣春風吹過後，傍晚的天色又變陰了。

惜秋華・重九

吳文英

細響殘蛩，傍燈前、似說深秋懷抱。
怕上翠微，傷心亂煙殘照。
西湖鏡掩塵沙，翳曉影、秦鬟雲擾。
新鴻，喚淒涼、漸入紅萸烏帽。
江上故人老。視東籬秀色，依然娟好。
晚夢趁、鄰杵斷，乍將愁到。
秋娘淚濕黃昏，又滿城、雨輕風小。
閒了。看芙蓉、畫船多少。

賞讀譯文

這個時節剩下的蟋蟀發出細小的響聲，我在靠近燈的前方聽到，感覺牠似乎在訴說深秋時節的心懷。我害怕登上青翠的山，看著落日餘暉裡的紛亂煙霧，會讓我感到傷心。西湖的鏡面被塵沙遮蓋了，也遮蔽了清晨的光影，那座像髮鬟的秦望山也被雲層打擾。新來的鴻雁，鳴叫聲淒涼，逐漸傳入我那在黑帽下插著紅萸的耳中。江上的我已經老了，卻看到菊花的秀美容色依然清秀美麗。夜晚的夢，趁著鄰居傳來的擣衣聲而中斷了，突然間將有愁來到。黃昏時，我一想到那女子便淚濕（衣衫），卻又面對著滿城的輕飄細雨和微風。我在心情緩和悠閒之後，便看看湖上還有多少蓮花和華美的遊船。

注釋

題—**重九**：九月九日重陽節，自魏晉之後，人們習慣在這一天登高遊宴。

一行—**細響**：細小響聲。／**殘**：剩下的。／**蛩**：蟋蟀。／**傍**：依附、臨近。／**懷抱**：心懷；心意。

二行—**翠微**：青翠的山色，也泛指青翠的山。／**殘照**：夕陽餘暉。

三行—**掩**：遮蓋。／**翳**：遮蔽。／**曉影**：清晨的光影。／**秦鬟**：指秦望山如美女髮鬟。

四行—**鴻**：鴻雁，又稱大雁，是一種候鳥，於春季返回北方，秋季飛到南方越冬。／**喚**：鳴。／**紅萸**：茱萸。茱萸為吳茱萸、食茱萸、山茱萸三種植物的通稱，具備殺蟲消毒、逐寒祛風的功能。古人在重陽節會佩戴茱萸以祛病驅邪。／**烏帽**：烏紗帽。最初是宮官和士庶（士人和百姓）通用，隋代成為官服，在唐宋時為士庶常服。

五行—**故人**：老友。此處指作者自己。／**東籬**：代指菊花。出自晉代陶淵明的〈飲酒詩〉：「採菊東籬下。」／**秀色**：秀美的容色。／**娟好**：清秀美麗。

六行—**趁**：利用、藉著。／**杵**：擣衣的木杵，代指擣衣聲。擣衣是指用杵捶打生絲，使其柔白富彈性，能裁成衣物；古代婦女在秋涼時節常為了幫親人趕製冬衣而擣衣。

七行—**秋娘**：唐代有名伎叫「秋娘」，此處指作者思念的女子。

八行—**芙蓉**：荷花的別稱。／**畫船**：裝飾華美的遊船。

題旨：秋景抒懷

解連環

暮簷涼薄

吳文英

暮檐涼薄。疑清風動竹，故人來邈。
漸夜久、閒引流螢，弄微照素懷，暗呈纖白。
夢遠雙成，鳳笙杳、玉繩西落。
掩練帷倦入，又惹舊愁，汗香闌角。
銀瓶恨沉斷索。嘆梧桐未秋，露井先覺。
抱素影、明月空閒，早塵損丹青，楚山依約。
翠冷紅衰，怕驚起、西池魚躍。
記湘娥絳綃暗解，褪花墜萼。

題旨：秋景思人

注釋

一行—**暮**：傍晚。／**檐**：同「簷」，指屋簷。／**涼薄**：微涼。／**疑**：彷彿、好像。／**故人**：老友。此處指作者思念的女子。／**來邈**：從遠處到來。

二行—**流螢**：飛行的螢火蟲。／**纖白**：纖細白皙。

三行—**雙成**：神話中西王母的侍女，出自《漢武帝內傳》，此處指作者思念的女子。／**鳳笙**：笙的美稱。漢代應劭的《風俗通》提到，笙「像鳳之身，正月之音也」，故有此稱。／**杳**：毫無消息。杳，音同「舀」。／**玉繩**：星名。北斗七星之第五星「玉衡」北邊的天乙、太乙這兩顆星的共名。常泛指群星。

四行—**掩**：關上、合上。／**練**：一種像苧布的紡織品。／**倦**：厭倦。／**闌角**：欄杆轉角處。

五行—**銀瓶恨沉斷索**：比喻男女間的情事中斷。出自唐代白居易的〈井底引銀瓶〉。／**未秋**：指還未落下秋季的枯葉。／**露井**：沒有覆蓋的井。

六行—**素影**：月影。／**明月**：指團扇。漢代班婕妤的〈怨歌行〉有：「……裁為合歡扇，團團似明月。……棄捐篋笥中，恩情中道絕。」／**早**：先前。／**丹青**：丹砂和青雘，為繪畫時所用的顏料，亦泛指圖畫。／**楚山**：楚地之山。楚地為春秋戰國時期楚國所在的長江中下游一帶。可能代指女子的雙眉。／**依約**：依稀隱約。

七行—**翠冷紅衰**：花木凋殘。翠指綠葉，紅指紅花。

八行—**湘娥**：指湘妃。傳說中舜的妃子娥皇與女英，在舜崩於蒼梧後，傷心地投湘江而死，成為湘水之神，名為「湘妃」。此處指作者思念的女子。／**絳綃**：紅色綃絹。綃為生絲（未脫膠的絲）織成的薄紗、細絹。／**褪**：脫落。

賞讀譯文

微涼的傍晚，我站在屋簷下，清風吹動竹林，好像那女子從遠處到來。漸漸入夜久了之後，我空閒地引來飛行的螢火蟲，讓它微微照亮我的懷抱，在黑暗中呈現纖細白皙的模樣。與那女子見面的夢已經遠離，完全聽不到夢中的鳳笙之聲，群星也從西邊落下了。我拉上練質帷幕，卻又厭倦進入，而且又惹起我的舊愁，想到我們站在欄杆轉角處時聞到的汗香味。我們的情事已經中斷了。我感嘆梧桐還未落下秋季的枯葉，那沒有覆蓋的井中之水就先察覺了。我懷抱著月影，但那宛如明月的團扇被閒置在一旁，先前的灰塵損壞了上面的圖畫，只隱約可見楚山的樣子。這花木凋殘的風景，我擔心會讓西池裡的魚驚嚇得飛躍而起。我還記得那女子暗中解下的紅色綃絹，像花萼脫落墜下的樣子。

219 隔浦蓮近・泊長橋過重午

吳文英

榴花依舊照眼。愁褪紅絲腕。
夢繞煙江路，汀菰綠，薰風晚。
年少驚送遠。吳蠶老、恨緒縈抽繭。
旅情懶。扁舟繫處，青簾濁酒須換。
一番重午，旋買香蒲浮盞。
新月湖光蕩素練。人散。紅衣香在南岸。

賞讀譯文

石榴花依舊映入眼簾，我憂愁地脫下手腕上的五色線。
我的夢圍繞在煙霧瀰漫的吳江路上，汀洲上菰葉青綠，黃昏時吹來和暖的風。
年少的我驚訝地送人遠行，吳地的老蠶已經結繭，而我那怨恨的思緒縈繞著，就像從繭中抽取出來的長絲。
我心中的羈旅情懷懶倦，在繫住小船停泊的地方，到酒店買濁酒。
又一次遇到端午節，我馬上買回香蒲，把它放進酒杯裡漂浮。
新月讓湖面上蕩著白絹般的光。人已散去。南岸有荷花飄香。

題旨：旅途思人

注釋

題—**長橋**：吳江長橋，初名利往橋，又名垂虹橋。／**重午**：即農曆五月五日端午節。

一行—**榴花**：石榴花，豔紅色，多於五月開花。／**照眼**：映入眼簾。／**褪**：脫下、脫掉。／**紅絲**：指五色線，又名朱索，傳統上，人們會在端午節時於手上繫五色線，以驅邪避瘟。

二行—**煙江**：煙霧瀰漫的江面。／**汀**：水邊平地或河流中的小沙洲。／**菰**：即茭白筍。／**薰風**：和暖的風，特別指夏天的南風。／**晚**：黃昏、日落時分。

三行—**吳蠶**：吳地之蠶，當地盛養蠶。吳地指春秋時代吳國的疆域，在今江蘇、浙江一帶。／**恨緒**：怨恨的思緒。／**縈**：圍繞、纏繞。

四行—**旅情**：羈旅（寄居他鄉）者的思緒、情懷。／**扁舟**：小船。／**青簾**：舊時酒店門口掛的青布招牌，又稱酒旗。／**濁酒**：未經過濾的釀造酒。／**換**：此處指購買。

五行—**一番**：一次。／**旋**：很快，隨即。／**香蒲**：一種挺水性水生植物。傳統上，人們會在端午節於門上插香蒲。／**盞**：小而淺的杯子。

六行—**新月**：農曆每月月初的細彎月。／**素練**：白色絹帛，此處指月光。／**紅衣**：荷花瓣的別稱，此處指荷花。

220

齊天樂

煙波桃葉西陵路

吳文英

煙波桃葉西陵路，十年斷魂潮尾。
古柳重攀，輕鷗聚別，陳跡危亭獨倚。
涼颸乍起。渺煙磧飛帆，暮山橫翠。
但有江花，共臨秋鏡照憔悴。

華堂燭暗送客，眼波回盼處，芳豔流水。
素骨凝冰，柔蔥蘸雪，猶憶分瓜深意。
清尊未洗。夢不濕行雲，漫沾殘淚。
可惜秋宵，亂蛩疏雨裏。

賞讀譯文

我來到雲煙瀰漫的西陵渡口，自從與那女子分別十年以來，我哀傷的心情如潮汐尾端那般綿長。我再次攀折老柳樹的枝條，（我們像）輕鷗那樣相聚又別離，（如今）我獨自倚靠在舊時的高處亭子裡。涼風剛才突然吹起，浩渺雲煙瀰漫在水中砂石堆上方，（隱約可見）行進如飛的船帆，黃昏時的山呈現翠綠色。只有江中的浪花和我一起對著鏡面般的秋水，映照出我的憔悴。（當時，）她在華堂的昏暗燭光下送走客人，目光往回看時，就像美好明豔的流水。她的體膚如凝冰般潔白，手指也像蘸了雪那般白淨，我還記得我們分吃瓜果時的深切情意。我還沒清洗酒杯。夢中，我還沒為不能歡會一事流淚，（醒來後）徒然沾染殘餘的淚水。可惜在秋宵裡，稀疏的細雨交雜著紛亂的蟋蟀鳴聲，（讓人難以入眠）。

題旨：舊地思人

注釋

一行—**煙波**：雲煙瀰漫的水面。／**桃葉**：王獻的愛妾名為桃葉，在此代指愛戀之人。／**西陵**：又名西興，渡口名，在今浙江省。／**斷魂**：極度悲傷到好像靈魂從肉體離散。／**潮尾**：潮汐的尾端。

二行—**重**：再、另。／**攀**：攀折。／**陳跡**：遺跡。／**危亭**：聳立於高處的亭子。

三行—**涼颸**：涼風。颸，音同「思」。／**乍**：突然；剛剛。／**渺**：浩渺，廣大遼闊。／**磧**：淺水中露出的砂石堆。磧，音同「氣」。／**飛帆**：行進如飛的船帆。／**暮山**：黃昏時的山。／**橫翠**：呈現翠綠色。「橫」有瀰漫、籠罩之意。

四行—**但**：只、惟。／**江花**：江中的浪花。／**臨**：面對。／**秋鏡**：指秋天的水面如鏡。

五行—**華堂**：泛指房屋的正廳。／**眼波**：流動如水波的目光，多指女子的目光。／**回盼**：回頭看。／**處**：時候、時刻。／**芳豔**：美好明豔。

六行—**素骨凝冰**：意思近似「冰肌玉骨」，形容美人的體膚潔白晶瑩。／**柔蔥**：指女子的手指。／**猶**：仍舊、還。／**憶**：記得。／**深意**：深切的情意。

七行—**清尊**：指酒器。／**行雲**：指男女歡會。戰國時代宋玉的〈高唐賦〉提到，楚王在夢中與「旦為朝雲，暮為行雨」的巫山神女歡會。／**漫**：徒然。

八行—**秋宵**：秋夜。／**亂蛩**：指紛亂的蟋蟀鳴聲。蛩，即蟋蟀。／**疏雨**：稀疏的細雨。

221 醜奴兒慢・雙清樓

吳文英

空蒙乍斂，波影簾花晴亂。
正西子、梳妝樓上，鏡舞青鸞。
潤逼風襟，滿湖山色入闌干。
天虛鳴籟，雲多易雨，長帶秋寒。

遙望翠凹，隔江時見，越女低鬟。
算堪羨、煙沙白鷺，暮往朝還。
歌管重城，醉花春夢半香殘。
乘風邀月，持杯對影，雲海人間。

賞讀譯文

迷茫的煙雨剛剛收斂停止，晴光中，波影和簾布上的花樣（因風吹動）而紛亂。這景象恰好就像西施正在梳妝樓上，對著青鸞鏡舞動。潮溼水氣逼近我的外衣，我倚著欄杆欣賞滿湖山色。天空似乎傳來鳴籟的聲音，多雲而容易下雨，長時間帶著秋天的寒意。我遙望著青翠的山凹，隔著江時常看到越地青山的嬌羞模樣。我算是羨慕雲霧迷濛沙灘上的白鷺，牠們能夠傍晚過去、早晨返回。重城裡的人們正在唱歌奏樂，就像沉醉在花間春夢裡，最後只殘留一些香氣。我想要乘著風去邀請明月，拿著酒杯對著自己的影子，在雲海上笑看人間。

題旨：秋景抒懷

注釋

題—**雙清樓**：在錢塘門外。

一行—**空蒙**：即空濛，指煙雨迷茫的樣子。／**乍**：剛剛。／**斂**：收斂，引申為停止之意。

二行—**正**：恰巧，剛好，正好。／**西子**：指西施，為春秋時代越國美女。／**鏡舞青鸞**：指在裝飾了青鸞的鏡子前跳舞。化用「鏡裡孤鸞」的典故，出自南朝宋的劉敬叔的《異苑．鸞鳴》，罽賓國王買了一隻鸞，卻三年不鳴，夫人建議：「嘗聞鸞見類則鳴，何不懸鏡照之？」王聽從其言，但鸞看到鏡子裡的身影後，悲鳴而絕。

三行—**潤**：潮溼。／**逼**：接近、迫近。／**風襟**：外衣的下襟。亦指外衣。／**闌干**：即欄杆。

四行—**天虛**：天空。「虛」也有天空之意。／**鳴籟**：指排簫、簫等帶孔的管樂器。此處指這類樂器的聲音。

五行—**翠凹**：青翠的山凹。／**時見**：常見。／**越女**：比喻越地的青山。越地，指紹興地區，為古代越國首都。／**低鬟**：低頭之意，用以形容美女嬌羞之態。「鬟」是指古代婦女頭上的髮髻。

六行—**算**：表示肯定的意思。／**堪**：可以、能夠。／**煙沙**：雲霧迷濛的沙灘。

七行—**歌管**：唱歌奏樂。／**重城**：泛指城市。古代城市在外城中又建內城。／**春夢**：春天的夢，亦指美好的夢。古人認為春夢易醒，容易忘失，便用來比喻短促易逝的事。／**雲海**：高峰間平鋪如海的雲層。

222

霜葉飛・重九

吳文英

斷煙離緒。關心事，斜陽紅隱霜樹。
半壺秋水薦黃花，香噀西風雨。
縱玉勒、輕飛迅羽。淒涼誰吊荒臺古。
記醉蹋南屏，彩扇咽、寒蟬倦夢，不知蠻素。
聊對舊節傳杯，塵箋蠹管，斷闋經歲慵賦。
小蟾斜影轉東籬，夜冷殘蛩語。
早白髮、緣愁萬縷。驚飆從卷烏紗去。
謾細將、茱萸看，但約明年，翠微高處。

題旨：秋景思人

注釋

一行—**斷煙**：即孤煙，指遠處獨起的炊煙。／**離緒**：惜別時的綿綿情思。／**關心**：注意，留心。／**斜陽**：傍晚西斜的夕陽或陽光。／**隱**：隱沒。／**霜樹**：經霜的樹木。

二行—**秋水**：秋季的江湖水、雨水。／**薦**：襯墊，此處指插。／**黃花**：指菊花。／**噀**：將水含在口中噴出去。泛指噴射。音同「迅」。

三行—**縱**：縱然，即使。／**玉勒**：玉飾的馬銜（放在馬嘴裡的條狀物）。代指馬。／**迅羽**：快速飛行的鳥。／**淒涼**：悲苦。／**吊**：同「弔」，此處為「憑弔」之意，指對著遺跡追念古人或舊事。

四行—**蹋**：通「踏」。／**南屏**：山名。在今浙江省，「南屏晚景」為西湖勝景之一。或是指屏風。／**咽**：嗚咽，聲音悲淒滯塞。／**寒蟬**：秋蟬。／**蠻素**：泛指姬妾。唐代孟棨《本事詩・事感》記載：「白尚書（居易）姬人樊素善歌，姬人小蠻善舞。」

五行—**聊**：姑且、暫且。／**舊節**：指農曆九月九日重陽節。／**傳杯**：形容酒宴上傳遞酒杯邀飲的歡樂景象。／**塵箋**：積滿灰塵的信箋。／**蠹管**：蛀爛的笛管。蠹，指蛀爛、腐蝕；音同「肚」。／**斷闋**：沒寫完的詞。／**經歲**：即經年，指經過一年或若干年。／**慵**：懶。

六行—**小蟾**：月亮。自古傳說月亮中有蟾蜍，又傳說嫦娥偷吃長生不老藥後，飛到月宮，受罰而變成蟾蜍，故稱月亮為「蟾」。／**殘**：剩下的。／**蛩**：蟋蟀。／**語**：蟲鳥的鳴叫聲。

七行—**緣**：因為、由於。／**驚飆**：突發的暴風；狂風。／**烏紗**：烏紗帽。最初是宮官和士庶（士人和百姓）通用，隋代成為官服，在唐宋時為士庶常服。／此處化用自《晉書・孟嘉傳》，孟嘉於九月九日登龍山，帽子被風吹落而不覺。

八行—**謾**：徒然。／**茱萸**：古人在重陽節會佩戴茱萸以祛病驅邪。／**但**：只。／**翠微**：青翠的山色，也泛指青翠的山。

賞讀譯文

孤煙引發我的惜別情思。我注意的事情是，紅色斜陽逐漸隱沒在經霜的樹林裡。我用半壺秋水插菊花，它的香氣隨著西風和雨散發出來。縱然我騎著馬，像輕盈而快速飛行的鳥兒，但淒涼的是，誰會來憑弔古老的荒臺？我還記得曾經喝醉後踏在南屏的山道上，姬妾搖著彩扇悲淒歌唱，猶如倦夢的秋蟬，而我卻忘了她就在身邊。我姑且對著重陽節傳遞酒杯邀飲，積滿灰塵的信箋、蛀爛的笛管，那首沒寫完的詞，過了一年還是懶得吟詠完成。月亮的斜影轉到東籬那邊，寒冷的夜裡有剩下的蟋蟀在鳴叫。因為萬縷愁緒，讓我早就滿頭白髮。突發的暴風把我的烏紗帽捲去。我徒然仔細地看著茱萸，只能約明年再到青山的高處。

223

水龍吟

征衫春雨縱橫

劉辰翁

征衫春雨縱橫，何曾濕得飛花透。
知君念我，溪南徙倚，誰家紅袖。
藉草成眠，簪花倚醉，狂歌扶手。
問故人何處，聞鵑墮淚。春去也，到家否。

說與東風情事，怕東風、似人眉皺。
亂山華屋，殘鄰廢里，不堪回首。
寒食江村，牛羊丘隴，茅檐酤酒。
笑周秦來往，與誰同夢，說開元舊。

賞讀譯文

交錯紛亂的春雨淋在旅人的衣服上，卻不曾讓飄飛的落花濕透。我知道你想念我，你跟誰家的女子一起在溪南徘徊？我鋪墊著草入睡，仗著酒醉把花插在頭上，扶著扶手縱情歌詠。問老友你在哪裡？我聽到杜鵑鳥的啼叫聲便落淚；春天離開了，你回到家鄉了嗎？我把這件事情告訴春風，怕春風也跟人一樣皺起眉頭。雜亂荒山的華美房屋，殘存的鄰，荒廢的鄉里，讓人無法忍受回想過往。寒食節那天，我在江畔的村落，牛羊漫步在田野上，我在茅屋裡買酒。笑談周秦兩代的來去，與誰做同樣的夢，訴說開元盛世的舊事。

題旨：抒情記遊

劉辰翁（1232～1297）

字會孟，號須溪。登進士第後，因廷試對策觸忤權臣賈似道，被評為丙等。曾任濂溪書院山長、臨安府學教授等職。宋亡後隱居不仕。一生致力於文學創作和文學批評。

—注釋—

一行—**征衫**：旅人之衣，借指遠行之人。／**縱橫**：交錯眾多。／**何曾**：不曾。／**飛花**：飄飛的落花。

二行—**知君念我**：知道你想念我。／**徙倚**：徘徊。／**紅袖**：女子的紅色衣袖，代指女子。

三行—**藉**：鋪墊。／**成眠**：入睡；睡著。／**簪**：在頭上插、戴。／**倚醉**：仗著醉意。／**狂歌**：縱情歌詠。

四行—**問**：另有版本為「嘆」。／**故人**：老友。／**鵑**：指杜鵑鳥。初夏時常晝夜不停啼叫，叫聲類似「不如歸去」。相傳為商周至春秋時代之間的古蜀君主杜宇之魂所化。／**墮**：落、掉。

五行—**情事**：事實，情況。／**東風**：春風。

六行—**亂山**：雜亂的荒山。／**華屋**：華美的房屋。／**鄰**：戶籍編制單位，古代多以五家為一鄰。／**不堪**：無法忍受。／**回首**：回想、回憶。

七行—**寒食**：節令名，通常在冬至後第一〇五日，在清明節前一或二日。傳統上當日禁火，一律吃冷食。／**江村**：江畔村莊。／**丘隴**：田園、鄉野。／**茅檐**：茅草蓋的屋頂，代指茅屋。檐，同「簷」／**酤酒**：賣酒或買酒。

八行—**周秦**：周秦兩代的並稱。／**來往**：來和去。／**開元**：唐代唐玄宗的年號，為國力最強盛的時期。

224

摸魚兒・酒邊留同年徐雲屋

劉辰翁

怎知他春歸何處，相逢且盡尊酒。
少年嫋嫋天涯恨，長結西湖煙柳。
休回首，但細雨斷橋，憔悴人歸後。
東風似舊。問前度桃花，劉郎能記，花復認郎否。

君且住，草草留君翦韭。前宵正恁時候。
深杯欲共歌聲滑，翻溼春衫半袖。
空眉皺，看白髮尊前，已似人人有。
臨分把手，歎一笑論文，清狂顧曲，此會幾時又。

賞讀譯文

怎麼知道春天要回去哪裡？我們相逢了，就盡情喝酒吧。在體態柔美的少年時代，就體會到身在天邊的愁恨，（分離的愁思）長久地綁在西湖的柳樹枝條上。不要回想，你只會看到細雨迷濛的斷橋，人在回去之後依然憔悴。（吹來的）春風就跟從前一樣，我想問上次綻放的桃花：我還能記得花兒，但花兒認得我嗎？請你暫且留住，我匆忙倉促地留你下來宴飲。前一天晚上正是這樣的時候。我們把酒杯倒滿，想要一起以流暢的歌聲高唱，卻打翻酒杯弄溼了春衣的半邊袖子。我徒然地皺眉，發現酒席前的兩人似乎都有白髮了。我們在臨別前握手，嘆息著像這樣笑談文章、狂放不羈地聆賞音樂的會面，何時又會再有？

題旨：送別抒懷

注釋

題—**同年**：同一年考取進士者。

一行—**尊酒**：杯酒。

二行—**嫋嫋**：體態柔美的樣子。／**天涯**：天邊，指遙遠的地方。／**結**：用繩或線相鉤連。／**煙柳**：煙霧籠罩的柳林，亦泛指柳林、柳樹。

三行—**休**：不要。／**回首**：回想、回憶。／**但**：唯、只。／**斷橋**：橋名，在西湖白堤北端。

四行—**東風**：春風。／**舊**：舊日，從前。／**前度**：上次。／**劉郎**：原指劉禹錫，此處指作者自己。／**復**：無義。有補充或調整音節的作用。／化用自唐代劉禹錫的〈再遊玄都觀〉：「百畝庭中半是苔，桃花淨盡菜花開。種桃道士歸何處，前度劉郎今又來。」

五行—**君**：你；對人的尊稱。／**且**：副詞。有暫時的意思。／**草草**：匆忙倉促的樣子。／**翦韭**：即「剪春韭」，古人認為春初的早韭很美味，以此做為招人宴飲的謙辭。／**前宵**：前一天晚上。／**恁**：如此、這樣。恁，音同「任」。

六行—**深杯**：滿杯。指飲酒。／**歌聲滑**：指歌聲流暢。／**春衫**：春天的衣衫。

七行—**空**：徒然的。／**尊前**：在酒尊之前，代指酒席、餞別酒席。尊，為酒器。／**人人**：每個人，此處指主客兩人。

八行—**臨分**：臨別。／**把手**：握手。／**歎**：嘆息。／**論文**：評論文章。／**清狂**：狂放不羈。／**顧曲**：聆賞音樂。

225

賀新郎・兵後寓吳

蔣捷

深閣簾垂繡。記家人、軟語燈邊，笑渦紅透。萬疊城頭哀怨角，吹落霜花滿袖。影廝伴、東奔西走。望斷鄉關知何處，羨寒鴉、到著黃昏後。一點點，歸楊柳。

相看只有山如舊。歎浮雲、本是無心，也成蒼狗。明日枯荷包冷飯，又過前頭小阜。趁未發、且嘗村酒。醉探枵囊毛錐在，問鄰翁、要寫牛經否。翁不應，但搖手。

賞讀譯文

我在深幽的房間裡垂下繡簾，還記得家人在燈邊溫柔細語，臉上的笑渦白裡透紅。城樓上哀怨的角聲不停地反覆吹奏，似乎把白霜也吹得落滿衣袖。影子互相陪伴著我東奔西走。我放眼遠望，怎知故鄉在何處？我羨慕寒鴉，到了黃昏之後，一隻又一隻地回到楊柳樹上。看起來只有青山跟從前一樣，我感嘆著浮雲本來無心，卻也改變成蒼狗的形狀。明天我要帶著枯荷葉包的冷飯，再度經過前面的小土山。趁著還沒出發，我暫且品嚐村酒。我在酒醉之中，伸手探到空空的口袋裡還有毛筆，便問隔壁的老翁，需不需要寫牛經？老翁不回應，只搖搖手。

蔣捷（約 1245～1305 後）字勝欲，號竹山。先世為宜興巨族，曾登進士第。南宋亡後隱居不仕。

注釋

題一**兵後寓吳**：指元軍攻陷南宋首都臨安之後，作者離開家鄉，流落移居到蘇州一帶。

一行一**深閣**：深幽的房間。／**簾垂繡**：即繡簾垂。／**記**：記得。／**軟語**：溫柔委婉的話語。／**笑渦**：笑時面頰的微渦。

二行一**萬疊**：指樂曲反覆地吹奏。疊，指計算樂曲章節的重複吟唱或演奏的單位。／**城頭**：城牆上；城樓。／**角**：樂器名，吹管樂器。傳自西羌，形如牛、羊角，最初以動物的角製成，之後改用竹、木、銅等材料，多用於軍隊中。吹奏時發出嗚嗚聲。／**霜花**：即白霜。

三行一**影**：影子。／**廝伴**：互相陪伴。

四行一**望斷**：放眼遠望，直到看不見為止。／**鄉關**：故鄉家園。／**寒鴉**：一種體型略小的黑色及灰色鴉。／**著**：助詞。

六行一**相看**：視、察。／**舊**：舊日，從前。／**浮雲**⋯**蒼狗**：比喻世事變幻無常。出自唐代杜甫的〈可嘆〉。

七行一**枯荷**：枯萎的荷葉。／**前頭**：前面。／**小阜**：小土山。

九行一**枵囊**：空的口袋（指沒有錢）。枵，指空虛；音同「消」。／**毛錐**：毛筆。／**牛經**：關於牛的知識的書。

十行一**但**：只、惟。

題旨：家居憶往

八聲甘州

記玉關踏雪事清遊

張炎

記玉關、踏雪事清遊，寒氣脆貂裘。
傍枯林古道，長河飲馬，此意悠悠。
短夢依然江表，老淚灑西州。
一字無題處，落葉都愁。
載取白雲歸去，問誰留楚佩，弄影中洲。
折蘆花贈遠，零落一身秋。
向尋常、野橋流水，待招來、不是舊沙鷗。
空懷感，有斜陽處，卻怕登樓。

賞讀譯文

記得我們到邊關踏雪，清雅遊賞的事情，當時的寒氣讓我們的貂皮大衣也凍得硬脆。我們在臨近枯林的古道上前行，在黃河邊給馬飲水，這份情趣實在眇遠無盡。在這個短暫如夢的經歷後，我依然在江南，在臨安哭泣灑淚。我連一個字都沒有題寫給你，連落葉都發愁了。你載著白雲回去。請問誰留下了楚佩，在洲上徘徊而在水面留下搖晃的身影？我折下蘆花送給遠行的你，我的心也像草木那樣凋落，全身散發秋天的氣息。我對著平常的野橋和流水，即將要招來的卻不是以前熟識的沙鷗。我徒然懷著感慨，有西斜夕陽的地方，卻害怕登樓。

張炎（1248～1318）

字叔夏，號玉田、樂笑翁。貴族後裔，二十九歲時南宋首都臨安被元軍攻陷，從此家道中落。曾北遊元都，嘗試求官，但很快就作罷。落魄而終。格律派詞人，著有《詞源》。與蔣捷、王沂孫、周密並稱「宋末四大家」。

注釋

一行—**玉關**：玉門關，此處代指邊關。／**清遊**：清雅遊賞。／**貂裘**：用貂的毛皮製作的衣服。

二行—**傍**：依附、臨近。／**長河**：指黃河。／**飲馬**：給馬飲水。／**意**：情趣。／**悠悠**：眇遠無盡的樣子。

三行—**短夢**：短暫的夢。／**江表**：指長江以南地區，從中原來看，地在長江之外，故稱江表。／**西州**：古城名，在今南京市，此處代指南宋的首都臨安（今杭州）。

四行—**題**：簽署、寫在上面。

五行—**取**：語助詞，置於動詞後，表示動作的進行。／**歸去**：回去。／**楚佩**：楚地的玉佩，象徵想念的心情。戰國時代屈原的《楚辭．九歌．湘君》以湘夫人的角度描寫久盼湘君的心情，有「捐餘玦兮江中，遺餘佩兮醴浦」之句。／**弄影**：指物體動，使影子也隨著搖晃或移動。／**中洲**：即洲中。《楚辭．九歌．湘君》亦有「君不行兮夷猶，蹇誰留兮中洲」之句。

六行—**贈遠**：贈送東西給遠行的人。／**零落**：草木凋落。

七行—**向**：對著、朝著。／**尋常**：平常。／**待**：將要。／**沙鷗**：鷗鳥，常棲集於沙灘或沙洲上，故稱為「沙鷗」。古人以與鷗鳥訂盟同住水鄉，比喻退隱。／**舊沙鷗**：此處指志同道合的老朋友。／**舊**：以前熟識的。

八行—**空**：徒然。／**懷感**：懷著感慨。／**登樓**：東漢末年的文學家王粲曾作《登樓賦》，抒發思鄉及懷才不遇的苦悶。

題旨：秋景懷友

227

風入松・春遊

張炎

一春不尋春，終是不恔人。
好懷漸向中年減，對歌鐘、渾沒心情。
短帽怕黏飛絮，輕衫厭撲游塵。
暖香十里軟鶯聲，小舫綠楊陰。
夢隨蝴蝶飄零後，尚依依、花月關心。
惆悵一株梨雪，明年甚處清明。

題旨：春景抒懷

一注釋一

一行一**尋春**：遊賞春景。／**終**：終究，畢竟。／**恔**：喜悅、高興。音同「先」。

二行一**好懷**：好興致，好心情。／**歌鐘**：伴唱的編鐘，古代的銅製打擊樂器。／**渾**：完全。

三行一**短帽**：輕便小帽。／**飛絮**：飄飛的柳絮。／**輕衫**：輕薄的衣衫。／**游塵**：浮揚的灰塵。

四行一**暖香**：帶有溫暖氣息的香味。／**軟**：柔和、溫婉。／**小舫**：小船。／**陰**：陰影處。

五行一**夢隨蝴蝶**：引《莊子．齊物論》中莊周夢蝶的典故，後人常以此比喻人生變幻無常。／**飄零**：此處指消逝。／**尚**：還。／**依依**：留戀不捨。

六行一**惆悵**：悲愁、失意。／**梨雪**：梨花。因梨花色白又小，猶如雪花，故有此稱。／**甚處**：什麼地方。／**清明**：清明節。

賞讀譯文

這一個春天，我不是不去遊賞春景，但這畢竟不會讓我高興。好興致隨著我進入中年而逐漸減少，對於聆賞歌鐘完全沒有心情。我怕輕便小帽黏到飄飛的柳絮，也討厭輕薄衣衫被浮揚灰塵撲到。溫暖的香氣飄散十里，鶯鳥鳴聲柔和溫婉，小舫在綠楊樹的陰影下。我的夢隨著蝴蝶消逝後，我還留戀不捨地關心（夢中的）花和月。我惆悵地站在一株梨花下，明年我會在哪裡度過清明呢？

228 淒涼犯・北遊道中寄懷

張炎

蕭疏野柳嘶寒馬，蘆花深、還見遊獵。
山勢北來，甚時曾到，醉魂飛越。
酸風自咽，擁吟鼻、征衣暗裂。
正淒迷、天涯羈旅，不似灞橋雪。

誰念而今老，懶賦長楊、倦懷休說。
空憐斷梗夢依依，歲華輕別。
待擊歌壺，怕如意和冰凍折。
且行行，平沙萬里盡是月。

賞讀譯文

野生柳樹蕭條稀疏，馬兒因天寒而鳴叫；在蘆花深處，我還看到有人在馳逐打獵。山的形勢從北方過來，我什麼時候曾經到過這裡？應該是在醉夢中飛越。刺人寒風的聲音悲淒滯塞，我摀著鼻子吟詠，旅衣在暗地裡裂開了。我在天邊寄居他鄉，正感到淒迷，不像在灞橋風雪中那樣有吟詩的雅興。

誰顧念我如今已經年老，懶得吟詠〈長楊賦〉那類的作品，就別再說我的疲憊心緒了。我徒然地憐惜自己像折斷的葦梗般漂泊不定，對夢留戀不捨，歲月卻輕易流逝離開。我打算擊打唾壺來高歌，卻怕如意和冰凍之物一樣折斷。暫且慢步行走，此時廣闊綿長的沙原上，全都灑滿了月光。

題旨：旅途心情

注釋

一行—**蕭疏**：蕭條稀疏。／**野柳**：野生的柳樹。／**嘶**：馬叫。／**遊獵**：馳逐打獵。

二行—**山勢**：山的形勢。／**甚時**：什麼時候。／**醉魂**：醉夢。古人認為人的靈魂能在睡夢中離開肉體。

三行—**酸風**：刺人的寒風。／**自**：自己、本身。／**咽**：嗚咽，聲音悲淒滯塞。／**擁吟鼻**：指擁鼻吟，用雅音拉長聲音吟詠，出自《晉書・謝安傳》：「安本能為洛下書生詠，有鼻疾，故其音濁，名流愛其詠而弗能及，或手掩鼻以效之。」／**征衣**：旅人之衣。／**暗**：暗自，暗地裡，私下。

四行—**淒迷**：悵惘，迷惘。／**天涯**：天邊，指遙遠的地方。／**羈旅**：寄居他鄉。／**灞橋雪**：指吟詩的雅興，出自五代孫光憲的《北夢瑣言》：「詩思在灞橋風雪中驢子上，此處何以得之？」

五行—**念**：顧念，顧及。／**而今**：如今。／**賦**：吟詠、寫作。／**長楊**：指西漢揚雄的〈長楊〉，他以此賦批評漢成帝的鋪張奢侈，但後來認為辭賦是「雕蟲篆刻」，轉而研究哲學。／**倦懷**：疲憊的心緒。／**休**：不要。

六行—**空**：徒然。／**斷梗**：折斷的葦梗，比喻漂泊不定。／**依依**：留戀不捨的樣子。／**歲華**：指年華、歲月、時光。／**輕別**：輕易離開。

七行—**待**：打算。／**歌壺**：指唾壺。出自《晉書・王敦傳》，王敦在酒後詠曹操的〈步出夏門行・龜雖壽〉，以鐵如意擊唾壺打拍子。／**如意**：古代一種有著圓盤頭、長柄略微彎曲的爪杖，功能類似現代的不求人。

八行—**且**：暫時，暫且。／**行行**：慢步行走。／**平沙**：廣闊的沙原。／**萬里**：形容極遠。／**盡是**：全部都是。／**月**：指月光。

229 清平樂

候蛩淒斷　張炎

候蛩淒斷，人語西風岸。
月落平沙江似練，望盡蘆花無雁。
暗教愁損蘭成，可憐夜夜關情。
只有一枝梧葉，不知多少秋聲。

題旨：秋景抒懷

注釋

一行—**候蛩**：即蟋蟀，蟋蟀的出沒具有季節性，故有此稱。此處的「候」指時節。／**淒斷**：淒涼悲痛到極點。／**人語**：人們說話的聲音。

二行—**平沙**：廣闊的沙原。／**練**：柔軟潔白的絲絹。／**望盡**：放眼遠望的視線盡頭。

三行—**暗**：暗自，暗地裡，私下。／**教**：讓、使。／**愁損**：即愁殺，指使人極為憂愁。殺，表示程度深。／**蘭成**：北周庾信的小字。庾信為南北朝文學的集大成者，在此指作者自己。／**關情**：觸動情感。

四行—**秋聲**：指秋季大自然界的聲音，如風聲、落葉聲、蟲鳥聲等。

賞讀譯文

蟋蟀的鳴聲淒涼悲痛到極點，人們說話的聲音從吹拂著西風的岸邊傳來。明月從廣闊的沙原落下，江水就像柔軟潔白的絲絹，視線盡頭的蘆花那裡沒有雁子。我暗地裡非常憂愁，可憐地每夜都觸動情感。梧葉只有一枝，卻不知道有多少秋聲。

230 壺中天·夜渡古黃河與沈堯道、曾子敬同賦

張炎

揚舲萬里，笑當年，底事中分南北。須信平生無夢到，卻向而今遊歷。老柳官河，斜陽古道，風定波猶直。野人驚問，泛槎何處狂客。

迎面落葉蕭蕭，水流沙共遠，都無行跡。衰草淒迷秋更綠，惟有閒鷗獨立。浪挾天浮，山邀雲去，銀浦橫空碧。扣舷歌斷，海蟾飛上孤白。

賞讀譯文

我搭乘有窗的小船（在黃河上）航行萬里，譏笑著當年為了什麼事而用黃河來劃分南北的疆界？必須知道，這是我一生在夢裡未曾到過的地方，如今卻來這裡遊歷。老柳樹佇立在官方掌管的河道旁，西斜的陽光照著古道；風停了，河上的波浪仍然直挺不退。田野之民驚訝地問，正在行船的是從哪裡來的狂放之人？

落葉蕭蕭地迎面而來，水流和沙子一起遠離，（河岸）完全沒有行人的蹤跡。枯草看來淒涼迷茫，在秋景裡卻顯得更綠，只有悠閒的鷗鳥獨自佇立在那裡。波浪似乎夾著天空浮起，山巒邀請雲朵過去，銀河橫跨天空。在我們敲擊船緣並高歌的聲音中斷後，孤單潔白的月亮飛到海面上。

題旨：行旅記事

注釋

一行—**揚**：飄動。在此指航行。／**舲**：有窗的小船。／**萬里**：形容極遠。／**笑**：譏笑、嘲笑。／**底事**：何事、什麼事。／**中分南北**：黃河曾是宋與金，金與蒙古的對峙線。

二行—**信**：知曉、知道。／**平生**：一生。／**而今**：如今。

三行—**官河**：官方掌管的河道。／**斜陽**：傍晚西斜的夕陽或陽光。／**風定**：風停。

四行—**野人**：田野之民。／**泛槎**：漂浮木筏，指行船。槎，為木筏，此處代指舲。槎，音同「查」。／**狂客**：狂放不拘禮俗的人。

五行—**蕭蕭**：形容落葉的聲音。／**遠**：遠離。／**行跡**：行人的蹤跡。

六行—**衰草**：枯草。／**淒迷**：景物淒涼迷茫。／**閒鷗**：悠閒的鷗鳥。／**獨立**：獨自佇立。

七行—**銀浦**：銀河。／**橫**：橫越。／**空碧**：淡藍色天空，此處僅指天空。

八行—**扣舷**：敲擊船的邊緣，多用為吟歌的節拍。扣，通「叩」；舷，船的邊緣，音同「嫌」。／**斷**：中斷。／**海蟾**：海上的明月。自古傳說月亮中有蟾蜍，又傳說嫦娥偷吃長生不老藥後，飛到月宮，受罰而變成蟾蜍，故稱月亮為「蟾」。／**孤白**：孤單、潔白。

231

朝中措　清明時節雨聲嘩

張炎

清明時節雨聲嘩，潮擁渡頭沙。翻被梨花冷看，人生苦戀天涯。

燕簾鶯戶，雲窗霧閣，酒醒啼鴉。折得一枝楊柳，歸來插向誰家。

題旨：生活抒懷

【注釋】

一行【**清明**：清明節。／**嘩**：狀聲詞。形容水流聲。／**潮**：潮水。／**擁**：圍著，此處指淹沒。／**渡頭**：即渡口，有船隻擺渡可供人上下船的地方。

二行【**翻**：反而。／**冷看**：冷漠的眼光；輕蔑的眼光。／**苦**：極力的。／**戀**：眷念不捨。／**天涯**：天邊，指遙遠的地方。

三行【**燕簾**：有燕子飛舞於簾子周圍。／**鶯戶**：即鶯窗，指歌姬、舞女居住之處，亦指妓院。／**雲窗霧閣**：雲霧繚繞的窗戶和居室，指建於高處的樓閣。／借指歌樓舞榭，尋歡作樂的場所。

四行【**得**：置於動詞之後，無義。／**楊柳**：古人在清明節時會在家門上插柳以祛邪。

賞讀譯文

清明時節雨聲嘩然，潮水淹沒了渡口的沙灘。我反而被梨花冷眼看待，（責問我）這一生為何極力對天涯眷念不捨。在燕子飛舞於簾子周圍、雲霧繚繞的歌樓舞榭裡，我於酒醒後聽到鴉鳥的啼叫聲。我折下一枝楊柳，但回來後要插在誰家呢？

232

滿江紅・己酉春日

張炎

老子今年，多準備、吟箋賦筆。還自喜，錦囊添富，頓非疇昔。書冊琴棋清隊仗，雲山水竹閒蹤跡。任醉筇遊屐過平生，千年客。

回首夢，東隅失。乘興去，桑榆得。且怡然一笑，探梅消息。天下神仙何處有，神仙只向人間覓。折梅花、橫挂酒壺歸，白鷗識。

賞讀譯文

我今年要多準備一些寫詩用的紙和筆。我還很高興，錦囊裡增添了許多詩作，不同於往昔。書冊、琴和棋，是我清雅的儀仗隊；高聳入雲的山、流水和綠竹的清幽景色，都有我悠閒的蹤跡。任由自己喝醉倚著竹杖、穿上遊屐，就這樣度過一生，我不過是千年裡的過客。

我回想往日的夢，年輕時失去了不少。我趁著興致好的時候出發，在年老時得到不少。我暫且歡悅自得地笑了笑，去探尋梅花的消息。天下哪裡有神仙？神仙只能往人間尋覓。我折下梅花，在腰間橫掛著酒壺回來，白鷗與我相識。

題旨：生活抒懷

—注釋—

一行—**老子**：我。自稱之詞。／**吟箋**：寫詩用的紙。／**賦筆**：寫詩用的筆。

二行—**自喜**：自樂；自我欣賞。／**錦囊**：用錦製成的袋子，古人多用以藏詩稿或機密文件。／**富**：豐厚，多。／**疇昔**：昔日、從前。

三行—**清**：清雅。／**隊仗**：儀仗隊，由手持儀仗的人員組成的隊伍。／**雲山**：高聳入雲的山。／**水竹**：流水和綠竹。常借指清幽的景色。／**閒**：悠閒。

四行—**任**：任由。／**筇**：竹杖。因筇竹實心節高，適合做拐杖，故稱杖為「筇」。筇，音同「瓊」。／**遊屐**：出遊時穿的木屐。／**平生**：一生。／**客**：過客，短暫停留的旅人。

五行—**回首**：回想、回憶。／**東隅**：日出處，原指早晨，此處指年輕時。／**乘興**：趁著興致好的時候。／**桑榆**：日落所照的地方，原指晚上，此處指年老時。／「東隅失、桑榆得」出自《後漢書・卷一七・馮異傳》：「始雖垂翅回谿，終能奮翼黽池，可謂失之東隅，收之桑榆。」

五行—**且**：暫且。／**怡然**：歡悅自得的樣子。

八行—**橫挂**：橫掛。挂，通「掛」。／**白鷗**：古人將「與鷗鳥訂盟同住水鄉」，比喻為隱居生活。

233

長亭怨慢・重過中庵故園

王沂孫

泛孤艇東皋過遍，尚記當日，綠陰門掩。屐齒莓苔，酒痕羅袖事何限。欲尋前跡，空惆悵、成秋苑。自約賞花人，別後總、風流雲散。

水遠，怎知流水外，卻是亂山尤遠。天涯夢短，想忘了、綺疏雕檻。望不盡、冉冉斜陽，撫喬木、年華將晚。但數點紅英，猶識西園淒婉。

王沂孫（約 1230～1291 年前後在世，南宋末）字聖與，號碧山、中仙、玉笥山人。入元後，曾任慶元路學正。與周密、張炎相唱和，亦與蔣捷、張炎、周密並稱「宋末四大家」。

【注釋】

一行【泛：漂浮，多指行船或乘船。／孤艇：孤單的小船。／皋：水邊的低地。／遍：全面、到處。／尚：猶、還。／當日：從前、往日。／綠陰：即綠蔭、樹蔭。／掩：關上。

二行【屐齒：木屐底下凸出像齒的部分。／莓苔：青苔。／酒痕：酒滴的痕跡。／羅：質地輕軟的絲織品。／何限：多少。

三行【空：只、僅僅。／惆悵：悲愁、失意。／秋苑：秋季的蕭索園林。

四行【風流雲散：指像風和雲那樣流動散開。

五行【亂山：無條理秩序的群山，指參差錯落的群山。／尤：更加、格外。

六行【天涯：天邊，指遙遠的地方。／綺疏：指雕刻成空心花紋的窗戶，或窗戶上的雕飾花紋。／雕檻：即雕欄，雕花彩飾或華美的欄杆。

七行【冉冉：緩慢行進。／斜陽：傍晚西斜的夕陽或陽光。／喬木：高大的樹木。／年華：年歲，年紀。／晚：末期的。

八行【紅英：紅花。／猶：仍舊、還。／識：知道、了解。／西園：歷代皆有園林稱西園，泛指園林。／悽婉：悲傷婉轉。

題旨：賞景憶往抒懷

賞讀譯文

我乘著孤單的小船，經過了東邊的整個水邊低地，還記得往日樹蔭下的大門關閉著。我腳下的屐齒踩著青苔，絲質衣袖上有酒滴的痕跡，像這樣的事情有多少？我想要去尋找之前的行跡，卻只感到悲愁失意，如今那裡已成了秋季的蕭索園林。我自己約了人去賞花，但分別後總是像風和雲那樣流散開。水流向遠方，怎麼知道在流水之外，卻是參差錯落的群山更加遙遠。我在天邊的遙遠之地，夢很短暫，想忘了那些雕飾華美的窗戶和欄杆。我無法望盡緩慢行進的西斜太陽，撫摸著高大的樹木，（感嘆）年紀即將到人生的末期。但這幾朵紅花，仍然知道園林的悲傷婉轉模樣。

高陽臺

殘萼梅酸

王沂孫

殘萼梅酸，新溝水綠，初晴節序暄妍。獨立雕欄，誰憐枉度華年。朝朝準擬清明近，料燕翎須寄銀箋。又爭知、一字相思，不到吟邊。

雙蛾不拂青鸞冷，任花陰寂寂，掩戶閒眠。屢卜佳期，無憑卻恨金錢。何人寄與天涯信，趁東風急整歸船。縱飄零、滿院楊花，猶是春前。

賞讀譯文

殘存的花萼，梅子酸澀，新溝裡流水青綠，剛放晴的節氣裡，天氣暖和，景色明媚。女子獨自佇立在雕飾華美的欄杆旁，誰憐惜她徒然地度過青春年華？每天女子都盼望著清明節將近，猜想燕子應當會傳送書信過來。她又怎麼知道在吟詠的詩詞裡都沒有提到相思？

女子不抹拭雙眉，冷落了青鸞裝飾的鏡子，任由花叢濃陰處寂靜無人聲，關上門隨意地入眠。她數次占卜相會之期，沒有憑據卻怨恨（占卜用的）金錢。什麼人可以把信寄到天邊（給郎君），讓他趁著春風快速地整理返航的船？縱然整個院子裡都是凋謝飄落的柳絮，（現在）仍然是春天。

題旨：相思情懷

注釋

一行—**殘萼**：殘存未落的花萼。／**溝**：小水道。／**節序**：節氣，節令的順序。／**暄妍**：天氣暖和，景色明媚。

二行—**獨立**：獨自佇立。／**雕欄**：雕花彩飾或華美的欄杆。／**枉**：徒然。／**華年**：如花盛開的年紀，指少年、青春年華。

三行—**朝朝**：天天，每天。／**準擬**：希望、盼望。／**清明**：清明節。／**料**：估量，猜度，料想。／**燕翎**：燕子的羽毛，代指燕子。／**須**：應當。／**寄**：傳送。／**銀箋**：潔白的信箋，代指書信。

四行—**爭**：如何。同「怎」。／**吟邊**：吟詠中；詩詞的意境裡。

五行—**雙蛾**：指女子的雙眉。女子的眉毛因細長彎曲，像蛾的觸鬚，被稱為蛾眉。／**拂**：抹拭。／**青鸞**：指以青鸞圖案裝飾的鏡子。／**任**：任由。／**花陰**：花叢濃陰。／**寂寂**：寂靜無人聲。／**掩**：關、閉。／**戶**：一扇門稱為「戶」。亦指房屋的出入口。／**閒眠**：隨意地入眠。

六行—**屢**：數次。／**卜**：占卜。／**佳期**：相會歡聚之期。／**憑**：憑據，證據。／**金錢**：古人有用金錢占卜親人歸期的風俗。

七行—**何人**：什麼人。／**天涯**：天邊，指遙遠的地方。／**東風**：春風。／**急**：快速。／**歸船**：返航的船。

八行—**飄零**：凋謝飄落。／**楊花**：即柳絮。／**猶是**：仍是。

無悶・雪意

王沂孫

陰積龍荒，寒度雁門，西北高樓獨倚。悵短景無多，亂山如此。欲喚飛瓊起舞，怕攪碎紛紛銀河水。凍雲一片，藏花護玉，未教輕墜。

清致，悄無似。有照水一枝，已攙春意。誤幾度憑闌，莫愁凝睇。應是梨花夢好，未肯放東風來人世。待翠管吹破蒼茫，看取玉壺天地。

賞讀譯文

濃厚雲層堆積在塞外荒漠（的天空中），寒意穿過雁門關，我獨自倚在高樓上望向西北方。我對白晝將盡感到悲愁，參差錯落的群山如此多。我想要叫喚飛瓊仙女起舞，卻怕會攪碎了接連不斷的銀河水。這一片嚴冬的陰雲，藏起如花似玉的白雪保護著，不讓雪花輕易掉落。

有一枝照水的梅花，清雅風采無可比擬，已經混合了春意。女子多次倚靠欄杆凝望，都錯過了。應該是梨花正在做著美夢，還不肯放春風來到人世間。等候翠管（樂聲）吹破曠遠迷茫的景色，看月光照耀著天地。

題旨：冬季賞景

注釋

一行—**陰**：指濃厚的雲層。／**龍荒**：北部遙遠的荒漠地區。龍，指匈奴的祭天處龍城。荒，指距離京城最遠的屬地。或是指「龍沙」，原指白龍堆、沙漠兩地，皆在西北塞外，之後泛指塞外之地。／**度**：通過。／**雁門**：雁門關，在今山西省。

二行—**悵**：惆悵，悲愁。／**短景**：日影短。指白晝不長或將盡。／**亂山**：無條理秩序的群山，指參差錯落的群山。／**如此**：此處指非常多。

三行—**飛瓊**：傳說中的仙女，是西王母身邊的侍女。泛指仙女。／**紛紛**：接連不斷的樣子。

四行—**凍雲**：嚴冬的陰雲。／**教**：使、讓。／**墜**：掉落。

五行—**清致**：清雅的風采儀態。／**無似**：無比，無可比擬的。／**照水一枝**：指梅花。／**攙**：混合。

六行—**誤**：錯過、耽擱。／**幾度**：幾次，多次。／**憑欄**：倚靠欄杆。／**莫愁**：古樂府常提到的女子。一說為洛陽人，盧家少婦，可能是美女的泛稱。另一說為石城（今湖北省鍾祥縣）人，善歌謠。／**凝睇**：凝望，注視。

七行—**梨花**：古人常以梨花和雪互相比喻。／**東風**：春風。

八行—**待**：等候。／**翠管**：指管樂器。／**蒼茫**：曠遠迷茫的樣子。／**取**：語助詞，置於動詞後，表示動作的進行。／**玉壺**：美玉製成的壺，常用來比喻月光。

236 長相思令

煙霏霏 吳淑姬

煙霏霏，雪霏霏。
雪向梅花枝上堆，春從何處回。
醉眼開，睡眼開，
疏影橫斜安在哉，從教塞管催。

賞讀譯文

煙霧綿密飛揚，雪花也綿密飛揚。
雪花從梅花枝條往上堆積，春天從何處回來？
醉眼打開，睡眼也打開，
梅花橫斜的枝條平安無事嗎？任憑塞管把它催落。

吳淑姬（約 1185 年前後在世，南宋）失其本名。父親是秀才。家貧，貌美。被周姓子買為妾，名曰淑姬。與李清照、朱淑真、張玉娘並稱「宋代四大女詞人」。

題旨：冬景抒懷

注釋

一行 **霏霏**：雨、雪、煙、雲綿密飛揚的樣子。

四行 **疏影**：指梅花，化用自北宋林逋的〈山園小梅〉：「疏影橫斜水清淺，暗香浮動月黃昏。」／**安在**：健在，平安無事。／**哉**：助詞，表示疑問或反問的語氣。／**從教**：任由、任憑。／**塞管**：塞外胡樂器。以蘆以首，竹為管，聲音悲切。

薄倖

青樓春晚

呂渭老

青樓春晚。晝寂寂、梳勻又懶。
乍聽得、鴉啼鶯弄，惹起新愁無限。
記年時、偷擲春心，花間隔霧遙相見。
便角枕題詩，寶釵貰酒，共醉青苔深院。
怎忘得、迴廊下，攜手處、花明月滿。
如今但暮雨，蜂愁蝶恨，小窗閒對芭蕉展。
卻誰拘管。盡無言、閒品秦箏，淚滿參差雁。
腰肢漸小，心與楊花共遠。

賞讀譯文

暮春時節，女子待在閨房裡。白晝寂靜無聲，她又懶得梳髮化妝。她突然聽見鴉和鶯的鳴叫聲，引起了無限的新愁緒。記得當年，她偷偷地擲送出愛慕情懷，兩人在花叢間隔著霧氣遙遙相見。然後就在角枕上題詩，用寶釵換酒，共同醉倒在長滿青苔的深院裡。怎麼忘得了，兩人在迴廊下攜手的地方，滿月把花兒照得明亮。但如今，傍晚卻下著雨，讓蜜蜂憂愁、蝴蝶怨恨，她在小窗旁隨意地對著展開的芭蕉葉。但誰能管束這樣的心情？女子完全無言以對，隨意地彈奏秦箏，但淚水卻滿溢而滴落在參差不齊的雁柱上。她的腰身逐漸變小，心跟著柳絮一起飛遠了。

呂渭老（生卒年不詳）
一作呂濱老，字聖求。在北宋宣和、靖康年間做過小官，南渡後情況不詳。

【注釋】

一行—**青樓**：泛指女子居住的地方，此處指閨房。／**春晚**：春暮，春天即將結束。。／**寂寂**：寂靜無聲。／**勻**：指勻面，謂化妝時用手搓臉，使脂粉平均。

二行—**乍**：忽然。／**弄**：應是指「哢」，鳥鳴之意。／**惹**：招引、引起。

三行—**年時**：當年，往年時節。／**春心**：指男女之間相思愛慕的情懷。

四行—**便**：即，就。／**角枕**：用角製成或裝飾的枕頭。／**貰**：賒欠；音同「是」。此處指換。

五行—**迴廊**：曲折回環的走廊。

六行—**暮雨**：傍晚的雨。／**閒**：隨意的、不經心的。

七行—**卻**：但。／**拘管**：管束；監督。／**盡**：完全，極端。／**品**：吹奏樂器；此處指彈奏樂器。／**秦箏**：古代秦地（今陝西）所造的一種弦樂器，形似瑟。／**參差**：雜亂不齊的樣子。／**雁**：指弦柱，因弦柱整齊排列成行，又被稱為雁柱。

八行—**腰肢**：指腰身，身段。／**楊花**：即柳絮。

題旨：暮春相思

238

透碧霄

檥蘭舟　查荎

檥蘭舟，十分端是載離愁。練波送遠，屏山遮斷，此去難留。相從爭奈，心期久要，屢變霜秋。歎人生、杳似萍浮。又翻成輕別，都將深恨，付與東流。

想斜陽影裏，寒煙明處，雙槳去悠悠。愛渚梅、幽香動。須采擷、倩纖柔。豔歌粲發，誰傳餘韻，來說仙游。念故人、留此遐州。但春風老後，秋月圓時，獨倚江樓。

查荎
宋代，生平不詳。

注釋

一行—**檥**：停船靠岸。同「艤」。／**蘭舟**：木蘭樹打造的船，為船隻的美稱。／**十分**：總是；老是。／**端是**：當是；應是。／**離愁**：離別的愁苦。

二行—**練波**：白絹似的水波。／**屏山**：如屏障的山。／**遮斷**：遮蔽阻隔。

三行—**相從**：互相追隨，在一起。／**爭奈**：怎奈；無奈。／**久要**：舊約。／**霜秋**：深秋。

四行—**杳**：此處指渺茫，狀況不明而難以預料。杳，音同「舀」。／**萍**：浮萍。

五行—**翻**：反而。／**輕別**：輕易離別。／**付與**：拿給、交付。

六行—**斜陽**：傍晚西斜的夕陽或陽光。／**寒煙**：寒冷的煙霧。／**悠悠**：安閒暇適的樣子。

七行—**渚**：水中的小沙洲。／**幽香**：清淡的香氣。／**須**：應當。／**采擷**：即採擷，指採摘、採集。擷，音同「奪」。／**倩**：美好。／**纖柔**：纖細而柔軟。

八行—**豔歌**：情歌，戀歌。／**粲**：笑。／**發**：開始、啟動。／**餘韻**：餘音。／**仙游**：外出求仙訪道。

九行—**念**：掛念。／**故人**：老友。／**遐州**：遙遠的地方。

十行—**但**：僅、只。／**老**：過時。

題旨：離別感懷

賞讀譯文

靠岸的船隻應該總是載著離別的愁緒。白絹似的水波送走遠離的人，又被屏障般的山遮蔽阻隔，這一離去就難以留住。無奈的是，我想要互相追隨，心中期待著舊約，時節卻屢次變成深秋。我感嘆人生就像浮萍漂浮那樣渺茫。又反而輕易離別，都把深沉的愁恨，交付給往東流的江水。回想在西斜陽光的影子裡，寒冷煙霧的明亮處，我們划著雙槳安閒暇適地前去。我喜愛沙洲上散發清淡香氣的梅花，應當要採摘下它那美好而纖細柔軟的枝條。我笑著開始唱情歌，不知誰傳來餘音，來說些求仙訪道的事。我掛念故人留在那個遙遠的地方。只能在春風過時之後，秋月圓之時，獨自倚在江樓上。

239 青門飲

胡馬嘶風

時彥

胡馬嘶風，漢旗翻雪，彤雲又吐，一竿殘照。
古木連空，亂山無數，行盡暮沙衰草。
星斗橫幽館，夜無眠、燈花空老。
霧濃香鴨，冰凝淚燭，霜天難曉。

長記小妝纔老，一杯未盡，離懷多少。
醉裏秋波，夢中朝雨，都是醒時煩惱。
料有牽情處，忍思量，耳邊曾道，
甚時躍馬歸來，認得迎門輕笑。

賞讀譯文

胡馬對著風鳴叫，宋朝旗幟在雪中翻動，濃雲又再度顯露，落日餘光照在竿子上。老樹在遠處與天空相連，周圍有無數參差錯落的群山，我行經的地方全是暮色下的沙原和枯草。北斗星橫越過僻靜館舍的上空，我一整夜無眠，看著燈花徒然老去。濃霧圍繞著鴨形香爐，冰晶凝結在掛著蠟液的蠟燭上，嚴寒天氣還沒到天亮的時刻。我永久記得她的淡妝才略顯老態，一杯酒還沒喝完，心中就有許多離別的情懷。酒醉時看到的明淨眼神，夢中的歡會，都是我清醒時的煩惱。料想在觸動感情的時候，我能夠想念，她曾經在耳邊說道，你什麼時候騎馬奔馳回來，認出在門口迎接的微笑。

時彥（不詳～1107，北宋）

字邦美，河南開封人。登進士第後，曾任潁州判官、秘書正字、集賢校理、左司員外郎等職。曾因出使遼國失敗，坐罪罷免。之後又任吏部員外郎、太常少卿、開封府尹、工吏二部尚書等職，病逝於任上。

一注釋一

一行一**胡馬**：泛指大陸西北地區所產的馬。／**嘶**：馬叫。／**漢旗**：代指宋朝旗幟。／**翻雪**：指在雪中翻動。／**彤雲**：下雪前的灰暗濃雲。／**吐**：顯露、散放。／**殘照**：夕陽餘暉。

二行一**古木**：老樹。／**連空**：遠望與天空相連。／**亂山**：無條理秩序的群山，指參差錯落的群山。／**無數**：多到數不清。／**盡**：全部。／**暮沙**：暮色（傍晚昏暗的天色）下的沙原。／**衰草**：枯草。

三行一**星斗**：泛指天上的星星，或特指北斗星。／**幽館**：僻靜的館舍。／**燈花**：燈芯燒盡所結成的花狀物。／**空**：徒然的。

四行一**香鴨**：鴨形香爐。／**淚燭**：指流下蠟液的蠟燭。／**霜天**：嚴寒的天氣。／**難**：不可，不能。／**曉**：天亮。

五行一**長記**：永久記得。／**小妝**：淡妝。／**纔**：通「才」。／**離懷**：離別的情懷。／**多少**：很多、許多。

六行一**秋波**：秋天明淨的水波，代指年輕女子明亮的眼睛或傳情的眼神。／**夢中朝雨**：男女歡合之意。戰國時代宋玉的〈高唐賦〉提到，楚王在夢中與「旦為朝雲，暮為行雨」的巫山神女歡會。

七行一**牽情**：觸動感情。／**處**：時候、時刻。／**忍**：願意、能夠。／**思量**：想念。

八行一**甚時**：什麼時候。／**躍馬**：策馬奔躍前進。／**認得**：認出，知道。／**迎門**：迎候於門。／**輕笑**：微笑。

題旨：遠行思人

240

劍器近

夜來雨

袁去華

夜來雨，賴倩得、東風吹住。海棠正妖饒處，且留取。悄庭戶，試細聽、鶯啼燕語，分明共人愁緒，怕春去。

佳樹，翠陰初轉午。垂簾未捲，乍睡起，寂寞看風絮。偷彈清淚寄煙波，見江頭故人，為言憔悴如許。彩箋無數，去卻寒暄，到了渾無定據。斷腸落日千山暮。

賞讀譯文

夜裡下的雨，幸虧請春風將它吹停。海棠花正是美麗迷人的時候，暫且留下它們。安靜的庭院裡，試著仔細聆聽鶯燕的鳴叫聲，顯然牠們有著跟人一樣的愁緒，都害怕春天離去。

翠綠美樹的樹陰下，剛剛接近中午。垂下的簾子尚未捲起，女子剛剛睡起，寂寞地看著隨風飄揚的柳絮。她暗自滴落眼淚，託付給煙霧瀰漫的水面，期望它見到江邊的故人時，幫忙訴說女子已經如此憔悴。她收到許多書信，但除了問候的寒暄語句，畢竟完全沒有（歸返的）確定準則。女子極度悲傷，看著落日時千山籠罩在暮色中。

袁去華

字宣卿，約南宋高宗紹興末前後在世，為紹興十五年（1145）進士。曾任善化知縣、石首知縣。

題旨：暮春閨思

一注釋一

一行一**夜來**：夜裡。／**賴**：幸虧、幸而。／**倩**：請人代為做事。／**得**：置於動詞之後，無義。／**東風**：春風。／**住**：停止。

二行一**海棠**：薔薇科蘋果屬的落葉喬木。三、四月時開紅色花。／**妖饒**：妖嬈，美麗迷人的樣子。／**處**：時候、時刻。／**且**：暫且。／**留取**：留存。取，語助詞。

三行一**悄**：寂靜。／**庭戶**：泛指庭院。／**燕語**：指燕子鳴聲。

四行一**分明**：顯然、明明。／**共**：跟、和。

五行一**佳樹**：美樹。／**翠陰**：指綠樹的樹蔭。／**轉午**：接近中午。

六行一**乍**：剛剛。／**風絮**：隨風飄揚的柳絮。

七行一**偷彈**：暗自地滴落。／**清淚**：眼淚。／**寄**：託付。／**煙波**：煙霧瀰漫的水面。／**江頭**：江邊，江岸。／**故人**：老友，在此指思念之人。／**為言**：幫忙訴說。／**如許**：如此。

八行一**彩箋**：小幅彩色紙張，借指詩箋或書信。／**去卻**：除了。／**寒暄**：問候起居或泛談氣候寒暖之類的應酬話。／**到了**：到底，畢竟。／**渾**：全然、完全。／**定據**：一定的準則。

九行一**斷腸**：比喻極度悲傷。「腸」有心思、情懷之意。／**暮**：暮色；傍晚昏暗的天色。

241 少年遊・草

高觀國

春風吹碧，春雲映綠，曉夢入芳茵。
軟襯飛花，遠連流水，一望隔香塵。
萋萋多少江南恨，翻憶翠羅裙。
冷落閑門，淒迷古道，煙雨正愁人。

題旨：春景思人

高觀國（南宋）
字賓王，號竹屋。常與史達祖（1163～約1220）唱和，兩人在詞方面齊名。著有《竹屋痴語》一卷。

—注釋—

一行—**曉夢**：拂曉時的夢。／**芳茵**：茂美的草原。茵，指墊褥。

二行—**飛花**：飄飛的落花。／**香塵**：帶着花香的塵土，或指美女的步履。

三行—**萋萋**：草茂盛的樣子。／**翻**：反而。／**羅裙**：絲羅製的裙子，泛指婦女的衣裙。此處指所思之人。／化用自五代牛希濟〈生查子〉的「記得綠羅裙，處處憐芳草」。

四行—**冷落**：蕭條、不熱鬧。／**閑門**：即「閒門」。指進出往來的人不多，顯得清閒的門庭。／**淒迷**：景物淒涼迷茫。／**煙雨**：如煙霧般的細雨。

賞讀譯文

春風吹著碧綠芳草，春雲也映著這片綠意，我在拂曉的夢中進入茂美草原裡。芳草柔軟地襯著飄飛的落花，也在遠方連接流水，一眼望去隔開了女子的足跡。茂盛的芳草裡有多少江南恨，反而讓人憶起穿著翠羅裙的女子。蕭條清閒的門庭，景物淒涼迷茫的古道，在煙雨裡正使人發愁。

242

木蘭花慢

恨鶯花漸老

万俟詠

恨鶯花漸老，但芳草、綠汀洲。
縱岫壁千尋，榆錢萬疊，難買春留。
梅花向來始別，又匆匆、結子滿枝頭。
門外垂楊岸側，畫橋誰繫蘭舟。

悠悠。歲月如流。歎水覆、杳難收。
憑畫欄，往往抬頭舉眼，都是春愁。
東風晚來更惡，怕飛紅、拍絮入書樓。
雙燕歸來問我，怎生不上簾鉤。

万俟詠（北南宋之交）
約北宋末、南宋初時人。万俟為複姓。字雅言，自號詞隱、大梁詞隱。因屢試不第而絕意仕進。後曾召試補官，任大晟府制撰、下州文學等職。善工音律。

—注釋—

一行—**鶯花**：鶯啼花開，泛指春日景色。／**老**：過時。／**但**：僅、只。／**汀洲**：水中的沙洲。

二行—**縱**：縱然，即使。／**岫**：峰巒。／**千尋**：形容極高或極長。古代以八尺為一尋。／**榆錢**：榆筴，榆樹在春季結成的果實，形狀似錢，俗稱榆錢。

三行—**向來**：先前，剛才。／**始**：才。／**別**：離開。／**匆匆**：急忙。

四行—**垂楊**：柳樹的別名。／**側**：旁邊。／**畫橋**：雕飾華麗的橋梁。／**蘭舟**：木蘭樹打造的船，為船隻的美稱。

五行—**悠悠**：眇遠無盡的樣子。／**覆**：翻轉、傾倒。／**杳**：消失，不見蹤影。杳，音同「舀」。

六行—**憑**：倚靠。／**畫欄**：有畫飾的欄杆。／**春愁**：春日的愁緒。

七行—**東風**：春風。／**晚來**：傍晚，入夜之際。／**惡**：此處指強勁。／**怕**：擔心。／**飛紅**：飄飛的落花。／**拍絮**：被拍落的柳絮。／**書樓**：供藏書讀書的樓房。

八行—**怎生**：怎麼。／**簾鉤**：捲簾所用的鉤子。

題旨：暮春抒懷

賞讀譯文

我怨恨鶯啼花開的春景已經逐漸過時，只有芳草讓汀洲一片綠意盎然。即使有極高的山壁、萬疊的榆錢，也難以買到春天停留下來。梅花先前才離開，又急忙地在枝頭結滿梅子。門外的垂楊岸旁，是誰把船隻繫在畫橋邊？

歲月如流水，眇遠無盡。我感嘆著水翻倒後就消失而難以收回。我倚靠著畫欄，往往一抬頭舉眼，看到的都是讓人產生春日愁緒的景象。春風在入夜之際變得強勁，我擔心飄飛的落花、被拍落的柳絮會進來書樓。一對燕子回來後問我，怎麼不把簾子捲上簾鉤呢？

243

夏雲峰・傷春

僧揮

天闊雲高，溪橫水遠，晚日寒生輕暈。閑階靜、楊花漸少，朱門掩、鶯聲猶嫩。悔匆匆過卻清明，旋占得餘芳，已成幽恨。都幾日陰沉，連宵慵困，起來韶華都盡。

怨入雙眉閑鬥損，乍品得情懷，看承全近。深深態、無非自許，厭厭意、終羞人問。爭知道夢裏蓬萊，待忘了餘香，時傳音信。縱留得鶯花，東風不住，也則眼前愁悶。

僧揮（北宋）

字師利。本姓張，名揮。法號為仲殊。曾應進士科考試。年輕時遊蕩不羈，差點被妻子毒死，之後棄家為僧，於宋徽宗時自縊身亡。與北宋蘇軾往來深厚。

一注釋一

一行一**晚日**：夕陽。／**生**：產生，發生。／**暈**：太陽及月亮周圍的光環。

二行一**閑階**：空階。閑，通「閒」。／**楊花**：即柳絮。／**朱門**：朱紅色門戶，多指富貴人家。／**掩**：關閉。

三行一**悔**：懊悔，後悔。／**卻**：置動詞後，相當於「掉」、「去」、「了」。／**清明**：清明節。／**旋**：立刻。／**占得**：占有。／**餘芳**：殘花。／**幽恨**：深藏於心中的怨恨。

四行一**陰沉**：天色陰暗沉鬱。／**連宵**：連夜。／**慵困**：懶散困倦。／**韶華**：春光。／**盡**：完結，終止。

五行一**鬥損**：指皺眉。鬥，指湊在一起。損，指變形。／**乍**：剛剛。／**品得**：品嚐到。／**情懷**：興致、情趣。／**看承**：看待、對待。／**全近**：完全親近。

六行一**深深態**：深切的態度。／**無非**：不過是，不外乎。／**自許**：自誇，自以為是。／**厭厭**：虛弱生病的樣子。／**終**：到底，畢竟，終究。／**問**：問候。

七行一**爭**：怎。／**蓬山**：蓬萊山，傳說中的海上仙山。／**待**：打算。／**餘香**：指花的餘香。

八行一**縱**：縱然，即使。／**鶯花**：鶯啼花開，泛指春日景色。／**東風**：春風。／**住**：停留。／**也則**：亦是，仍然。／**愁悶**：憂愁煩悶。

題旨：暮春愁緒

賞讀譯文

天空開闊雲朵高掛，溪水橫向流往遠處，夕陽在寒意之間產生輕微的光暈。空階上很安靜，柳絮逐漸變少；紅色大門關閉著，鶯鳥的鳴叫聲仍然柔嫩。我後悔匆匆地過了清明節，立刻占有殘花，卻已經成了深藏於心中的怨恨。好幾天以來，天色都是陰暗沉鬱，我一連幾晚都感到懶散困倦，起來時春光都結束了。這怨恨進入我的雙眉，讓它們緊皺在一起；我剛剛品嚐到春天的情趣，完全親近地看待它。但這深切的態度不過是我在自誇，春天虛弱生病的樣子，終究羞於讓人問候。怎麼知道我到夢裡尋找蓬萊仙山，打算忘了春花的餘香，但春天卻時常傳送音信過來。縱然留得住鶯啼花開的春景，但春風不停留，眼前仍然令人憂愁煩悶。

244 憶餘杭

長憶錢塘

潘閬

長憶錢塘，不是人寰是天上，
萬家掩映翠微間，處處水潺潺。
異花四季當窗放，出入分明在屏障。
別來隋柳幾經秋，何日得重遊。

潘閬（不詳～1009，北宋）
字夢空，一說逍遙。早年賣藥為生。曾因受推薦而被賜進士及第，亦曾參與立帝相關政變而逃亡。被釋罪後，曾任滁州參軍。

注釋

一行—**長憶**：經常想到；時常想念。／**錢塘**：古縣名，亦作「錢唐」，在今浙江省，古詩文中常指今杭州市。／**人寰**：人世、人間。寰，指大地。／**天上**：指天上的仙境。

二行—**萬家**：指各家各戶。／**掩映**：光影相互映照。／**翠微**：青翠的山色，也泛指青翠的山。／**潺潺**：水緩緩流動的樣子。

三行—**異花**：各種不同的花。／**當**：對著。／**放**：綻放。／**分明**：顯然、明明。／**屏障**：此處指畫有美麗圖案的屏風。

四行—**別來**：離別以來。／**隋柳**：原指隋堤柳，即隋煬帝時代沿著通濟渠、邗溝河岸所種植的柳樹，此處指西湖湖畔的柳樹。／**幾經**：經過許多次。／**得**：可以。

題旨：詠杭州

賞讀譯文

我時常想念杭州，那裡不是人間，而是天上仙境。各家各戶掩映在青翠山色間，到處都有水緩緩流動。四季有各種不同的花朵對著窗戶綻放，出入顯然都是在美麗的屏風畫作裡。離別以來，西湖湖畔的柳樹經過了許多次秋季，哪一天我才可以重遊當地呢？

245

滿江紅・別大名親舊

許衡

河上徘徊，未分袂、孤懷先怯。中年後、此般憔悴，怎禁離別。淚苦滴成襟畔濕，愁多擁就心頭結。倚東風、搔首謾無聊，情難說。

黃卷內，消白日。青鏡裏，增華髮。念歲寒交友，故山煙月。虛道人生歸去好，誰知美事難雙得。計從今、佳會幾何時，長相憶。

賞讀譯文

我在河上徘徊，（早在）還沒分離之前，就先害怕孤獨無依的情懷。中年之後這樣憔悴，怎麼受得了離別？我那愁悶的淚滴濕了襟畔，太多愁緒聚集成心頭的結。我在東風裡斜靠佇立，搔著頭，徒然空虛愁悶，心情難以訴說。

我閱讀書籍來打發時光，青銅鏡裡的我，增加了許多花白的頭髮。我惦記著深冬來往的朋友，還有故鄉雲霧籠罩的月亮。空泛地說人生回去比較好，誰知道美好的事難以兩者兼得。我設想從今之後何時才會有美好的聚會？只能長久想念。

許衡（1209～1281）

字仲平，號魯齋，世稱「魯齋先生」。早年學習程朱理學，之後在忽必烈的徵召之下，曾任京兆府提學、國子祭酒、議事中書省、集賢殿大學士、中書左丞等職，負責創立國子學，領導編制《授時歷》，因病歸鄉後，次年逝世。著有《讀易私言》、《魯齋遺書》等。

注釋

題—**別**：分離、離開。／**大名**：地名，在今河北省。

一行—**分袂**：離別；分手。／**孤懷**：孤獨無依的情懷。／**怯**：畏縮、害怕。

二行—**此般**：這樣。／**禁**：承擔、受得了。

三行—**苦**：愁悶。／**襟**：衣服胸前接合鈕扣的地方。／**畔**：邊側、旁側。／**擁就**：聚集成為。

四行—**倚**：靠、斜靠。／**東風**：春風。／**搔首**：搔頭或搔髮。／**謾**：徒然。／**無聊**：精神空虛、愁悶。

五行—**黃卷**：書籍。古代為了防書蠹，多用黃蘗染紙，紙為黃色，故有此稱。／**消**：排遣、打發。／**白日**：泛指時光。／**青鏡**：青銅鏡，青銅鑄成的鏡子。／**華髮**：花白的頭髮。

六行—**念**：惦記。／**歲寒**：一年中的寒冷季節，深冬。／**交友**：朋友。／**故山**：舊山，比喻家鄉。／**煙月**：雲霧籠罩的月亮。

七行—**虛道**：空泛地說。／**歸去**：回去，指返鄉、回家。

八行—**計**：設想、推測。／**佳會**：美好的聚會。／**長**：長久。／**相憶**：想念。

題旨：辭別親友

246

節節高・題洞庭鹿角廟壁

盧摯

雨晴雲散，滿江明月。
風微浪息，扁舟一葉。
半夜心，三生夢，
萬里別，悶倚篷窗睡些。

題旨：行旅愁緒

盧摯（約 1241~1315）
字處道、莘老，號疏齋、嵩翁。登進士第後，曾任河南路總管、江東道廉訪使、翰林學士等職。晚年寓居宣城。

注釋

二行—**扁舟**：小船。／**一葉**：一艘。
三行—**半夜心**：指半夜難入眠的愁心。／**三生夢**：指人的前生、今生、來生如夢。
四行—**萬里**：形容極遠。／**別**：分離、離開。／**篷窗**：船窗。／**些**：少許，一會兒。

賞讀譯文

雨後天晴，雲層散開，明亮月光灑滿江面。陣風輕柔，江浪平息，（江上有）一艘小船。半夜難入眠的愁心，讓我感嘆人的三生如夢，我離開（親友）到極遠之處，只能愁悶地倚著船窗，稍微睡一下。

247

沉醉東風・閒居

盧摯

學邵平、坡前種瓜，學淵明、籬下栽花，
旋鑿開菡萏池，高豎起荼蘼架，
悶來時、石鼎烹茶，
無是無非快活煞，鎖住了、心猿意馬。

題旨：閒居生活

注釋

一行——**邵平**：秦末漢初之人，秦末時封東陵侯，在秦朝滅亡之後淪為布衣，在長安城東種瓜。／**淵明**：指陶淵明。

二行——**旋**：又、再。／**菡萏**：荷花的別稱。／**荼蘼**：又名酴醾、佛見笑、重瓣空心泡，為薔薇科懸鉤子屬空心泡的變種，開白色重瓣花，花期六至七月。

三行——**悶**：不暢快的心緒。／**石鼎**：陶製的烹茶用具。

四行——**無是無非**：指沒有口舌爭論。／**快活**：暢快、歡樂。／**煞**：極、甚。／**心猿意馬**：形容心意不定，不能自持。

賞讀譯文

我學邵平在山坡前種瓜，學陶淵明在竹籬下栽花，
又鑿開了荷花池，高豎起荼蘼的架子，
我心情不暢快時，就用石鼎來煮茶，
沒有什麼口舌爭論，真是歡樂極了，鎖住了不安定的心。

248 湘妃怨・西湖

盧摯

湖山佳處那些兒，恰到輕寒微雨時，
東風懶倦催春事，
嗔垂楊裊綠絲，海棠花、偷抹胭脂，
任吳岫眉尖恨，厭錢塘江上詞，
是個妒色的西施。

題旨：西湖風景

一注釋一

一行一**湖山**：湖水與山巒，山水。／**佳處**：優美之處。／**恰**：剛好，正好。／**輕寒**：輕微的寒意。／**微雨**：細雨。

二行一**東風**：春風。／**懶倦**：疲倦。／**春事**：春意，春天的景象。

三行一**嗔**：責怪，埋怨。／**垂楊**：柳樹的別名。／**裊**：搖曳，擺動。／**海棠**：薔薇科蘋果屬的落葉喬木。三、四月時開紅色花。與草本植物秋海棠不同。／**胭脂**：紅色的化妝用品，多塗抹於兩頰、嘴唇，也可用於繪畫。

四行一**任**：任由，聽憑。／**吳岫**：吳地的山。吳地指春秋時代吳國的疆域，在今江蘇、浙江一帶。／**眉尖**：眉毛的前端。／**厭**：厭惡。／**錢塘江上詞**：指唐代王昌齡的〈浣紗女〉：「錢塘江畔是誰家，江上女兒全勝花。」

五行一**妒色**：嫉忌美色。／**西施**：春秋時代越國的美女。

賞讀譯文

西湖山水有哪些優美之處？正好是在下著細雨的輕寒時節，
春風疲倦於催動春日景象，
西湖責怪柳樹搖曳著綠絲般的枝條，海棠花偷偷抹上紅色胭脂，
任由吳地的山像眉頭帶著恨意的女子，厭惡錢塘江上「女兒全勝花」的詞句，
（原來）西湖是嫉忌美色的美女。

249

滿庭芳

帆收釣浦

姚燧

帆收釣浦，煙籠淺沙，水滿平湖，
晚來盡灘頭聚，笑語相呼，
魚有剩、和煙旋煮，酒無多、帶月須沽，
盤中物，山肴野蔌，且盡葫蘆。

題旨：漁家生活

姚燧（1238～1313）

字端甫，號牧庵。三歲喪父，由叔父姚樞撫養長大，曾就學於名儒許衡。出仕後，曾任奉議大夫、提刑按察司副使、翰林直學士、大司農丞、翰林學士、翰林學士承旨等職。

注釋

一行—**浦**：河岸，水邊。／**籠**：遮住，覆蓋。

二行—**晚來**：傍晚，入夜之際。／**盡**：全部。／**灘頭**：水岸沙灘。／**笑語**：言談說笑。／**呼**：招，喚。

三行—**旋**：立刻。／**帶月**：披戴月色。／**沽**：買。

四行—**山肴野蔌**：山中的野味和蔬菜。蔌，音同「訴」。／**盡**：指喝光。／**葫蘆**：指裝酒的葫蘆。古人常挖空葫蘆的瓤，當作貯酒的器具。

賞讀譯文

漁船收下帆，停在釣魚的河岸，輕煙籠罩著淺沙，湖水豐盈平滿，入夜之際，漁夫全都聚集在水岸沙灘，言談說笑，相互呼喚，有剩下來的魚，馬上放在火煙上烹煮；酒剩下不多了，必須在月色下跑去買，盤子裡的東西，都是山中的野味和蔬菜，但還是要喝光葫蘆裡的酒。

250

折桂令．別懷

張可久

人生最苦別離。柳繫柔腸，山斂愁眉。金縷歌殘，青衫淚濕。錦字來遲。留客醉魚肥酒美。送春行鶯老花飛。此恨誰知。今夜相思，何日歸期。

張可久（約 1270 ～ 1350）字小山；也有「名伯遠，字可久，號小山」的說法。仕途皆為下級官吏，時官時隱，曾漫遊江南一帶。為清麗派代表。現存小令為元曲作家最多者。

注釋

一行—**柔腸**：委婉的內心情感。／**斂**：聚集，此處指皺起。／**愁眉**：發愁時皺著眉頭。

二行—**金縷**：曲調〈金縷曲〉、〈金縷衣〉的簡稱。／**歌**：唱。／**殘**：將盡的。／**青衫**：青色衣服，古時學子所穿之服，借指書生，也是低階官服或卑賤者的衣服。／**錦字**：指妻子寫給丈夫的信，或情書。源自《晉書》中所記載，秦州刺史竇滔被徙流沙，其妻蘇氏織錦為回文旋圖詩贈之。

三行—**行**：往，去。

四行—**相思**：彼此想念。／**歸期**：歸家的日期。

題旨：歡聚離別

賞讀譯文

人生最苦的是別離一事。柳絲好似牽繫著柔腸，青山好似發愁而緊皺的眉頭。金縷曲即將唱完，青衫被淚水滴濕了。書信很晚才送來。我留客人一起喝醉，品嚐肥魚和美酒。送春離開，鶯鳥已老，花兒也飛走了。這份愁恨有誰知道？今夜彼此想念，歸家的日期是在哪一天？

251

紅繡鞋・湖上

張可久

無是無非心事，不寒不暖花時，
妝點西湖似西施。
控青絲玉面馬，歌金縷粉團兒，
信人生行樂耳。

題旨：遊覽心情

注釋

一行——**花時**：百花盛開的時節，常指春日；開花的時期。

二行——**西施**：春秋時代的越國美女。

三行——**控**：操縱。／**青絲**：用來繫馬的青綠色絲繩。／**玉面馬**：白臉馬。／**歌**：唱。／**金縷**：曲調〈金縷曲〉、〈金縷衣〉的簡稱。／**粉團兒**：女子，此處指歌妓。

四行——**行樂**：作樂，享受歡樂。／**耳**：位於句末，相當於「而已」、「罷了」。

賞讀譯文

我沒有關於是非對錯的心事，（現在）正是不寒不暖的花開時節，
把西湖妝點得像西施那麼美。
我用青絲操縱白臉馬（馳騁），歌妓唱著金縷曲，
我相信人生就是要享受歡樂罷了。

252 落梅風・碧雲峰書堂

張可久

依松澗，結草廬，
讀書聲、翠微深處。
人間自晴還自雨，
戀青山、白雲不去。

題旨：山居心情

注釋

一行——**依**：倚傍。／**澗**：兩山間的流水。／**結**：建構、建造。／**草廬**：草舍、草房。
二行——**翠微**：青翠的山色，也泛指青翠的山。
三行——**自**：依然。

賞讀譯文

在松林山澗的旁邊，建蓋了這棟草廬，
讀書聲就在青山深處。
（不管）人間依然是晴還是雨，
我就像愛戀青山的白雲那樣不離去。

253 水仙子・詠江南

張養浩

一江煙水照晴嵐，兩岸人家接畫簷，
芰荷叢一段秋光淡，
看沙鷗舞再三，捲香風十里珠簾，
畫船兒天邊至，酒旗兒風外颭，
愛殺江南。

題旨：江南風景

張養浩（1270～1329）

字希孟，號雲莊。曾任中書省掾屬、堂邑縣尹、監察御史等職，元武宗時因上書諫言而被免官，至元仁宗時復官，任禮部尚書、參議中書省事等。棄官隱居八年，多次受召不赴，直到元文宗天曆二年關中大旱，才出任陝西行台中丞，治旱救災，最後勞瘁而死。

注釋

一行—**煙水**：煙霧瀰漫的水面。／**人家**：住宅、民家。／**晴嵐**：晴日山中的霧氣。／**畫簷**：是指有畫飾的屋簷。

二行—**芰荷**：菱花，即菱角的花，形小、色白。一說荷花。芰，音同「技」。／**秋光**：秋日的風光景色。

三行—**沙鷗**：一種水鳥，因常棲集於沙灘或沙洲上，故有此稱。／**再三**：屢次，一次又一次。

四行—**畫船**：裝飾華美的遊船。／**酒旗**：古代酒店的招牌。／**颭**：搖動。音同「展」。

五行—**愛殺**：喜愛之極。殺，表示程度深。

賞讀譯文

煙霧瀰漫的江面映照著晴日的山中霧氣，兩岸的民家畫簷緊密相接，
在菱花叢生的那一段江水，呈現淡淡的秋日風光景色，
我看著沙鷗一再地飛舞，香風吹送十里，捲起珠簾，
畫船從天邊過來，酒旗隨風搖動，
我對江南喜愛極了。

254 夢武昌

揭傒斯

黃鶴樓前鸚鵡洲，夢中渾似昔時遊。
蒼山斜入三湘路，落日平鋪七澤流。
鼓角沉雄遙動地，帆檣高下亂維舟。
故人雖在多分散，獨向南池看白鷗。

賞讀譯文

在夢中看到黃鶴樓前的鸚鵡洲，非常像往日去遊賞的模樣。

青山斜斜地與三湘水域交織，落日的光照平鋪在七澤水面上。

戰鼓和角樂的聲音深沉雄健，遙遙地撼動大地；掛帆幔的桅竿高低參差，紛亂地繫船停泊。

老友雖然都健在，卻大多分散各地，我只能獨自對著南池看白鷗。

題旨：武昌風景

揭傒斯（1274～1344）

字曼碩，號貞文，受推薦後，歷任授翰林國史院編修官、奎章閣授經郎、翰林待制、集賢直學士、翰林侍講學士等職，擔任總裁官主修宋、遼、金三國史。因寒疾逝世。

一注釋一

一行—**鸚鵡洲**：位於長江江心的一片沙洲，站在黃鶴樓上可看到它，但在明朝末年已被江水淹沒，並非現今的鸚鵡洲。／**渾似**：非常像，酷似。／**昔時**：往日。／

二行—**蒼山**：青山。／**三湘**：指湘江水域。／**七澤**：古時對楚地諸湖泊的泛稱。楚地為春秋戰國時期楚國所在的長江中下游一帶。／**流**：水的通稱。

三行—**鼓角**：戰鼓和角的總稱，是古代軍隊用來發號施令的樂器。角是一種吹管樂器，吹奏時發出嗚嗚聲。／**沉雄**：深沉雄健。／**帆檣**：掛帆幔的桅竿。／**高下**：指高低參差。／**維舟**：繫船停泊。維，指繫、拴。

四行—**故人**：老友。／**在**：健在。／**向**：對著、朝著。

255

山坡羊・冬日寫懷

喬吉

冬寒前後，雪晴時候，誰人相伴梅花瘦。
釣鰲舟，纜汀洲，
綠蓑不耐風霜透，投至有魚來上鈎。
風，吹破頭。霜，皴破手。

題旨：漁夫生活

喬吉（1280～1345）
又名喬吉甫，字夢符，號笙鶴翁、惺惺道人。原籍太原，長期流寓杭州。一生無意仕進，致力於創作散曲、雜劇。生活清貧。

一注釋一

一行一**雪晴**：雪停天晴。／**誰人**：何人、什麼人。／**相伴**：作伴、陪伴。／**瘦**：減損，枯萎。

二行一**釣鰲舟**：泛指釣魚船。鰲，同「鼇」，一種海中的大龜。／**纜**：繫、綁。／**汀洲**：水中的沙洲。

三行一**綠蓑**：綠草編的蓑衣。／**不耐**：不能承受。／**投至**：等到。

四行一**皴**：皮膚皸裂，音同「村」。

賞讀譯文

在冬季寒冷的前後，雪停天晴的時候，什麼人陪伴梅花逐漸枯萎？
釣魚船繫綁在汀洲旁，
綠草蓑衣不能承受風霜穿透，漁夫還是得等到有魚來上鈎。
冷風彷彿要把頭吹破，寒霜讓手上的皮膚皸裂了。

256

折桂令・客窗清明

風風雨雨梨花，窄索簾櫳，巧小窗紗。
甚情緒燈前，客懷枕畔，心事天涯。
三千丈清愁鬢髮，五十年春夢繁華。
驀見人家，楊柳分煙，扶上簷牙。

喬吉

題旨：清明節抒懷

注釋

題—**清門**：指清明節。

一行—**窄索**：狹小。／**簾櫳**：有簾子的窗戶。櫳，指窗戶。／**窗紗**：窗戶上的紗布等。

二行—**甚**：甚麼，也作「什麼」。／**心事**：心裡惦記、掛念的事。／**客懷**：身處異鄉的情懷。／**天涯**：天邊，指遙遠的地方。

三行—**清愁**：淒涼的愁悶情緒。／化用自唐代李白的〈秋浦歌〉：「白髮三千丈，緣愁似個長。」／**春夢**：春天的夢；亦指美好的夢。

四行—**驀**：突然，忽然。音同「莫」。／**分煙**：唐宋時，人們在寒食節禁火，到清明節再起火賜百官（寒食節通常在冬至後第一〇五日，在清明節前一或二日），「分煙」一詞則源自唐代詩人韓翃的〈寒食〉：「日暮漢宮傳蠟燭，輕煙散入五侯家。」大多代指寒食節。／**扶上**：指扶搖直上。／**簷牙**：屋簷邊緣翹出如牙的部分。

賞讀譯文

梨花在風雨之間搖曳，（那是我透過）狹小窗戶和小巧紗窗（看見的風景）。
我在燈前是什麼樣的情緒？我靠在枕畔，充滿身處異鄉的情懷，心裡掛念著自己在天涯的事。
我的淒涼愁悶情緒宛如三千丈長的鬢髮，五十年的繁華經歷就像是春夢。
我突然看見民家用楊柳木生火的煙，扶搖直上到簷牙。

257

雁兒落帶得勝令・憶別

喬吉

慇懃紅葉詩。冷淡黃花市。清江天水箋，白雁雲煙字。遊子去何之。無處寄新詞。酒醒燈昏夜，窗寒夢覺時。尋思，談笑十年事。嗟咨，風流兩鬢絲。

題旨：別後心情

一注釋一

一行一**慇懃**：情意懇切。／**紅葉詩**：在秋天的紅葉上題詩。化用自紅葉題詩的典故，唐代時有宮女將相思心情寫在紅葉上，隨著溝水流出宮外，最後促成一段姻緣。關於主角的身分則有多種說法。／**冷淡**：冷寂、清幽。／**黃花**：菊花。

二行一**清江**：水色清澄的江。／**箋**：寫信或題字用的紙。箋，音同「尖」。

三行一**何之**：往那裡去。

四行一**夢覺**：夢醒。

五行一**尋思**：反覆的思索。／**談笑**：談天說笑。

六行一**嗟咨**：慨嘆。／**風流**：此處是指風塵，比喻旅途艱辛勞累。／**絲**：白絲，代指白髮。

賞讀譯文

我在紅葉上寫下情意懇切的詩。菊花市集冷寂清幽。

清江那裡天水連成一片，彷彿一張紙箋；白雁飛過雲煙之間時似乎排成文字。

遊子去哪裡了？我沒有地方可以寄送新詞。

酒醒時是燈火昏暗的夜裡，夢醒時感受到窗外傳來的寒意。

我反覆思索著，談笑十年來的事。

我慨嘆著，旅途艱辛勞累，讓我的兩鬢都斑白了。

258

水龍吟・遊三臺

許有壬

半生人海風波，謗書盈篋從文致。歸來結構，且圖跧伏，敢求華麗。朝暮娛人，水聲山色，柳陰花氣。笑彤闈紫闥，浮沉十載，更幾載，成何事。

好是西成咫尺，秫田風、已飄香味。安排小甕，從今不怕，鄰翁酒貴。更築詩壇，陪君遊刃，周旋餘地。但有人來問，金鑾舊話，便昏昏醉。

賞讀譯文

我的大半輩子都陷在世俗人生的風波中，毀謗攻訐的書信放滿了箱子，只能依順他人對我舞文弄法，陷我入罪。回來後，我營造房舍，只謀求有棲身之處，怎麼要求華麗？早晚取悦我的，是流水聲與青山景色，茂密柳林和花的香氣。我嘲笑自己在宮廷裡隨波逐流十年，縱使再幾年，又能成就什麼事？

好的是附近的農作物已經成熟，吹過秫田的風已經飄著香味。我準備了小甕，從今之後不必怕鄰近老翁的酒賣得貴。我又建蓋了詩人集會的場所，陪著詩藝精熟的友人，我也有餘力應付。只要有人來問以前在宮殿説的話，我就會醉得昏迷不醒。

許有壬（1286～1364）

字可用。父親許熙載曾在各地方當官。登進士第後，曾任中書左司員外郎、中書左丞等職，曾多次因故辭官，又被召回任官，最後以老病致仕（辭官退休）。

注釋

一行—**半生**：半輩子。形容人一生中很長的一段時間。／**人海**：比喻世俗人生。／**謗書**：毀謗攻訐的書信。／**盈**：充滿。／**篋**：放東西的箱子。音同「妾」／**從**：依順。／**文致**：舞文弄法，陷人入罪。

二行—**歸來**：回來。／**結構**：指營造房舍。／**且**：只。／**圖**：謀取、謀求。／**跧伏**：趴在地上。跧，指蹺曲、蹲伏。音同「全」。／**敢**：豈，難道、怎麼。

三行—**娛**：取悦、使快樂。／**水聲山色**：流水聲與青山的景色。／**柳陰**：柳下的陰影，或指枝葉茂密的柳林。／**花氣**：花的香氣。

四行—**笑**：譏笑、嘲笑。／**彤闈**：朱漆宮門。借指宮廷。／**紫闥**：宮廷。闥，宮中小門，音同「踏」。／**浮沉**：隨波逐流。比喻追隨世俗。／**更**：縱使、即使。／**載**：計算時間的單位。相當於「年」。

五行—**西成**：秋天莊稼已熟，農事告成。／**咫尺**：形容距離很近。／**秫**：帶有黏性的穀物，常被拿來釀酒。秫，音同「叔」

六行—**安排**：準備。／**甕**：一種口小腹大，用來盛東西的陶器。

七行—**更**：再、復。／**詩壇**：詩人集會的場所。／**遊刃**：指作詩的技藝精熟。典出《莊子・養生主》：「恢恢乎其於遊刃，必有餘地矣。」／**周旋**：對抗、應付。／**餘地**：可供言語或行為緩衝迴旋的空間。

八行—**但**：只要。／**金鑾**：唐代宮殿，泛稱皇帝的正殿。／**舊話**：以前説過的話。／**昏昏**：昏迷不清醒。

題旨：歸隱心情

259

普天樂・旅況

王仲元

樹杈枒，藤纏掛，衝煙塞雁，接翅昏鴉。展江鄉水墨圖，列湖口瀟湘畫。過浦穿溪沿江汊，問孤航、夜泊誰家。無聊倦客，傷心逆旅，恨滿天涯。

題旨：旅途心情

王仲元（生卒年不詳，元代）生平事蹟不詳，與《錄鬼簿》作者鍾嗣成（約 1304 年至 1332 年前後在世）相交多年。

注釋

一行 **杈枒**：樹枝分岔的樣子。／**塞雁**：塞外的鴻雁。鴻雁又稱大雁，是一種候鳥，於春季返回北方，秋季飛到南方越冬。古人常用來表達對遠方親人的懷念。／**接翅**：翅膀碰著翅膀，形容禽鳥多。／**昏鴉**：黃昏時的烏鴉。

二行 **展**：舒張、打開。／**江鄉**：濱臨江水的地方。／**列**：陳列。／**瀟湘**：湖南的瀟湘流域一帶。

三行 **浦**：河岸、水邊。／**汊**：河道的支流。／**誰家**：何處，什麼人的家。

四行 **無聊**：精神空虛、愁悶。／**倦客**：對作客（旅居在外）的生活感到厭倦的人。／**逆旅**：旅居。／**天涯**：天邊，指遙遠的地方。

賞讀譯文

樹枝分岔處，綠藤纏掛在上面，塞雁高飛衝過煙霧，黃昏時鴉群翅膀相接地飛著。眼前的風景像是展開的江鄉水墨圖，陳列的湖口瀟湘畫。我經過河岸、穿過溪流，沿著江的支流前進，想問獨自航行的我，夜晚要停泊在何處？我是空虛愁悶而厭倦作客他鄉的人，傷心地旅居在外，愁恨充滿天涯。

260

後庭花

西風黃葉疏

呂止庵

西風黃葉疏，一年音信無。要見除非夢，夢回總是虛。夢雖虛，猶兀自暫時節相聚。新近來和夢無。

題旨：思念情懷

呂止庵（生卒年不詳，元代）
生平事蹟不詳。另有「呂止軒」，可能是同一人。

注釋

一行 **疏**：稀疏。
二行 **夢回**：夢醒。／**虛**：不真實的。
三行 **猶**：仍舊、還。／**兀自**：還是、尚自。／**節**：節日。
四行 **新近**：最近、近日。／**和**：連同。

賞讀譯文

西風吹拂，黃葉稀疏，這一年來都沒有音信。
如果要相見，除非是在夢裡，但夢醒後總是不真實的。
夢雖然不真實，還是有暫時在節日相聚的時刻。
最近以來，連夢都沒有了。

261 人月圓

驚回一枕當年夢

倪瓚

驚回一枕當年夢，漁唱起南津。
畫屏雲嶂，池塘春草，無限銷魂。
舊家應在，梧桐覆井，楊柳藏門。
閒身空老，孤篷聽雨，燈火江村。

倪瓚（1301～1374）

字泰宇、元鎮，號雲林子、荊蠻民、幻霞子等。元代山水畫「元四家」之一。父早喪，由同父異母的長兄倪昭奎撫養，生活舒適無憂。性格清高孤傲，不問政治，浸習於詩文書畫中。長兄突然病故後，經濟日漸窘困；之後，他開始信仰全真教，同時浪跡太湖一帶。

題旨：思鄉憶往

注釋

一行—**驚回**：指驚醒。／**一枕**：指一臥。因臥下大多躺在枕上。／**漁唱**：漁人唱的歌。／**津**：渡口。

二行—**畫屏**：有彩畫的屏風。／**雲嶂**：聳入雲霄的高山。／**無限**：無窮盡。／**銷魂**：哀傷至極，好像魂魄離開形體而消失。

三行—**應**：或是、想來是，表示推測的意思。／**覆**：遮蓋、掩蔽。

四行—**閒身**：沒有官職的身軀。／**空**：徒然、白白的。／**孤篷**：孤舟的篷，常用以指孤舟。

賞讀譯文

我躺在枕上，從當年的夢境中驚醒，因為南方渡口傳來了漁人唱的歌。夢中，聳入雲霄的高山彷彿屏風上的彩畫，池塘周圍長滿春草，讓人無限悲傷。舊家所在之處，應該是被梧桐樹掩蔽了水井，被楊柳樹藏住了大門入口。我這個沒有官職的身軀徒然變老，在孤船裡聽雨，看江邊的村落點起燈火。

262 太常引・傷逝

倪瓚

門前楊柳密藏鴉，春事到桐花，
敲火試新茶，想月佩、雲衣故家。
苔生雨館，塵凝錦瑟，
寂寞聽鳴哇，芳草際天涯，
蝶栩栩、春暉夢華。

題旨：春景思鄉

注釋

一行——**春事**：春意，春天的景象。
二行——**敲火**：敲擊火石以取火。／**佩**：古人繫在腰帶上的一種裝飾品。／**故家**：原來的家庭。
三行——**雨館**：應是指可聽雨、賞雨的軒館。／**凝**：聚集、凝集。／**錦瑟**：裝飾華美的瑟。
四行——**際**：交接、會合。／**天涯**：天邊。
五行——**蝶栩栩**：生動可喜的蝴蝶。化用自《莊子・齊物論》：「昔者莊周夢為胡蝶，栩栩然胡蝶也。」／**春暉**：春日的陽光。／**夢華**：比喻追思往事，恍如夢境。

賞讀譯文

門前的楊柳樹茂密得能藏住鴉鳥，春日景象已到了桐花開的時候。
我敲擊火石取火，以便試喝新茶，回想起以月為佩、以雲為衣的老家生活。
青苔生長在雨館周圍，灰塵聚集在錦瑟上面，
我寂寞地聽著鳴哇聲，看芳草（在遠方）與天邊交會，
蝴蝶飛舞於春日陽光下，感覺像是莊周夢蝶那樣的虛幻夢境。

殿前歡

搵啼紅

倪瓚

搵啼紅，杏花消息雨聲中，
十年一覺揚州夢，春水如空。
雁波寒寫去踪，離愁重，南浦行雲送。
冰弦玉柱，彈怨東風。

題旨：傷春懷遠

注釋

一行　搵：擦拭、揩拭。／消息：指衰滅。／啼紅：指女子摻了脂粉的淚。

二行　十年一覺揚州夢：比喻猛然省悟過去漫長歲月的虛度。化用自唐代杜牧的〈遣懷〉：「十年一覺揚州夢，贏得青樓薄倖名。」

三行　雁波：指琴聲。古箏的弦柱因整齊排列成行，又被稱為雁柱。／寒：此處帶有悲傷之意。／寫：傾訴、舒洩。／踪：為「蹤」的異體字，指足跡。／離愁：離別的愁苦。／南浦：南邊的水岸。泛指送別之地。源自南朝江淹的〈別賦〉：「送君南浦，傷如之何。」／行雲：遠行的人。

四行　冰弦玉柱：古箏的美稱。／東風：春風。

賞讀譯文

女子擦拭了摻脂粉的淚，杏花在雨聲中衰滅，多年來的歲月宛如一場夢，隨著春水流逝成空。女子用古箏的琴聲悲傷地傾訴情人離去的足跡，當時在南浦送人遠行時，離愁濃重。她用古箏彈奏怨恨春風的曲調。

264

感事

張昱

雨過湖樓作晚寒，此心時暫酒邊寬。
杞人唯恐青天墜，精衛難期碧海乾。
鴻雁信從天上過，山河影在月中看。
洛陽橋上聞鵑處，誰識當時獨倚闌。

張昱（生卒年不詳）
字光弼，號一笑居士，晚號可閒老人。曾任江浙行省左丞楊完者的參謀軍府事、左右司員外郎、樞密院判官等職。楊完者死後，便棄官而去。入明朝後，歸老於西湖山水間。

【注釋】

一行——**雨過**：下雨過後。／**作**：興起、振起。／**晚寒**：傍晚的寒氣。／**時暫**：暫時。／**寬**：放鬆、延緩。

二行——**杞人**：指杞人憂天的杞人。《列子．天瑞》提到，古時杞國有個人，因為擔心天會塌下來而寢食難安。／**唯恐**：只怕。／**精衛**：指精衛填海的精衛。《山海經．北山經》提到，黃帝幼女溺死於東海，此女便化為精衛鳥，銜木石以填東海。

三行——**鴻雁**：古人把鴻雁視為信差的代表。相傳漢武帝時，漢使接獲密告，得知匈奴將使臣蘇武流放北海，卻謊稱他已死，並用計對匈奴說，漢皇帝射下的一隻鴻雁上有蘇武的帛書，讓蘇武得以被釋放。／**山河**：比喻國土、江山。

四行——**洛陽橋上聞鵑處**：相傳宋代理學家邵雍（諡康節）在洛陽的天津橋聽到來自南方的杜鵑鳥鳴叫聲，認為地氣自南而北，天下將亂，兩年內會有南方人為相，使天下自此多事（即王安石變法一事），出自其子邵伯溫所著《邵氏聞見錄》（卷十九）。／**處**：時候、時刻。／**識**：知道、了解。／**闌**：欄杆。

賞讀譯文

雨後，湖邊樓房生起傍晚的寒意，我的心暫時在酒邊放鬆。
杞人只怕青天墜落，精衛鳥難以期望碧海會乾涸。
鴻雁傳的信從天上過去，國家山河的影子只能在月中看。
邵雍在洛陽的橋上聽到杜鵑鳥的鳴聲時，誰知道他當時獨自倚欄的心情？

題旨：感嘆國事

265

水龍吟·酹辛稼軒墓，在分水嶺下

張埜

嶺頭一片青山，可能埋得凌雲氣。遐方異域，當年滴盡，英雄清淚。星斗撐腸，雲煙盈紙，縱橫遊戲。漫人間留得，陽春白雪，千載下，無人繼。

不見戟門華第，見蕭蕭、竹枯松悴。問誰料理，帶湖煙景，瓢泉風味。萬里中原，不堪回首，人生如寄。且臨風高唱，逍遙舊曲，為先生酹。

賞讀譯文

一片青山的山頂，怎麼可能埋得住辛棄疾那超越雲霄的志氣？遠方他鄉，當年能讓這位英雄流盡眼淚。他有滿腹的超群文才，瀟灑文筆充滿紙張，卻只是放肆的遊戲。徒然讓人間留下精深高雅的文學藝術作品，而千年來收復中原的志向，卻沒有人承續。我沒看到顯貴豪宅，只看到稀疏的枯竹和瘦松。請問有誰在照顧帶湖的煙景和瓢泉的風味？遙遠的中原，讓人無法忍受回想它，人生短暫到猶如寄居於世間。暫且迎風高唱關於逍遙隱居的舊曲，為這位先生以酒灑地來弔祭。

題旨：弔辛棄疾

張埜（約 1294 年前後在世）

或「張野」（埜為「野」的古字，發音相同），字野夫，號古山。曾任翰林修撰。

—注釋—

題—**酹**：以酒灑地而祭。音同「淚」。／**辛稼軒**：即辛棄疾。

一行—**嶺頭**：山頂。／**凌雲**：超越雲霄。

二行—**遐方**：遠方。／**異域**：外地、他鄉。／**清淚**：眼淚。

三行—**星斗**：天上的星星，此處指文才超群。／**撐腸**：比喻容受之多。出自宋代蘇軾的〈試院煎茶〉。／**雲煙**：比喻筆勢瀟灑自如。／**盈**：充滿。／**縱橫**：放肆、恣肆。／**遊戲**：嬉笑娛樂。

四行—**漫**：徒然。／**陽春白雪**：古琴十大名曲之一，此處比喻精深高雅的文學藝術作品。出自戰國時代宋玉的〈對楚王問〉：「其為陽春白雪，國中屬而和者不過數十人。」／**千載**：千年。此處是指從東晉北伐到作者所處時代的時間長度。東晉（317～420）時，中原地區落入胡人之手，常有愛國將士北伐中原，但都以失敗告終。／**繼**：承續。

五行—**戟門**：門前立戟，泛指顯貴之家。戟，為戈和矛的合體，音同「擠」。／**第**：古時指王公大臣或富貴人家的住宅。／**蕭蕭**：指稀疏。／**悴**：瘦弱、枯槁。

六行—**料理**：照顧。／**帶湖**：位於江西省上饒市城外，辛棄疾被罷官後長期閒居在此。／**瓢泉**：位於江西省上饒市境內。在帶湖的莊園失火後，辛棄疾便移居到此處。／**風味**：風度品味。

七行—**中原**：黃河下游一帶。／**不堪**：無法忍受。／**回首**：回想、回憶。／**人生如寄**：比喻人生短促，有如暫時寄居於世間。

八行—**且**：暫且。／**臨風**：迎風。／**逍遙舊曲**：應是指辛棄疾所作的〈水調歌頭．盟鷗〉之類的作品。

266

醉中天

涙濺端溪硯

無名氏

涙濺端溪硯，情寫錦花箋，
日暮簾櫳生暖煙，睡煞梁間燕，
人比青山更遠，
梨花庭院，月明閒卻秋千。

題旨：相思情懷

注釋

一行　濺：滴落。／端溪硯：中國四大名硯之一，出產於廣東省肇慶市（含下轄的德慶縣、高要市），又稱端硯。／錦花箋：精緻華美的箋紙。

二行　日暮：傍晚、黃昏。／簾櫳：有簾子的窗戶。櫳，指窗戶。／煞：極、甚。

四行　閒：指閒置。／卻：置動詞後，相當於「掉」、「去」、「了」。／秋千：鞦韆。

賞讀譯文

女子的眼涙滴落在端溪硯，她將感情寫在錦花箋上，
黃昏後，窗戶內生起暖煙，梁間的燕子睡著了，
情人比青山更遙遠，
梨花在庭院裡綻放，月光明亮，鞦韆閒置著。

267 雁兒落帶得勝令・閒適

鄧玉賓子

乾坤一轉丸，日月雙飛箭。
浮生夢一場，世事雲千變。
萬里玉門關，七里釣魚灘。
曉日長安近，秋風蜀道難。
休干，誤煞英雄漢，
看看，星星兩鬢斑。

賞讀譯文

天地是一顆轉動的圓球，日月是一雙飛馳的箭。
人生就像一場夢，世事像雲那樣千變萬化。
與其到萬里之外的玉門關求取功名，不如隱居在七里灘釣魚。
以為朝廷很近，仕途如朝陽閃亮，卻像是在秋風中走四川山路那般艱難。
別再求取功名，它讓許多英雄漢迷惑極了，
看看，如今兩鬢都已經花白了。

題旨：人生感悟

鄧玉賓子

生平不詳，在隋樹森（1906～1989）編輯出版的《全元散曲》中，認為他是鄧玉賓之子；鄧玉賓（約1294年前後在世），曾任官，之後潛心修道。

注釋

一行—**乾坤**：本是易經上的兩個卦名，後借稱天地、陰陽、男女、夫婦、日月等。此處指天地。／**轉丸**：轉動的圓球。

二行—**浮生**：人生。

三行—**萬里**：形容極遠。／**玉門關**：位在今甘肅省敦煌市。／**七里釣魚灘**：指漢代嚴光（字子陵）隱居釣魚之處，嚴光不接受東漢光武帝劉秀的徵召，選擇隱居。元代的宮天挺曾作雜劇《嚴子陵垂釣七里灘》，描述這個故事。

四行—**曉日**：朝陽。／**長安**：今西安市，曾有秦、漢、隋、唐等多個朝代建都於此，泛指首都，在此指朝廷。／**蜀道**：四川的山路。

五行—**休**：不要、不可。／**干**：求取、營求。／**誤**：迷惑。／**煞**：極、甚。／**星星**：頭髮花白的樣子。／**斑**：灰白。顏色雜而不純。

268 梅花

縞袂相逢半是仙

高啟

縞袂相逢半是仙，平生水竹有深緣。
將疏尚密微經雨，似暗還明遠在煙。
薄暝山家松樹下，嫩寒江店杏花前。
秦人若解當時種，不引漁郎入洞天。

賞讀譯文

梅花穿著白衣，相逢的大半是神仙，它的一生與水邊竹林有深刻的緣分。

梅花稍微經過一陣雨後，將要稀疏，但仍然茂密；梅花遠遠地在一團煙霧中，似乎暗淡又很明亮。

傍晚時，它在山野人家的松樹下綻放；輕寒時，它在江店的杏花前綻放。

那些逃離亂世的秦人，如果當時懂得栽種梅花，就不會把武陵漁人引進他們神仙般的居處了。

高啟（1336～1374）字季迪，號槎軒。元末隱居吳淞青丘，自號青丘子。與劉基、宋濂並稱「明初詩文三大家」，又與楊基、張羽、徐賁被譽為「吳中四傑」。明初曾參與修元史，任翰林院國史編修官。因堅持推辭 部右侍郎一職而被辭退。之後，因蘇州知府魏觀事件，被懷疑文章中歌頌了另一位抗元起義領袖張士誠，遭牽連腰斬。

題旨：詠梅花

注釋

一行—**縞袂**：白衣。縞，指白色絲織品；音同「稿」。袂，指衣袖；音同「妹」。／**平生**：一生。／**水竹**：水邊竹林。

二行—**尚**：猶、還。／**微**：稍、略。

三行—**薄暝**：猶薄暮。傍晚，天將黑的時候。／**山家**：山野人家。／**嫩寒**：輕寒，微寒。

四行—**秦人**：指晉朝陶淵明的〈桃花源記〉中避秦亂世而生活在與世隔絕之處的人。／**解**：懂得，明白。／**漁郎**：指〈桃花源記〉中的武陵漁人。／**洞天**：指神仙的居處。道家認為神仙居處多在名山洞府中，洞中別有天地，故有此稱。

269 梅花

翠羽驚飛別樹頭

高啟

翠羽驚飛別樹頭，冷香狼籍倩誰收。
騎驢客醉風吹帽，放鶴人歸雪滿舟。
淡月微雲皆似夢，空山流水獨成愁。
幾看孤影低徊處，只道花神夜出遊。

題旨：詠梅花

注釋

一行—**翠羽**：翠鳥的羽毛，此處代指翠鳥。／**驚飛**：受驚嚇而飛。／**冷香**：清香的花，此處指梅花。／**狼籍**：凌亂不堪。／**倩**：請人代為做事。

二行—**騎驢客**：指苦吟的詩人，出自《新唐書．賈島傳》：「當其苦吟……一日見京兆尹，跨驢不避……」此處可能是指唐代詩人孟浩然，相傳他曾騎驢踏雪尋梅。／**放鶴人**：指北宋的林逋，他隱居於西湖孤山，自謂「以梅為妻，以鶴為子」。

三行—**淡月**：微亮的月亮或月光。／**微雲**：薄雲。／**空山**：幽深少人的山林。

四行—**幾**：幾次。／**低徊**：留戀徘徊。／**處**：時候、時刻。／**道**：以為、認為、料想。

賞讀譯文

翠鳥受到驚嚇而飛到其他樹上，凌亂不堪的梅花要請誰來收拾？騎驢的詩人喝醉了，被風吹落帽子；放鶴的詩人回來時，大雪覆滿了船隻。梅花在淡月薄雲下搖曳，都美得像是夢境；梅花在空山裡的流水旁獨自綻放，散發憂愁。我幾次看著梅花的孤影而留戀徘徊時，只以為是花神在夜間出遊了。

270

折花仕女

沈周

去年人別花正開，今日花開人未回。
紫恨紅愁千萬種，春風吹入手中來。

題旨：題畫詩

沈周（1427～1509）
字啟南，號石田，晚號白石翁，長洲（今江蘇省蘇州市）人。出身富裕的書香繪畫世家，一生家居讀書，吟詩作畫，從未應科舉徵聘，過著田園隱居生活。他與文徵明、唐寅、仇英並稱「明四家」，是吳門畫派的創始人。

注釋

二行 **紫恨紅愁**：紫和紅指花色，恨和愁指花引起的情緒。

賞讀譯文

去年那人離別時花正綻放，今日花開時那人還未回來。千萬種紫花和紅花引起女子心中的愁恨，春風吹進她的手中。

271 春日醉臥戲效太白

祝允明

春日入芳壺，吹出椒蘭香。
累酌無勸酬，頹然倚東床。
仙人滿瑤京，處處相迎將。
攜手觀大鴻，高揖辭虞唐。
人生若無夢，終世無鴻荒。

賞讀譯文

春風吹入酒壺裡，吹出椒蘭般的香氣。
我屢次飲酒，沒有人相互勸酒，最後無力地倚在東床上。
夢中，玉京裡滿是仙人，到處迎接著我。
我們攜手觀看大荒野，然後我行高揖告別了唐堯和虞舜兩帝。
人生如果沒有夢，一生都體驗不到這種自由無拘的境界。

祝允明（1461～1527）

字希哲，因多一根手指（稱為枝指），故自號枝山、枝指生，又署枝山老樵、枝指山人，世稱「祝京兆」。十九歲中秀才，參加鄉試五次後才中舉，但參加會試七次皆不第，直到兒子祝續科中進士，才放棄會試，以舉人選官。曾任興寧知縣、應天府通判等職，後以生病為藉口而退休。工書法，與唐寅、文徵明、徐禎卿並稱「吳中四才子」。

注釋

題—**戲效**：開玩笑地模仿。／**太白**：指李白，他喜愛飲酒，也常寫記夢遊仙詩，如〈夢遊天姥吟留別〉。

一行—**春日**：此處代指春風。／**芳壺**：芳香的壺，指酒壺。／**椒蘭**：椒與蘭，皆為香草。

二行—**累**：屢次、連續。／**酌**：飲酒。／**勸酬**：相互勸酒。／**頹然**：乏力欲倒的樣子。

三行—**瑤京**：玉京，天帝所居之處，泛指神仙世界。／**相**：由交互的意義演變為單方面的意義，表示動作由一方對另一方進行。通常置於動詞前。／**迎**：迎接。／**將**：助詞。

四行—**大鴻**：此處指大荒野。／**高揖**：雙手抱拳高舉過頭作揖，為古代辭別時的禮節。／**辭**：告別。／**虞唐**：指上古時代的唐堯、虞舜二帝。

五行—**終世**：一生。／**鴻荒**：原指混沌初開之世，後來引申為純然放任、徹底自由、絕無規範的境界。

題旨：記夢遊仙

272

青玉案

庭下石榴花亂吐

文徵明

庭下石榴花亂吐，滿地綠陰亭午。
午睡覺來時自語，悠揚魂夢，黯然情緒，
蝴蝶過牆去。
駸駸嬌眼開仍殢，悄無人至還凝佇。
團扇不搖風自舉，盈盈翠竹，纖纖白苧，
不受些兒暑。

賞讀譯文

庭院裡石榴花紛亂無序地綻放，中午時刻滿地都是樹蔭。女子午睡醒來時獨自言語，還想著飄忽不定的夢，為此情緒沮喪，看著蝴蝶飛過圍牆而去。靈活的可愛雙眼已經睜開，但仍沉迷在夢境裡；四周安靜，無人到來，她還是凝神佇立。女子不必搖團扇就起風了，她如同輕巧美好的綠竹，細柔嫵媚的白苧，沒受到一點兒熱氣。

文徵明（1470～1559）

原名壁，字徵明，後以徵明為名，並更字徵仲；號衡山居士。以書畫享盛名。多次落第，五十四歲時經推薦及考核後，擔任翰林院待詔，但四年後便因不喜官場文化而辭官，潛心研究詩文書畫。

注釋

一行—**庭下**：庭院裡。下，指內、裡面。／**亂**：紛亂，雜亂。／**吐**：綻放。／**綠陰**：即綠蔭、樹蔭。／**亭午**：正午、中午。

二行—**覺來**：醒來。／**自語**：獨自言語。／**悠揚**：飄忽不定的樣子。／**魂夢**：夢；夢魂。古人認為人的靈魂能在睡夢中離開肉體，故有此稱。／**黯然**：心神沮喪的樣子。

三行—**牆**：圍牆。

四行—**駸駸**：原指馬跑得很快的樣子，此處形容眼神靈活。駸，音同「侵」。／**嬌眼**：指可愛美麗的眼睛。／**殢**：沉迷、沉溺。音同「替」。／**悄**：寂靜。／**凝佇**：凝神佇立。凝神，指全神貫注。

五行—**團扇**：圓形有柄的扇子。／**舉**：興起、發動。／**盈盈**：儀態輕巧美好。／**纖纖**：細柔嫵媚的樣子。／**翠竹**：碧綠的竹子。／**白苧**：白色苧麻。

六行—**不受**：不遭到，沒受到。／**些兒**：一點兒。／**暑**：熱。

題旨：閨中生活

273

柳

楊慎

垂楊垂柳管芳年，飛絮飛花媚遠天。
金距鬥雞寒食後，玉蛾翻雪暖風前。
別離江上還河上，拋擲橋邊與路邊。
遊子魂銷青塞月，美人腸斷翠樓煙。

賞讀譯文

垂楊柳只掌管春天，飛絮讓遠方天空變得嬌媚。寒食節過後，柳樹開始冒出鬥雞金距般的黃色新牙；暖風吹來時，柳絮像白雪般翻飛。人們在江上和河上離別，折下的柳枝被丟棄在橋邊與路邊。遊子傷心地看著邊塞的明月，美人哀傷地看著翠樓外的煙霧。

楊慎（1488～1559）

字用修，初號月溪、升庵，又號逸史氏、博南山人、洞天真逸、滇南戍史等。東閣大學士楊廷和之子。狀元及第後，曾任官翰林院修撰、經筵講官等職，因捲入「大禮議」事件而觸怒世宗，被謫戍雲南永昌衛。與解縉、徐渭合稱「明代三才子」。

題旨：詠柳

注釋

一行—**垂楊**：柳樹的別名。。／**管**：負責，掌管。／**芳年**：青春年華，此處指春天。／**飛花**：飄飛的楊花（柳絮）。／**媚**：嬌豔、美好、可愛。／**遠天**：遙遠的天空。

二行—**金距**：裝在鬥雞距上的金屬假距。距，雞腳後側突出的刺狀結構。此處比喻柳樹的嫩黃色新芽。／**寒食**：節令名，通常在冬至後第一〇五日，在清明節前一或二日。傳統上當日禁火，一律吃冷食。／**玉蛾**：潔白的飛蛾，通常用來比喻雪花，在此指柳絮。

三行—**別離**：「柳」有「留」的諧音，古人常折柳贈別，表示挽留之意。／**還**：且、又，表示皆有。／**拋擲**：丟棄。

四行—**魂銷**：靈魂離體而消失，形容極度悲傷或歡樂激動。／**青塞**：原指今甘肅省東北環縣青山一帶；泛指邊塞。／**腸斷**：比喻極度悲傷。「腸」有心思、情懷之意。／**翠樓**：華麗的樓閣，多指女子的閨房。

274 舟中對月書情

皇甫汸

不識別家久，但看明月輝。
關山一以鑑，驛路遠相違。
影落吳雲盡，涼生楚樹微。
天邊有烏鵲，思與共南飛。

皇甫汸（約 1498 ～ 1583）字子循，號百泉、百泉山人等，與兄皇甫沖、皇甫涍、弟皇甫濂並稱「四皇甫」，又稱「皇甫四傑」。登進士第後，曾任工部虞衡司郎中、黃州推官、南京吏部稽勳司郎中、雲南按察司僉事等職。罷官歸家後，以詩酒自娛，自編《皇甫司勳集》。

注釋

一行—**識**：知道。／**別家**：離開家。／**但**：僅、只。

二行—**關山**：關隘與山峰。／**鑑**：鑑別，審察辨別。／**驛路**：古代傳遞政府文書等用的道路，沿途設有驛站。／**相違**：保持距離。

三行—**吳**：吳地，指春秋時代吳國的疆域，在今江蘇、浙江一帶。／**盡**：隱沒。／**涼**：冷清、不熱鬧。／**楚**：指楚地，為春秋戰國時期楚國所在的長江中下游一帶。／**微**：微小。

四行—**烏鵲**：指喜鵲。古代常以烏鵲預示遠人將歸。／**思**：考慮，想要。／**共**：一起、一同。

題旨：旅途思鄉

賞讀譯文

我不知道自己離開家多久了，只看到明月的光輝。我只能透過關隘與山峰，來辨別目前距離我上船的驛路有多遠。（沿途，）吳地的雲影已落下隱沒，楚地的樹看來冷清而微小。天邊有烏鵲飛過，我想要跟牠一起往南飛。

275

獨坐

李贄

有客開青眼，無人問落花。
暖風熏細草，涼月照晴沙。
客久翻疑夢，朋來不憶家。
琴書猶未整，獨坐送晚霞。

賞讀譯文

有客人來，我就喜悅地以正眼看他；沒有人來，我就慰問落花。
溫暖的風吹拂細草，秋月照著沙灘。
客居在外久了，反而懷疑自己身在夢中；朋友來訪時，我就不會想家了。
我還沒有整理琴和書，獨自坐著送走晚霞。

李贄（1527～1602）

初姓林，名載贄，後改姓李，名贄，字宏甫，號卓吾，別號溫陵居士、百泉居士等。家貧，跟隨教書的父親識字讀書，中舉人後，曾任共城教諭、國子監博士、姚安知府。棄官後，寄寓於黃安（今湖北省紅安）麻城芝佛院，並在當地講學。長期批判封建社會的男尊女卑、重農抑商、假道學等，晚年遭指控「敢倡亂道，惑世誣民」而入獄，自刎於獄中。

題旨：獨居生活

注釋

一行——**客**：此處指客人。／**青眼**：黑色眼珠，指以眼睛正視，之後也表示喜愛或看重。出自《晉書．卷四十九．阮籍傳》：「籍大悅，乃見青眼。」人正視時黑色的眼珠在中間。／**問**：慰問；為表示關切而探望、拜候。

二行——**熏**：侵襲，此處指吹拂。／**涼月**：秋月。／**晴沙**：陽光照耀下的沙灘，此處指月光下的沙灘。

三行——**客**：此處指客居他鄉。／**翻**：反而。／**憶**：想念、思念。

四行——**猶**：還。／**整**：整理。

276

望江南

城上角

徐㶿

城上角，吹動薜蘿煙。
別意難忘燈下約，歸期空向夢中傳。
消息杳如年。

孤館客，今夕不成眠。
萬井寒砧敲夜月，數聲黃葉墜秋天。
人在碧雲邊。

賞讀譯文

城牆上的角樂聲，吹動了煙霧中的薜蘿。我心中充滿了離別的情緒，難以忘記燈下的約定，徒然向夢中傳送歸期。長達一年來，消息都渺茫沉寂。孤寂旅舍裡的客人，今晚無法入睡。夜月下，眾多水井旁都有人在寒秋之際搗製冬衣；秋天時節，傳來數聲黃葉墜落的聲音。我這個人還在遠方。

徐㶿（1563～1639）

字惟起，更字興公。徐棉之子，徐熥之弟。徐㶿中秀才後，即摒棄科舉，終身布衣。與曹學佺主持閩中詞盟，後來稱為興公詩派。富有藏書，允許訪客前來藏書樓閱覽。曾遊歷吳江、吳越、廣東、常熟等地。晚年因從子（姪兒）不肖，家道中落，窮困潦倒。

注釋

一行—**角**：一種吹管樂器。初以動物的角製成，後改用竹、木、銅等材料，有曲形、竹筒等形狀，多用於軍隊中。吹奏時發出嗚嗚聲。／**薜蘿**：攀緣植物「薜荔」與地衣類「女蘿」（松蘿）的合稱，常生長於山野林木或屋壁之上。

二行—**別意**：離情；離別的情緒。／**歸期**：回來的日期。／**空**：徒然。

三行—**杳**：不見蹤影，毫無消息。形容渺茫沉寂。杳，音同「舀」。

四行—**孤館**：孤寂的旅舍。／**今夕**：今晚。／**成眠**：入睡、睡著。

五行—**萬**：眾多的。／**寒砧**：寒秋時趕製冬衣的搗衣聲。砧，指擣衣石，音同「針」。擣衣是指用杵捶打生絲，使其柔白富彈性，能裁成衣物。

六行—**碧雲**：天空中的浮雲，比喻遠方或天邊。多用以表達離別情緒，源自南朝江淹的〈休上人怨別〉：「日暮碧雲合，佳人殊未來。」

題旨：相思離愁

277 蝶戀花・感懷

沈宜修

猶見寒梅枝上小。
昨夜東風，又向庭前繞。
夢破紗窗啼曙鳥，無端不斷閒煩惱。
卻恨疏簾簾外渺。
愁裏光陰，脈脈誰知道。
心緒一砧空自搗，沿階依舊生芳草。

題旨：閨思

沈宜修（1590～1635）

字宛君。出身書香世家，為明朝官員沈珫之女，戲曲家沈璟的侄女，後為文學家葉紹袁的妻子。工畫山水，能詩善詞。

注釋

一行——**猶**：還。／**寒梅**：在寒冬中盛開的梅花。

二行——**東風**：春風。／**繞**：圍著轉動。

三行——**夢破**：此處指夢境中斷。／**曙**：拂曉時的。／**無端**：沒有由來。／**閒**：不緊要的。

四行——**卻**：還、再。／**疏簾**：稀疏的竹織窗簾。／**渺**：模糊不清。

五行——**脈脈**：含情，藏在內心的感情。

六行——**心緒**：心思，心情。／**砧**：擣衣石。砧，音同「針」。／**空自**：徒然，白白地。／**芳草**：香草，有懷人思親之意，源自《楚辭．招隱士》的「王孫遊兮不歸，春草生兮萋萋」。

賞讀譯文

我還看到枝頭上的小小寒梅。
昨夜裡，春風又在庭院前圍著打轉。
拂曉時分，我的夢境被紗窗外啼叫的鳥兒打斷，無關緊要的煩惱沒由來地持續著。
我還怨恨著疏簾之外的風景模糊不清。
我在憂愁中度過光陰，誰知道我內心的感情？
我的心思成了擣衣石，徒然地搗著衣，而芳草依舊沿著臺階生長。

278

踏莎行

粉籜初成

沈宜修

粉籜初成，薔薇欲褪，
斷腸池草年年恨。
東風忽把夢吹來，醒時添得千重悶。

驛路迢迢，離情寸寸，
雙魚幾度無真信。
不如休想再相逢，此生拚卻愁消盡。

賞讀譯文

筍殼剛長成，薔薇將要凋謝，
池塘裡的春草每年都令人悲傷及愁恨。
春風忽然把（相逢的）夢吹來，讓我醒來時增加了千層的苦悶。
驛路遙遠，離別情緒一寸寸斷裂，
他的書信裡多次都沒有真確的信息。
不如別妄想再次相逢，這一生寧願把愁思完全消除。

題序：君庸屢約歸期無定，忽爾夢歸，覺後不勝悲感。賦此寄情。（注：君庸為作者的弟弟。）

注釋

一行—**粉籜**：竹皮、筍殼。此處應是指春筍。籜，音同「拓」。／**欲**：將要。／**褪**：凋謝。

二行—**斷腸**：比喻極度悲傷。「腸」有心思、情懷之意。／**池草**：化用自《楚辭．招隱士》的「王孫遊兮不歸，春草生兮萋萋」，引喻懷人思親。／**年年**：每年。

三行—**東風**：春風。／**添**：增加。／**千重**：千層，層層疊疊。

四行—**驛路**：古代傳遞政府文書等用的道路，沿途設有驛站。／**迢迢**：遙遠的樣子。／**離情**：離別的情緒。／**寸寸**：此處指寸斷，斷成一寸寸的小段。

五行—**雙魚**：指書信。漢代古詩〈飲馬長城窟行〉中有：「客從遠方來，遺我雙鯉魚，呼兒烹鯉魚，中有尺素書。」此外，古代人會將書信放在刻成魚形的兩片木片中。／**幾度**：幾次，多次。／**真信**：真確的信息。

六行—**休想**：不要妄想。／**拚卻**：此處指甘願、寧願。／**消盡**：完全消除。

題旨：思親之情

279 無題

王彥泓

幾層芳樹幾層樓，只隔歡娛不隔愁。
花外遷延惟見影，月中尋覓略聞謳。
吳歌淒斷偏相入，楚夢微茫不易留。
時節落花人病酒，睡魂經雨思悠悠。

題旨：失戀情懷

王彥泓（1593～1642）

字次回。生於書香門第、仕宦之家，未曾中舉，以歲貢擔任華亭縣（今上海松江）訓導，卒於官職。

注釋

一行－**芳樹**：泛指美麗的樹、花木。／**歡娛**：歡喜快樂。

二行－**遷延**：徘徊不前。／**惟見**：只見。／**略**：大致、稍微。／**聞**：聽到。／**謳**：歌唱。音同「歐」。

三行－**吳歌**：吳地之歌，亦指江南民歌，以表現男女愛情為主。吳地指春秋時代吳國的疆域，在今江蘇、浙江一帶。／**淒斷**：淒涼悲痛到極點。／**相**：由交互的意義演變為單方面的意義，指一方對另一方的行為。通常置於動詞前。／**楚夢**：指楚王在夢中與巫山神女歡會一事，出自戰國時代宋玉的〈高唐賦〉提到。後借指短暫的美夢，多指男女歡會。／**微茫**：模糊隱約的樣子。

四行－**時節**：季節、節令。／**病酒**：飲酒過量而生病。／**睡魂**：指夢魂，即夢。古人認為人的靈魂能在睡夢中離開肉體，故稱之「夢魂」。／**悠悠**：憂思不盡。

賞讀譯文

幾層的花木和幾層的樓房，都只隔開歡喜快樂，不隔開愁。

我在花叢外徘徊不前，只（隱約）看見她的身影；我在月中尋覓，（彷彿）稍微聽到她在歌唱。

吳地之歌淒涼悲痛到極點，偏偏在這時傳入我的耳中，歡會的夢卻模糊隱約而不易留住。

這個時節開始落花，我因為飲酒過量而生病，經過一陣雨後，夢讓人憂思不盡。

280

挽紅橋

柔腸百結淚懸河，瘞玉埋香可奈何。
明月也知留珮玦，曉峰長想畫青蛾。
仙魂已逐梨雲夢，人世空傳薤露歌。
自是忘情非上知，此生長抱怨情多。

林鴻

賞讀譯文

我那纏綿的情意有許多憂愁鬱結，眼淚如傾瀉不止的河水，妻子亡歿了，我又能如何？

妻子宛如明月，也知道留下半環形佩玉；清晨的山峰，永久讓我想起正在畫青眉的妻子。

她的仙魂已經跟隨滿是梨花雲的夢而去，人世間只流傳著送葬歌。

自然是縱情的人並非聖哲，我此生永久懷抱著許多悲怨情懷。

林鴻（約 1374～1383 前後在世）

字子羽。以詩得到明太祖的賞識，曾任將樂訓導、禮部精膳司員外郎。年未四十自免（自請免職）而歸。詩法盛唐，為「閩中十才子」之首。

注釋

題—**挽**：哀悼死者。通「輓」。／**紅橋**：作者的妻子之名。

一行—**柔腸**：柔曲的心腸，比喻纏綿的情意。／**百結**：心中的許多憂愁鬱結。／**懸河**：傾瀉不止的河水。／**瘞玉埋香**：比喻美女亡歿。瘞，掩埋，音同「意」。／**可**：表示疑問。／**奈何**：怎樣，如何。

二行—**珮玦**：有缺口的環形佩玉。玦，音同「決」。／**曉**：破曉，天剛亮；清晨。／**長**：永久。／**青蛾**：青黛畫的眉毛；美人的眉毛。

三行—**逐**：跟隨。／**梨雲**：梨花雲，指如雲似雪的繽紛梨花。出自唐代王建的〈夢看梨花雲歌〉：「薄薄落落霧不分，夢中喚作梨花雲。」／**空**：只，僅僅。／**傳**：散布、流傳。／**薤露**：古時送葬的歌曲。秦末起義首領田橫的門徒為田橫自殺所作的悲歌，感嘆生命短暫如薤上的露水。薤，蔥屬植物，今稱「蕗蕎」，音同「謝」。

四行—**自是**：自然是。／**忘情**：縱情。／**上知**：具有高度智慧的聖哲。／**怨情**：悲怨的情懷。

題旨：悼念亡妻

281 浪淘沙・楊花

李雯

金縷曉風殘，素雪晴翻，
為誰飛上玉雕欄。
可惜章臺新雨後，踏入沙間。

沾惹忒無端，青鳥空銜，
一春幽夢綠萍閑。
暗處消魂羅袖薄，與淚輕彈。

賞讀譯文

清晨的風吹拂著嫩黃柳枝，柳絮在晴天中飛翔，它為誰飛上了玉雕欄杆？可惜章臺處下了一陣春雨，柳絮便落入泥沙之間。

柳絮太沒由來地就沾惹上這些沙塵，青鳥也只叼走柳絮，在春日隱約的夢之後，柳絮化為清閒的綠萍。我在暗處哀傷至極，以輕薄的絲質衣袖擦去輕易掉落的眼淚。

題旨：詠楊花（柳絮），或隱喻個人經歷

李雯（1607～1647）

字舒章。與陳子龍、宋徵輿共創雲間詞派。明崇禎時代的舉人，清軍入關時人在京城，被清朝政府羈留，任內閣中書舍人等職。南歸葬父後，在返京途中染病身亡。

注釋

題—**楊花**：即柳絮。

一行—**金縷**：初吐芽的嫩黃柳枝。／**曉風**：清晨的風。／**殘**：傷害、毀壞，此處指吹拂。／**素雪**：白雪，此處指柳絮。／**翻**：飛翔。

二行—**欄**：欄杆。

三行—**章臺**：漢代長安的一條街名，指歌伎聚居的地方，常與柳樹相連。宋代中國詩評彙編《古今詩話》提到：「……走馬章臺街。街有柳，終唐世曰章臺柳。」唐代韓翃的〈寄柳氏〉也提到「章臺柳」。／**新雨**：初春的雨，或指剛下的雨。／**踏**：此處指掉落。

四行—**沾惹**：黏附。／**忒**：過分、過甚。通「太」。音同「特」。／**無端**：沒由來。／**青鳥**：傳說中，青鳥是為西王母傳遞音訊的使者。／**空**：只、僅、僅。／**銜**：用嘴含物或叼物。

五行—**幽夢**：隱約的夢。／**綠萍**：指浮萍。古代有柳絮墜入水中成為浮萍的傳說。／**閑**：空暇無事。通「閒」。

六行—**消魂**：哀傷至極，好像魂魄離開形體而消失。／**羅袖**：絲質衣袖。羅，指質地輕軟的絲織品。／**輕彈**：輕易掉落。

282 念奴嬌・春雪詠蘭

陳子龍

問天何意，到春深、千里龍山飛雪。
解佩凌波人不見，漫說蕊珠宮闕。
楚殿煙微，湘潭月冷，料得都攀折。
嫣然幽谷，只愁又聽啼鴂。
當日九畹光風，數莖清露，纖手分花葉。
曾在多情懷袖裏，一縷同心千結。
玉腕香銷，雲鬟霧掩，空贈金跳脫。
洛濱江上，尋芳再望佳節。

賞讀譯文

我問上天是什麼意思？到了春意濃郁的時節，龍山仍有範圍廣大的飛雪？解下腰佩的步履輕盈之人不見了，徒然說什麼神仙宮殿？南方宮殿煙火淡微，湘潭裡倒映的月色散發冷意，我料想那裡的花兒都被攀折了。我待在美好的幽深山谷裡，只憂慮著又聽到杜鵑鳥的啼叫聲。當天，栽種蘭花之處，放晴後吹著和風，數枝綠莖上有潔淨露水，妳那柔細的手將花葉分開。我們曾經在多情的懷抱裡，像打了千個同心結那樣情意相繫。美人過世了，雲鬟已經被霧遮蔽，徒然把金跳脫臂飾贈送給我。我到洛水之濱及江上賞花，再次探訪美好時節。

陳子龍（1608～1647）

初名介，字臥子、懋中、人中，號大樽、海士、軼符等。與李雯、宋徵輿共創雲間詞派。曾任惠州司理、紹興推官。明亡後，曾與沈猶龍起兵、加入吳易義軍等，因抗清行動事跡敗露被捕後，投水自盡。

注釋

一行｜**春深**：春意濃郁。／**千里**：形容面積遼闊。

二行｜**解佩**：漢代劉向《列仙傳．江妃二女》中提到，有仙女解佩贈予鄭交甫後就消失了，之後將「解佩」延伸為男女情愛期許之意。佩，古人繫在腰帶上的一種裝飾品。此處的對象應是指抗清同志或國君。／**凌波**：形容女子步履輕盈。出自魏晉的曹植〈洛神賦〉：「凌波微步，羅襪生塵。」／**漫**：徒然。／**蕊珠**：指蕊珠宮，相傳為神仙所居之地。／**宮闕**：建築富麗堂皇的宮殿。

三行｜**楚殿**：楚國宮殿。此處代指南方宮殿。／**煙微**：煙火（煮飯的炊煙和柴火）淡微。／**料得**：料想。／**攀折**：折取。

四行｜**嫣然**：嫵媚美好的樣子。／**幽谷**：幽深的山谷。／**愁**：憂慮。／**啼鴂**：即杜鵑鳥。初夏時常晝夜不停啼叫，叫聲類似「不如歸去」。

五行｜**九畹**：指栽種蘭花之處，或指蘭花，出自《楚辭．離騷》：「余既滋蘭之九畹兮。」／**光風**：雨止日出時的和風。／**清露**：潔淨的露水。／**纖手**：柔細的手。

六行｜**懷袖**：懷抱；懷藏。／**同心結**：古時用錦帶結成連環迴文的花樣，表示兩情相繫，彼此相屬。

七行｜**玉腕**：潔白溫潤的手腕。此處代指美人。／**香銷**：比喻女子死亡。／**雲鬟**：盤捲如雲的秀髮。／**掩**：遮蔽。／**空**：徒然。／**金跳脫**：古代婦女的臂飾，以捶扁的金銀條繞製成螺旋形，約三至八圈。

八行｜**洛濱**：洛水之濱。／**尋芳**：出遊賞花。／**望**：拜訪、慰問。／**佳節**：美好的時節。

題旨：愛國情懷

283 採桑子・雲塞秋夜

隔牆弦索無心聽，挑滅銀燈。暗憶平生，白髮蕭蕭酒易醒。

月華風定芭蕉冷，樓上三更。不住雞聲，一枕江南夢未成。

曹溶

題旨：思退懷鄉

曹溶（1613～1685）

字秋嶽、潔躬、鑑躬，號倦圃、鉏菜翁。明末進士，曾任御史。清兵入北京後，曾任順天學政、太僕寺少卿、左通政、戶部右侍郎、廣東布政使、山西陽和道等職，多次因行事問題而被降職，最後歸里不出。藏書極富，尤好收集宋、元文集。

注釋

一行－**弦索**：同「絃索」，原指弦樂器上的弦。金元以來，因北方曲子多以弦樂器伴奏，也成為「北曲」的代稱。／**挑**：用長形或尖形器具撥動。／**銀燈**：銀製的燈。

二行－**暗憶**：私下回憶。／**平生**：一生。／**蕭蕭**：白髮稀疏的樣子。

三行－**月華**：月光。／**風定**：風停。／**三更**：即半夜，子時，為晚上十一點到隔天凌晨一點。

四行－**不住**：不停止。／**江南**：此處指作者的故鄉，在浙江。

賞讀譯文

隔牆傳來的北曲樂聲，我無心聆聽，便挑滅了銀燈的燈火。我私下回憶這一生，如今已白髮稀疏，喝了酒也容易酒醒。風停後，月光照得芭蕉葉散發冷意，我待在樓上，已經是三更半夜。不停止的雞鳴聲，讓我沒做成返回江南故鄉的夢。

284 小重山・得程周量民部詩，卻寄

今釋澹歸

落落寒雲曉不流。是誰能寄語，竹窗幽。遠懷如畫一天秋。鐘徐歇，獨自倚層樓。
點點鬢霜稠。十年山水夢，未全收。相期人在別峰頭。閒鷗意，煙雨又扁舟。

今釋澹歸（1614～1680）
原名金堡，字道隱，號衛公，法名今釋，字澹歸，號性因。明末進士，曾山東臨清州知州；後任南明的官兵科給事中。被誣陷為「北人間諜」後，遭到嚴刑拷打，腿部殘廢，被黜戍清浪衛（今貴州省境內）。清兵攻陷桂林後，金堡削髮為僧，之後投奔廣州海幢寺的高僧天然禪師。

注釋

題－**程周量**：人名。／**民部**：即戶部，官署名。
一行－**落落**：形容高、眾多或稀疏等現象的狀態詞。／**寒雲**：寒天的雲。／**曉**：破曉，天剛亮；清晨。／**寄語**：轉告，寄託心意。／**幽**：幽靜。
二行－**一天**：滿天。／**徐**：緩慢。／**歇**：停歇。／**層樓**：高樓。
三行－**點點**：形容小而多。／**鬢霜**：鬢髮斑白如霜。／**稠**：稠密，多而密。
五行－**相期**：期盼、相約。／**峰頭**：峰頂。／**閒鷗**：比喻退隱，因隱居江湖的人多與鷗鳥為伴。／**煙雨**：如煙霧般的細雨。／**扁舟**：小船。

題旨：秋景抒懷

賞讀譯文

早晨，寒天裡的濃雲不流動。是誰能讓我寄託心意？竹窗旁十分幽靜。遠方風景如畫，滿天秋意。鐘聲緩慢停歇，我獨自倚在高樓上。
我鬢髮上的點點白霜十分稠密。十年的山水夢，還沒有全部收回。我期望自己能在其他峰頂上。抱著退隱的心意，於煙霧般的細雨中坐在扁舟上。

行香子・春暮

尤侗

紫陌金車，綠蒲蘭槎，共追尋大地芳華。
三分春色，分與誰家，
有一分山、一分水、一分花。

雨打簷牙，月落窗紗，恨韶光轉盼天涯。
小庭寂寞，底事爭譁，
是一聲鶯、一聲燕、一聲鴉。

題旨：暮春風景

尤侗（1618～1704）

字展成、同人，號三中子、悔庵、艮齋、西堂老人、鶴棲老人、梅花道人等。多次參加會試不第，被授永平（今河北盧龍）推官，後因杖責驕橫旗丁（運糧軍人）遭降級，憤而辭官。居家創作多部戲曲。之後，又任博學鴻儒、翰林院檢討，參與修《明史》後，告老歸家。

注釋

題－**春暮**：春天即將結束。

一行－**紫陌**：京城的街道。／**金車**：用銅裝飾的車子。／**綠蒲**：指香蒲或菖蒲，都是挺水性水生植物。／**蘭槎**：木蘭樹打造的木筏。槎，音同「查」。／**芳華**：美好的春光。

二行－**誰家**：什麼人。

三行－**簷牙**：屋簷邊緣翹出如牙的部分。／**韶光**：春光。／**轉盼**：一轉眼。／**天涯**：天邊，指遙遠的地方。

四行－**寂寞**：寂靜。／**底事**：何事。／**爭譁**：爭吵喧譁。

賞讀譯文

京城道路上的銅飾車子，綠蒲旁的木筏，共同在追尋大地的美好春光。
把春色分成三份，要分給誰？
一份給山、一份給水、一份給花。

雨水打在簷牙上，月光落在窗紗上，我恨春光一轉眼就跑到天邊。
寂靜的小庭院裡，為了何事在爭吵喧譁？
原來是一聲鶯啼、一聲燕鳴、一聲鴉叫。

286

玉樓春・燕

宋徵輿

雕梁畫棟原無數，不問主人隨意住。
紅襟惹盡百花香，翠尾掃開三月雨。
半年別我歸何處，相見如將離恨訴。
海棠枝上立多時，飛向小橋西畔去。

題旨：詠燕抒懷

宋徵輿（1618～1667）

字直方、轅文。與陳子龍、李雯共創雲間詞派。入清後，登進士第，官至都察院左副都御史。

注釋

一行 **雕梁畫棟**：有彩繪雕刻的梁柱。用來形容建築物的富麗堂皇。／**無數**：極多。

二行 **紅襟**：指燕子。／**惹**：染上、沾著。／**翠尾**：泛指綠色的鳥尾。此處指燕尾。

三行 **如**：如同、好像。／**離恨**：因別離而產生的愁苦。

四行 **海棠**：薔薇科蘋果屬的落葉喬木。三、四月時開紅色花。與草本植物秋海棠不同。／**畔**：邊側、旁側。

賞讀譯文

華麗建築原本就很多，燕子不問主人就隨意入住。牠的雙翼沾惹了百花香氣，尾翼掃開了三月的雨。燕子離開我半年，回到哪裡去了？相見時，牠好像在傾訴離別的愁苦。牠在海棠枝頭上佇立多時，就飛向小橋的西邊去了。

春日我聞室作呈牧翁

柳如是

裁紅暈碧淚漫漫，南國春來正薄寒。
此去柳花如夢裡，向來煙月是愁端。
畫堂消息何人曉，翠帳容顏獨自看。
珍重君家蘭桂室，東風取次一憑闌。

柳如是（1618～1664）

本名楊愛，字如是，又稱河東君。從小即因家貧而被賣為婢，之後成為歌妓。曾與陳子龍等人有過一段情，最後嫁給相差三十多歲的明朝大才子錢謙益為側室。

注釋

題——**我聞室**：丈夫錢謙益在常熟虞山半野堂為柳如室所蓋的居室之名，取自佛經中的「如是我聞」。／**牧翁**：指錢謙益，其號牧齋。

一行——**裁紅暈碧**：迎新之意，當時兩人剛新婚。化用自唐代歐陽詹〈春盤賦〉的副題名：「暈碧裁紅，巧助春情。」原是指立春日取紅綠生菜等置於盤中。／**漫漫**：慢慢。／**南國**：泛指南方。／**薄寒**：輕微的寒意。

二行——**此去**：自此之後。／**柳花**：柳樹開的花，呈鵝黃色。／**向來**：一向、從來。／**煙月**：風花雪月等事，借指妓女。此指柳如是過去的經歷。／**愁端**：憂愁的原因。

三行——**畫堂**：指半野堂。兩人初次見面，是由柳如是女扮男裝，以「柳儒士」之名到半野堂拜訪錢謙益，作詩提到：「今日沾沾誠御李，東山蔥嶺莫辭從。」錢謙益次韻回贈：「但似王昌消息好，履箱擎了便相從。」等句。／**消息**：祕密、訣竅。／**曉**：知道。／**翠帳**：飾以翠羽的帷帳。

四行——**珍重**：愛惜、珍視。／**君家**：貴府，您家。敬稱對方。／**蘭桂室**：指我聞室。化用自南朝蕭衍的〈河中之水歌〉：「盧家蘭室桂為梁，中有鬱金蘇合香。」／**東風**：春風。／**取次**：造次、隨便。／**憑闌**：倚靠欄杆。

題旨：人生感懷

賞讀譯文

新婚之際，我的眼淚還是慢慢地流；南方的春日正散發輕微寒意。

自此之後，我這嫩黃柳花好像在夢裡；過去在風月場所的往事，一向是我憂愁的原因。

我們在半野堂見面的祕密，有哪個人知道？我在翠帳裡獨自觀看自己的容顏。

我珍視您家的我聞室，在春風裡隨意地倚靠欄杆。

虞美人・有感

徐燦

滿枕瀟瀟今夜雨，人共孤燈語。
鳳凰臺畔亂香紅，只道尋常煙月竟匆匆。
江上蓴絲秋未采，莫怨朱顏改。
吳山幾曲碧漫漫，還有許多風景待人看。

題旨：生活抒懷

徐燦（約1618～1698）
字湘蘋，又字明深、明霞，號深明、紫言。明代光祿寺丞徐子懋的次女，明末清初官員陳之遴的繼室。工詩詞，亦擅長書畫。從夫宦遊。晚年信佛。

注釋

一行—**滿**：全、遍、整個。／**瀟瀟**：下雨聲。／**共**：跟、和。／**孤燈**：孤單的燈。／**語**：說話。

二行—**鳳凰臺**：指金陵鳳凰臺，故址在今南京市境內。／**畔**：邊側、旁側。／**香紅**：此處指落花。／**道**：以為、認為、料想。／**只**：但、而。／**尋常**：平常、普通。／**煙月**：雲霧籠罩的朦朧月色。

三行—**蓴絲**：蓴菜為多年生浮葉性水生植物，在春秋之際莖細如絲，多稱為絲蓴，此處則以蓴絲稱之。蓴，音同「純」。／**采**：摘取。／**莫**：不要，勿，別。／**朱顏**：青春紅潤的容貌。

四行—**吳山**：吳地的山，常泛指江南的山。吳地指春秋時代吳國的疆域，在今江蘇、浙江一帶。／**幾**：表示不定的數目。／**曲**：拐彎的地方。／**碧**：青綠色的。／**漫漫**：形容無邊無際。／**待**：等候。

賞讀譯文

我躺在枕頭上，完全只聽到今夜的瀟瀟雨聲，我跟孤單的燈說話。
鳳凰臺旁都是凌亂的落花，而我認為平常的朦朧月色，竟然匆匆就消逝了。
秋日，江上的蓴絲還未摘取；你別怨我青春紅潤的容貌改變了。
吳山有幾個彎曲處充滿無邊無際的綠意，還有許多風景等候人去觀看。

綺羅香

流水平橋

王夫之

流水平橋，一聲杜宇，早怕洛陽春暮。
楊柳梧桐，舊夢了無尋處。
拚午醉、日轉花梢，又夜闌、風吹芳樹。
到更殘、月落西峰，泠然蝴蝶忘歸路。

關心一絲別罣，欲挽銀河水，仙槎遙渡。
萬里閒愁，長怨迷離煙霧。
任老眼、月窟幽尋，更無人、花前低訴。
君知否、雁字雲沉，難寫傷心句。

賞讀譯文

流水穿過平橋下方，他聽到一聲杜鵑鳥的鳴叫聲，早就擔憂洛陽的暮春時節。從楊柳和梧桐樹上，一點也沒有可尋找往事的地方。他寧願在中午就喝醉，日光在花木的枝梢上移動，接著深夜時風吹拂花木。到了五更，月亮從西邊山峰落下，輕妙的蝴蝶忘了回去的路

他另外懸著一絲關心，想要拉下銀河之水，乘著仙槎渡過遙遠的銀河。極多的無端愁緒，讓人長久地怨恨眼前模糊而難以分辨的煙霧。任憑他一雙老眼在月亮裡尋找，更沒有人在花前低聲傾訴。你知道嗎？雲上的雁字已經沉落，難以書寫傷心的句子。

題旨：傷春；傷國將亡

王夫之（1619～1692）字而農，號薑齋、夕堂。晚年隱居石船山，自署船山病叟、南嶽遺民，學者稱之船山先生。曾參與抗清活動，之後專於著書，研究領域包括天文、曆法、數學、地學，專精於經、史、文學，總結古代唯物主義思想。

題序：讀《邵康節遺事》……且曰：「我道復了幽州。」……有感而作。（注：邵康節，即邵雍，北宋末的學者。幽州，指燕雲十六州；後晉皇帝石敬瑭反唐自立時，將此處割讓給契丹（遼），直到明朝才被漢族收復。）

一注釋一

一行—**平橋**：橋面平直的橋。／**杜宇**：杜鵑鳥。初夏時常晝夜不停啼叫，叫聲類似「不如歸去」。／**春暮**：春天即將結束。／相傳宋代理學家邵雍在洛陽的天津橋聽到來自南方的杜鵑鳥鳴叫聲，認為地氣自南而北，天下將亂。此處化用此典故。

二行—**舊夢**：比喻過去經歷過的事，即往事。／**了無**：一點也沒有。

三行—**拚**：此處指甘願、寧願。／**轉**：移動。／**花梢**：花木的枝梢。／**夜闌**：夜深。／**芳樹**：泛指美麗的樹、花木。

四行—**更殘**：舊時把一夜分為五更，第五更為天將明時，稱為殘更。／**泠然**：輕妙的樣子。

五行—**別**：另、外。／**罣**：懸掛。同「挂」。／**挽**：拉、引。／**仙槎**：神話中能來往於海上和天河之間的竹木筏。槎，音同「查」。

六行—**萬里**：此處指極多之意。／**閒愁**：無端而來的愁緒。／**長**：長久。／**迷離**：模糊難以分辨的樣子。

七行—**任**：任憑。／**老眼**：老人的眼睛。／**月窟**：月亮。

八行—**雁字**：雁群飛行時常排列成「人」或「一」字形，在此代指書信。古人把鴻雁視為信差的代表。

290 瑤花・午夢

朱彝尊

日長院宇，針繡慵拈，況倚闌無緒。
翡帷翠幄，看盡展、忘卻東風簾戶。
芳魂搖漾，漸聽不、分明鶯語。
逗紅蕉、葉底微涼，幾點綠天疏雨。

畫屏遮遍遙山，知一縷巫雲，吹墮何處。
愁春未醒，定化作、鳳子尋香留住。
相思人並，料此際、驚回最苦。
亟丁寧、池上楊花，莫便枕邊飛去。

賞讀譯文

白晝漫長，女子在屋子裡，懶得拿起針來刺繡，況且她倚著欄杆時只感到無聊。她看著翡翠帷幄全部舒展，忘了春風吹進簾戶的事。女子的夢魂晃蕩，逐漸聽不到清楚的鶯鳥啼鳴聲。幾點稀疏的雨從芭蕉葉形成的綠色天空落下，使得紅蕉葉子底下一陣微涼。

彩畫屏風完全遮住了遠山，怎麼知道那一縷巫雲被吹掉落在哪裡？女子還沒有從愁春的夢中醒來，必然是化成了大蛺蝶去尋找花香，要把春天留住。相互思念的人在一起，料想她在此時從夢中驚醒是最痛苦的。屢次叮嚀池上的柳絮，別往枕邊飛過去。

朱彝尊（1629～1709）

字錫鬯，號竹垞、小長蘆釣魚師、金風亭長等。明代大學士朱國祚的曾孫。康熙時，舉博學鴻詞科，曾任翰林院檢討，入值南書房等，後告老還鄉，專心著述。浙西詞派創始人。曾輯唐至元五百家為《詞綜》，以及《明詩綜》，亦是藏書家。

—注釋—

一行—**院宇**：有院牆的屋宇。／**慵**：懶。／**拈**：用手指夾取、捏取。／**況**：況且。／**闌干**：欄杆。／**無緒**：沒有情緒，指感到無聊。

二行—**翡帷翠幄**：即翡翠帷幄，以翠羽為飾或翠綠色的簾幕或帷幔。／**盡展**：全部舒展。／**忘卻**：忘記、遺忘。／**東風**：春風。

三行—**芳魂**：指女子的夢魂。古人認為人的靈魂能在睡夢中離開肉體，故稱之「夢魂」。／**搖漾**：搖動晃蕩。／**分明**：清楚。／**鶯語**：鶯的啼鳴聲。

四行—**逗**：惹、引弄。／**紅蕉**：又名紅姬芭蕉。／**綠天**：指芭蕉葉組成的天空。宋代陶穀的《清異錄．綠天》裡提到，唐代書法家懷素栽種數萬棵芭蕉，以蕉葉代替紙張，將居所命名為「綠天」。／**疏雨**：稀疏的細雨。

五行—**畫屏**：有彩畫的屏風。／**遮遍**：完全遮住。／**遙山**：遠山。／**巫雲**：巫山之雲，指行蹤不定的愛戀對象。出自戰國時代宋玉的〈高唐賦〉。／**墮**：掉落。

六行—**定**：必然。／**鳳子**：大蛺蝶。出自晉代崔豹的《古今注．魚蟲》。

七行—**並**：在一起。／**料**：估量，猜度，料想。／**此際**：此時。／**驚回**：從夢中驚醒。

八行—**亟**：屢次、每每。／**丁寧**：即叮嚀，囑咐。／**楊花**：即柳絮。／**莫**：不要，勿，別。

題旨：相思之夢

291

舟發閶水至饒陽道中作

梁佩蘭

小雨濕自好，秋花鮮向人。
秋花照江水，一片江南春。
白露節未降，白雲懷已新。
扁舟語舟子，花下且垂綸。

梁佩蘭（1630～1705）

字芝五，號藥亭、柴翁、二楞居士，晚號鬱洲，廣東南海人。鄉試第一後，在三十年間赴京參加會試六次均落第，直到將近六十歲才登進士第，任翰林院庶吉士，但不到一年便請假歸里，在法性寺重開白蓮詩社，長達十多年。被時人尊為「嶺南三大家」與「嶺南七子」之一。著有《六瑩堂前後集》等。

賞讀譯文

秋花被小雨淋濕了，當然更好，鮮豔地對著人。秋花映照著江水，展現江南春天般的一片景致。節氣已經到了，但白露還未降下；我看著白雲，心緒已經換新。我在小船上對船夫說，我們暫且在花下釣魚吧！

題旨：秋景記事

注釋

一行 **自**：自然、當然。

三行 **白露**：節氣名，約在每年九月七至九日間。／**懷**：心意、心緒。

四行 **扁舟**：小船。／**語**：告訴。／**舟子**：船夫。／**且**：暫時，暫且。／**垂綸**：釣魚。綸，釣魚用的絲線。

292

婆羅門引．春盡夜

夏完淳

晚鴉飛去，一枝花影送黃昏。
春歸不阻重門。
辭卻江南三月，何處夢堪溫。
更階前新綠，空鎖芳塵。
隨風曳雲，不須蘭棹朱輪。
只有梧桐枝上，留得三分。
多情皓魄，怕明宵、還照舊釵痕。
登樓望，柳外銷魂。

夏完淳（1631～1647）乳名端哥，別名復，字存古，號小隱、靈首。父親為抗清烈士夏允彝，父親自殺殉國後，跟隨老師陳子龍繼續抗清，年僅十六歲即兵敗被俘，不屈而死。

一注釋一

一行—**晚**：黃昏、日落時分。
二行—**重門**：多層的門戶。
三行—**辭**：告別。／**卻**：置動詞後，相當於「掉」、「去」、「了」。／**堪**：可以、能夠。／**溫**：重溫。
四行—**更**：縱使，即使。／**新綠**：剛萌發的綠草。／**空**：只，僅僅。／**鎖**：遮住、籠罩。／**芳塵**：指落花。
五行—**曳**：飄搖。／**不須**：不要、不用。／**蘭棹**：木蘭樹製成的槳，泛指精美的船。／**朱輪**：紅色的車輪。指顯貴者所乘的車。
六行—**三分**：指三分春色。
七行—**皓魄**：月亮或明亮的月光。／**明宵**：明晚。
八行—**銷魂**：哀傷至極，好像魂魄離開形體而消失。

題旨：暮春思人

賞讀譯文

日落時分，鴉鳥紛紛飛走，一枝花影送黃昏離開。
春天要回去，就連多層的門戶也無法攔阻。
江南三月，在春天離開後，要到哪裡才可以重溫此夢？
縱使臺階前有剛萌發的綠草，也只是遮住了落花。
雲隨著風搖曳，此時不用乘船或搭車去賞春景。
只有梧桐樹的枝上，留有三分春色。
我怕多情的月光在明夜還是照著舊釵留下的痕跡。
我登樓望向柳林之外，十分哀傷。

293

魚游春水・春暮

夏完淳

離愁心上住，卷盡重簾推不去。簾前青草，又送一番愁緒。鳳樓人遠簫如夢，鴛錦詩成機不語。兩地相思，半林煙樹。

猶憶那回去路，暗浴雙鷗催晚渡。天涯幾度書回，又逢春暮。流鶯已為啼鵑妒，蝴蝶更禁絲雨誤。十二時中，情懷無數。

賞讀譯文

離別的愁苦住在我的心上，我捲開了全部的層層簾子，還是推不出去。簾子前方的青草，又送來另一種愁緒。鳳樓裡的人已經遠離，一起吹簫的往事如夢；要織在鴛鴦錦上的詩已經做成，卻沒聽見有人使用織錦機的聲音。我們在兩地相思，只看見雲煙繚繞了半個樹林。

我還記得那次出發的路上，浸泡在暗處水中的雙鷗，催促著我在晚間渡河。我人在天涯，寫了幾次信回去，又遇到了春天即將結束。四處飛翔的鶯鳥已經被啼叫的杜鵑鳥嫉妒，蝴蝶又得承擔被細雨耽誤。我一整天十二個時辰中，都充滿了思念的心情。

題旨：暮春相思

—注釋—

題—**春暮**：春天即將結束。

一行—**離愁**：離別的愁苦。／**卷盡**：全部捲開。／**重簾**：一層層的簾子。

二行—**一番**：一種。

三行—**鳳樓**：指婦女的居住處。／**簫**：化用自漢代劉向《列仙傳》中的故事，蕭史善吹簫，娶了秦穆公之女弄玉，兩人待在鳳臺上吹簫數年。後來夫妻隨鳳凰飛去。／**鴛錦**：指鴛鴦錦，為織有華麗鴛鴦紋的彩錦，或是繡有鴛鴦的錦被。／**機**：此處指織錦機，化用自《晉書》記載的蘇氏織錦為回文旋圖詩贈夫之事。／**語**：此處指發出聲音。

四行—**煙樹**：雲煙繚繞的樹林。

五行—**猶**：仍舊、還。／**憶**：記得。／**那回**：那次。／**去路**：前往某處的道路。／**浴**：浸染、浸泡。

六行—**天涯**：天邊，指遙遠的地方。／**幾度**：幾次，多次。／**書**：信件。

七行—**流鶯**：四處飛翔的鶯鳥。／**為**：被。／**啼鵑**：啼叫的杜鵑鳥。／**更**：又，再。／**禁**：承擔、受得住。／**絲雨**：細雨。／**誤**：耽擱，耽誤。

八行—**十二時**：古人將一天分為十二個時辰，此處指一整天。／**情懷**：心情、心境。此處指思念的心情。／**無數**：極多。

294

生查子・旅夜

彭孫遹

薄醉不成鄉，轉覺春寒重。
鴛枕有誰同，夜夜和愁共。
夢好恰如真，事往翻如夢。
起立悄無言，殘月生西弄。

題旨：夜夢心情

彭孫遹（1631～1700）

字駿孫，號羨門，又號金粟山人。（遹，音同「玉」。）順治時，登進士第後，曾任中書舍人，後因「江南奏銷案」而落職。康熙時，舉博學鴻詞科第一，曾任內閣學士、吏部侍郎、翰林掌院學士等職，為《明史》總裁。與王士禛齊名，時號「彭王」。

注釋

一行─**薄醉**：飲酒微醉。／**鄉**：泛指地區、處所。／**轉**：逐漸。／**覺**：睡醒。

二行─**鴛枕**：指鴛鴦枕，繡有鴛鴦的枕頭，多為夫妻所用。／**共**：分享、合用。

三行─**恰如**：正如，就好像。／**事往**：事情過去後。／**翻**：反而。

四行─**悄**：寂靜。／**殘月**：指清晨出現的月亮、殘缺不圓的彎月、西沉的月亮。／**弄**：小巷。

賞讀譯文

我喝酒微醉，沒辦法進入醉鄉，逐漸睡醒後，感到春寒濃重。有誰跟我一起睡在鴛鴦枕上？我夜夜都是跟愁思分享。夢夠好的話，就好像是真實的；事情過去後，反而像夢那樣虛幻。我站起來，安靜不說話，看到月亮在西邊小弄的上方。

295

浣溪沙

白鳥朱荷引畫橈

王士禛

白鳥朱荷引畫橈，垂楊影裏見紅橋。
欲尋往事已魂銷。

遙指平山山外路，斷鴻無數水迢迢。
新愁分付廣陵潮。

王士禛（1634～1711）

字子真、貽上、豫孫，號阮亭、漁洋山人。原名「士禛」，逝世後因「禛」字犯御諱，改稱「士正」，到了乾隆間，又詔改為「士禎」。出生在明朝官宦家庭。清順治時，因秋柳四首而聞名天下。曾任揚州推官、禮部主事、國子監祭酒、左都御史等職。詩與朱彝尊並稱。

—注釋—

一行—**朱荷**：紅色荷花。／**引**：領導、帶領。／**畫橈**：畫飾的船槳，泛指精美船隻。／**垂楊**：柳樹的別名。／**紅橋**：橋名。在江蘇省揚州市，為揚州遊覽勝地之一，又名虹橋。

二行—**欲**：想要。／**魂銷**：形容極度悲傷或歡樂，好像魂魄離開身體而消失。

三行—**遙指**：指向遠方。／**平山**：指平山堂，位於揚州市大明寺內，最初由宋代在此任揚州知府的歐陽脩所築。／**斷鴻**：原指離群落單的孤雁，但此處應單純指鴻雁。／**無數**：極多。／**迢迢**：悠長的樣子。

四行—**分付**：交給。／**廣陵**：揚州的古稱。

題旨：賞景抒懷

賞讀譯文

白鳥和紅荷引導著精美船隻，我在柳樹的影子裡看見紅橋的倒影。

我想要追尋往事，卻已經悲傷到好似魂魄離開身體。

我指向遠方平山堂山巒之外的道路，無數隻鴻雁飛過，流水悠長。

我把新愁緒交給了廣陵的潮水。

296

浣溪沙

綠樹橫塘第幾家

王士禛

綠樹橫塘第幾家，曲闌千外卓金車，
渠儂獨浣越溪紗。
浦口雨來虹斷續，橋邊人醉月橫斜，
棹歌聲裡採菱花。

題旨：遊賞記事

注釋

一行—**橫塘**：古堤名，在今江蘇省及南京市境內，亦泛指水塘、池塘。／**曲**：彎曲，曲折。／**闌干**：欄杆。／**卓**：停，停留。／**金車**：用銅裝飾的車子。

二行—**渠儂**：指他、他們，為吳地的方言。／**浣**：洗滌、洗濯。／**越溪**：相傳為越國美女西施浣紗之處。／**紗**：一種布料，也代指衣服。

三行—**浦口**：小河入江之處。／**虹**：彩虹。

四行—**棹歌**：船夫行船時所唱的歌。／**菱花**：菱角的花，形小、色白。

賞讀譯文

綠樹環繞著水塘，附近一戶人家的曲折欄杆外，停著一輛銅飾車子；而他獨自在溪邊洗衣服。

小河入江之處下起雨來，出現斷續的彩虹；橋邊的人喝醉後，明月已橫斜於空中，還有人在行船的歌聲裡摘採菱花。

297 蝶戀花・春思

高士奇

落盡楊花飄盡絮。
報道春歸，不見春歸路。
欲問春歸何處去，數聲窗外流鶯語。
殘夢驚回天未曙。
暗惜韶華，半是風塵誤。
怨綠啼紅誰可訴，柔腸一寸愁千縷。

賞讀譯文

柳絮全都飄落完了，
這情景傳達了春天回去的消息，我卻沒看到春天回去的路徑。
我想要問春天回到哪裡去，卻只聽到窗外飛翔鶯鳥的幾聲鳴叫。
我從零亂不全的夢中驚醒，天空還沒露出曙光。
我暗自惋惜春光大半都是被疾風給妨害了。
眼前是正在埋怨哭泣的綠葉紅花，我可以向誰傾訴？一寸的柔曲心腸上纏繞了千縷愁緒。

題旨：傷春惜春

高士奇（1645～1703）字澹人，號江村、竹窗、瓶廬、藏用老人。因書法獲康熙青睞，以國子監生供奉翰林院，之後歷任詹事府錄事、內閣撰文中書舍人、翰林院侍講等職。入仕後常伴康熙左右，屢獲賞賜及扈從出巡，撰寫了許多相關著作。

一注釋一

一行一**盡**：完結，終止。／**楊花**：即柳絮。／**絮**：指柳絮。
二行一**報道**：告知、傳達。
三行一**欲**：想要。／**流鶯**：四處飛翔的黃鶯鳥。／**語**：蟲鳥等的鳴叫聲。
四行一**殘夢**：指零亂不全的夢。／**驚回**：驚醒。／**曙**：天剛亮，破曉時分。
五行一**暗**：暗自，暗地裡，私下。／**惜**：惋惜。／**韶華**：美好的時光，亦指春光。／**風塵**：疾風。／**誤**：耽擱，妨害。
六行一**怨綠啼紅**：指因春光流逝而埋怨哭泣的綠葉紅花。／**柔腸**：柔曲的心腸。

298 太常引

晚來風起撼花鈴

納蘭性德

晚來風起撼花鈴，人在碧山亭。
愁裏不堪聽，那更雜、泉聲雨聲。
無憑蹤跡，無聊心緒，誰說與多情。
夢也不分明，又何必、催教夢醒。

納蘭性德（1655～1685）

原名成德，為避太子名諱而改為性德。字容若，滿洲正黃旗人。家世顯赫，文武兼修，二十二歲時補考殿試，受賜進士出身。與徐乾學一同編著《通志堂經解》，並擔任康熙御前侍衛。因首任妻子早逝而寫有許多悼亡詞。三十歲時因急病過世。與朱彞尊、陳維崧並稱「清詞三大家」。

題旨：行旅愁緒

注釋

一行—**晚來**：傍晚，入夜之際。／**撼**：搖動。／**花鈴**：指用以驚嚇鳥雀的護花鈴。／**碧山**：青山。／**亭**：古代設在路邊的休憩亭舍，十里設一長亭，五里設一短亭。

二行—**那**：怎。／**更**：再、復。／**雜**：混合、摻入。

三行—**無憑**：沒有憑據。／**蹤跡**：足跡、行蹤。／**無聊**：精神空虛、愁悶。／**心緒**：內心的情緒。

四行—**分明**：清楚、明白。／**催**：催促。／**教**：使、讓。

賞讀譯文

入夜之際吹起一陣風，搖動了護花鈴，我正在青山下的亭舍裡。我陷在愁緒裡，無法忍受聽見這聲音，怎麼又夾雜了泉聲和雨聲？我的行蹤沒有憑據，心緒空虛愁悶，要向誰訴說我的多情？夢境也不清楚，又何必催促著讓我從夢中醒來？

水調歌頭・題岳陽樓圖

納蘭性德

落日與湖水，終古岳陽城。
登臨半是遷客，歷歷數題名。
欲問遺蹤何處，但見微波木葉，幾簇打魚罾。
多少別離恨，哀雁下前汀。

忽宜雨，旋宜月，更宜晴。
人間無數金碧，未許著空明。
淡墨生綃譜就，待倩橫拖一筆，帶出九疑青。
彷彿瀟湘夜，鼓瑟舊精靈。

賞讀譯文

過往，岳陽城的落日與湖水風景相當迷人。來這裡登高望遠的，大半是被貶謫到外地的官吏，我可以清楚地數出在此題記的人名。我想要問他們遺留的蹤跡在哪裡，卻只看到細小水波上的樹葉和幾簇方形捕魚網。許多別離的愁恨，都跟隨哀傷的鴻雁飛下前方的汀洲。

這裡的景致在一瞬間適合搭配雨景，又適合搭配明月，更適合搭配晴日。人間的許多泥金和石綠顏料，都無法畫出這樣的空曠澄澈。以淡墨塗在生綃上，打算請畫筆橫向拖畫一筆，呈現出九疑山的青綠。彷彿從前的湘水之神於夜裡在瀟湘水域彈奏琴瑟。

題旨：題畫詩

一注釋一

題—**岳陽樓**：位在岳陽古城西門城牆上，緊臨洞庭湖。唐代詩人李白、杜甫、白居易、李商隱等都有詠岳陽樓詩，更因北宋范仲淹的《岳陽樓記》而聞名。

一行—**終古**：古昔、過往。

二行—**登臨**：登高望遠。／**遷客**：被貶謫到外地的官吏。／**歷歷**：清楚明白，分明可數。／**題名**：指為留紀念所題記的姓名。

三行—**欲**：想要。／**遺蹤**：遺留下來的蹤跡。／**但見**：只看見。／**微波**：細小的水波。／**木葉**：樹葉。／**簇**：量詞。計算群集的人或物的單位。／**打魚**：捕魚。／**罾**：四邊有支架的方形魚網。音同「增」。

四行—**多少**：很多、許多。／**哀雁**：哀傷的鴻雁。／**汀**：水邊平地或河流中的小沙洲。

五行—**忽**：一瞬間。／**宜**：合適、相稱。／**旋**：又、再。

六行—**無數**：許多。／**金碧**：中國繪畫顏料中的泥金、石青和石綠。／**空明**：空曠澄澈。

七行—**生綃**：未漂煮過的絲織品，古時多用以作畫。／**譜就**：此處指繪製完成。／**待**：將要，打算。／**倩**：請人代為做事。／**帶**：呈現。／**九疑**：山名，在湖南省境內，因九座山峰異嶺而同勢，讓行者疑惑，故有此稱。相傳虞舜葬於此。

八行—**瀟湘**：瀟水和湘水，在今湖南省。／**鼓瑟**：彈奏琴瑟。／**舊**：古老的、從前的。／**精靈**：指湘靈，即湘水之神。傳說，舜的妃子娥皇與女英在舜過世後，傷心地投湘江而死，成為湘水之神，善於彈瑟。

300

水龍吟・再送蓀友南還

納蘭性德

人生南北真如夢，但臥金山高處。白波東逝，鳥啼花落，任他日暮。別酒盈觴，一聲將息，送君歸去。便煙波萬頃，半帆殘月，幾回首，相思否。

可憶柴門深閉，玉繩低、翦燈夜語。浮生如此，別多會少，不如莫遇。愁對西軒，荔牆葉暗，黃昏風雨。更那堪幾處，金戈鐵馬，把淒涼助。

賞讀譯文

人生中南北奔波的情況真像是一場夢，你只想要隱居在金山的高處。白波江水往東方流逝，在鳥鳴花落之間，任由黃昏到來。話別的酒已經倒滿酒杯，我用一聲珍重送你回去。縱然在雲煙瀰漫的廣闊水面上，只見半個船帆和彎月，幾次回首時，你會想念我嗎？你可記得我們在柴門深閉的屋子裡，暢談直到群星低垂，在夜裡邊修剪燈芯邊聊天。人生如此別離多、會面少，不如別相遇。我憂愁地對著西邊的長廊，只見薜荔牆上葉色暗沉，正遭受黃昏風雨的侵襲。更何況是當前還有幾處的戰事尚未平息，又助長了我心中的淒涼。

題旨：送別抒懷

注釋

題－**蓀友**：嚴繩孫（1623～1702），字蓀友，與朱彝尊、姜宸英合稱「江南三布衣」，著有《秋水集》。

一行－**臥**：此處指高臥，比喻隱居而不出任官職。／**但**：只要。／**金山**：山名，在江蘇鎮境內，此處代指蓀友的家鄉江蘇。

二行－**白波**：白色波浪，指江水。／**他**：用於句中當襯字，無所指。／**日暮**：傍晚、黃昏。

三行－**別酒**：話別的酒。／**盈**：充滿。／**觴**：酒杯。／**將息**：珍重、保重。／**君**：你；對人的尊稱。／**歸去**：回去。

四行－**便**：縱然，即使。／**煙波**：雲煙瀰漫的水面。／**萬頃**：百萬畝，以誇飾手法形容面積廣闊。／**殘月**：指清晨出現的月亮、殘缺不圓的彎月、西沉的月亮。／**相思**：想念。

五行－**憶**：記得。／**柴門**：以樹枝、木幹做成的門。／**玉繩**：星名。北斗七星之第五星「玉衡」北邊的天乙、太乙這兩顆星的共名。常泛指群星。／**翦燈**：修剪燈芯。／**翦燈夜語**：化用自唐代李商隱〈夜雨寄北〉：「何當共剪西窗燭，卻話巴山夜雨時。」

六行－**浮生**：人生。／**會**：見面，會面。／**莫**：不要，勿，別。

七行－**軒**：長廊。／**荔**：指薜荔，攀緣藤本植物。／**暗**：無光澤的。

八行－**更那堪**：更何況，再加上；常用以形容難以承受的情境。／**金戈鐵馬**：比喻戰事。／**助**：助長。

301

如夢令

木葉紛紛歸路

納蘭性德

木葉紛紛歸路。殘月曉風何處。消息半浮沉，今夜相思幾許。秋雨，秋雨。一半西風吹去。

題旨：秋夜思人

注釋

一行 **木葉**：樹葉。出自屈原的《九歌．湘夫人》：「嫋嫋兮秋風，洞庭波兮木葉下。」／**紛紛**：多而雜亂、接連不斷的樣子。／**歸路**：回去的路。／**殘月**：指清晨出現的月亮、殘缺不圓的彎月、西沉的月亮。／**曉風**：清晨的風。

二行 **消息**：音信、訊息。／**浮沉**：書信沒有寄到。／**幾許**：多少。

賞讀譯文

樹葉接連紛亂地墜落在回去的路上。月亮和清晨的風在哪裡？音信大半都沒有寄到，今夜的相思有多少？秋雨，秋雨，有一半都被西風吹去了。

302 沁園春

瞬息浮生

納蘭性德

瞬息浮生，薄命如斯，低徊怎忘。記繡榻閒時，並吹紅雨，雕欄曲處，同倚斜陽。夢好難留，詩殘莫續，贏得更深哭一場。遺容在，只靈飆一轉，未許端詳。

重尋碧落茫茫。料短髮朝來定有霜。便人間天上，塵緣未斷，春花秋葉，觸緒還傷。欲結綢繆，翻驚搖落，減盡荀衣昨日香。真無奈，倩聲聲鄰笛，譜出回腸。

賞讀譯文

妳的一生如此短暫又苦命，我留戀徘徊，怎麼遺忘？記得在繡花床上的空閒時刻，我們一起吹落花，又一起倚在華麗欄杆的曲折處欣賞西斜的夕陽。夢美好卻難以留存，不完整的詩就別再繼續，只會讓人更加大哭一場。妳的遺容還在，卻只是隨著魂風一轉，不允許我詳細察看。我在廣大無邊的天空裡再次尋找，料想早上到來時短髮一定變得斑白了。縱然我們分別在人間和天上，但世俗的關係並未斷絕，每每看到春花秋葉，總是讓我觸動心緒又哀傷。我想要與妳結為親密關係，反而震驚於妳的過世，將我以前的風采耗損光了。我實在無奈，只能請一聲聲的鄰家笛聲，來表達出我那焦慮糾結的心情。

題序：丁巳重陽前三日，夢亡婦淡妝素服，執手哽咽。……覺後感賦。

—注釋—

一行—**瞬息**：比喻極短的時間。／**薄命**：苦命，命運不佳。／**如斯**：如此。／**低徊**：留戀徘徊。

二行—**繡榻**：繡花床。榻，狹長的矮床。／**閒**：空暇無事。／**並**：一起。／**紅雨**：比喻落花繽紛。／**雕欄**：雕花彩飾或華美的欄杆。／**曲**：彎曲，曲折。

三行—**殘**：不完整的。／**莫**：不要，勿，別。／**贏得**：取得，獲得。／**深哭**：此處指大哭。

四行—**遺容**：人死後的容貌或生前的肖像。／**靈飆**：傳說中伴隨鬼魂出現的陰風。／**未許**：不允許。

五行—**重**：再、另。／**碧落**：天空，青天。源自道教，認為東方第一層天碧霞滿空，叫做「碧落」。／**茫茫**：廣大無邊的樣子。／**料**：估量，猜度，料想。／**朝來**：清晨到來。／**霜**：白色的。／化用自唐代白居易的〈長恨歌〉。

六行—**便**：縱然，即使。／**塵緣**：世俗的關係。／**觸緒**：觸動心緒。／**傷**：悲痛。

七行—**欲**：想要。／**結**：形成，結成。／**綢繆**：親密、纏綿。／**翻**：反而。／**驚**：被觸動、擾亂。／**搖落**：凋殘，此處指妻子過世。／**減盡**：耗損光了。／**荀衣**：指作者的風采，化用自「荀令衣香」，原形容獨具風采，風度優雅的官吏。出自晉代習鑿齒的《襄陽記》。／**昨日**：此處指過去、以前。

八行—**倩**：請人代為做事。／**譜**：陳述，表達。／**回腸**：形容內心焦慮，好似腸子在迴轉糾結。／**鄰笛**：指鄰家的笛聲。

題旨：悼念亡妻

303

念奴嬌　人生能幾

納蘭性德

人生能幾，總不如休惹、情條恨葉。
剛是尊前同一笑，又到別離時節。
燈灺挑殘，鑪煙爇盡，無語空凝咽。
一天涼露，芳魂此夜偷接。
怕見人去樓空，柳枝無恙，猶掃窗間月。
無分暗香深處住，悔把蘭襟親結。
尚暖檀痕，猶寒翠影，觸緒添悲切。
愁多成病，此愁知向誰說。

賞讀譯文

人生能有多少日子？終究比不上別招惹那些瑣碎的愛恨情仇。
我們剛剛在酒席上一起歡笑，卻又到了別離時節。
燈灺快要挑盡，火爐的煙也燃燒完了，我沒說話，只哽咽不停。
一整天都是涼冷的露氣，我在這個夜晚偷偷接觸妳的夢魂。
我怕看到人去樓空的景象，柳枝卻仍無憂地掃過窗前的月色。
我們沒有緣分在淡雅幽香的深處居住，後悔與妳親近結交。
（感覺上，）妳的淺紅色臉龐仍溫暖，翠綠色衣衫卻散發寒意，觸動我的心緒，增添了悲痛。
愁緒一多就累積成病，這些愁緒知道要向誰訴說呢？

清　詞

題旨：別離心情

注釋

一行—**幾**：幾何，多少。／**總**：終究。／**不如**：比不上。／**休惹**：別招惹。／**情條恨葉**：指瑣碎的愛恨情仇。條葉，即枝葉，比喻瑣碎的事。

二行—**尊前**：在酒尊之前，代指酒席、餞別酒席。尊，為酒器。／**同**：一起。

三行—**灺**：燈燭燒剩的殘餘物。音同「謝」。／**挑**：用長形或尖形器具撥動。／**殘**：剩餘的、將盡的。／**鑪**：火爐，通「爐」。／**爇**：焚燒，燃燒。音同「弱」。／**無語**：不說話、沒有話語。／**空**：只、僅僅。／**凝咽**：哽咽不停。

四行—**一天**：一整天。／**涼露**：涼冷的露氣（水氣）。／**芳魂**：女子的魂魄，此處指對方的夢魂，古人認為人的靈魂能在睡夢中離開肉體，故稱夢為「夢魂」。／**接**：接觸。

五行—**無恙**：無疾、無憂。／**猶**：仍舊、還。

六行—**無分**：沒有緣分。／**暗香**：淡雅的幽香。／**蘭襟**：衣襟的美稱，代指對方。／**親結**：親近結交。

七行—**檀痕**：此處指淺紅色的臉龐。檀，指淺紅色的。／**翠影**：此處指翠綠色衣衫。／**觸緒**：觸動心緒。／**悲切**：悲痛。

念奴嬌

綠楊飛絮

納蘭性德

綠楊飛絮，嘆沉沉院落、春歸何許。
盡日緇塵吹綺陌，迷卻夢遊歸路。
世事悠悠，生涯未是，醉眼斜陽暮。
傷心怕問，斷魂何處金鼓。

夜來月色如銀，和衣獨擁，花影疏窗度。
脈脈此情誰識得，又道故人別去。
細數落花，更闌未睡，別是閒情緒。
聞余長嘆，西廊唯有鸚鵡。

賞讀譯文

綠楊柳絮飄飛著，我感嘆幽深的庭院裡，春天回去哪裡了？一整天，黑色灰塵被風吹到綺麗街道上，讓人迷失了夢境遊覽的返回之路。世事眾多，人生不是用醉後的眼睛看著西斜的太陽落下。傷心的我，害怕詢問那讓人悲傷到斷魂的金鼓聲是從哪裡傳來的。

入夜後，月色光亮如銀，我穿著衣服獨自擁抱，看著稀疏的花影穿過窗戶而來。誰知道我藏在內心的這份情感？又說老友離去了。我仔細數算著落花，夜深了還沒睡著，難道是不緊要的情緒？聽到我長嘆的，只有西廊的鸚鵡。

題旨：離別心情

注釋

一行—**綠楊**：綠楊柳。／**飛絮**：飄飛的柳絮。／**沉沉**：幽深的樣子。／**院落**：庭院。／**何許**：何處。

二行—**盡日**：一整天。／**緇塵**：黑色灰塵。緇，音同「資」。／**綺陌**：綺麗的街道。／**迷卻**：迷失，失掉。／**夢遊**：夢境中的遊覽。非指現今醫學定義上的夢遊症。／**歸路**：回去的路。

三行—**悠悠**：眾多。／**生涯**：原指人的生命有止境，後指所過的生活或所經歷的人生。／**未是**：不是。／**醉眼**：醉後視線模糊的眼睛。／**斜陽**：傍晚西斜的夕陽或陽光。／**暮**：將結束的。

四行—**斷魂**：極度悲傷到好像靈魂從肉體離散。／**金鼓**：古時作戰壯聲勢的器具。此處指金鼓的聲音。

五行—**夜來**：入夜。／**和衣**：多指睡覺時，穿著衣服，不解衣物。／**疏**：稀疏。／**度**：通過，穿過。

六行—**脈脈**：含情，藏在內心的感情。／**識**：了解，知道。／**道**：說、談。／**故人**：老友。／**別去**：離去。

七行—**細數**：仔細計數。／**更闌**：指夜已深。更，為古代夜間的計時單位，把一夜分為五更。闌，指將盡、晚。／**別是**：莫非是，難道是，表揣測之意。／**閒**：不緊要的。

八行—**聞**：聽到。／**余**：我，表第一人稱。

305

風流子・秋郊即事

納蘭性德

平原草枯矣，重陽後、黃葉樹騷騷。
記玉勒青絲，落花時節，曾逢拾翠，忽聽吹簫。
今來是、燒痕殘碧盡，霜影亂紅凋。
秋水映空，寒煙如織，皂雕飛處，天慘雲高。
人生須行樂，君知否，容易兩鬢蕭蕭。
自與東君作別，剗地無聊。
算功名何許，此身博得，短衣射虎，沽酒西郊。
便向夕陽影裏，倚馬揮毫。

賞讀譯文

平原上的草已經枯了，重陽節之後，樹上的黃葉被風吹得騷騷作響。我還記得在落花時節騎著馬，曾經遇到春遊採拾花草的女子，忽然又聽見吹簫聲。今天過來，則是燒野草的痕跡，完全沒有殘餘的碧草，只看到紅葉在秋霜下枯萎。秋水倒映著天空，寒冷煙霧交錯穿梭，黑雕飛翔的地方，天色昏暗慘、雲層高掛。人生必須行樂，你知道嗎？兩鬢很容易就斑白稀疏了。自從我與春神道別後，無端地覺得無聊。算起來功名又如何？不如以此身穿短衣來射虎，買酒帶到西方郊野去。就對著夕陽的影子，斜靠著馬揮筆寫詩。

注釋

一行—**重陽**：重陽節。／**騷騷**：擬聲詞。形容風吹樹葉的聲音。

二行—**玉勒青絲**：此處指騎馬，玉勒為玉飾的馬銜，青絲為拉馬的青綠色絲繩。／**拾翠**：婦女春遊採拾花草。

三行—**燒痕**：在秋天放火燒野草，以免敵方來此處牧馬，或是利於來年春天耕作。／**亂紅**：指紅葉。／**凋**：枯萎。

四行—**映空**：倒映天空。／**寒煙**：寒冷的煙霧。／**如織**：交錯穿梭，像織布一樣。／**皂雕**：一種黑色大型猛禽。皂，黑色。／**慘**：暗淡、昏暗。通「黲」。

五行—**蕭蕭**：白髮稀疏的樣子。

六行—**自**：從，由，自從。／**東君**：《楚辭．九歌》中有祭日神的〈東君〉篇，之後演變為春神。／**作別**：辭別、道別。／**剗地**：無端地，平白無故。剗，音同「剷」。

七行—**算**：算起來。／**何許**：如何、怎麼樣。／**博得**：取得、獲得。／**短衣**：指帶短下襬或短後襬的緊身上衣，為平民、士兵的服裝。／**沽酒**：買酒。／**西郊**：都城外西方的郊野。古人常在西郊祭天迎秋，故亦指秋野。

八行—**便**：即、就。／**倚馬**：斜靠著馬，化用自「倚馬可待」的典故，南朝宋．劉義慶《世說新語．文學》提到，袁虎曾斜靠著馬寫告示，隨即寫滿七張紙且文情並茂，之後比喻文思敏捷，寫作迅速。／**揮毫**：運筆寫字或繪畫。

題旨：秋獵抒懷

306 虞美人

春情只到梨花薄

納蘭性德

春情只到梨花薄，片片催零落。
夕陽何事近黃昏，不道人間猶有未招魂。
銀箋別夢當時句，密綰同心苣。
為伊判作夢中人，長向畫圖清夜喚真真。

題旨：相思情懷

注釋

一行—**春情**：春天的情景、意興。／**薄**：草木叢生的地方。／**零落**：凋落。

二行—**何事**：為何。／**不道**：不管、不顧。／**猶有**：仍有。／**招魂**：招回生者或死者之魂，此處指生者。

三行—**銀箋**：書信。／**別夢**：離別後思念之夢。／**密**：暗中。／**綰**：盤結。音同「挽」。／**同心苣**：相連鎖的火炬狀圖案花紋，亦指織有此圖案的同心結。此處的「苣」通「炬」，指火把。

四行—**伊**：彼，他。／**判作**：此處指甘願成為。／**長**：另有版本為「索」。／**向**：對著。／**畫圖**：圖像，畫像。／**清夜**：寂靜的夜晚。／**真真**：泛指美人。唐代杜荀鶴《松窗雜記》中記載，唐代進士趙顏從畫工那裡拿到繪有美女「真真」的畫作，他呼喚其名百日，美女就變成活人。

賞讀譯文

春天的意興只到梨花叢那裡，催著它一片片凋落。
夕陽為什麼接近黃昏？不管人間還有尚未招回的生者魂魄。
我在書信裡，寫下離別後思念之夢中的句子，暗中盤結火炬花樣的同心結。
為了她，我甘願成為夢中人，在寂靜的夜晚裡長久地對著畫像呼喚真真。

307

鷓鴣天

獨背殘陽上小樓

納蘭性德

獨背殘陽上小樓，誰家玉笛韻偏幽。
一行白雁遙天暮，幾點黃花滿地秋。
驚節序，歎沉浮。穠華如夢水東流。
人間所事堪惆悵，莫向橫塘問舊遊。

題旨：秋景抒懷

注釋

一行—**殘陽**：夕陽餘暉。／**誰家**：哪一家。／**玉笛**：玉製的笛子，亦為笛子的美稱，在此指笛聲。／**韻**：和諧的聲音。／**偏**：偏向。／**幽**：清新、雅致的。

二行—**遙天**：長空。／**暮**：傍晚、黃昏。

三行—**驚**：驚訝於。／**節序**：節令，節氣；節令的順序。／**沉浮**：盛衰、消長。／**穠華**：形容花開繁盛。

四行—**所事**：凡事、事事。／**堪**：可以、能夠。／**惆悵**：悲愁、失意。／**莫**：不要，勿，別。／**橫塘**：古堤名，在今江蘇省及南京市境內，亦泛指水塘、池塘。／**舊遊**：昔日遊覽的地方。

賞讀譯文

我獨自背對著夕陽餘暉登上小樓，哪一家的玉笛聲和諧又清新雅致？

黃昏時分，一行白雁飛過長空；秋季到來，滿地都是點點黃花。

我驚訝於節序的變化之快，感歎人事物只能沉浮其中。花開繁盛的景象如夢，又如水向東流那般。

人間凡事都可以讓人悲愁，別向水塘詢問昔日遊覽之處。

308 題家弟稼民所畫花草便面

趙執信

十年山居侶草木，籬外荷花水邊菊。
閒搜穢莽品清新，細草幽花總堪掬。
出山忽作塵中遊，袖手昏昏滄海頭。
輸與惠連能染筆，臨泉坐石寫清秋。
誰送一枝來眼底，露態煙姿夢魂裏。
憑君傳語報池亭，開到秋花我歸矣。

賞讀譯文

我在十年的山居生活中與草木結為同伴，柵欄外有荷花，水邊也有菊花。空暇無事時，我就找尋雜草來品評其清新，細草和雅致的花都可以用兩手捧取。要是我突然出山到俗世旅行，只能糊塗不辨是非地站在大海盡頭袖手旁觀。我輸給了能繪畫的弟弟，他坐在泉水旁的石頭上，描繪明淨爽朗的秋天景色。誰送一枝花來到我眼前？它那籠煙帶露的輕盈美好姿態，就像在夢裡所見那樣。煩請你傳話告訴（家鄉的）池亭，秋花開了之後，我就回去了。

趙執信（1662～1744）字伸符，號秋穀、飴山。十八歲登進士第後，曾任山西鄉試正考官、右春坊右贊善、翰林院檢討、左贊善等職。二十八歲時，因在佟皇后喪葬期間受邀觀看戲劇，被彈劾革職。之後終身不仕，漫遊各地及創作，主張「文意為主，以語言為役」。

一注釋一

題—**便面**：扇子的別稱。因不想使他人看見時，方便遮住面，故稱為「便面」。

一行—**侶**：結為同伴。／**籬**：以竹或樹枝編成的柵欄。

二行—**閒**：空暇無事的時候。／**搜**：找尋、尋求。／**穢莽**：雜草。／**幽**：清新、雅致的。／**總**：都。／**堪**：可以、能夠。／**掬**：用兩手捧取。

三行—**出山**：修行人離開山中的住處，到平地來。／**忽**：突然。／**塵**：世俗。／**袖手**：手藏在袖子裡。比喻在一旁觀看而不肯參與其事。／**昏昏**：糊塗不辨是非。／**滄海**：大海。

四行—**惠連**：指才華洋溢的弟弟，典故出自晉代謝惠連的才學深為其族兄靈運所稱賞。／**染筆**：蘸墨揮筆，此處指繪畫。／**臨**：靠近、依傍。／**寫**：描繪、描寫。／**清秋**：明淨爽朗的秋天，亦指深秋。

五行—**一枝**：指一枝花。／**眼底**：眼前。／**露態煙姿**：指籠煙帶露的輕盈美好姿態。／**夢魂**：夢。古人認為人的靈魂能在睡夢中離開肉體，故稱之「夢魂」。

六行—**憑**：煩請。／**傳語**：寄語、轉告、傳話。／**報**：告訴。／**池亭**：池邊的亭子；水池和亭臺。／**歸**：回去。

題旨：題畫抒懷

309 念奴嬌・金陵秋思

王策

江山如畫，被西風旅雁，做成蕭索。人與門前雙樹柳，一樣悲傷搖落。舊院花寒，故宮苔破，今古傷心各。浮生皆夢，可憐此夢偏惡。

看取西去斜陽，也如客意，不肯多耽擱。料得芙蓉三徑裏，紅到去年籬腳。瘦削腰圍，嶔崎骨相，厭殺青衫縛。文章底用，我將歸事耕鑿。

賞讀譯文

江山美得像一幅畫，卻被西風和南飛的雁子做成蕭條衰頹的景象。我和門前的兩棵柳樹一樣悲傷又凋殘。舊院裡的花受寒，舊宮殿被青苔破壞，從古到今各有不同的傷心事。人生都是夢，可憐我的夢偏偏讓人不快。

我看那西下的斜陽，也跟旅居在外的我一樣，不肯多耽擱。我料想老家裡的木芙蓉，已經紅到去年的籬笆下方了。我這瘦削的腰圍、奇特的體格，十分討厭被青衫束縛。學識有什麼用？我將要回去從事耕種了。

題旨：秋景抒懷

王策（約 1663～1708）字漢舒，號香雪，江蘇太倉人。屢試科舉不中。著有《香雪詞鈔》。

注釋

題—**金陵**：地名。即今南京市及江寧縣地。

一行—**旅雁**：指南飛或北歸的雁群。雁子是一種候鳥，於春季返回北方，秋季飛到南方越冬。／**蕭索**：蕭條衰頹。

二行—**人**：指作者自己。／**搖落**：凋殘。

三行—**故宮**：舊王朝遺留下來的宮殿。／**破**：毀壞。／**今古**：從古到今。／**各**：各有不同。

四行—**浮生**：人生。／**惡**：不適、不快。

五行—**取**：語助詞。／**客**：旅居在外的人。

六行—**料得**：料想。／**芙蓉**：木芙蓉，落葉灌木或小喬木，開重瓣的大朵花，花期為八至十月。／**三徑**：比喻隱士的居處，在此作者的老家。出自晉代趙岐的《三輔決錄》，漢代的蔣詡辭官不仕，舍中有三徑，只有羊仲與求仲出入。／**籬腳**：籬笆下方。

七行—**嶔崎**：形容人有骨氣、品格卓越不凡，此處指奇特。／**骨相**：人的體格和相貌。／**厭殺**：使人極為討厭。殺，表示程度深。／**青衫**：青色衣服，古時學子所穿之服，借指書生，也是低階官服或卑賤者的衣服。

八行—**文章**：此處指學識。／**底用**：何用，什麼用。／**耕鑿**：耕田鑿井，泛指耕種、務農。出自古詩〈擊壤歌〉：「鑿井而飲，耕田而食。」

310 琵琶仙・秋日遊金陵黃氏廢園

王策

秋士心情，況遇著、客裏西風落葉。
惆悵側帽行來，隔溪景淒絕。
沒半點、空香似夢；只幾簇、野花誰折。
莎雨寒幽，石煙荒淡，鶯蝶飛歇。
試問取、舊日繁華，有餅媼漿翁尚能說。
道是廿年彈指，竟風光全別。
真不信、尋常亭榭，也例逐、滄桑棋劫。
何怪宋苑陳宮，荒蛄弔月。

賞讀譯文

我有著年老卻懷才不遇的心情，何況遇到了在外鄉作客時西風吹落葉子的景象。我惆悵地斜戴帽子走過來，隔著溪的另一邊景色淒厲哀絕。沒有半點像夢一樣的空中香氣；只有幾簇沒有人會來折的野花。幽暗的雨淋著寒冷的莎草，淡煙籠罩著荒野的岩石，鶯鳥和蝴蝶都停止飛翔。

我試著詢問從前的繁華，有賣餅的老婦和賣漿的老翁還能述說。他們說，二十年的時間在彈指之間就快速過去了，竟然風光完全不同。我真不敢相信，普通的亭榭也照例跟隨滄海桑田這樣的轉變。難怪南朝宮苑如此冷清，只剩螻蛄在月下哀傷鳴叫。

題旨：秋景抒懷

注釋

題—**金陵**：地名。即今南京市及江寧縣地。

一行—**秋士**：指年老卻懷才不遇的人。／**況**：何況。／**客裏**：在外鄉作客的期間。

二行—**惆悵**：悲愁、失意。／**側帽**：斜戴著帽子。／**淒絕**：淒厲哀絕。

三行—**誰折**：此處指沒有人會來折。

四行—**莎**：莎草，多年生草本植物，莖高十至六十公分，葉細長。／**幽**：隱微，幽暗不明顯。／**歇**：停止。

五行—**取**：語助詞，置於動詞後，表示動作的進行。／**舊日**：從前。／**媼**：老婦。音同「襖」。／**尚**：猶、還。

六行—**道**：說、談。／**彈指**：比喻很短暫的時間、時間過的很快。／**別**：此處指不同。

七行—**尋常**：平常、普通。／**亭榭**：亭子與臺榭。泛指樓臺等建築物。／**例**：照例，依照慣例。／**逐**：跟隨。／**滄桑**：滄海桑田，比喻世事無常，變化很快。出自《太平廣記．麻姑》：「接待以來，已見東海三為桑田。」／**棋劫**：原指圍棋上指從屬未定，可互相牽制的棋眼。此喻各方勢力相互取代、轉變。

八行—**何怪**：何必覺得奇怪，難怪。／**宋苑陳宮**：指南朝的宮苑。南朝的宋、齊、梁、陳的首都皆在建康，即今南京市。／**荒**：空曠冷清、偏僻。／**蛄**：即螻蛄，為螻蛄科昆蟲的泛稱。雄蟲會於日落黃昏時鳴叫。／**弔**：哀傷、憐憫。／化用自唐代李賀的〈宮娃歌〉：「啼蛄弔月鉤欄下。」

311 八歸・隱几山樓賦夕陽

厲鶚

初翻雁背，旋催鴉翼，高樹半挂微暈。
銷凝最是登樓意，常對亂波紅蘸，遠山青襯。
不管長亭歌欲斷，漸照去、鞭痕將隱。
想故苑、燕麥離離，滿地弄金粉。

何況春游乍歇，花愁多少，只惱黃昏偏近。
冷和帆落，慘連笳起，更帶孤煙斜引。
誤雕闌倚遍，霽色明朝也應準。
無言處、望中容易，下卻西牆，相思人老盡。

賞讀譯文

夕陽剛剛越過雁背，立刻催動日中金烏的翅膀，半掛在高樹上，散發模糊不清的光影。登樓的情緒最會讓人傷心地集中精神思考，我時常面對著蘸了夕陽紅的凌亂水波，後面有遠山的青綠襯托著。夕陽不管送別長亭裡的歌聲快要中斷了，逐漸照著即將隱沒的揮鞭痕跡。我想，故鄉田園裡的燕麥正茂盛，滿地妝飾了金粉般的花。何況春遊剛剛停止，花引起了我的許多愁思，只氣惱黃昏偏偏接近了。夕陽寂靜地跟著船帆落下，悲傷地和胡笳的聲音一同出現，更帶著孤單的炊煙斜斜地上升。我誤以為（故人歸返），倚遍了華美欄杆，明天會有雨後天晴的景色，這應該是準確的。讓人無言的地方是，在我的視野中，夕陽很容易就從西牆落下，但我這個相思的人也完全老了。

題旨：詠夕陽

厲鶚（1692～1752）

字太鴻、雄飛，號樊榭、南湖花隱等。家境貧寒，曾考進士不第。以詩聞名，亦是浙西詞派集大成者。性喜出遊吟詩，足跡踏遍各地名山。博覽群書，著作豐富。

—注釋—

一行—**初**：剛剛。／**翻**：越過。／**旋**：立刻、很快的。／**鴉翼**：此處指太陽，化用自日中有三足烏，稱太陽為「金烏」的典故。／**挂**：通「掛」。／**微暈**：模糊不清的光影。

二行—**銷凝**：銷魂凝思，傷心地集中精神思考。／**登樓**：或許化用了東漢末年文學家王粲在避亂時作〈登樓賦〉的思鄉心情。／**意**：情感，情緒。／**亂波**：凌亂水波。／**蘸**：把東西沾上液體或黏附其他物質。蘸，音同「站」。

三行—**長亭**：古代約每十里設一個休憩亭，稱為長亭，通常是送別的地方。／**鞭痕**：揮鞭的痕跡。

四行—**故苑**：故鄉的田園。苑，指種植草木果蔬的地方。／**離離**：茂盛的樣子。／**弄**：妝飾，修飾。／**金粉**：此處應是指燕麥的花。

五行—**游**：遨遊。通「遊」。／**乍歇**：剛剛停止。／**多少**：很多、許多。

六行—**冷**：寂靜、寂寞。／**慘**：悲哀、淒涼。／**連**：和、及。／**笳**：指胡笳，吹管樂器。最初是胡人捲蘆葉來吹奏作樂。／**起**：出現。／**引**：伸長，延長，此處指往上升。

七行—**誤**：誤以為。／**雕闌**：雕花彩飾或華美的欄杆。闌，欄杆。／**霽色**：雨後天晴的景色。

八行—**望中**：向遠處或高處看的視野之中。／**卻**：置動詞後，相當於「掉」、「去」、「了」。／化用自唐代韓偓的〈夕陽〉：「不管相思人老盡，朝朝容易下西牆。」

312

百字令・丁酉清明

厲鶚

春光老去，恨年年心事，春能拘管。
永日空園雙燕語，折盡柳條長短。
白眼看天，青袍似草，最覺當歌懶。
愔愔門巷，落花早又吹滿。

凝想煙月當時，餳簫舊市，慣逐嬉春伴。
一自笑桃人去後，幾葉碧雲深淺。
亂擲榆錢，細垂桐乳，尚惹遊絲轉。
望中何處，那堪天遠山遠。

賞讀譯文

春天的風光已經老去，我恨春天每年都能拘束管制我的心事。空蕩的庭園裡，一整天只有雙燕的鳴叫聲，柳條無論長短都被折光了。我以白眼看天，身上青袍的顏色像青草，感到最懶得唱歌。深靜的門巷裡，又早被風吹得滿地落花。

我專心地回想從前風花雪月的事，在賣糖人吹簫的舊市集裡，我習慣追逐著遊樂於春光的伴侶。自從美如桃花的她離開後，我只看到淡藍天空中幾朵深淺不一的浮雲。錢形的榆筴紛亂地掉落，乳形的桐子細垂著，還招惹蟲絲在周圍打轉。她在我眺望視野中的什麼地方呢？我怎能承受天空和群山（讓我們相隔）如此遙遠？

題旨：傷春思人

【注釋】

題【**清明**：清明節。

一行【**春光**：春天的風光、景色。／**拘管**：拘束管制。

二行【**永日**：整天、終日。／**語**：蟲鳥等的鳴叫聲。／**折盡柳條**：「柳」有「留」的諧音，古人常折柳贈別，表示挽留之意。

三行【**白眼**：怒目斜視，眼睛露出較多的白色部分，表示輕視鄙惡。／**青袍**：青色長袍。／**青袍似草**：含有唐代李商隱〈春日寄懷〉的「青袍似草年年定，白髮如絲日日新」之意。／**當歌**：指唱歌或聽歌。

四行【**愔愔**：深靜的樣子。愔，音同「因」。

五行【**凝想**：專心地想，癡癡地想。／**煙月**：風花雪月等事。／**當時**：從前、那時候。／**餳簫**：賣飴糖人所吹的簫。餳，麥芽糖，音同「形」。／**慣**：習以為常。／**嬉春**：遊樂於春光之中。

六行【**一自**：自從。／**笑桃人去後**：化用自唐代崔護的〈題都城南莊〉：「人面不知何處去，桃花依舊笑春風。」／**葉**：此處為量詞。／**碧雲**：天空中的浮雲，多用於表達贈別之情，化用自南朝江淹的〈休上人怨別〉：「日暮碧雲合，佳人殊未來。」

七行【**擲**：拋投、丟扔，此處指掉落。／**榆錢**：榆筴，榆樹在春季結成的果實，形狀似錢，俗稱榆錢。／**桐乳**：指梧桐剛長出的種子。因為梧子長在心皮的邊緣，看上去像是兩排乳房。（心皮是指變態成花部的葉子。）／**惹**：招引，招惹。／**遊絲**：蜘蛛等蟲吐的絲。

七行【**望中**：向遠處或高處看的視野之中。／**那堪**：怎能承受。

313

惜黃花慢・孤雁

賀雙卿

碧盡遙天，但暮霞散綺，碎剪紅鮮。聽時愁近，望時怕遠，孤鴻一個，去向誰邊。素霜已冷蘆花渚，更休倩、鷗鷺相憐。暗自眠，鳳凰縱好，寧是姻緣。

淒涼勸你無言，趁一沙半水，且度流年。稻粱初盡，網羅正苦，夢魂易警，幾處寒煙。斷腸可似嬋娟意，寸心裡，多少纏綿。夜未闌，倦飛誤宿平田。

賞讀譯文

整片淺藍色長空裡，只有晚霞散布著花紋，把鮮紅色剪得細碎。聽到孤雁的鳴叫聲時，愁緒就接近了；看到孤雁時，又怕牠飛得太遠。這一隻孤雁，要飛去誰的身邊。白霜已經散發冷意，孤雁停在長滿蘆花的小沙洲，再不要請鷗鳥和鷺鳥來相互憐惜。暗自入眠吧！鳳凰縱然好，難道會是姻緣嗎？即使悲苦，勸你不要多說話，利用這些沙和水，暫且度過時光。稻粱才剛採收，孤雁正苦於捕鳥的網羅，容易從夢中醒來，還有幾處寒冷煙霧。你的悲傷心情，是否與我的心意相似？我的內心裡有許多纏繞糾結的深厚情意。夜晚還未結束，孤雁疲於飛翔，錯誤地停留在平原的田地裡。

題旨：詠雁抒懷

賀雙卿（約 1715 ~ 1735）農家女，相傳在舅父的私塾或家附近的書館聽講而識字，婚後因夫家人性格暴烈，不久就勞累生病而亡。她的生平及詩詞作品，因為被記載在史震林（1692 ~ 1778）的《西青散記》而為後人所知。

【注釋】

一行—**碧**：指青綠色或淡藍色，此處為淡藍色。／**遙天**：長空。／**但**：只。／**暮霞**：晚霞。／**散**：分布，散布。／**綺**：織有花紋的絲織品。

二行—**鴻**：鴻雁，又稱大雁，是一種候鳥，於春季返回北方，秋季飛到南方越冬。

三行—**素霜**：白霜。／**渚**：水中的小沙洲。／**更休**：再不要。／**倩**：請人代為做事。／**鷗鷺**：鷗鳥和鷺鳥，都屬於水鳥。／**相憐**：相互憐惜。

四行—**寧**：豈、難道。

五行—**淒涼**：悲苦。／**趁**：利用。／**流年**：如流水般消逝的時間。

六行—**初盡**：指剛採收。／**網羅**：捕捉魚鳥的器具。／**夢魂**：夢。古人認為人的靈魂能在睡夢中離開肉體，故稱之「夢魂」。／**警**：覺醒。／**寒煙**：寒冷的煙霧。

七行—**斷腸**：比喻極度悲傷。腸有心思、情懷之意。／**可**：表示疑問。／**嬋娟**：美妙的姿容，代指美人，此處指作者自己。／**寸心**：內心。／**多少**：很多、許多。／**纏綿**：纏繞糾結的深厚情意。

八行—**闌**：將盡。／**倦飛**：疲於飛翔。／**宿**：停留。／**平**：平原的田地。

314

清平樂

新陰滿徑

江昉

新陰滿徑，月底花篩影。
寂寞心情憑自領，小院無人春靜。
海棠開到三分，憐他伴我溫存。
始解華胥是夢，曉風吹破行雲。

江昉（1727～1793）

字旭東，號橙里、硯農。候銓（聽候選授官職）知府。其父曾官兩浙運使。性伉爽，喜交遊。乾隆時期江南鹽商江春為其堂兄。

注釋

一行 **新陰**：新月，農曆每月月初的細彎月。陰指月亮，此處延伸指月光。／**底**：下方。

二行 **憑**：任、隨。

三行 **海棠**：薔薇科蘋果屬的落葉喬木。三、四月時開紅色花。與草本植物秋海棠不同。／**開**：綻放。／**憐**：愛、疼惜。／**溫存**：溫柔。

四行 **華胥夢**：華胥為古書《列子》中的理想國。／**曉風**：清晨的風。／**行雲**：流動的雲。或有戰國時代宋玉〈高唐賦〉中，楚王在夢中與「旦為朝雲，暮為行雨」的巫山神女歡會，而引申的男女歡合之意。

題旨：春夜抒懷

賞讀譯文

新月的月光灑滿小徑上，月下的花篩過光線，在地面投下影子。寂寞的心情任由我領取，小院子裡沒有人，春夜裡一片寂靜。海棠花開到三分，我疼惜他溫柔地陪伴我。我開始了解華胥國只是一場夢，晨風吹破了流動的雲。

315

桂枝香

蘋風吹晚

吳翌鳳

蘋風吹晚，送兩槳寒潮，去程同遠。多少江南舊恨，客懷難遣。楚天歸夢沉沉闊，瑣窗寒、靜隨宵掩。微霜影裡，香銷燭燼，乍聞新雁。

念自昔、紅亭翠館。悵十載盟鷗，便教飛散。數遍亂山荒驛，甚時重見。鄉關此後多風雪，怕黃昏、畫角吹怨。相思空記，寒梅一樹，和香同剪。

賞讀譯文

晚風吹過白蘋，將寒涼潮水送到兩根船槳旁，隨著去路一同到遠方。身處異鄉，內心有許多江南舊恨難以排遣。南方天空下，歸返的夢深沉廣闊；寒意從瑣窗傳入，我在夜裡安靜地將窗戶關閉。薄霜的影裡，焚香和蠟燭已經燒完，我突然聽到新到來雁子的鳴叫聲。我想念從前在紅亭翠館裡（飲酒賦詩）。我惆悵著我們歷經十年的退隱生活後就要分散了。我們遊賞過數次的參差群山和荒野驛站，何時才能再次見到？從此以後，故鄉家園將有許多風雪，我害怕黃昏時畫角吹出的哀怨嗚聲。徒然記得我們彼此想念，有一棵梅花綻放了，我連同香氣將一枝梅花剪下。

題旨：秋旅送別

吳翌鳳（1742～1819）

字伊仲，號枚庵或作眉庵，別號古歡堂主人，初名鳳鳴。藏書家吳銓後裔。諸生（經考試錄取而入學的生員）。家貧而篤好典籍，多借書閱覽，若得佳本，則用手抄。

注釋

一行—**蘋**：指白蘋，為水中浮草，夏末秋初開白色花。／**寒潮**：寒涼的潮水。／**同遠**：一同到遠方。

二行—**多少**：很多、許多。／**客懷**：身處異鄉的情懷。／**遣**：排解、消除。

三行—**楚天**：春秋戰國時期的楚國在長江中下游一帶，泛指南方天空。／**歸夢**：歸鄉之夢。／**沉沉**：深沉。／**瑣窗**：有連環鎖鏈般花紋的窗戶。／**宵**：夜晚。／**掩**：關閉。

四行—**微霜**：薄霜。／**香**：此處指焚香。／**銷**：耗盡。／**燼**：燃燒完。／**乍**：突然。／**聞**：聽到。／**新雁**：新到來的雁子。

五行—**念**：想念。／**自昔**：往昔；從前。／**紅亭翠館**：此處指玩樂場所。

六行—**悵**：惆悵，悲愁。／**載**：計算時間的單位。相當於「年」。／**盟鷗**：指與鷗鳥訂盟同住水鄉，比喻退隱。／**便**：即、就。／**教**：使，讓。／**飛散**：散開。

七行—**數遍**：數次。／**亂山**：無條理秩序的群山，指參差錯落的群山。／**荒驛**：荒野的驛站。／**甚時**：何時。／**重見**：再次見到。

八行—**鄉關**：故鄉家園。／**此後**：從此以後。／**畫角**：樂器名。傳自西羌，形如牛、羊角，表面彩繪裝飾，吹奏時發出嗚嗚聲。

九行—**相思**：彼此想念。／**空**：徒然。／**寒梅**：梅花。因其凌寒開放，故有此稱。／**一樹**：一棵。

316

臺城路・富春道中

吳錫麒

江流不管閒鷗夢，匆匆似隨帆轉。鬢短籠煙，衫青浣雪，禁得天涯人慣。絲風乍捲。聽萬竹陰中，畫眉低囀。鎮日狂歌，早催斜照墮天半。

回頭山遠水遠。只依依霽月，無限情戀。短笛能橫，長魚欲舞，相對蓬壺清淺。空明一片，想深谷高眠，白雲都懶。釣火何來，隔灘流數點。

賞讀譯文

江流不管我的退隱夢，匆匆地像隨著船帆打轉。我的短鬢籠罩著煙霧，青衫被白浪弄溼，我已經習慣承受待在天涯的生活。微風突然捲起，我聽到竹林深處有畫眉鳥小聲地鳴叫。我從早到晚縱情高歌，早早就催著西斜夕陽墜落到半天的高度。

我回頭一看，（途經的）山水已經在遠方，只有雨後的明月留戀不捨，給我無限的眷戀之情。我吹著短笛，長魚想要跳舞，（彷彿）面對著蓬萊仙山和銀河。周圍水天一片空曠澄澈，我想要在深谷裡高枕安眠，看白雲都盤據不動。漁火是從哪裡來的？隔著灘地有數點流動著。

吳錫麒（1746～1818）

字聖徵，號穀人。登進士後，曾任翰林院庶起士、右贊善、入值上書房、國子監祭酒等職。後以雙親年邁需奉養為由而歸鄉里，於各書院中講學。

題旨：行旅記事

注釋

題—**富春**：指富春江，為錢塘江的中游段，流經浙江省中部的桐廬縣、富陽縣。

一行—**閒鷗**：即閒鷗，比喻退隱。

二行—**籠**：覆蓋，籠罩。／**衫青**：指青衫，青色衣服，古時學子所穿之服，借指書生，也是低階官服或卑賤者的衣服。／**浣雪**：指被白浪弄溼。浣，指洗滌、洗濯。／**禁得**：承受得住。／**天涯**：天邊，指遙遠的地方。

三行—**絲風**：微風。／**乍**：突然。／**萬竹**：指竹林。／**陰中**：指深處。／**畫眉**：畫眉鳥。／**低**：形容聲音很小。／**囀**：鳥鳴。

四行—**鎮日**：從早到晚。／**狂歌**：縱情高歌。／**斜照**：斜陽，傍晚西斜的夕陽或陽光。／**墮**：向下墜落。

五行—**依依**：留戀不捨的樣子。／**霽月**：雨後的明月。／**情戀**：眷戀之情。

六行—**橫**：此處指吹橫笛。／**欲**：想要。／**蓬壺**：即蓬萊，古代傳說中的海中仙山，因形如壺器而有此稱。／**清淺**：代指銀河。

七行—**空明**：空曠澄澈。／**高眠**：高枕安眠。／**懶**：此處指盤據不動。

八行—**釣火**：即漁火，漁舟中的燈火。

月華清

鴉影偎煙

吳錫麒

鴉影偎煙，蛩機絮月，月和人共歸去。愁滿青衫，怕有琵琶難訴。想玉闌、吹老苔花，枉間卻、扇邊眉嫵。延佇，漸響餘落葉，冷搖燈戶。

不怨美人遲暮，怨水遠山遙，夢來都阻。翠被香消，莫話青鴛前度。剩醉魂、一片迷離，繞不了、天涯紅樹。誰語，正高樓橫笛，數聲清苦。

賞讀譯文

鴉鳥的身影依傍著煙霧，蟋蟀對著明月叨絮，明月和那人一起回去了。我的愁緒已經填滿青衫，如果有琵琶也難以替我傾訴。我想到玉雕欄杆旁，秋風把青苔吹得枯衰；我徒然地與曾在扇子旁露出嫵媚雙眉的她分開了。我佇立許久，周圍逐漸響起剩下的葉子掉落的聲音，冷風搖動了窗戶旁的燈。

我不怨年華老去，只怨兩人之間被山川阻隔，就連在夢中都被阻擋。翠被上的香氣已經消散，別說前次兩人像鴛鴦那樣相聚的事。只剩下我在醉夢中，眼前的景色一片模糊難辨，讓我無法繞到遠方的紅葉樹那裡。是誰在說話？剛好高樓上有人在吹橫笛，傳來數聲清苦的笛音。

題旨：秋夜抒懷

題序：九月望夜，被酒歸來，明月在窗，清寒特甚，新愁舊夢，棖觸於杯，因賦此解。（注：被酒，指醉酒或帶有幾分酒意。特甚，指程度超過一般情況。棖觸，指感觸，棖，音同「成」。）

注釋

一行—**鴉影**：鴉鳥的身影。或指所思女子的頭髮。／**偎**：傍著，靠著。／**蛩機**：蟋蟀的別稱。蛩，音同「瓊」。「機」，或有指女子所用的織機之意。／**絮**：叨絮。／**共**：一起。／**歸去**：回去。／

二行—**青衫**：青色衣服，古時學子所穿之服，也是低階官服或卑賤者的衣服。／**怕**：如果、倘若。

三行—**玉闌**：玉雕欄杆；闌，即欄杆。／**老**：此處指枯衰。／**苔花**：指青苔。／**枉**：徒然、白費。／**間**：分隔、分開。／**卻**：置動詞後，相當於「掉」、「去」、「了」。／**眉嫵**：眉樣嫵媚可愛。

四行—**延佇**：久立；久留。／**餘**：剩下的。

五行—**美人遲暮**：美人晚年。比喻年華老去，盛年不再。／**水遠山遙**：形容路程遙遠，山川阻隔。／**翠被**：織或繡有翡翠鳥紋飾的被子。／**莫**：不要，勿，別。／**話**：談論、敘說。／**青鴛**：此處指鴛鴦。／**前度**：前次。

七行—**醉魂**：醉夢。／**迷離**：模糊難以分辨的樣子。／**天涯**：天邊，指遙遠的地方。／**紅樹**：指經霜葉紅的樹，如楓樹等。

八行—**語**：說話、談論。／**正**：恰巧，剛好，正好。／**橫笛**：此處指吹橫笛。

318

春日客感

黃景仁

只有鄉心落雁前，更無佳興慰華年。
人間別是消魂事，客裏春非望遠天。
久病花辰常聽雨，獨行草路自生煙。
耳邊隱隱清江漲，多少歸人下水船。

黃景仁（1749～1783）

字漢鏞、仲則，號鹿菲子。宋朝詩人黃庭堅後裔。家境清貧。郡試第一，但鄉試多次不中，浪遊各地求生計，一生窮困潦倒，三十五歲時因病過世。富詩名，著有《兩當軒全集》。

題旨：春日懷鄉

注釋

一行─**鄉心**：思念家鄉的心情。／**雁**：大雁、鴻雁，是一種候鳥，於春季返回北方，秋季飛到南方越冬。／**佳興**：美好的興致。／**慰**：安撫。／**華年**：如花盛開的年紀，指少年、青春年華。

二行─**別是**：莫非是，難道是，表揣測之意。／**消魂**：哀傷至極，好像魂魄離開身體而消失。／**客裏**：在外鄉作客的期間。／**遠天**：遙遠的天空。

三行─**花辰**：指春天百花盛開的美好時光。／**自**：自然，當然。

四行─**隱隱**：隱約，不清楚、不明顯的樣子。／**歸人**：自遠地返回家鄉的人。／**下水船**：順流而下的船。

賞讀譯文

只有我的思鄉心情落在鴻雁之前，更沒有美好的興致來安撫自己的華年。

人間難道都是讓人哀傷至極的事？在外鄉作客的春日裡，不能望向遙遠的天空。

我生病已久，在百花盛開的春天裡時常在屋子裡聽雨，獨自行走的青草路上自然產生了煙霧。

耳邊傳來隱約的清江高張聲，有多少返鄉的人搭上順流而下的船？

319 秋夕

黃景仁

桂堂寂寂漏聲遲，一種秋懷兩地知。
羨爾女牛逢隔歲，為誰風露立多時。
心如蓮子常含苦，愁似春蠶未斷絲。
判逐幽蘭共頹化，此生無分了相思。

題旨：秋夜相思

注釋

一行—**桂堂**：華美的廳堂。／**寂寂**：寂靜。／**漏聲**：滴水計時銅壺的滴漏之聲。／**遲**：緩慢。／**秋懷**：秋日的思緒情懷。

二行—**羨**：羨慕。／**爾**：此、這個。／**女牛**：織女與牽牛二星的合稱。／**歲**：年。／**風露**：風寒。／**立**：站立。

四行—**判**：此處指甘願、寧願。／**逐**：跟隨。／**幽蘭**：生於幽谷的蘭花。／**頹化**：凋謝。／**了**：結束，了結。

賞讀譯文

寂靜的華美廳堂裡，緩慢的滴漏聲；同一種秋日情懷，分隔兩地的人都知道。我羨慕那織女和牛郎每隔一年就能重逢，而我為了誰在風寒中佇立多時？我的心就像蓮子那樣經常含苦，我的愁思就像春蠶吐出的未曾斷裂的絲。我甘願跟隨幽谷中的蘭花一起凋謝，此生沒有分離，了結了相思。

320

晚眺

黃景仁

關河容易入斜曛，獨立蒼茫數雁群。
樹裏沙淮流漸合，門前梁楚地初分。
天黏野草疑無路，風旋驚鴉忽入雲。
我意先秋感搖落，澤蒲汀柳漫紛紛。

題旨：秋日晚景

一注釋一

一行一**關河**：關塞河流，泛指山河。／**斜曛**：落日的餘輝。曛，指黃昏時刻。／**獨立**：獨自佇立。／**蒼茫**：曠遠迷茫的樣子。／**數**：數算。

二行一**沙淮**：指沙潁河（又名潁河）和淮河，當時作者身在正陽關（今安徽省境內），為沙潁河匯入淮河之處。／**梁楚**：指古代的梁州和楚國，梁州範圍在西方，楚國範圍在長江中下游一帶。／**初**：從前，原來。

三行一**黏**：緊緊地連接。／**疑**：彷彿、好像。／**旋**：繞著轉動。／**驚鴉**：受到驚嚇的鴉鳥。

四行一**意**：情感，情緒。／**先**：時間居前。／**搖落**：凋殘、零落。／**蒲**：指蒲柳，又稱水楊，也是楊柳科柳屬的植物。／**汀**：水邊平地或河流中的小沙洲。／**漫紛紛**：此處指雜亂飛揚的樣子。

賞讀譯文

山河很容易又籠罩在落日餘輝中，我獨自站立在曠遠迷茫的原野，數著雁群。

樹林裡，沙潁河和淮河逐漸合流，門前是從前梁州和楚國地域的劃分處。

天空緊緊地連接著野草叢，看似沒有路了；風一吹轉，受到驚嚇的鴉鳥忽然飛入雲間。

我的情緒比秋天更早感受到凋殘的氛圍，水澤和汀洲上的楊柳枝葉雜亂地飛揚。

短歌別華峯

黃景仁

前年送我吳陵道，三山潮落吳楓老。
今年送我黃山遊，春江花月征人愁。
啼鵑聲聲喚春去，離心催掛天邊樹。
垂楊密密拂行裝，芳草萋萋礙行路。
嗟予作客無已時，波聲拍枕長相思。
雞鳴喔喔風雨晦，此恨別久君自知。

賞讀譯文

前年你在吳陵的道路上送我，當時三山江流的潮水已經退落，吳地的楓葉也枯黃了。今年你送我到黃山遊覽，春江花月的美好景色使遊子發愁。啼叫的杜鵑鳥一聲聲地呼喚春天回去，我的別離之情被催促到掛在天邊的樹上。濃密的垂楊輕拂我的行李，茂盛的芳草阻礙了前行的道路。感嘆我旅居在外沒有停止的時候，波浪聲在枕邊拍著，讓相思之情綿綿不斷。雞隻喔喔地鳴叫，風雨讓天色暗得宛如夜間，在分別久了之後，你自己就會知道這份愁恨了。

題旨：送別友人

注釋

題─**華峯**：應是指友人洪稚存。

一行─**吳陵**：指泰州（在今江蘇省境內）。／**三山**：指江蘇省境內的金山、焦山、北固山。／**吳楓**：吳地的楓葉。吳地指春秋時代吳國的疆域，在今江蘇、浙江一帶。／**老**：此處指衰枯。

二行─**春江花月**：春日的江水、花和月，泛指美好的景色。／**征人**：遊子。

三行─**啼鵑**：啼叫的杜鵑鳥，或杜鵑鳥的啼叫聲。／**離心**：別離之情。

四行─**垂楊**：柳樹的別名。「柳」有「留」的諧音，常用來表示挽留之意。／**密密**：濃密；稠密。／**拂**：輕輕掠過、擦過。／**行裝**：出門時所攜帶的行李。／**芳草**：香草，有懷人思親之意，源自《楚辭．招隱士》的「王孫遊兮不歸，春草生兮萋萋」。／**萋萋**：草茂盛的樣子。／**礙**：阻礙。／**行路**：道路。

五行─**嗟**：嗟嘆。／**予**：我。同「余」。／**作客**：旅居在外。／**已**：停止。／**長相思**：綿綿不斷的相思之情。

六行─**晦**：夜晚。／化用自《詩經．鄭風．風雨》：「風雨如晦，雞鳴不已。既見君子，云胡不喜。」／**君**：你；對人的尊稱。／**自知**：自身知曉、明白。

322 木蘭花慢

指雷塘舊路

楊芳燦

指雷塘舊路，煙影外，雨絲飄。
記昔日佳遊，囊琴載酒，岸曲停橈。
迷離碧蕪城郭，問錦帆、何處蕩春潮。
寒食玉鉤斜畔，落花飛過紅橋。

魂銷。蘭信渡江遙，商女學吹簫。
怕後夜香衾，二分月色，孤照無憀。
相思雪晴東閣，折苔枝、閒惹翠禽嘲。
便擬清歡更續，莫教華鬢先凋。

賞讀譯文

朝向雷塘的舊路，就在淡煙之外，正飄著雨絲。記得昔日的美好遊覽，我們用袋子裝琴，載著酒，將船停在彎曲的岸邊。模糊難辨的青草包圍著揚州城，我想問色彩鮮明的船帆在春潮上要漂蕩到哪裡去？寒食節，在遊宴地玉鉤斜的旁邊，落花飛過了紅橋。我極度悲傷；要將書信送到對岸，路途遙遠。我聽到有女子在學吹簫。我害怕到了後半夜，月光就將香被分成黑白兩半，單獨照著空閒煩悶的我。想念我們在雪止天晴的東向小門前，折下苔梅枝，隨意地招惹翠禽鳴叫。我就打算讓清雅恬適的樂趣再繼續，不要讓花白的鬢髮先衰頹。

題旨：春景憶往思人

楊芳燦（1754～1816）

字才叔，號蓉裳。由拔貢應廷試，曾任靈州知州、戶部員外郎等職，因母親去世而返鄉後，主講於衢杭、關中、錦江三書院，又後入蜀修《四川通志》。

注釋

一行—**指**：朝向、對著。／**雷塘**：地名，位於江蘇省境內，為隋煬帝埋葬處。／**煙影**：淡淡的煙霧或雲氣。

二行—**佳遊**：美好的遊覽。／**囊**：用袋子盛裝物品。／**橈**：船槳，代指船。

三行—**迷離**：模糊難以分辨的樣子。／**碧蕪**：青草。／**城郭**：城牆，代指整座城，此處指揚州城。／**錦帆**：色彩鮮明的船帆。／**蕩**：搖動、擺動。／**春潮**：春天的潮水。

四行—**寒食**：節令名，通常在冬至後第一〇五日，在清明節前一或二日。傳統上當日禁火，一律吃冷食。／**玉鉤斜**：地名，為古代著名的遊宴地，在今江蘇省境內，相傳為隋煬帝葬宮人處。玉鉤也有新月之意。／**畔**：邊側、旁側。／**紅橋**：橋名。在江蘇省揚州市，為揚州遊覽勝地之一，又名虹橋。

五行—**魂銷**：靈魂離體而消失，形容極度悲傷或歡樂激動。／**蘭信**：此處指書信。／**商女**：歌女。或是指商人婦（商人的妻子）。

六行—**後夜**：後半夜。／**香衾**：香被。衾，音同「親」。／**二分月色**：指被月色分成兩半。／**孤**：單獨。／**無憀**：空閒而煩悶的心情。

七行—**相思**：想念。／**雪晴**：雪止天晴。／**東閣**：東向的小門。／**苔枝**：苔梅，梅樹的一種。／**閒**：隨意的。／**翠禽**：翠鳥。／**嘲**：鳥鳴，此處音同「昭」。

八行—**擬**：打算。／**清歡**：清雅恬適的樂趣。／**莫教**：不要讓。／**華鬢**：花白的鬢髮。／**凋**：衰頹。

323 摸魚兒

據胡床深林獨坐

楊芳燦

據胡床、深林獨坐，微茫天色催暮。
碧雲幾葉流無影，窣地感秋成悟。
秋有語，道還叩騷人，識我家何處。君應不誤。
想籬豆花邊，涼蟬聲裏，依約認前路。
淒涼意，不數庾詩江賦。天然空外琴趣。
倀倀我亦悲秋者，忍掐檀槽遺譜。
拚睡去，枕半榻明蟾，夢與秋同住。玲瓏窗戶。
正露沁蓮池，夜深人靜，花氣冷如雨。

賞讀譯文

我拿著胡床到茂密樹林裡獨自坐著，模糊隱約的天色催著黃昏到來。淡藍天空裡的幾片浮雲已經飄得無影無蹤，我突然對秋天有所感受而頓悟。秋天有話要說，還問詩人，你知道我家在哪裡嗎？你應該不會錯。我想，就在籬笆上豆類植物開的花旁邊，秋蟬的鳴叫聲裡，我依稀隱約認得前進的道路。秋天的淒涼悲苦之情，不少於庾信的詩作和江淹的賦文，都是自然且意想不到的詞作。無所適從的我，也是會因蕭瑟秋景而傷感的人，怎麼忍心用琴彈奏前代留下的樂譜？我寧願睡去，躺在有半邊月光的榻上，夢見我與秋天同住。窗戶明亮。正好是露水浸透蓮池，夜深人靜的時刻，花的香氣冷得像雨一般。

題旨：秋景抒懷

—注釋—

一行—**據**：占有，占據。／**胡床**：一種可以摺疊的輕便椅子。／**深林**：茂密的樹林。／**微茫**：模糊隱約的樣子。／**暮**：傍晚、黃昏。

二行—**碧雲**：碧空（淡藍天空）中的浮雲。／**幾葉**：幾片。／**流**：移動，飄流。／**無影**：指消逝得沒有蹤跡。／**窣地**：突然。

三行—**道**：說、談。／**叩**：詢問、請問。／**騷人**：詩人。屈原曾作〈離騷〉，原本用來指稱屈原，後稱詩人為「騷人」。／**識**：知道。／**誤**：差錯。

四行—**籬**：籬笆，以竹或樹枝編成的柵欄。／**豆花**：豆類植物開的花。／**涼蟬**：秋蟬。／**依約**：依稀隱約。／**認**：辨識、分別。／**前路**：前進的道路。

五行—**淒涼**：悲苦。／**意**：情趣，情感。／**不數**：指不少於。／**庾詩**：庾指南北朝文學家庾信，詩指庾信的〈擬詠懷〉系列詩之「搖落秋為氣，淒涼多怨情」。／**江賦**：江指南北朝文學家江淹，其〈恨賦〉有「春草暮兮秋風驚，秋風罷兮春草生」，〈別賦〉有「值秋雁兮飛日，當白露兮下時」等句。／**空外**：即天外，意想不到的。／**琴趣**：為詞作的別名，南宋時，許多詞集都稱為「琴趣外篇」。

六行—**倀倀**：無所適從的樣子。倀，音同「昌」。／**悲秋**：對蕭瑟秋景而傷感。／**忍**：此處是指怎麼忍心。／**掐**：此處指以手指按琴弦。／**檀槽**：以檀木製成的琵琶、琴等弦架上的槽格，亦代指琵琶等樂器。／**遺譜**：前代留下的樂譜。

七行—**拚**：此處指甘願、寧願。／**榻**：狹長的矮床。／**明蟾**：明月。自古傳說月亮中有蟾蜍，又傳說嫦娥飛到月宮後變成蟾蜍，故稱月亮為「蟾」。／**玲瓏**：明亮的樣子。

八行—**沁**：浸透。／**花氣**：花的香氣。

324

燭影搖紅

孤棹邅回

楊芳燦

孤棹邅迴，溼雲如夢吳天暝。
一彎微月到蘆花，晴雪寒無影。
離思匆匆未定。更那堪、漏長人靜。
倚舷凝眺，山澹無姿，水明生暈。
惆悵冬郎，已涼天氣江南恨。
冷蛩哀雁攪余思，淚點青衫凝。
拌向旗亭酩酊。奈愁思、易催人醒。
為秋銷瘦，詩號秋懷，賦題秋興。

賞讀譯文

孤舟徘徊著，溼雲像夢一樣，讓吳地的天空變得昏暗。一彎新月照著蘆花，雪白月光讓寒意消失無蹤。匆匆離開的思緒尚未平靜，更何況夜晚漫長，人安靜無聲。我倚著船舷專注地遠望，山色清淡，看不清其形勢，明亮水面倒映著月暈。

惆悵失意的冬郎，在轉涼的天氣裡，心中仍充滿了離別愁恨。深秋的蟋蟀和哀傷的鴻雁攪動了我的愁思，淚珠凝集在青衫上。我寧願到酒店喝個酩酊大醉，怎奈愁思很容易就催人醒來。我為秋天而消瘦，將詩作稱為「秋懷」，在賦文寫上「秋興」。

注釋

一行—**孤棹**：孤獨的船槳，代指孤舟。／**邅迴**：徘徊、行走困難的樣子。邅，音同「沾」。／**溼雲**：溼度大的雲。／**吳天**：吳地的天空。吳地指春秋時代吳國的疆域，在今江蘇、浙江一帶。／**暝**：昏暗。

二行—**微月**：眉月，新月。／**蘆花**：蘆葦花，花期為秋季。／**晴雪**：天晴後的積雪，比喻白色之物，此處指月光。／**無影**：指消逝得沒有蹤跡。

三行—**離思**：離別的思緒。／**定**：平靜。／**更那堪**：更何況，再加上；常用以形容難以承受的情境。／**漏長**：指夜晚漫長。漏，古人計時用的漏壺，利用滴水量來計算時間。／**人靜**：人安靜無聲。

四行—**舷**：船兩側的邊緣。／**凝眺**：專注地遠望。／**山澹**：山色清淡。／**姿**：形勢。／**暈**：此處指月暈。

五行—**惆悵**：惆悵失意或怨恨的樣子。惆，音同「昭」。／**冬郎**：唐代詩人韓偓的小名。／**江南恨**：指離別愁恨。韓偓有一首名為〈江南送別〉的詩：「江南行止忽相逢……送別人歸野渡空……。」

六行—**冷蛩**：即寒蛩，深秋的蟋蟀。／**哀雁**：哀傷的鴻雁。／**余**：我。／**淚點**：淚珠。／**青衫**：青色衣服，古時學子所穿之服，借指書生，也是低階官服或卑賤者的衣服。／**凝**：聚集，凝集。

七行—**拌**：此處指甘願、寧願。／**旗亭**：酒樓。因樓外懸著旗子，故有此稱。／**酩酊**：飲酒大醉的樣子。／**奈**：怎奈。

八行—**銷瘦**：即消瘦，消減瘦弱。／**號**：稱謂、稱呼。／**題**：簽署、寫在上面。

題旨：夜景悲秋

325

玉樓春

一春長放秋千靜

張惠言

一春長放秋千靜，風雨和愁都未醒。
裙邊餘翠掩重簾，釵上落紅傷晚鏡。
朝雲卷盡雕闌暝，明月還來照孤憑。
東風飛過悄無蹤，卻被楊花微送影。

題旨：春愁

張惠言（1761～1802）原名一鳴，字皋文，一作皋聞，號茗柯。家境清貧。中舉人後，考取景山宮官學教習，教授官宦子弟。登進士第後，曾任實錄館纂修官、翰林院編修。與弟弟張琦合編《詞選》，開創常州詞派，著有《茗柯文集》。四十二歲時卒於官。

一注釋一

一行—**長**：長久。／**秋千**：鞦韆。／**靜**：安定不動的。

二行—**掩**：關上。／**重簾**：一層層的簾子。／**落紅**：落花。／**晚**：傍晚。

三行—**朝雲**：早上的雲。／**卷**：收藏、收拾。通「捲」。／**盡**：完結、終止。／**雕闌**：雕花彩飾的華麗欄杆。／**暝**：昏暗。／**孤憑**：指孤單地靠著欄杆的身影。

四行—**東風**：春風。／**悄**：寂靜。／**楊花**：即柳絮。／**送**：傳遞。／**影**：人、物的形象或圖像。

賞讀譯文

一整個春天，女子長久地讓鞦韆靜止不動，心情深陷在風雨和愁思中，還未清醒。

裙邊的殘餘綠意，讓她關上一層層的簾子；釵子上的落花讓她在傍晚照鏡子時感到傷心。

早上的雲已經收拾走了，華麗欄杆處天色昏暗，但明月還來照著女子孤單地靠著欄杆的身影。

春風寂靜地飛過，沒有留下蹤跡，卻被柳絮稍微傳遞了它的身影。

326 水調歌頭·春日賦示楊生子掞

（百年復幾許）

張惠言

百年復幾許，慷慨一何多。
子當為我擊筑，我為子高歌。
招手海邊鷗鳥，看我胸中雲夢，蒂芥近如何。
楚越等閒耳，肝膽有風波。

生平事，天付與，且婆娑。
幾人塵外相視，一笑醉顏酡。
看到浮雲過了，又恐堂堂歲月，一擲去如梭。
勸子且秉燭，為駐好春過。

賞讀譯文

百年又有多少日子呢？人們對此事的感嘆非常多。你應當為我擊打筑器，讓我為你高歌。我對著海邊的鷗鳥招手，讓牠看看我的胸中如雲夢澤般廣大，那些嫌隙最近如何呢？（如果把萬物視為一體，）楚國和越國之間的遙遠距離就很平常了；否則就算是相近的肝和膽之間，也會有隔閡。生平的事，都是上天給予的，只要舒暢安適地處在其中就好。有幾個人在塵世之外相視，會笑著讓醉後的臉色泛紅呢？一旦看到浮雲飄過去了，又害怕志氣宏大的歲月就像丟擲而出的梭子那樣離去。我勸你要夜以繼日地持燭讀書，以便把即將離去的美好青春留住。

題旨：人生感懷

注釋

一行—**復**：再、又。／**幾許**：多少。／**慷慨**：感嘆、慨嘆。／**一何**：何其，多麼。

二行—**子**：你。／**筑**：古代一種弦樂器，似箏，以竹尺擊之，聲音悲壯。

三行—**海邊鷗鳥**：化用自《列子》的典故，其中描述有海鷗懷疑一位舊識有心機而不再飛下來玩。／**雲夢**：指雲夢澤，又稱雲夢大澤，中國湖北省長江和漢水間古代湖泊群的總稱，現已消失。／**蒂芥**：比喻存在心中使人不愉快的嫌隙。／**近**：最近，近來。

四行—**楚越**：楚國和越國，比喻相距遙遠。／**等閒**：平常、平凡。／**耳**：位於句末，表限制的意思。相當於「而已」、「罷了」。／**肝膽**：肝和膽。／化用自《莊子．德充符》：「自其異者視之，肝膽楚越也；自其同者視之，萬物皆一也。」／**風波**：此處指嫌隙、隔閡。

五行—**付與**：拿給、交付。／**且**：只。／**婆娑**：舒展，身心舒暢安適。

六行—**塵外**：塵世之外。／**醉顏**：醉後的臉色。／**酡**：紅潤的、泛紅的。

七行—**恐**：害怕、畏懼。／**堂堂**：志氣宏大。／**擲**：抛投、丟扔。／**梭**：又稱梭子，織布時用來牽引橫線的器具，兩頭尖，中間粗。

八行—**秉燭**：持燭、燃燭，比喻夜以繼日。／**駐**：留住、保持。／**春**：此處指青春。／**過**：去，離開。

327 水調歌頭・春日賦示楊生子掞

（今日非昨日）

張惠言

今日非昨日，明日復何如。
揭來真悔何事，不讀十年書。
為何東風吹老，幾度楓江蘭徑，千里轉平蕪。
寂寞斜陽外，渺渺正愁予。
千古意，君知否，只斯須。
名山料理身後，也算古人愚。
一夜庭前綠遍，三月雨中紅透，天地入吾廬。
容易眾芳歇，莫聽子規呼。

賞讀譯文

今日已不是昨日，明日又會怎麼樣呢？自從時光離去以來，為了什麼事而真心懊悔呢？那就是十年來都沒有讀書。為什麼東風會把萬物吹得衰枯？楓樹包夾的江流和蘭草鋪蓋的小徑，有幾次轉變成雜草繁茂的遼闊平原？我寂寞地站在西斜夕陽之外，遼闊而蒼茫的景色正讓我發愁。你知道嗎？千古長存的意義，只在片刻之間。把著作藏在名山，當作對死後之事的安排，這也算是古人愚昧。一夜之間，庭院前就布滿綠意，花朵在三月的雨中徹底變紅了，天地景物進入了我的屋舍。許多花草很容易就凋零了，別聽杜鵑鳥的呼叫聲。

注釋

一行─**復**：再、又。／**何如**：如何，怎麼樣。

二行─**揭**：離去。音同「妾」。

三行─**東風**：春風。／**老**：此處指衰枯。／**幾度**：幾次，多次。／**楓江蘭徑**：蘭指蘭草。出自《楚辭．招魂》：「皋蘭被徑兮，斯路漸。湛湛江水兮，上有楓，目極千里兮，傷春心。」／**千里**：形容面積遼闊。／**平蕪**：雜草繁茂的平原。

四行─**斜陽**：傍晚西斜的夕陽或陽光。／**渺渺**：遼闊而蒼茫的樣子。／**予**：我。同「余」。／化用自屈原《九歌．湘夫人》：「帝子降兮北渚，目眇眇兮愁予。」

五行─**千古**：久遠的年代，引申為具有長遠存在的價值。／**君**：你；對人的尊稱。／**斯須**：片刻、短暫的時間。

六行─**名山**：此處用「藏之名山」的典故，古人以著作不便問世，只適合收藏在大山之中，但比喻的是著述極具價值，能流傳後世。／**料理**：處理。／**身後**：死後。

七行─**遍**：布滿。／**透**：形容徹底而充分的程度。／**吾廬**：我的屋舍。

八行─**眾**：許多的。／**芳**：花草。／**歇**：竭盡、凋零、衰敗。／**莫**：不要，勿，別。／**子規**：杜鵑鳥。初夏時常晝夜不停啼叫，叫聲類似「不如歸去」。相傳為商周至春秋時代之間的古蜀君主杜宇之魂所化，又叫杜宇、鵑鴃、啼鴃、鶗鴃。

題旨：人生感懷

328 水調歌頭．春日賦示楊生子掞（長鑱白木柄）

張惠言

長鑱白木柄，斸破一庭寒。
三枝兩枝生綠，位置小窗前。
要使花顏四面，和著草心千朵，向我十分妍。
何必蘭與菊，生意總欣然。

曉來風，夜來雨，晚來煙。
是他釀就春色，又斷送流年。
便欲誅茅江上，只恐空林衰草，憔悴不堪憐。
歌罷且更酌，與子繞花間。

賞讀譯文

我拿著白木柄的長鑱，砍除了一整個庭院的寒意。有三、兩枝植物冒出綠意，我將它們放置在小窗前面。我要使花朵朝四面八方綻放，連同千朵青草的苗尖，對著我展現充足的美豔。何必要種蘭花與菊花？生長發育的活力總是欣欣向榮。清晨吹來的風，夜裡下的雨，傍晚籠罩的煙霧。是它們逐漸孕育了春色，又摧毀了如流水般消逝的時光。就算你想要剪除茅草，在江邊蓋屋隱居，只恐怕空疏的樹林和枯草都憔悴得不能憐惜。我歌唱完畢後又再飲酒，與你一起繞著花間。

題旨：人生感懷

注釋

一行—**長鑱**：一種翻土的農具。鑱，音同「纏」。／**斸**：砍、斫。音同「竹」。

二行—**置**：安放。

三行—**花顏**：指花朵。／**四面**：東、南、西、北四方。／**和**：連同。／**心**：植物的花蕊或苗尖。／**朵**：量詞，計算團狀物的單位。／**十分**：圓滿、充足。／**妍**：豔麗、美好。

四行—**生意**：生命力、生長發育的活力。／**欣然**：欣欣向榮的樣子。

五行—**曉**：破曉，天剛亮；清晨。／**晚來**：傍晚，入夜之際。

六行—**他**：指風、雨、煙。或暗指人生的憂患。／**釀就**：逐漸孕育而成。／**春色**：春天的景色。／**斷送**：葬送、犧牲、賠上，此處指摧毀。／**流年**：如流水般消逝的時光。

七行—**欲**：想要。／**誅茅**：剪除茅草。引申為結廬定居。／**江上**：江邊，指隱居之地。／**恐**：大概、或者。表疑慮不定的語氣。／**空林**：空疏的樹林。／**衰草**：枯草。／**不堪**：不可；不能。

八行—**罷**：完畢。／**且**：又、並。／**更**：再、復。／**酌**：飲酒。／**子**：你。

七月十四日夜京師望月

張問陶

萬里故鄉月，紛紛照客衣。
天長蟾影遍，人倦露華稀。
旅館秋歸早，家山夢到稀。
別來無一字，流恨滿清暉。

張問陶（1764～1814）
字仲冶、柳門，號船山、蜀山老猿。自幼隨父宦遊，但在父親因案件去職後家道中落。登進士第後，曾任翰林院檢討、江南道監察御史、吏部郎中、山東萊州知府等職，之後辭官寓居蘇州，晚年遨遊大江南北。與袁枚、趙翼合稱清代「性靈派三大家」。著有《船山詩草》。

題旨：月夜思鄉

一注釋一

題一**京師**：首都。

一行一**萬里**：形容極遠。／**紛紛**：接連不斷，持續。／**客**：指作客（旅居在外）的自己。

二行一**天長**：長空，遼闊的天空。／**蟾影**：月光。自古傳說月亮中有蟾蜍，又傳說嫦娥偷吃長生不老藥後，飛到月宮，受罰而變成蟾蜍，故稱月亮為「蟾」。／**遍**：布滿，到處都是。／**露華**：露水。

三行一**歸**：返回，回來。／**家山**：家鄉。

四行一**別來**：離別以來。／**字**：此處指書信。／**流恨**：遺恨，餘恨。／**清暉**：明淨的光輝，此處指月光。

賞讀譯文

從遙遠故鄉來的月光，持續照著我身上的衣服。
遼闊天空裡到處都是月光，人已經疲倦，露水仍稀少。
旅館裡的秋天回來得早，我卻很少在夢中返回家鄉。
自分別以來，我沒有收到任何書信，心中的餘恨似乎流滿了月光灑落之處。

330

南浦

驚回殘夢

張琦

驚回殘夢，又起來，清夜正三更。
花影一枝枝瘦，明月滿中庭。
道是江南綺陌，卻依然，小閣倚銀屏。
悵海棠已老，心期難問，何處望高城。

忍記當時歡聚，到花時，長此托春酲。
別恨而今誰訴，梁燕不曾醒。
簾外依依香絮，算東風，吹到幾時停。
向鴛衾無奈，啼鵑又作斷腸聲。

張琦（1764～1833）初名翊，又名與權，字翰風、玉可，號宛鄰、默成居士。中舉人後，曾任謄錄，後升為知縣，曾任鄒平、章丘、館陶等地的知縣。善醫術。

—注釋—

一行—**驚回**：驚醒。／**殘夢**：指零亂不全的夢。／**清夜**：寂靜的夜晚。／**正**：恰巧，剛好，正好。／**三更**：即半夜，子時，為晚上十一點到隔天凌晨一點。

二行—**瘦**：纖細。

三行—**道**：以為、認為、料想。／**綺陌**：綺麗的街道。／**小閣**：指女子的房間。／**銀屏**：鑲嵌雲母石或銀等物的屏風。也是屏風的美稱。

四行—**悵**：惆悵，悲愁。／**海棠**：薔薇科蘋果屬的落葉喬木。三、四月時開紅色花。與草本植物秋海棠不同。／**老**：此處指衰枯。／**心期**：心中相許，引申為相思。／**問**：為表示關切而探望、拜候。

五行—**忍記**：怎麼忍心記得。／**花時**：百花盛開的時節，常指春日；開花的時期。／**長此**：長久如此。／**托**：寄託，依靠。／**春酲**：春日醉酒後的睏倦。酲，音同「呈」。

六行—**別恨**：離別之愁。／**而今**：如今。／**梁燕**：梁上的燕子。

七行—**依依**：輕柔地隨風搖擺。／**香絮**：此處指柳絮。／**算**：推測，料想。／**東風**：春風。

八行—**向**：對著、朝著。／**鴛衾**：夫婦共寢的被衾。衾，音同「親」。／**啼鵑**：啼叫的杜鵑鳥，或杜鵑鳥的啼叫聲。／**斷腸**：比喻極度悲傷。「腸」有心思、情懷之意。

題旨：離情別恨

賞讀譯文

我從零亂不全的夢中驚醒，再度起來，正好是寂靜的半夜。（窗外，）有一枝枝纖細的花影，明亮月光照滿了中庭。我料想，在江南綺麗街道的她，依然在房間裡倚著銀屏。我惆悵著海棠已經枯衰，心中的相思難以慰問，在哪裡可以望向高城？我怎麼忍心記得當時歡聚的情景？到了開花時節，我長久如此寄託於春日醉酒後的睏倦。我心中的離別之愁如今要向誰傾訴？梁上的燕子不曾醒來。簾子外有輕柔隨風搖擺的柳絮，料想東風要吹到什麼時候才會停？我無奈地對著夫婦共寢的被衾，啼叫的杜鵑鳥又發出令人極度悲傷的聲音。

331 念奴嬌

紅樓珠箔

嚴元照

紅樓珠箔，護輕寒、四面垂垂不卷。
鴛甃幾番連夜雨，添了曉妝春倦。
柳待搖波，梅還慳雪，未覺東風軟。
橫塘路迥，踏青情緒先懶。

望極迢遞春江，歸帆何處，芳草和天遠。
欲寄天涯無好夢，夢與行雲都斷。
鸞鏡塵昏，獸爐香冷，憔悴無人管。
西園花事，一年判付鶯燕。

賞讀譯文

女子為了遮擋輕微寒意，讓華美樓房四面的珠簾都垂下而不捲起。井壁遭受幾次連夜下的雨，增添了女子晨起梳妝後的春日倦意。柳枝將要（伸長到）搖動水波，梅花還欠缺白雪，也不覺得東風溫和。前往橫塘的路很遙遠，到野外郊遊前，女子的情緒就先懶倦了。

女子望向視線極限處的遙遠春江，返航的船要去哪裡？芳草跟天邊一樣遙遠。她想要寄信到天涯，卻沒有好夢，夢與遠行之人的消息都中斷了。妝鏡被灰塵覆蓋而不清楚，獸形香爐的焚香已經冷卻，全是無人理會的衰敗模樣。園林裡花卉開花的事，這一年全都交給黃鶯和燕子等春鳥吧！

嚴元照（1773～1817）

號悔庵。工詩詞古文，亦熟文字學、聲韻學及訓詁學。四歲至八歲間即會寫四體書（真書、草書、隸書、篆書），人稱江南奇童。好藏宋版書，致力經傳，無意仕進。

注釋

一行—**紅樓**：華美的樓房，亦指女子的住處。／**珠箔**：珠簾。／**護**：此處指遮擋。／**輕寒**：輕微的寒意。／**卷**：通「捲」。

二行—**鴛甃**：用對稱的磚砌起的井壁。甃指井壁，音同「宙」。／**幾番**：幾次。／**連夜**：徹夜、通夜。／**曉妝**：晨起梳妝。

三行—**待**：將要。／**慳**：欠缺、缺少。／**東風**：春風。／**軟**：柔和、溫和。

四行—**橫塘**：古堤名，亦泛指水塘、池塘。／**迥**：遙遠。／**踏青**：春日到野外郊遊。

五行—**望極**：望向視線極限之處。／**迢遞**：遙遠。／**歸帆**：返航的船。／**芳草**：香草，有懷人思親之意，源自《楚辭．招隱士》的「王孫遊兮不歸，春草生兮萋萋」。／**和**：連同。

六行—**欲**：想要。／**天涯**：天邊，指遙遠的地方。／**行雲**：遠行的人。

七行—**鸞鏡**：指妝鏡。源自「鏡裡孤鸞」的典故，南朝宋的劉敬叔的《異苑．鸞鳴》提到，罽賓國王買了一隻鸞卻三年不鳴，夫人建議：「鸞見類則鳴，何不懸鏡照之？」但鸞看到鏡子裡的身影後，悲鳴而絕。／**昏**：不清楚。／**獸爐**：獸形的香爐。／**憔悴**：衰敗。／**管**：理會。

八行—**西園**：歷代皆有園林稱西園，泛指園林。／**花事**：指花卉開花之事。／**判**：此處指全部。／**付**：授予、交給。／**鶯燕**：黃鶯與燕子。泛指春鳥。

題旨：早春閨思

332

陌上花

西風畫角

趙慶熺

西風畫角，荒城吹上，滿天霜氣。
遠水斜陽，紅到亂山無際。
樓臺一味銷魂色，翠袖有人寒倚。
料珠簾半卷，斷愁如我，百端難理。

向關河走馬，飄零長劍，舊夢淒涼空記。
便作黃花，瘦也問誰提起。
年來多少無名淚，何處生綃緘寄。
但青衫幅幅，啼痕印滿，湖波不洗。

賞讀譯文

西風吹拂，將畫角的嗚嗚聲吹到了荒涼的古城那裡，滿天都是刺骨的寒霜之氣。遠方流水上的西斜夕陽，照著參差錯落的群山，將其染成一片無邊無際的紅色景觀。樓臺上也是同一種令人傷心銷魂的色彩，寒天中，有人穿著翠袖倚在那裡。我猜想，在捲起一半的珠簾後方那個人，跟我一樣有著令人悲傷斷腸的愁思，也有難以整理的多種感受。從前，我騎馬疾行於關塞與河流之間，帶著長劍四處流浪，徒然記得悲苦的往事。就算我是衰頹的菊花，請問有誰會提起？近年以來，我有許多無法形容的淚水，可以用絲布將它們封起來寄到哪裡呢？但我的每件青衫上都印滿了淚痕，就連湖水也洗不掉。

趙慶熺（約 1792～1847）

字秋舲。家貧，好讀書。年少時曾隨叔祖趙銘宦遊。登進士第後，等了二十年才被授職，但因病未赴。

注釋

一行—**畫角**：樂器名。傳自西羌，形如牛、羊角，表面彩繪裝飾，吹奏時發出嗚嗚聲。／**荒城**：荒涼的古城。／**霜氣**：刺骨的寒霜之氣。

二行—**斜陽**：傍晚西斜的夕陽或陽光。／**亂山**：無條理秩序的群山，指參差錯落的群山。

三行—**一味**：此處指同樣、同一種。／**銷魂**：哀傷至極，好像魂魄離開形體而消失。／**翠袖**：青綠色的衣袖。／化用自唐代杜甫的〈佳人〉：「天寒翠袖薄，日暮倚修竹。」

四行—**料**：估量，猜度，料想。／**卷**：通「捲」。／**斷愁**：此處應是取「愁腸寸斷」之意，因憂愁而使腸子斷裂，形容極其憂愁苦悶。腸有心思、情懷之意。／**百端**：多種感受。

五行—**向**：昔日、從前。／**關河**：關塞與河流。／**走馬**：騎馬疾行。／**飄零**：比喻四處流浪。／**舊夢**：比喻過去經歷過的事，即往事。／**淒涼**：悲苦。／**空**：徒然。

六行—**黃花**：菊花。／**瘦**：減損，衰頹。／化用自宋代李清照〈醉花陰〉的「人比黃花瘦」。

七行—**年來**：近年以來。／**多少**：很多、許多。／**無名**：無以名之，無法形容。／**生綃**：未漂煮過的絲織品，古時多用以作畫。／**緘**：封、閉。

八行—**青衫**：青色衣服，古時學子所穿之服，借指書生，也是低階官服或卑賤者的衣服。／**幅幅**：每幅、每件。幅為計算圖畫、布帛等平面物的單位。／**啼痕**：淚痕。／**湖波**：湖水。

題旨：春景抒懷

333 浪淘沙・寫夢

龔自珍

好夢最難留，吹過仙洲，尋思依樣到心頭。
去也無蹤尋也慣，一桁紅樓。
中有話綢繆，燈火簾鉤，是仙是幻是溫柔。
獨自淒涼還自遣，自製離愁。

龔自珍（1792～1841）字爾玉、璱人，號定庵。出身官宦世家，二十七歲中舉人，三十八歲才中進士，曾任內閣中書、國史館校對、宗人府主事和禮部主事等職，主張革除弊政而遭權貴排擠，辭官還鄉不久即病逝。著有《定庵文集》，著名詩作《己亥雜詩》有三百多首。被後世稱為「近代文學開山作家」。

一注釋一

一行一**仙洲**：仙人聚居的水中陸地。／**尋思**：反覆的思索。／**依樣**：照樣，依舊。

二行一**桁**：量詞。古代計算成行東西的單位。通「行」。

三行一**綢繆**：親密、纏綿。／**簾鉤**：捲簾所用的鉤子。／**幻**：虛假、不真實的。

四行一**淒涼**：悲苦。／**還**：且、又，表示皆有。／**自遣**：自我排遣、寬慰。／**製**：剪裁。／**離愁**：離別的愁苦。

題旨：記夢境

賞讀譯文

美好的夢最難留存，它被吹到了仙人聚居的水中陸地，但我反覆思索時，它依舊在我的心頭。夢一去就無蹤影，我也習慣去追尋它，那是在一行紅樓中的事。其中有親密纏綿的談話，燈火在簾鉤旁，那是仙境、是幻境，又充滿溫柔。我獨自感到悲苦，又要自我排遣，自己剪裁這份離別的愁苦。

334

減字木蘭花

人天無據

龔自珍

人天無據，被儂留得香魂住。
如夢如煙，枝上花開又十年。
十年千里，風痕雨點斕斑裏。
莫怪憐他，身世依然是落花。

題旨：生活感懷

題序：偶檢叢紙中，得花瓣一包，紙背細書辛幼安「更能消幾番風雨」一闋，乃是京師憫忠寺海棠花，戊辰暮春所戲為也。泫然得句。（注：辛幼安，即辛棄疾，字幼安。戊辰，為嘉慶十三年。泫然，流淚的樣子。）

一注釋一

一行一**人天**：人事與天命。／**據**：憑據，根據。／**儂**：我。／**香魂**：指海棠花的魂魄。

二行一**開**：綻放。／**十年**：作者在嘉慶二十三年，距離作者包起海棠花瓣之時，已經過了十年。

三行一**千里**：形容距離遙遠。／**斕斑**：斑痕凌亂的樣子。

四行一**莫怪**：怪不得，難怪。／**憐**：憐惜。／**他**：指海棠花瓣。／**身世**：人生的境遇。

賞讀譯文

人事與天命沒有什麼憑據，海棠花的魂魄被我留住了。過了如夢如煙的十年後，枝頭上的花又綻放了。十年後的我已經在千里之外，海棠花遭受風吹雨打的痕跡，都留在這些花瓣凌亂的斑點裡。難怪要憐惜它，我人生的境遇依然如落花一般。

綺羅香・感舊

項廷紀

簾影移香，池痕浸漾，重到藏春朱戶。小立牆陰，猶認舊題詩句。記西園、撲蝶歸來，又南浦、片颿初去。料如今、塵滿窗紗，佳期回首碧雲暮。
華年渾似流水，怕啼鵑催老，亂鶯無主。一樣東風，吹送兩邊愁緒。正畫闌、紅藥飄殘，是前度、玉人憑處。賸空庭、煙草淒迷，黃昏吹暗雨。

賞讀譯文

簾影搖動著花香，池塘的痕跡又浸入清澈的水中，我再度來到藏住春天的朱紅色門戶。我稍微佇立在牆邊的陰影處，還能認出從前題寫上去的詩句。記得我們去西園撲蝶回來，又到南邊水岸看孤舟剛剛離去。我料想如今灰塵已經沾滿窗紗，回憶歡聚之期，只有暮色中的浮雲。少年時光非常像流水，怕杜鵑鳥的啼叫聲催促我變老，鶯鳥無序地亂飛。一樣的春風，吹送著（相思）兩邊的愁緒。彩畫欄杆旁，芍藥花正在飄零凋殘，那是上次女子倚靠的地方。現在只剩下空蕩的庭院、煙霧籠罩的迷濛草叢，黃昏的風吹著陰暗的雨。

項廷紀（1798～1835）原名繼章，又名鴻祚，字蓮生。舉人，應進士不第。自述「生幼有愁癖，故其情艷而苦」。

—注釋—

一行—**移**：搖動。／**漾**：清澈，此處指清澈的水。／**重**：再、另。／**朱戶**：朱紅色門戶，多指富貴人家。

二行—**小**：稍微。／**牆陰**：牆的陰影處或陰暗處。／**猶**：仍舊、還。／**舊**：舊日，從前。／**題**：簽署、寫在上面。

三行—**西園**：歷代皆有園林稱西園，泛指園林。／**歸來**：回來。／**南浦**：南邊的水岸。泛指送別之地。源自南朝江淹〈別賦〉：「送君南浦，傷如之何。」／**片颿**：即片帆，指孤舟、一艘船。颿，指掛在船上的幔，音義同「帆」。／**初**：剛剛。

四行—**料**：估量，猜度，料想。／**佳期**：相會歡聚之期。／**回首**：回想、回憶。／**碧雲**：天空中的浮雲，多用於表達贈別之情，化用自南朝江淹的〈休上人怨別〉：「日暮碧雲合，佳人殊未來。」

五行—**華年**：如花盛開的年紀，指少年、青春年華。／**渾似**：非常像；酷似。／**啼鵑**：啼叫的杜鵑鳥，或杜鵑鳥的啼叫聲。／**無主**：此處指無序。

六行—**東風**：春風。

七行—**畫闌**：畫欄，有畫飾的欄杆。／**紅藥**：芍藥的別名，初夏之間開花。／**飄殘**：飄零凋殘。／**前度**：上次。／**玉人**：原為用玉雕成的人像，多指美女。／**憑**：倚靠。

八行—**賸**：餘留下來的。通「剩」。／**煙草**：煙霧籠罩的草叢。亦泛指蔓草。／**淒迷**：景物淒涼迷濛。／**暗雨**：陰暗的雨。

題旨：春景思人

336

小重山

幾點疏雅眷柳條

張景祁

幾點疏雅眷柳條。江南煙草綠，夢迢迢。
十年舊約斷瓊簫。西樓下，何處玉驄驕。
酒醒又今宵。畫屏殘月上，篆香銷。
憑將心事記回潮。青谿水，流得到紅橋。

張景祁（1827～不詳）

原名左鉞（或祖鉞），字孝威、蘩甫（或蘩圃），號韻梅（或藴梅）、新蘅主人。登進士第後，曾任福安、連江等地知縣。晚年到臺灣，宦遊淡水、基隆等地。著有《𦳣雅堂集》、《新蘅詞》、《秦淮八詠》等。

注釋

一行　**幾點**：指雨滴。／**疏雅**：疏淡、清雅。／**眷**：思慕、留戀。／**煙草**：煙霧籠罩的草叢，亦泛指蔓草。／**迢迢**：遙遠的樣子。

二行　**舊約**：從前的約定。／**瓊簫**：玉製的簫，或是簫的美稱，亦指簫聲。化用自漢代劉向《列仙傳》中的故事，蕭史善吹簫，娶了秦穆公之女弄玉，後來夫妻隨鳳凰飛去。此處指對方遠離。／**西樓**：指歡宴之地。／**玉驄**：青白色的馬，為駿馬的通稱。／**驕**：馬兒高大健壯。

三行　**今宵**：今夜。／**畫屏**：有彩畫的屏風。／**殘月**：指清晨出現的月亮、殘缺不圓的彎月、西沉的月亮。／**篆香**：狀似篆文的盤香。／**銷**：耗盡。

四行　**憑**：任、隨。／**回潮**：倒流的潮水。／**青谿**：碧綠的溪水。谿，山間的河流。同「溪」。

題旨：憶往思人

賞讀譯文

幾點疏淡清雅的雨滴眷戀著柳條。江南地區蔓草碧綠，夢境卻遙遠。十年前的約定如玉簫聲那樣中斷了。西樓下，哪裡有高大健壯的駿馬？我酒醒之後又是今夜。彎月照在彩畫屏風上，盤香已經燒完了。我任憑心事像倒流的潮水那樣再度記起。碧綠溪水流得到紅橋那裡嗎？

337 蝶戀花

綠樹陰陰晴晝午

莊棫

綠樹陰陰晴晝午，過了殘春，紅萼誰為主。
宛轉花幡勤擁護，簾前錯喚金鸚鵡。
回首行雲迷洞戶，不道今朝，還比前朝苦。
百草千花羞看取，相思只有儂和汝。

賞讀譯文

綠樹成蔭的晴朗中午，
過了暮春之後，誰能為紅花作主呢？
隨風擺動的花幡盡心盡力地保護眾花朵，簾前的金鸚鵡經常錯喚了他的名字。
我回憶起我們沉醉於幽深內室的歡會，
不料現今還比以前痛苦。
（我想，）你一定不會看其他女子，只有我和你彼此相思。

莊棫（1830～1878）

字中白、利叔，號東莊、蒿庵。（棫，音同「玉」。）出身於鹽商之家，後家道中落。為舉人，但赴進士試不第。校書淮南、江寧各官書局。著有《蒿庵遺稿》。

注釋

一行—**陰陰**：樹木枝葉蔽覆成蔭的樣子。／**晝午**：中午。

二行—**殘春**：晚春，春天將盡的時節。／**紅萼**：紅花。

三行—**宛轉**：此處指隨風擺動。／**花幡**：護花幡，唐代段成式的筆記小說《酉陽雜俎》中提到，當代崔玄徽在夜間於院中遇到眾花之精，受到請託而在花園中立幡，以免眾花遭受風神摧殘。／**擁護**：此處指保護、守護。／**勤**：盡心盡力的做。

四行—**回首**：回想、回憶。／**行雲**：男女歡會之意，出自戰國時代宋玉〈高唐賦〉，其中提到楚王在夢中與「旦為朝雲，暮為行雨」的巫山神女歡會。／**迷**：沉醉、陶醉。／**洞戶**：幽深的內室。

五行—**不道**：不料；不奈，不堪。／**今朝**：指目前、現今。／**前朝**：以前。

六行—**百草千花**：各種花草，此處指各種女子。／**羞**：此處指不願、不想。／**取**：語助詞，置於動詞後，表示動作的進行。／**儂**：我。／**汝**：你。

題旨：相思情懷

338

一萼紅．吳山

譚獻

黯愁煙，看青青一片，猶誤認眉山。
花發樓頭，絮飛陌上，春色還似當年。
翠苔畔、曾容醉臥，聽語笑、風動畫秋千。
一曲琴絲，十三箏柱，原是人間。

細數總成殘夢，歎都迷蹤跡，只有留連。
劫換紅羊，巢空紫燕，重來步步迴旋。
儘消受、雲飛雨散，化胡蝶、猶繞舊欄干。
不分中年到時，直恁荒寒。

賞讀譯文

我看著黯淡煙波一片青綠，還誤認為那是青山。花兒在樓上綻放，柳絮飛到小路上，春日景色還是像當年那樣。青苔旁邊，曾經讓我醉酒後倒臥在那裡，聽著言語喧笑聲、風吹動精美鞦韆。由十三弦箏所彈奏的琴聲，（讓我發覺）原來自己身在人間。

仔細數算往事，總是變成零亂不全的夢，我感嘆過往迷失了蹤跡，讓我只能在此留連徘徊。災禍來到了紅羊劫，如今已經人去樓空，我再次來到這裡，只能一步步盤旋。任憑我承受了萬物消失的情況，但化成蝴蝶後，仍然會繞著舊欄杆飛。不料我到了中年時，竟然是如此荒涼寒冷的景況。

題旨：人生感慨

譚獻（1832～1901）

原名廷獻（或獻綸），字仲修，號復堂、半廠、仲儀等。少孤，為舉人，屢次赴進士試不第。曾任安徽歙縣、全椒、合肥、宿松等縣知縣，之後去官歸隱，專心著述。

注釋

題—**吳山**：山名，位在杭州。此時正逢太平天國之亂。

一行—**黯**：暗淡沒有光澤，黯淡。／**愁煙**：慘淡的煙波。詩人因其易於勾起愁思而以此稱之。／**眉山**：原指以青色顏料畫的眉色看起來與遠山的顏色相似，此處又反指遠山像青眉。

二行—**發**：綻放。／**樓頭**：樓上。／**絮**：指柳絮。／**陌**：泛指小路。／**春色**：春天的景色。

三行—**翠苔**：青苔。／**畔**：邊側、旁側。／**容**：可、允許。／**醉臥**：醉酒後倒臥。／**語笑**：言語喧笑。／**畫秋千**：有彩畫裝飾的鞦韆。

四行—**琴絲**：琴弦，亦指琴聲。／**箏柱**：箏上的弦柱，每弦一柱，可左右移動以調節音高。

五行—**細數**：仔細計數。／**殘夢**：指零亂不全的夢。／**迷**：迷失。／**留連**：徘徊不忍離去。

六行—**劫**：災難、災禍。／**紅羊**：古人認為「丙午」、「丁未」是國家發生災禍的年份。丙、丁和午在五行裡屬火，為紅色，「未」在生肖上是羊，因此被稱為「紅羊劫」。太平天國之亂則因帶頭者洪秀全與楊秀清的姓氏之故，也被附會為「紅羊劫」。／**巢空紫燕**：指人去樓空。紫燕，為頷下呈紫色的燕子。／**迴旋**：旋轉、盤旋。

七行—**儘**：聽任、任憑。／**消受**：忍受，承受。／**雲飛雨散**：比喻原先的事物不復存在。／**胡蝶**：蝴蝶。／**猶**：仍舊、還。／**欄干**：欄杆。

八行—**不分**：不料。／**直恁**：竟然如此。／**荒寒**：荒涼寒冷。

洞仙歌・初秋

譚獻

楊枝弄碧，繫天涯心眼，幾日涼風便零亂。畫橋邊，一片流水無聲，人獨立，暮角將愁吹斷。
春城煙雨裏，如夢簾櫳，曾拂檐花笑相見。我已厭聞歌，玉笛蒼涼，又吹起，十年清怨。問采采，夫容隔西洲，卻樹下門前，為誰留戀。

賞讀譯文

楊柳枝條展現碧綠姿態，繫住了身在天涯者的心思，它們經過涼風吹拂幾日後，就散亂不整齊了。華麗橋梁旁的流水寂靜無聲，我獨自佇立，傍晚的嗚嗚角聲將我的愁緒吹到極度傷心。

春日城市的煙霧般細雨裡，如夢的窗戶旁，我們曾經輕輕掠過屋簷下的花，笑著相見。我已經厭煩聽到歌曲，玉笛聲如此蒼涼，又吹得讓我想起十年來的淒清幽怨。請問，美好繁盛的景象應當在西洲之外，但我卻在樹下門前為誰留戀呢？

題旨：秋景抒懷

注釋

一行—**楊枝**：楊柳的枝條。古人常在分別之際折柳枝送別。（「柳」有「留」的諧音，表示挽留之意。）／**弄**：展現，表現。／**天涯**：天邊，指遙遠的地方。／**心眼**：心思。／**零亂**：散亂不整齊。

二行—**畫橋**：雕飾華麗的橋梁。／**獨立**：獨自佇立。／**暮**：傍晚。／**角**：樂器名。傳自西羌，形如牛、羊角，吹奏時發出嗚嗚聲。／**斷**：此處應是取「愁腸寸斷」之意，因憂愁而使腸子斷裂，形容極其憂愁苦悶。「腸」有心思、情懷之意。

三行—**煙雨**：如煙霧般的細雨。／**簾櫳**：有簾子的窗戶。櫳，指窗戶。／**拂**：輕輕掠過、擦過。／**檐**：同「簷」，屋頂邊緣突出牆壁的部分。

四行—**聞**：聽到。／**玉笛**：玉製的笛子，亦為笛子的美稱，在此指笛聲。／**蒼涼**：淒涼、悲壯。／**清怨**：淒清幽怨。

五行—**采采**：美好、繁盛的樣子。／**夫**：文言文中的發語詞，表提示作用。／**容**：應當。／**隔**：距離、間隔。／**西洲**：西方的洲渚（水中可以居住的地方）。多指情人所在或與情人相別之地。

340 即事

黃遵憲

牆外輕陰淡淡遮，牀頭有酒巷無車。
將離復合風吹絮，乍暖還寒春養花。
一醉瞢騰如夢裏，此身飄泊又天涯。
打窗山雨琅琅響，猶似波濤海上槎。

黃遵憲（1848～1905）字公度，別號人境廬主人。中舉人後，曾隨外交官何如璋出使日本，後任三藩市（舊金山）總領事、駐英參贊、新加坡總領事等。曾參與戊戌變法，失敗後，因外國駐華公使施壓而逃過一劫。曾作《日本雜事詩》兩百多首，並著有《日本國志》、《人境廬詩草》等。

—注釋—

一行—**輕陰**：疏淡的樹蔭。與濃蔭相對。／**牀**：「床」的異體字。

二行—**絮**：柳絮。／**乍暖還寒**：天氣忽暖又轉寒。／**養**：培植。

三行—**瞢騰**：半醉半醒的樣子。瞢，音同「蒙」。／**天涯**：天邊，指遙遠的地方。

四行—**槎**：木筏。槎，音同「查」。

題旨：生活抒懷

賞讀譯文

牆外的疏淡樹蔭淡淡地遮住庭院，我的床頭有酒，巷子裡沒有車。風吹著柳絮，讓它們將要分離卻又復合，此時天氣忽暖又轉寒，春天正在培植花兒。我喝醉了，在半醉半醒之間好像在夢裡，似乎自己又飄泊到天涯了。山雨打在窗戶上發出琅琅聲響，就好像波濤打著海上的木筏。

341

夜泊

黃遵憲

一行歸雁影零丁，相倚雙鳧睡未醒。
人語沉沉篷悄悄，沙光淡淡竹冥冥。
近家鄉夢心尤亟，拍枕濤聲耳厭聽。
急趁天明催櫓發，開門斜月帶殘星。

題旨：歸鄉心情

注釋

一行 — **歸雁**：大雁、鴻雁的別名。是一種候鳥，於春季返回北方，秋季飛到南方越冬，故有此稱。／**零丁**：孤單沒有依靠的樣子。／**鳧**：野鴨。體型比一般鴨子大，常群居於湖沼中。音同「浮」。

二行 — **人語**：人聲。／**沉沉**：此處指沉靜。／**篷**：船帆，代指船。／**悄悄**：寂靜的樣子。／**冥冥**：幽暗、晦暗。

三行 — **鄉夢**：思鄉之夢。／**尤**：更加、格外。／**亟**：緊急、急切。

四行 — **櫓**：划水使船前進的器具，外形比槳粗長。此處代指船。／**帶**：附帶。／**殘星**：指稀疏的星星。

賞讀譯文

一行歸雁飛過，讓我的身影顯得孤單，相倚的兩隻野鴨正在睡覺，還沒醒來。

人聲沉靜，船上靜悄悄的，水岸沙面反射著淡淡的光，竹林裡一片幽暗。

逐漸靠近家鄉，我心中的思鄉之夢更加急切，厭倦了耳邊聽到浪濤似在拍打枕頭的聲音。

我急著趁天明催促船隻出發，但開門卻看到斜月附帶著稀疏的星星。

342

重九日雨獨遊醉中作

黃遵憲

吹面風多冷意酣，蕭蕭寒雨滴重簷。
宵來一醉長安市，竟夕相思大海南。
遍插茱萸偏我少，無端萍梗為誰淹。
故山歲歲登高去，蟹熟鱸香酒壓擔。

題旨：重陽思親

【注釋】

題【重九】：即九月九日重陽節。自魏晉之後，人們習慣在這一天登高遊宴。

一行【酣】：濃、盛。／【蕭蕭】：下雨聲。／【重簷】：兩層的屋簷。

二行【宵來】：夜晚。／【長安】：今西安市，曾有秦、漢、隋、唐等多個朝代建都於此，泛指首都，在此指清朝的首都北京。／【竟夕】：整夜。／【相思】：想念。／【大海南】：指作者的故鄉廣東。

三行【遍】：全部。／【茱萸】：茱萸為吳茱萸、食茱萸、山茱萸三種植物的通稱，具備殺蟲消毒、逐寒祛風的功能。古人在重陽節會佩戴茱萸以祛病驅邪。／【無端】：沒由來。／【萍梗】：比喻居處不定，因萍梗隨水漂流，不固定於土中。／【淹】：滯留、停留。

四行【故山】：舊山，比喻家鄉。／【歲歲】：每年。／【登高】：登上高處。／【壓擔】：指沉重得使扁擔重壓肩膀。

賞讀譯文

迎面吹來的風很多，冷意濃重，瀟瀟寒雨從重簷滴下來。

入夜後，我在北京的酒市裡喝醉，整夜都在想念故鄉。

全部的人都插上茱萸，偏偏少了我，我沒由來的居處不定，是為了誰而停留在這裡？

我在故鄉時，每年都會登上高處，帶著煮熟的蟹和香噴噴的鱸魚，還有沉重得使扁擔重壓肩膀的美酒。

343 送秋月古香歸隱日向故封

黃遵憲

昨日公侯今老農，飄然掛冠歸舊封。
忙時蠟屐閒扶笻，空山猿鶴長相從。
觚棱帝闕春夢濃，醒來忽隔天九重。
天風吹袂雲蕩胸，云胡不樂心溶溶。
人生一別難相逢，落月屋梁思子容。
他時子倘思吾儂，雞鳴西望羅浮峰。

賞讀譯文

昨天是高官，今天是老農，你灑脱不羈地辭官回故鄉。

忙碌時，你就煮蠟塗木屐，（以便走起來更快），閒暇時你就拄杖而行，在幽深少人的山林裡，猿和鶴總是追隨著你。

原本你正做著當官的深濃美夢，醒來後忽然間隔了九重天。

風吹著衣袖，雲朵在胸前飄蕩，心很寬廣，為什麼不快樂呢？

人生一分別就難相逢，我在月光落於屋梁時思念你的容顏。

以後如果你思念我，就在雞鳴時往西望向羅浮山。

題旨：送別友人

注釋

題—完整詩名為「送秋月古香種樹歸隱日向故封即用其留別詩韻」。／**秋月古香**：日本人，原名「秋月種樹」，為日本江戶時代至明治時代的貴族及政治家。曾任元老院議官、公議所議長等職。／**歸隱**：歸鄉隱居。／**日向**：日本宮崎縣日向市。／**故封**：舊疆界，指故鄉。

一行—**公侯**：公爵與侯爵，泛指有爵位的貴族和官高位顯的人。／**飄然**：灑脱不羈的樣子。／**掛冠**：辭官。出自《後漢書．卷八三．逸民傳．逢萌傳》，王莽殺害了逢萌之子，逢萌認為禍將累人，便解冠掛東都城門而去。／**舊封**：舊疆界，指故鄉。

二行—**蠟屐**：煮蠟塗木屐，使之潤滑。／**扶笻**：拄杖而行。笻，指竹杖，因笻竹實心節高，適合做拐杖。笻，音同「瓊」。／**空山**：幽深少人的山林。／**猿鶴**：猿和鶴，或借指隱逸之士。／**相從**：追隨。

三行—**觚稜**：宮闕上轉角處的瓦脊。觚，音同「孤」。／**帝闕**：宮門。／**春夢**：春天的夢；亦指美好的夢。／**天九重**：即九重天，天空的極高處。《漢書．禮樂志》：「九重開，靈之斿（游）。」

四行—**天風**：風。風行天空，故有此稱。／**袂**：衣袖。音同「妹」。／**云胡**：為什麼。／**溶溶**：寬廣的樣子。

五行—**子容**：你的容顏。

六行—**他時**：將來、以後。／**子**：你。／**倘**：如果。／**吾儂**：我。／**西望**：往西望。／**羅浮峰**：羅浮山，位於廣東省境內。

344

祝英臺近・剪鮫綃

文廷式

剪鮫綃，傳燕語，黯黯碧雲暮。
愁望春歸，春到更無緒。
園林紅紫千千，放教狼藉，休但怨、連番風雨。
謝橋路，十載重約鈿車，驚心舊遊誤。
玉佩塵生，此恨奈何許。
倚樓極目天涯，天涯盡處，算只有、濛濛飛絮。

文廷式（1856～1904）

字道希、芸閣，號純常子、羅霄山人等。成長於官宦家庭，登進士第後，曾任翰林院編修、翰林院侍讀學士等職。甲午戰爭時為主戰派，曾參與戊戌維新，失敗後出走日本多年。晚期寄情文酒，以佛學自遣，著有雜記《純常子枝語》。

—注釋—

一行—**鮫綃**：鮫人是傳說中的魚尾人身生物，滴淚成珠，善於紡織，所製出的鮫綃入水不濕。代指絲質手帕、手絹。／**燕語**：燕子鳴聲，此處指作者的內心話。／**黯黯**：昏暗不明。／**碧雲暮**：染上暮色的天空浮雲，多用於表達離別情緒，化用自南朝江淹的〈休上人怨別〉：「日暮碧雲合，佳人殊未來。」

二行—**望**：希冀，期盼，盼望。／**歸**：回來。／**緒**：心情。

三行—**紅紫**：紅花與紫花。／**千千**：形容數目眾多。／**放**：放縱、任由。／**教**：使、讓。／**狼藉**：凌亂不堪，傳說狼群在草地上臥息後，會將草地弄得一片凌亂以滅跡。／**休**：不要、不可。／**但**：僅、只。／**連番**：接連不斷。

四行—**謝橋**：指往謝娘住處的橋；謝娘是對美麗女子、心愛女子、歌伎的代稱，源自唐代宰相李德裕家的名歌伎「謝秋娘」。／**十載**：十年。／**鈿車**：用珠寶裝飾的車，為貴族婦女所乘坐。／**驚心**：內心害怕。／**舊遊**：指昔日交遊的女子。／**誤**：錯過。

五行—**玉佩**：身上佩帶的玉製飾物。／**奈何**：怎樣，如何。／**許**：語尾助詞，表示感嘆之義，相當於「啊」。

六行—**極目**：放眼遠望。／**天涯**：天邊，指遙遠的地方。／**算**：推測，料想。／**濛濛**：迷茫不清。／**飛絮**：飄飛的柳絮。

賞讀譯文

我剪下絲質手帕，想要傳遞內心話，染上暮色的空中浮雲昏暗不明。

我憂愁地盼望春天回來，但春天到達時，我更沒有心情。

園林裡有許多紅花和紫花，任由讓它們凌亂不堪，不要只怨恨接連不斷的風雨。

十年後，我乘坐珠寶馬車來到前往女子住處的路上，內心害怕她錯過這個約定。

玉佩已經蒙上灰塵，我對這份愁恨又能如何啊！

我倚在樓上，放眼遠望天邊，在天邊的盡頭處，我推測只有迷茫不清的飄飛柳絮。

題旨：相思情懷

齊天樂・秋荷

文廷式

幾時不到橫塘路，西風送秋如許。艷冷紅衣，涼生太液，羅襪塵侵微步。嫣然一顧。尚低側金盤，暗擎仙露。只恐銷魂，錦鴛飛入白蘋去。

蟬聲又嘶遠樹。有人惆悵極，如怨羈旅。葦亂波橫，荺疏翠落，誰信秋江能渡。嬋娟日暮。願玉笛清商，漫吹愁譜。護惜餘香，月明深夜語。

賞讀譯文

我有多久沒到南河泡了？西風送來的秋意如此深濃。荷花嬌艷地流露冷意，讓南河泡散發寒涼，其姿態如同穿著羅襪輕盈步過水面的洛神。它嫵媚美好地看了一眼，還有低側的荷葉默默地承接仙露。鮮麗的鴛鴦只害怕會為此哀傷銷魂，便飛入白蘋之中去。

蟬聲又在遠方樹林裡鳴叫，彷彿有人非常惆悵地怨恨著寄居他鄉的生活。蘆葦凌亂、水波橫流，萹蓄稀疏、綠意凋落，誰相信能夠渡過秋江？荷花美妙的姿容已經到了黃昏，願玉笛能以淒清悲切的商音，放縱地吹出哀愁的樂曲。在月光明亮的深夜裡，我對荷花說，請你愛護並珍惜剩餘的香氣。

※本詞可與第三四七首〈臺城路〉對照賞讀。

注釋

一行—**幾時**：多少時候，多久。／**橫塘**：古堤名，在今江蘇省及南京市境內，亦泛指水塘、池塘。此處指北京的南河泡（月形水塘），為金朝中都魚藻池的遺址，現已消失。／**如許**：如此。

二行—**紅衣**：指荷花的紅色花瓣。／**太液**：太液池，漢代和唐代的皇家園林中皆有池塘依此命名，此處指南河泡。／**羅襪塵侵微步**：形容荷花的姿態如洛神，化用自三國時代曹植〈洛神賦〉的「凌波微步，羅襪生塵」。

三行—**嫣然**：嫵媚美好的樣子。／**一顧**：看一眼。／**當**：猶、還。／**金盤**：指荷葉，化用自承露金人的典故，漢武帝為了求仙，在建章宮神明臺上造銅製仙人，手上捧著銅盤玉杯，以承接天上的仙露。／**暗**：默不作聲的。／**擎**：持、拿。

四行—**恐**：害怕、畏懼。／**銷魂**：哀傷至極，好像魂魄離開形體而消失。／**錦**：美麗鮮明。／**白蘋**：水中浮草，又名「水蘋」。夏末秋初開白色花。

五行—**嘶**：鳴叫。／**惆悵**：悲愁、失意。／**極**：很、甚。／**羈旅**：寄居他鄉。

六行—**葦**：蘆葦。／**荺**：萹蓄、萹竹，為蓼科的一年生草本植物。音同「竹」。／**翠**：指綠葉或綠意。

七行—**嬋娟**：美妙的姿容。／**日暮**：傍晚、黃昏。／**玉笛**：玉製的笛子，亦為笛子的美稱。／**清商**：音調淒清悲切的商音，商指古代五音「宮商角徵羽」中的商。／**漫**：放縱不加拘束。／**譜**：此處指樂曲。

八行—**護惜**：愛護珍惜／**語**：說話，告訴。

題旨：詠秋荷或感慨時勢

346

摸魚子・龍華看桃花

朱祖謀

嬾能探，劫餘芳信，年年閒了游騎。祇林依舊霞千樹，嬌入上春羅綺。紅十里，還一掩一層，淡沱煙光裏。東風旋起。悄不似仙源，將家小住，便作避秦計。

玄都夢，消與金門游戲，夢回惆悵何世。華鬘天也無香色，說甚道場興廢。空徙倚，怕輕薄芳姿，未省傷春意。劉郎倦矣。任題遍花箋，都無好語，賸濺感時淚。

賞讀譯文

我懶得去探訪災難之後的花開訊息，每年都讓遊覽時騎乘的馬匹空暇無事。只有樹林裡依舊開了許多桃花，嬌媚地成為初春身上的羅綺衣。方圓十里都開了紅色桃花，還一層層掩映在明淨的雲靄霧氣裡。春風又吹起。這裡完全不像桃花源，把它當成家暫時居住，就當作避開亂世的計策。在玄都觀的夢境裡，我享受了富貴人家的遊戲，夢醒後卻惆悵於身處什麼時代。在宛如華鬘的天空裡，也沒有桃花的香氣與豔色，說什麼道場的興廢。我徒然徘徊，怕輕視了桃花的美妙姿容，不知道那份感傷春天的心思。我已經疲倦了。無論寫遍多少精美信紙，都沒有好話，只剩下感慨時勢變化而滴落的淚水。

朱祖謀（1857～1931）又名孝臧，字藿生、古微，號漚尹、彊村。出身官宦世家，登進士後，曾任會典館總纂、江西副考官、禮部右侍郎等職。亦曾任教於江蘇法政學堂。民國成立後，隱居上海。校刻唐宋金元詞為《彊村叢書》，輯有《宋詞三百首》等。

注釋

一行—**嬾**：懶惰；懈怠。音同「懶」。／**劫餘**：災難之後。／**芳信**：花開的訊息。／**游騎**：遊覽時騎的馬。

二行—**祇**：正、恰、只。／**霞**：陽光照在雲層上所映出的紅色光彩。此處指桃花。／**嬌**：柔美可愛的姿態。／**上春**：孟春，春季的第一個月，指農歷正月。／**羅綺**：羅與綺皆絲織品，常製成婦女的衣服。

三行—**掩**：掩映，光影相互映照。／**淡沱**：形容風光明淨。／**煙光**：雲靄霧氣。

四行—**東風**：春風。／**旋**：又、再。／**悄**：完全的。／**仙源**：指晉朝陶淵明所寫的桃花源。／**小住**：暫時居住。／**避秦**：指避開亂世，〈桃花源記〉的居民是為了避秦亂世而到那裡生活。

五行—**玄都**：指開滿桃花的玄都觀，化用自唐代劉禹錫的〈遊玄都觀〉。／**消**：享受。／**金門**：以黃金為裝飾的門，代指富貴人家。／**游戲**：同「遊戲」。／**夢回**：夢醒。／**惆悵**：悲愁、失意。／**世**：時代，世界。

六行—**華鬘**：印度人的裝飾品。以線貫穿花草而成，戴在胸前或頭頂。／**香色**：香氣與豔色。／**甚**：甚麼，什麼。

七行—**空**：徒然的。／**徙倚**：徘徊。／**輕薄**：輕視。／**芳姿**：美妙的姿容，指桃花。／**未省**：尚未知悉，不知道。

八行—**劉郎**：原指劉禹錫，此處指作者自己。／**任**：無論。／**題**：簽署、寫在上面。／**花箋**：印有花紋的精緻華美信紙。／**好語**：和善的話語。／**賸**：餘留下來的。／**濺**：滴落。／**感時**：感慨時序變遷或時勢變化。

題旨：詠桃花或感慨時勢

燭影搖紅

春暝鉤簾

朱祖謀

春暝鉤簾，柳條西北輕雲蔽。
博勞千囀不成晴，煙約遊絲墜。
狼藉繁櫻剗地，傍樓陰、東風又起。
千紅沉損，鶗鴂聲中，殘陽誰繫。

容易消凝，楚蘭多少傷心事。
等閒尋到酒邊來，滴滴滄洲淚。
袖手危闌獨倚，翠蓬翻、冥冥海氣。
魚龍風惡，半折芳馨，愁心難寄。

賞讀譯文

春日進入黃昏，我勾起簾子，看到柳條西北方的天空被薄雲遮蔽了。伯勞鳥鳴叫千百聲也無法讓天氣轉晴，煙霧籠罩著，蟲絲往下墜落。繁茂的櫻花依舊被吹得凌亂不堪，因為靠近樓房影子之處，又吹起了春風。群花沉落損壞，在鶗鴂的鳴叫聲中，誰能繫住夕陽餘暉？我輕易悲傷地專心想著，屈原在〈楚辭〉中歌詠的正人君子有多少傷心事？我一不留意就找到酒邊來，想到自己被迫隱居而流下一滴滴淚。我獨自倚在高樓上的欄杆袖手旁觀，似乎看到蓬萊仙山在晦暗的海面霧氣間翻騰。魚龍等水族正在興風作浪，把芳香的花朵折半，我的憂愁之心難以寄託。

題旨：感慨時勢

題序：晚春過黃公度人境廬，話舊。（注：黃公度人境廬，即黃遵憲，見第三三八首。話舊，談論往事。）

注釋

一行—**暝**：入暮，進入黃昏。／**鉤簾**：鉤起簾子。／**輕雲**：薄雲，淡雲。／**蔽**：遮蔽。

二行—**博勞**：即伯勞鳥。／**千**：眾多。／**囀**：鳥鳴聲。／**約**：束縛，籠罩。／**遊絲**：蜘蛛等蟲吐的絲。

三行—**狼藉**：凌亂不堪。傳說狼群在草地上臥息後，會將草地弄得一片凌亂以滅跡。／**剗地**：依然、依舊。剗，音同「產」。／**傍**：靠近、依附。／**樓陰**：樓房的影子。／**東風**：春風。

四行—**千紅**：指群花。／**沉損**：沉落損壞。／**殘陽**：夕陽餘暉。／**鶗鴂**：鳥名，雀形目，春分後在凌晨鳴叫，也稱為「催明鳥」。音同「卑夾」。

五行—**容易**：輕易、隨便。／**消凝**：消魂凝想，指悲傷地專心想著。／**楚蘭**：指蘭草，因盛產於楚地，屈原在〈楚辭〉中常歌詠，故有此稱，亦有忠臣君子之意。

六行—**等閒**：隨便、不留意。／**滄洲**：水濱。借指隱者居住的地方。／化用自南宋陸游的〈訴衷情〉：「此生誰料，心在天山，身老滄洲」之意。

七行—**袖手**：手藏在袖子裡。比喻在一旁觀看而不肯參與其事。／**危闌**：高樓上的欄杆。／**翠蓬**：指傳說中的海上蓬萊仙山。出自宋代吳文英的〈滿江紅〉：「雲氣樓臺，分一派、滄浪翠蓬。」／**翻**：翻騰，上下滾翻。／**冥冥**：幽暗、晦暗。／**海氣**：海面或江面上的霧氣。

八行—**魚龍風惡**：指魚龍等水族在興風作浪。／**芳馨**：指芳香的花朵。／**愁心**：憂愁之心。／**寄**：託付，依附，寄託。

348

定風波

未問蘭因已惘然

況周頤

未問蘭因已惘然，垂楊西北有情天。
水月鏡花終幻跡。贏得，半生魂夢與纏綿。
戶網游絲渾是罥，被池方錦豈無緣。
為有相思能駐景。消領，逢春惆悵似當年。

況周頤（1859～1926）
原名況周儀，為避宣統帝溥儀諱，改名況周頤。字夔笙，號蕙風。曾任內閣中書、國史館校對等職。與王鵬運共創臨桂詞派。戊戌變法後，曾任教於常州龍城書院、南京師範學堂等。著有《蕙風詞》、《蕙風詞話》。

一注釋一

一行—**蘭因**：比喻美好的前因。出自《左傳．宣公三年》，鄭文公妾燕姞夢見其祖伯鯈贈予蘭草，後生穆公取名為蘭。另有取「蘭因絮果」之意，引喻為始合終離，婚姻不美滿。／**惘然**：若有所失的樣子。／**垂楊**：柳樹的別名。／**有情**：有情意。／**天**：此處指世界。

二行—**水月鏡花**：水中月，鏡中花，比喻空幻不實在。／**終**：到底，畢竟，終究。／**贏得**：落得、剩得。／**魂夢**：夢；夢魂。古人認為人的靈魂能在睡夢中離開肉體，故有此稱。／**纏綿**：纏繞糾結的深厚情意，引申為愛悅、親近。

三行—**戶**：一扇門，亦指房屋出入口。／**網**：指蜘蛛網。／**遊絲**：蜘蛛等蟲吐的絲。／**渾**：全然、完全。／**罥**：懸掛、糾結。音同「眷」。／**被池**：被子的邊飾，這是為了保持被子蓋在上身的一頭不沾汗垢而縫上的布帛。池，邊飾。／**錦**：色彩鮮豔、有各種花紋圖案的絲織品。

四行—**駐景**：留住情景。／**消領**：消受，享受，承受。／**惆悵**：悲愁、失意。

題旨：相思情懷

賞讀譯文

我還沒詢問美好的前因就已經感到若有所失，垂楊的西北方是有情意的世界。

就像水中月和鏡中花終究是虛幻的痕跡，我只剩得半生在夢中與你纏綿。

門戶上的蜘蛛網和蟲絲完全都是糾結之物，我們曾一起蓋著方形錦被，豈能說是無緣？

為了有相思能留住此情景。我承受這一切，每逢春天就像當年那樣惆悵。

臺城路

片雲吹墜游仙景

梁鼎芬

片雲吹墜遊仙景，涼風一池初定。秋意蕭疏，花枝眷戀，別有幽懷誰省。斜陽正永，看水際盈盈，素衣齊整。絕笑蓮娃，歌聲亂落到煙艇。

詞人酒夢乍醒，愛芳華未歇，攜手相贈。夜月微明，寒霜細下，珍重今番光景。紅香自領，任漂沒江潭，不曾淒冷。只是相思，淚痕苔滿徑。

賞讀譯文

荷花瓣像被吹落的一片片雲朵，我好像是來遊覽仙景；吹過池塘的涼風剛剛停止。秋天的意境蕭條稀疏，荷花卻眷戀著，誰明白她另有隱藏在內心的情感？傍晚西斜的夕陽彷彿正永遠地照著，看那水邊輕巧美好的荷花，具有素雅端正的外觀。盡情大笑的採蓮少女，歌聲紛亂地落在煙波中的小舟上。

我突然從醉夢中醒來，愛荷花還沒凋零，可以攜手相贈。入夜後，月亮微明，空中落下輕微的寒霜，我們要珍愛重視這次的光景。我們各自受取荷花的紅和香氣，任由自身漂流沉沒在人間江湖中，也不曾覺得淒涼寒冷。只是這份相思之情，還是會讓淚痕灑滿青苔小徑上。

梁鼎芬（1859～1919）

字星海、心海、伯烈，號節庵。登進士第後，曾任知府、按察使、布政使等職，因彈劾李鴻章而被降級，憤而辭官，之後受張之洞聘為多家書院的院長及主講者。曾任愛新覺羅．溥儀的老師。

※本詞可與第三四三首〈齊天樂〉對照賞讀。

題序……姚檉甫丈約雲閣與余往南河泡看荷花，各得詞一首。時余將出都矣。（注：姚檉甫，即姚禮泰。雲閣，即文廷式。南河泡：為月形水塘，在北京，金朝中都魚藻池的遺址，現已消失。）

注釋

一行—**片雲**：指荷花瓣。／**初定**：剛剛停止。

二行—**蕭疏**：蕭條稀疏。／**花枝**：指荷花。／**幽懷**：隱藏在內心的情感。／**省**：明瞭。

三行—**斜陽**：傍晚西斜的夕陽或陽光。／**水際**：水邊。／**盈盈**：儀態輕巧美好，指荷花。／**素衣**：此處指素雅的外觀。／**齊整**：形容容貌端正漂亮。

四行—**絕笑**：此處指盡情大笑。／**蓮娃**：指採蓮的少女。／**煙艇**：煙波中的小舟。

五行—**酒夢**：醉夢，指人糊里糊塗如醉如夢。／**乍**：突然。／**芳華**：香花，此處指荷花。／**歇**：凋零、衰敗。

六行—**細**：輕微。／**珍重**：珍愛重視。／**今番**：此次、這一回。／**光景**：風光、景色。

七行—**紅香**：指荷花的紅和香氣。／**領**：受取。／**任**：聽憑、任由。／**漂沒**：漂流沉沒。／**江潭**：江水深處，此處指人間江湖，即四方之地或是隱士所居之處。／**淒冷**：淒涼寒冷。

題旨：秋遊抒懷

350 歸舟見月

梁啟超

瀛海團團月，相望幾百回。
即看桂影瘦，長是露中開。
照夢成深憶，窺愁又獨來。
十年往還路，為汝一徘徊。

梁啟超（1873～1929）

字卓如、任甫，號任公、飲冰室主人等。清朝光緒年間舉人，從師於康有為，戊戌變法（百日維新）的領袖之一。變法失敗後，與康有為一起流亡日本十多年。辛亥革命後，曾加入袁世凱政府及段祺瑞政府。其著作合編為《飲冰室合集》。

題旨：歸途賞月

注釋

一行—**瀛海**：浩瀚的大海。／**團團**：形容圓的樣子。

二行—**即**：近、靠近。／**桂影**：相傳月中有桂樹，稱月中陰影為桂影。／**瘦**：纖細。／**長是**：時常、總是。／**露**：秋露。／**開**：綻放。

三行—**窺**：窺探，即探究、察覺。

四行—**往還**：去與來，往返。／**汝**：你，指月亮。

賞讀譯文

浩瀚大海上的圓圓月亮，我已經和它相望好幾百次了。
近看月亮，發現桂樹的影子很纖細；桂花總是在秋露中綻放。
月亮照著我的夢，成為深刻的記憶，它要窺探我的愁思，又獨自過來。
十年來的往返路上，我為你徘徊著。

351 中元節自黃浦出吳淞泛海

陳去病

舵樓高唱大江東，萬里蒼茫一覽空。
海上波濤回蕩極，眼前洲渚有無中。
雲磨雨洗天如碧，日炙風翻水泛紅。
唯有胥濤若銀練，素車白馬戰秋風。

陳去病（1874～1933）

原名慶林，字佩忍，號巢南，別署病倩等。祖上以經營榨油業致富。早年參加同盟會，追隨孫中山先生。創辦辛亥革命時期的文學團體「南社」。曾任國立東南大學（今為南京大學）中文系教授、江蘇革命博物館館長。

題旨：海景抒懷

注釋

一行—**舵**：泛指交通工具上控制方向的設備。／**大江東**：指大江東去，廣闊的江水向東奔流而去。／**萬里**：形容極遠。／**蒼茫**：曠遠迷茫的樣子。

二行—**回蕩**：即迴蕩，迴繞飄浮，此處指起伏。／**極**：很、甚。／**洲渚**：水中可以居住的地方，大的稱洲，小的稱渚。

三行—**碧**：指青綠色或淡藍色，此處為淡藍色。／**日炙風翻**：太陽炙晒，烈風翻動。／**泛**：呈現、透著。

四行—**胥濤**：指潮水，相傳春秋楚國大臣伍子胥死後為濤神。／**若**：似、好像。／**銀練**：銀白的絲絹。／**素車白馬**：古代遇凶事或喪事所用的白色車馬。

賞讀譯文

我站在舵樓上高唱「大江東去」，萬里曠遠迷茫的海面一覽而盡。海上波濤起伏極大，眼前的洲渚看起來時有時無。天空經過雲磨雨洗後，一片淡藍；水面在太陽炙晒與烈風翻動下，呈現紅色。只有潮水像銀白的絲絹，以素車白馬來對戰秋風。

352

水龍吟・楊花用章質夫蘇子瞻唱和均

王國維

開時不與人看，如何一霎濛濛墜。日長無緒，回廊小立，迷離情思。細雨池塘，斜陽院落，重門深閉。正參差欲住，輕衫掠處，又特地、因風起。

花事闌珊到汝。更休尋、滿枝瓊綴。算來只合，人間哀樂，者般零碎。一樣飄零，寧為塵土，勿隨流水。怕盈盈、一片春江，都貯得、離人淚。

賞讀譯文

楊花（柳絮）開的時候不給人看，如何一會兒就綿細密布地墜落了？白日長，我卻沒有心緒，在迴廊裡稍微佇立，情感和心思都模糊而難以分辨。楊花飄落在下著細雨的池塘裡，西斜夕陽照進院落裡，多層的門戶卻緊閉著。楊花正雜亂不齊地將要停住，但在輕衫掠過的地方，卻又特地因為風而飛起。開花之事到你之後就衰落了，更不要去尋找滿枝上點綴的瓊玉般花朵。推測起來，花兒只該跟人間的哀樂這般零碎不完整。一樣是要凋謝飄落，寧願化為塵土，也不要隨流水而去。怕一片清澈的春江裡，積藏的都是離別之人的淚水。

王國維（1877～1927）

初名國楨，字靜安、伯隅，號禮堂、觀堂、永觀。出身書香世家，曾赴日本東京物理學校短暫就讀。曾任教於南通師範學校等，並發表大量譯作，介紹西方先進思想，研究中西哲學、文學、美學等。著有《人間詞》、《人間詞話》、《宋元戲曲考》等書。五十歲時投昆明湖自盡。

一注釋一

題一**楊花**：即柳絮。／**均**：此處通「韻」，音義相同。／宋代章質夫曾寫一首詠楊花的〈水龍吟〉，之後其好友蘇軾（字子瞻）也以同樣的韻寫了一首。

一行一**霎兒**：片刻、一會兒。／**濛濛**：綿細密布的樣子。

二行一**日**：白日。／**緒**：心念，心緒。／**回廊**：迴廊，曲折回環的走廊。／**小**：稍微。／**迷離**：模糊難以分辨的樣子。

三行一**斜陽**：傍晚西斜的夕陽或陽光。／**院落**：庭院。／**重門**：多層的門戶。／**深閉**：此處指緊閉。

四行一**參差**：雜亂不齊的樣子。／**欲**：將要。／**掠**：輕拂、輕拭而過。

五行一**花事**：開花之事。／**闌珊**：衰落、蕭瑟的樣子。／**汝**：你，指楊花（柳絮）。／**休**：不要。／**瓊綴**：綴滿瓊玉般的花。

六行一**算來**：推測起來。／**只合**：只該、只當。／**者般**：這般、這樣、如此。／**零碎**：不完整。

七行一**飄零**：凋謝飄落。

八行一**盈盈**：水清澈的樣子。／**貯**：積藏、儲蓄。音同「主」。／**得**：置於動詞之後，無義。／**離人**：離別的人。

題旨：詠楊花（柳絮）

353

虞美人

犀比六博消長晝

王國維

犀比六博消長晝，五白驚呼驟。
不須辛苦問虧成，一霎尊前了了見浮生。
笙歌散後人微倦，歸路風吹面。
西窗落月蕩花枝，又是人間酒醒夢回時。

題旨：人生感懷

注釋

一行—**犀比**：指犀角。／**六博**：古代賭博遊戲，共有十二個棋子，六白六黑，投六箸，行六棋。／**消**：排遣、打發。／**五白**：古代賭博遊戲。一組五枚，上黑下白。擲得五子皆黑，叫盧，最貴；其次五子皆白，叫白。／**驟**：常常、屢次。

二行—**虧成**：缺損與完滿；失敗與成功。／**一霎**：片刻、一會兒。／**尊前**：在酒尊之前。尊，為酒器。／**了了**：明白、清楚。／**浮生**：人生。老子和莊子認為人生在世，虛浮無定，故有此稱。

三行—**笙歌**：泛指奏樂唱歌。／**歸路**：回去的路。／

四行—**花枝**：花的枝幹。／**夢回**：夢醒。

賞讀譯文

我玩犀角製的六博棋來打發漫長的白晝，還多次一邊投擲五白一邊驚呼。不須辛苦地問失敗與成功，一會兒就在酒杯前清楚地看見人生。在奏樂唱歌聲散去後，人稍微疲倦，在回去的路上風迎面吹來。西窗外的落月照著飄蕩的花枝，又是人間酒醒、夢醒之時。

354 蝶戀花

滿地霜華濃似雪

王國維

滿地霜華濃似雪。人語西風，瘦馬嘶殘月。
一曲陽關渾未徹，車聲漸共歌聲咽。
換盡天涯芳草色。陌上深深，依舊年時轍。
自是浮生無可說。人間第一耽離別。

一注釋一

一行一**霜華**：霜花。／**語**：說話。／**嘶**：馬鳴。／**殘月**：指清晨出現的月亮、殘缺不圓的彎月、西沉的月亮。

二行一**陽關**：指琴歌〈陽關三疊〉，多為送別時演唱，源自唐代王維的〈渭城曲〉：「勸君更盡一杯酒，西出陽關無故人。」／**渾**：全然、完全。／**徹**：畢盡、停歇。／**共**：跟、和。／**咽**：嗚咽，聲音悲淒滯塞。

三行一**換**：更改，變易，變換。／**盡**：全部、都。／**天涯**：天邊，指遙遠的地方。／**芳草**：香草，有懷人思親之意，源自《楚辭‧招隱士》的「王孫遊兮不歸，春草生兮萋萋」。／**陌**：田間小路，後泛指小路。／**年時**：當年、昔日。／**轍**：車轍，車輪碾過所留下的痕跡。

四行一**自是**：自然是。／**浮生**：人生。／**第一**：最。／**耽**：沉迷，耽溺。

題旨：人生感懷

賞讀譯文

滿地霜花濃密得像雪，人們在西風中說話，瘦馬在彎月下嘶鳴。一曲〈陽關三疊〉完全未停歇，車聲就逐漸跟著歌聲一起嗚咽了。天涯的芳草顏色全都變換了，小路上依舊留著當時深深的車轍。自然是飄浮不定的人生，沒什麼好說的，人間最常有的是耽溺於離別的傷痛中。

355 蝶戀花

窗外綠陰添幾許

王國維

窗外綠陰添幾許。剩有朱櫻，尚繫殘春住。
老盡鶯雛無一語，飛來銜得櫻桃去。
坐看畫梁雙燕乳。燕語呢喃，似惜人遲暮。
自是思量渠不與。人間總被思量誤。

題旨：暮春感懷

注釋

一行——**綠陰**：即綠蔭、樹蔭。／**幾許**：多少。／**朱櫻**：櫻桃的一種，成熟時呈深紅色。／**殘春**：晚春，春天將盡的時節。／**尚**：猶、還。

二行——**鶯雛**：幼小的鶯。／**語**：蟲鳥等的鳴叫聲。／**得**：置於動詞之後，無義。

三行——**畫梁**：有彩繪裝飾的屋梁。／**雙燕乳**：雙燕在哺育幼鳥。乳，哺育。／**呢喃**：燕子的叫聲。／**惜**：悲痛，痛惜，惋惜。／**遲暮**：指黃昏；比喻晚年、老年。

四行——**自是**：自然是。／**思量**：考慮，思慮。／**渠**：他，指第三人稱。此處指燕子。／**不與**：不相與，不互相。／**誤**：妨害、耽擱。

賞讀譯文

窗外的綠蔭增添了多少？剩下朱櫻還把晚春繫住。
幼鶯變老了，沒有鳴叫，飛來把櫻桃銜去了。
我坐著看畫梁上的雙燕在哺育幼鳥。燕子呢喃地鳴叫，似乎在惋惜我已經邁入晚年。
自然是燕子不會和我一起思慮。人間總是被思慮妨害了。

點絳唇

屏卻相思

王國維

屏卻相思，近來知道都無益。不成拋擲，夢裏終相覓。

醒後樓臺，與夢俱明滅。西窗白。紛紛涼月，一院丁香雪。

題旨：相思情懷

注釋

一行 **屏**：排除，摒棄。／**卻**：置動詞後，相當於「掉」、「去」、「了」。

二行 **不成**：無所成就。／**拋擲**：棄置不管。／**終**：到底，畢竟，終究。／**相覓**：尋找。

三行 **俱**：偕、同、一起。／**明滅**：忽隱忽現的閃動著。

四行 **紛紛**：此處指月光明亮。／**涼月**：秋月。／**丁香雪**：丁香的白花。此處應是指花期在五月至十月的四季丁香，或春季和秋季各開一次花的小葉丁香。

賞讀譯文

我摒棄了相思，近來我才知道這都是沒有益處的。

但我沒有成功將相思棄置不管，終究會在夢裡尋找它。

醒來後，我看到（遠處的）樓臺跟夢境一樣忽隱忽現。

西窗外一片白，明亮的秋月正照著一整個院子裡的雪白丁香花。

357 蝶戀花

誰道人間秋已盡

王國維

誰道人間秋已盡，衰柳毿毿，尚弄鵝黃影。
落日疏林光炯炯，不辭立盡西樓暝。
萬點棲鴉渾未定。瀲灩金波，又冪青松頂。
何處江南無此景，只愁沒箇閒人領。

題旨：秋日黃昏

注釋

一行—**道**：說、談。／**盡**：完畢、結束。／**衰**：衰頹，枯衰。／**毿毿**：細長的樣子。毿，音同「三」。／**尚**：猶、還。／**弄**：搖動。／**鵝黃**：淡黃色。

二行—**疏林**：稀疏的樹林。／**炯炯**：光明、光亮。／**辭**：告別。／**暝**：入暮，進入黃昏。

三行—**萬點**：指眾多。／**棲鴉**：返巢棲息的鴉鳥。／**渾**：全然、完全。／**瀲灩**：波光映照。／**金波**：指夕陽光。／**冪**：覆蓋。音同「密」。

四行—**愁**：憂慮、悲傷。／**箇**：同「個」。／**閒人**：清閒沒事做的人。／**領**：曉悟，了解，領略。

賞讀譯文

誰說人間的秋天已經結束了？衰頹的細長柳枝還在搖動淡黃色的枝影。
落日將稀疏的樹林照得明亮，我不告別，佇立在西樓直到進入黃昏。
萬點棲鴉完全沒有停止飛翔。夕陽照得水面閃耀波光，又籠罩著青松的頂部。
江南哪裡沒有這個景色，只憂愁沒有一個閒人去領略它。

358

滿庭芳

水抱孤城

王國維

水抱孤城，雲開遠戍，垂柳點點棲鴉。
晚潮初落，殘日漾平沙。
白鳥悠悠自去，汀洲外、無限蒹葭。
西風起，飛花如雪，冉冉去帆斜。

天涯。還憶舊，香塵隨馬，明月窺車。
漸秋風鏡裏，暗換年華。
縱使長條無恙，重來處、攀折堪嗟。
人何許，朱樓一角，寂寞倚殘霞。

賞讀譯文

流水環抱著孤城，我在雲開處看到邊境的軍營。垂柳上有許多返巢棲息的鴉鳥。傍晚的潮水剛退去，夕陽餘暉在廣闊沙原上閃爍搖動。白鳥安閒暇適地自行飛去，汀洲外有一望無際的荻草和蘆葦。西風一吹起，蘆葦花便如白雪般飄飛，緩慢遠去的船帆傾斜著。

我人在天涯，還回憶著往事；因落花而芳香的塵土，跟隨馬的腳步而飛揚，明月照著車輛。在秋風的影響下，鏡子裡的我不知不覺變換了年紀。縱使長長的柳條安然無恙，我再次來訪時攀折，還是為此感嘆。我人在哪裡?寂寞地倚在紅樓的一角，看殘餘的晚霞。

題旨：秋景抒懷

【注釋】

一行—**孤城**：孤立的城。／**遠戍**：邊境的軍營、城堡。／**點點**：形容小而多。／**棲鴉**：返巢棲息的鴉鳥。

二行—**晚潮**：傍晚的潮水。／**初**：剛剛。／**殘日**：夕陽。／**漾**：此處指光波搖動的樣子。／**平沙**：廣闊的沙原。

三行—**悠悠**：安閒暇適的樣子。／**汀洲**：水中的沙洲。／**無限**：此處指無邊無際。／**蒹葭**：荻草和蘆葦，或單指蘆葦，皆為濕地環境常見且在秋季開花的禾本科草本植物。蒹葭，音為「兼加」。

四行—**飛花**：指蘆葦花，花期為秋季。／**冉冉**：緩慢行進。／**去帆**：遠去的船之帆。

五行—**天涯**：天邊，指遙遠的地方。／**憶舊**：回憶往事。／**香塵**：因落花而芳香的塵土。／**窺**：從隱密處或孔隙中偷看，泛指見、觀看，此處指照著。

六行—**漸**：影響、慢慢感染。／**暗換**：不知不覺地變換。／**年華**：年紀、年歲。

七行—**長條**：指柳條。／**重來**：再次來訪。／**處**：時候、時刻。／**堪嗟**：可嘆。

八行—**何許**：何處。／**朱樓**：紅樓。／**殘霞**：殘餘的晚霞。

359 蝶戀花

誰道江南春事了

王國維

誰道江南春事了，廢苑朱藤，開盡無人到。
高柳數行臨古道，一藤紅遍千枝杪。
冉冉赤雲將綠繞，回首林間，無限斜陽好。
若是春歸歸合早，餘春只攪人懷抱。

題旨：暮春抒懷

注釋

一行　**道**：說、談。／**春事**：春意，春天的景象。／**了**：完畢、結束。／**廢苑**：廢棄的園林。／**朱藤**：紫藤。／**開**：綻放。／**盡**：全部。

二行　**臨**：靠近、依傍。／**千**：眾多。／**杪**：梢；樹枝末端。音同「秒」。

三行　**冉冉**：此處同時指緩慢行進和柔弱下垂。／**赤雲**：此處同時指紅色雲霞和紫藤。／**斜陽**：傍晚西斜的夕陽或陽光。

四行　**歸**：回去。／**合**：應該。／**餘春**：暮春、殘春。／**懷抱**：心懷的見解。

賞讀譯文

誰說江南的春天景象結束了？廢棄園林裡的紫藤全都綻放了，卻沒有人來到。數行高高的柳樹臨近古道，一株紫藤就讓許多樹梢紅遍了。緩慢行進的紅雲將綠意圍繞著，我回頭看林間，是無限美好的西斜夕陽。如果春天要回去，就應該早點回去，暮春只會攪動人的心懷。

臨江仙

過眼韶華何處也

王國維

過眼韶華何處也，蕭蕭又是秋聲。
極天衰草暮雲平。斜陽漏處，一塔枕孤城。
獨立荒寒誰語，驀回頭宮闕崢嶸。
紅牆隔霧未分明。依依殘照，獨擁最高層。

題旨：秋景抒懷

一注釋一

一行一**過眼**：經過眼前，比喻迅疾短暫。／**韶華**：可指美好時光、青春年華、春光。／**蕭蕭**：形容風雨聲、落葉聲。／**秋聲**：指秋季大自然界的聲音，如風聲、落葉聲、蟲鳥聲等。

二行一**極天**：指極遠處的天邊。／**衰草**：枯草。／**暮雲**：黃昏的雲。／**斜陽**：傍晚西斜的夕陽或陽光。／**漏**：自縫中露出。／**枕**：依傍、鄰靠。／**孤城**：孤立的城。

三行一**獨立**：獨自佇立。／**荒寒**：荒涼寒冷。／**語**：說話。／**驀**：突然，忽然。音同「莫」。／**宮闕**：建築富麗堂皇的宮殿。／**崢嶸**：高峻突出的樣子。

四行一**分明**：清楚、明白。／**依依**：依稀、隱約。／**殘照**：夕陽餘暉。／**擁**：圍著。

賞讀譯文

經過眼前的春光到哪裡去了？我又聽到蕭蕭的秋聲。枯草蔓延到極遠處的天邊，黃昏時的雲平展開來。西斜陽光露出的地方，一座高塔鄰靠著孤立的城。我獨自佇立在荒涼寒冷的環境裡，有誰可以說話？忽然回頭，我只看到高峻突出的宮殿。我和紅牆之間隔著霧，使其看起來不清楚。隱約的夕陽餘暉獨自圍著高塔的最高層。

361 揚州慢・憶煙霞洞梅

陳曾壽

梅繡荒山，石威靜谷，舊游最戀煙霞。
向洞門徐步，幾度問芳華。
記長倚、半山亭子，昏黃月上，倩影橫斜。
暈微紅、墜砌嬌雲，仙夢非耶。

一身萬里，賸而今、慣住胡沙，
儘湖水湖煙，也休暗憶，儂已無家。
飄斷辭枝故蕊，曾何處、不是天涯。
漫拚將、今世今生，長負梅花。

賞讀譯文

梅花像刺繡那樣妝點了人跡罕至的山，巨石震懾著安靜的山谷，在昔日遊覽的地方裡，我最眷戀的是煙霞洞。我朝著洞口緩步前進，多次探訪梅花。記得我長久地倚在半山腰的亭子裡，直到黃昏時月亮升起，梅花枝影橫斜著。梅花暈著微紅，墜落在臺階上，這難道不是仙境之夢嗎？我一人在萬里之外，只管如今已習慣住在北方的風沙裡。任憑湖面籠罩煙霧，也不要暗自記得我已經沒有家。以前的花朵已經斷落並飄離枝幹，曾經哪裡不是天涯？我徒然地捨棄今世今生，長久地辜負梅花。

題旨：憶往感懷

陳曾壽（1878～1949）

字仁先，號耐寂、復志、焦庵，自稱蒼虬居士。曾經是張之洞的幕客，登進士第後，曾任刑部主事、員外郎、廣東監察禦史等職，入民國後，曾參與張勳推動的溥儀復辟政變、滿州國組織等。著有《蒼虬閣詩集》，編有《舊月簃詞》。

注釋

題—**煙霞洞**：即煙霞洞，在浙江省杭州市境內，為石灰岩溶洞。

一行—**繡**：指梅花像刺繡那樣妝點了山景。／**荒山**：偏僻、人跡罕至的山。／**威**：震懾。／**舊游**：同「舊遊」，指昔日遊覽的地方。

二行—**向**：對著、朝著。／**洞門**：洞口。／**徐步**：緩步。／**幾度**：幾次，多次。／**問**：探訪。／**芳華**：香花，此處指梅花。

三行—**昏黃**：天色昏黃時，即黃昏。／**倩影**：美麗的月影，亦比喻美女的身影，此處指梅花。／化用自北宋林逋的〈山園小梅〉：「疏影橫斜水清淺，暗香浮動月黃昏。」

四行—**暈**：擴散，暈開。／**砌**：臺階。／**嬌雲**：彩雲，亦為雲的美稱，此處指梅花。／**仙夢**：仙境之夢。／**耶**：表示疑問語氣。相當於「呢」、「嗎」。

五行—**一身**：一人。／**萬里**：形容極遠。／**賸**：只管。音同「剩」。／**而今**：如今。／**胡沙**：西方和北方的沙漠或風沙。

六行—**儘**：聽任、任憑。／**湖煙**：籠罩於湖面的霧氣，形容水面混茫不清的景象。／**休**：不要。／**暗**：暗自，暗地裡，私下。／**憶**：記得。／**儂**：我。

七行—**辭**：告別。／**故蕊**：以前的花朵。／**天涯**：天邊，指遙遠的地方。

八行—**漫**：徒然。／**拚將**：捨棄。／**負**：背棄，辜負。

362 臨江仙

修得南屏山下住　陳曾壽

修得南屏山下住，四時花雨迷濛。
溪山幽絕夢誰同。
人間閒夕照，消得一雷峰。

極目寥天沉雁影，斷魂憑證疏鐘。
淡雲來往月朦朧。
藕花風不斷，三界佛香中。

題旨：生活抒懷

【注釋】

一行—**南屏**：山名。在浙江省杭州市境內，為西湖勝景之一。／**四時**：春、夏、秋、冬四季。／**迷濛**：景物朦朧不清。

二行—**幽絕**：清幽殊絕。

三行—**夕照**：黃昏時的陽光。／**消得**：消受、享受。／**雷峰**：山峰名，南屏山上。

四行—**極目**：放眼遠望。／**寥天**：遼闊的天空。／**沉**：潛藏，隱沒。／**斷魂**：極度悲傷到好像靈魂從肉體離散。／**疏鐘**：稀疏的鐘聲，多指不時可聽見的寺廟鐘聲。

六行—**藕花**：荷花。／**三界**：佛教認為生死往來之世界有三，分別為欲界、色界、無色界。／**佛香**：供佛的香氣，此處應是指荷花香。

賞讀譯文

我修得了住在南屏山下的福氣，四季都有花雨交織的迷濛景象。
溪山景色清幽殊絕，誰跟我一起做相同的夢？
在人間悠閒的夕照中，我享受著雷峰美景。
我放眼遠望，遼闊天空裡隱沒了雁子的身影，我也傷心地聽著稀疏的鐘聲。
淡雲來來去去，月色朦朧。
風不斷吹過荷花，讓三界都籠罩在這股清香中。

363

踏莎行

水繞孤村

呂碧城

水繞孤村，樹明殘照，荒涼古道秋風早。
今宵何處駐征鞍，一鞭遙指青山小。
漠漠長空，離離衰草，欲黃重綠情難了。
韶華有限恨無窮，人生暗向愁中老。

呂碧城（1883～1943）

原名賢錫，字遁天，號碧城等。父親呂鳳岐曾為官，重視家庭教育，但因其早逝，使呂碧城寄居舅父家多年，之後，她在因緣之下進入《大公報》任職，並創辦北洋女子公學，為中國近代女權運動的首倡者之一。曾進入袁世凱政府任職，後來到美國就讀哥倫比亞大學，又漫遊歐美七年。

題旨：秋景抒懷

一注釋一

一行—**孤村**：孤零零的村莊。／**殘照**：夕陽餘暉。

二行—**今宵**：今夜。／**駐**：車馬停止。／**征鞍**：指旅行者所乘的馬。征，指遠行。鞍，指馬背上的騎墊，代指馬。／**遙指**：指向遠方。

三行—**漠漠**：昏暗的樣子。／**長空**：遼闊的天空。／**離離**：繁茂濃密的樣子。／**衰草**：枯草。／**欲**：想要。／**了**：完畢、結束。

四行—**韶華**：可指美好時光、青春年華、春光。／**暗**：暗自，暗地裡，私下。

賞讀譯文

流水環繞著孤零零的村莊，夕陽餘暉把樹林照得明亮，荒涼的古道上，秋風來得早。今夜我要在哪裡停下馬？我拿著鞭子指向遠方小小的青山。昏暗的遼闊天空，繁茂濃密的枯草，我想要變黃的草叢又再轉綠的這份心情難以了結。青春年華有限，愁恨卻無窮盡，人生暗自地在憂愁中老去。

364 翠樓吟．秦淮遇京華故人

吳梅

月杵聲沉，霜鐘響寂。今宵故人無寐。湖山淪小劫，正風鶴、長淮兵氣。南雲凝睇，又水國陰晴，千花彈淚。情難寄，庾郎憑處，自傷憔悴。

可記殘粉宮城，指暮虹亭閣，冶春車騎。玉京芳信阻，怕絲管、經年慵理。人間何世，待冷擊珊瑚，西臺如意。秋心碎，板橋衰柳，莫愁愁未。

賞讀譯文

月亮和鐘都寂靜無聲，今夜老友無法入睡。國土江山陷入小災難，淮河地區正充滿風聲鶴唳的戰爭氣氛。我凝望著南飛之雲，又南京陰晴不定，使得許多花朵灑淚。我的情感難以傳達，只能在倚靠的地方自我感傷並憔悴著。

可還記得殘粉宮城旁，朝著傍晚彩虹下的亭閣，有著遊春的成隊車馬？與首都往來的信被阻斷，我怕聽音樂，好幾年都懶得整理。人間是什麼世界？即將要冷冷地擊打珊瑚朝珠和官署的如意裝飾。秋日的愁心已經碎了，那女子看到木板橋旁的衰頹柳樹，為此發愁了嗎？

吳梅（1884～1939）

字瞿安，號霜厓。兩度鄉試落第後便不再參加科舉。精通戲曲創作和研究，曾任教於北京大學等校。

題旨：人生感慨

注釋

題—**秦淮**：秦淮河，流經南京，此處代指南京。／**京華**：京城。／**故人**：老友。

一行—**月杵**：傳說月宮中的搗藥之杵，借指月亮。／**霜鐘**：指鐘或鐘聲，出自《山海經．中山經》：「有九鐘焉，是知霜鳴。」／**今宵**：今夜。／**無寐**：不睡；不能入睡。

二行—**湖山**：湖水與山巒，此處應指國土江山。／**淪**：陷入，流落。／**小劫**：小災難。／**風鶴**：即風聲鶴唳。／**長淮**：指淮河。／**兵氣**：戰爭的氣氛。

三行—**南雲**：南飛之雲。／**凝睇**：凝望，注視。／**水國**：此處指南京。／**千**：眾多。／**彈淚**：灑淚。

四行—**寄**：傳達言語、書信、心意等。／**庾郎**：指庾信，曾作〈哀江南賦〉傷悼南朝梁的滅亡和哀嘆個人身世。此處指作者自己。／**憑**：倚靠。／**自傷**：自我傷感。

五行—**宮城**：圍繞帝王或侯國宮室院落的城垣。／**指**：朝向、對著。／**暮虹**：傍晚的彩虹。／**冶春**：遊春，春天外出踏青。／**車騎**：成隊的車馬。

六行—**玉京**：京都；首都。／**芳信**：敬稱他人來信。／**絲管**：絃樂器與管樂器，泛指樂器，亦借指音樂。／**經年**：經過一年或若干年。／**慵**：懶。

七行—**人間何世**：人間是什麼世界，化用自庾信的〈哀江南賦〉：「日暮途遠，人間何世」。／**待**：將要、打算。／**珊瑚**：珊瑚製成的珠，清代用作朝珠（穿戴公服時所佩掛的串珠）。／**西臺**：官署名，指御史臺、中書省或刑部，此處代指各官署。／**如意**：古代一種有著圓盤頭、長柄略微彎曲的爪杖，後來演變成一種象徵吉祥的陳設品。

八行—**秋心**：秋日的心緒，多指悲秋的愁心。／**板橋**：以木板架設的橋。／**莫愁**：古樂府常提到的女子。

365 西子妝

汀草綠齊

黃侃

汀草綠齊，井桃紅嫩。共說尋春非晚。
偶來高閣認前題，歎昔遊、歲華空換。
滄波淚濺，算留得、閒愁未斷。
憑曲闌，訝瘦楊如我，難招鶯燕。
追歡宴，卻恨東風，攪起花一片。
酒痕唯解漬青衫，比當時、醉情終淺。
殘陽看倦，倩誰慰、天涯心眼。
待重來，又怕平蕪絮滿。

賞讀譯文

水邊野草青綠又平整，井邊的桃花鮮紅嬌嫩，我們一起說遊賞春景不晚。我偶然來到這座高大的樓閣，認出先前題寫的內容，感嘆往日的遊覽和歲月徒然變換。我的眼淚滴落在碧波上，料想我留著無端的愁緒，還未斷絕。我倚靠曲折的欄杆，驚訝著削瘦的楊樹跟我一樣，難以招引黃鶯與燕子等春鳥。在尋歡的宴會上，我卻恨春風攪亂了一片花海。酒滴的痕跡只會沾染青衫，我酒醉的情況終究比當時更淺。我已經看夕陽餘暉看得厭倦了，要請誰安慰我身在天涯的心思？等到再次來訪時，我又怕雜草繁茂的平原已經鋪滿了柳絮。

題旨：春遊抒懷

黃侃（1886～1935）初名喬鼐、喬馨，後改為侃，字季剛、季子，自號量守居士。出身官宦之家，但父親早逝，之後在父親友人張之洞的資助下到日本留學，加入同盟會，並師從因參加維新運動而流亡日本的章炳麟（太炎）。研習經學，尤精於聲韻，曾任教於北京、武昌、南京等大學。

題序：二月二十三日，社集北湖祠樓，感會有作。

—注釋—

一行—**汀草**：水邊的野草。／**齊**：平整、整齊。／**共**：一起，一同。／**尋春**：遊賞春景。

二行—**偶**：偶然、碰巧。／**高閣**：高大的樓閣。此處指北湖祠樓。／**前題**：先前題寫的內容。／**昔遊**：往日的遊覽。／**歲華**：指年華、歲月、時光。／**空**：徒然。

三行—**滄波**：碧波，浮現在澄澈水面上的波紋，或指青綠色波浪。／**濺**：滴落。／**算**：推測，料想。／**閒愁**：無端而來的愁緒。／**斷**：隔斷，斷絕。

四行—**憑**：倚靠。／**曲闌**：即曲欄，曲折的欄杆。／**鶯燕**：黃鶯與燕子。泛指春鳥。

五行—**追歡**：尋歡。／**東風**：春風。／**攪**：擾亂。／**一片**：形容連綿成片狀的景色。

六行—**酒痕**：酒滴的痕跡。／**解**：會、能夠。／**漬**：沾染。／**青衫**：青色衣服，古時學子所穿之服，借指書生，也是低階官服或卑賤者的衣服。／**醉情**：酒醉的情況。／**終**：到底，畢竟，終究。

七行—**殘陽**：夕陽餘暉。／**倩**：請人代為做事。／**天涯**：天邊，指遙遠的地方。／**心眼**：心思。

八行—**待**：等候。／**重來**：再次來訪。／**平蕪**：雜草繁茂的平原。／**絮**：指柳絮。

366

點絳唇・題畫

邊浴禮

鷗雨空濛，茫茫遠樹青如薺。
畫船斜艤，漁笛風吹起。
潮落潮生，不管人間事。
烏篷底，楚天新霽。夢與秋無際。

題旨：畫中秋景

邊浴禮（約 1844 ～ 1858 年前後在世）
字夔友、袖石。登進士第後，官至河南布政使。博聞宏覽，嗜作詩。

一注釋一

一行一**空濛**：煙雨迷茫的樣子。／**茫茫**：模糊不明的樣子。／**薺**：薺菜，為十字花科草本植物。葉子為有缺刻的狹長形。三至四月開白色小花。種子和葉子都可以食用。

二行一**畫船**：裝飾華美的遊船。／**艤**：停船靠岸。／**漁笛**：漁人的笛聲。

四行一**烏篷**：烏篷船，為浙江紹興的獨特交通工具，其竹篾篷被漆塗成黑色。船身狹小，船篷低矮。／**楚天**：春秋戰國時期的楚國在長江中下游一帶，之後泛指南方天空。／**新霽**：剛剛放晴。

賞讀譯文

鷗鳥在迷茫的煙雨中飛翔，模糊不明的遠方樹林青綠得像薺菜。
華美遊船斜斜地停靠著，漁人的笛聲隨著風吹起。
潮水退落又生起，不管人間的閒事。
烏篷船下方，水面倒映著剛剛放晴的南方天空。夢境與秋景都無邊無際。

參考書目

《大唐詩集柳宗元詩選》洪淑苓．編著／五南圖書
《元人散曲選》龍潛菴．選注／遠流出版
《元好問詩選》陳沚齋．選注／遠流出版
《元明清詞三百首鑑賞辭典》／上海辭書出版社
《元明清詩三百首鑑賞辭典》／上海辭書出版社
《王安石詩選》周錫韋复．選注／遠流出版
《王國維詞注》田志豆．編注／遠流出版
《王維詩欣賞》孫燕文．主編／文國書局
《王維詩選》王福耀．選注／遠流出版
《白居易詩選》梁鑒江．選注／遠流出版
《朱淑真詩詞欣賞》孫燕文．主編／文國書局
《吳文英詞欣賞》孫燕文．主編／文國書局
《吳梅村詩選》王濤．選注／遠流出版
《李煜、李清照詞注》陳錦榮．選注／遠流出版
《杜牧詩選》周錫韋复．選注／遠流出版
《辛棄疾詞選》孫乃修．選注／名田文化
《辛棄疾詞選》劉斯奮．選注／遠流出版
《周邦彥詞選》劉斯奮．選注／遠流出版
《孟郊、賈島詩選》劉斯翰．選注／遠流出版
《孟浩然、韋應物詩選》李小松．選注／遠流出版
《明月松間照詩佛：王維詩歌賞析》陶文鵬．選析／開今文化
《近三百年名家詞選》忍寒居士編／世界書局
《姜夔、張炎選》劉斯奮．選注／遠流出版
《柳永、周邦彥詞選注》周子瑜．注譯／建宏出版社

《柳永詞選》梁雪芸・選注／遠流出版
《范成大詩選》周錫𩡝・選注／遠流出版
《韋應物詩欣賞》孫燕文・主編／文國書局
《唐宋名家詞選》龍沐勛・編選、卓清芬・注說／里仁書局
《晏殊、晏幾道詞選》陳永正・選注／遠流出版
《納蘭性德詞選》盛冬鈴・選注／遠流出版
《高啟詩選》陳沚齋・選注／遠流出版
《高適、岑參詩選》王鴻蘆・選注／遠流出版
《婉約詞選》王兆鵬・編選／鳳凰出版社
《張先詞欣賞》孫燕文・主編／文國書局
《張籍、王建詩選》李樹政・選注／遠流出版
《通賞中國歷代詞》沈文凡、李瑩、代景麗、王慷、胡洋、楊辰宇・著／長春出版社
《陸游詩選》陸應南・選注／遠流出版
《黃仲則詩選》止水・選注／遠流出版
《黃庭堅詩選》陳永正・選注／遠流出版
《黃遵憲詩選》李小松・選注／遠流出版
《新譯千家詩》邱燮友、劉正浩・注譯／三民書局
《新譯元曲三百首》賴橋本、林玫儀・注譯／三民書局
《新譯宋詞三百首》汪中・注譯／三民書局
《新譯李白詩全集〔上〕》郁賢皓・注譯／三民書局
《新譯李白詩全集〔下〕》郁賢皓・注譯／三民書局
《新譯李白詩全集〔中〕》郁賢皓・注譯／三民書局
《新譯李商隱詩選》朱恆夫、姚蓉、李翰、許軍・注譯／三民書局
《新譯李清照集》姜漢椿、姜漢森・注譯／三民書局
《新譯李賀詩集》彭國忠・注譯／三民書局

《新譯杜甫詩選》張忠綱、趙睿才、綦維・注譯／三民書局
《新譯孟浩然詩集》楊軍・注譯／三民書局
《新譯花間集》朱恆夫・注譯／三民書局
《新譯南唐詞》劉慶雲・注譯／三民書局
《新譯柳永詞集》侯孝瓊・注譯／三民書局
《新譯唐人絕句選》卞孝萱、朱崇才・注譯／三民書局
《新譯唐詩三百首》邱燮友・注譯／三民書局
《新譯清詞三百首》陳水雲、昝聖騫、王衛星・注譯／三民書局
《新譯清詩三百首》王英志・注譯／三民書局
《新譯樂府詩選》溫洪隆、溫強・注譯／三民書局
《新譯蘇軾詞選》鄧子勉・注譯／三民書局
《楊萬里詩選》劉斯翰・選注／遠流出版
《溫庭筠詩詞選》劉斯翰・選注／遠流出版
《劉禹錫詩選》梁守中・選注／遠流出版
《歐陽修、秦觀詞選》王鈞明、陳沚齋・選注／遠流出版
《歷代曲選注》朱自力、呂凱、李崇遠・選注／里仁書局
《歷代詞選注》閔宗述、劉紀華、耿湘沅・選注／里仁書局
《歷代詩選注》鄭文惠、歐麗娟、陳文華、吳彩娥・選注／里仁書局
《韓愈詩選》止水・選注／遠流出版
《龔自珍詩選》劉逸生・選注／遠流出版

參考網站

中華詩詞網 https://www.haoshici.com/zh-tw/

中國哲學書電子化計劃 https://ctext.org/zh

百度百科 https://baike.baidu.com

快懂百科 https://www.baike.com

查查漢語詞典 https://tw.ichacha.net

教育百科（教育雲） https://pedia.cloud.edu.tw/home/index

教育部重編國語辭典修訂本 http://dict.revised.moe.edu.tw/cbdic/

萌典 http://www.moedict.tw

漢文網 https://cd.hwxnet.com/

漢典 https://www.zdic.net/

漢語網 http://www.chinesewords.org

國家圖書館出版品預行編目(CIP)資料

三六六．日日賞讀之三：古典詩詞有情人間（唐至清代）／夏玉露編注．－初版．－新北市：朵雲文化出版有限公司，2024.03

384 面；22×16 公分．－（ip；6）

ISBN 978-626-97066-4-8(平裝)

831 113000946

iP 06

三六六．日日賞讀之三 古典詩詞有情人間（唐至清代）

作者—夏玉露
封面插畫—陳小琪
校對—練亭瑩
美術設計—王美琪

出版總監—鄭宇雯
主編—洪禎璐

出版 朵雲文化出版有限公司
地址：新北市中和區景新街496巷39弄16號3樓
電話：(02)2945-9042
信箱：cloudoing2014@gmail.com

總經銷 大和書報圖書股份有限公司
地址：新北市新莊區五工五路2號
電話：(02)8990-2588
傳真：(02)2299-7900

初版｜2024年4月　定價｜460元　ISBN｜978-626-97066-4-8